이름 없는 주드 1

Jude the Obscure

세계문학전집 145

이름 없는 주드 1

Jude the Obscure

토머스 하디

정종화 옮김

민음사

차례

서문

잡지에 연재해야 했기 때문에 현재의 모습으로 출판되는 것이 상당히 지연되었던 이 소설의 역사는 간단히 다음과 같다. 전체 윤곽에 대한 계획은 1887년과 그 이후에 작성된 기록을 근거로 하여 1890년에 이루어졌으며, 이야기의 배경은 그 전해에 있었던 한 여인의 죽음에 의해 암시를 받게 되었다. 1892년 10월에 현장 답사가 있었고, 이야기의 윤곽은 1892년과 1893년 봄에 쓰였다. 그리고 작품이 지금의 형태로 소설의 구색을 갖추게 된 것은 1893년 8월부터 그다음 해까지였으며, 몇 장(章)을 제외한 전체는 1894년 말에 출판인의 손으로 넘어갔다. 소설은 《하퍼스 매거진》에 1894년 11월 말부터 연재물로 시작되어 매달 계속되었다.

그러나 『더버빌가의 테스』의 경우처럼, 잡지에 실린 텍스트는 여러 이유 때문에 축소되고 변형된 것이며, 작품 전체가 처음 집필되었던 대로 출간되기는 현재의 이 초판본이 처음이다. 제목을 정하는 문제가 쉽지 않았다. 처음에는 잠정적인 이름을 달고 시작했는데, 그래서 제목 두 개가 연달아 사용되었다.[1] 현재의 제목은 처음보다 훨씬 나은 것으로 받아들여지고 있다. 이 제목도 필자가 처음부터 생각해 두었던 것 중 하나였다.

성인 남녀를 위하여 쓰인 이 소설은 인류에 알려진 가장 강렬한 열정에 수반하여 일어나는 초조함과 열기, 비웃음과 재난을 아무런 수식 없이 그대로 다루려는 의도를 담고 있으며, 육체와 정신 사이의 치명적 싸움을 완곡한 표현을 빌리지 않고 말하려는 것이며, 이루지 못한 목적의 비극을 보여 주려는 것으로, 이런 소재를 다루는 작업에 예외가 있음을 필자는 알지 못한다.

필자의 그전 작품들과 같이 『이름 없는 주드』도 일련의 외관과 개인적 인상에 형체와 체계를 부여하자는 것이다. 여기서 일관성이나 부조화, 항구성 또는 일시성의 문제는 중요하게 고려되지 않는다.

---

1) 잡지에 연재를 시작할 때는 「어리석은 사람들 (The Simpletons)」이었으나 2회분부터는 「반항하는 마음 (Hearts Insurgent)」으로 바뀌었다.

덧붙이는 글

앞에 소개된 설명적 서문과 함께 이 소설이 열여섯 해 전에 발표되자 생각지도 못한 사건들이 연달아 일어났는데 필자는 그 문제를 잠시 회고해 보고자 한다. 책이 출간되고 하루 이틀이 지나자 비평가들이 의견을 쏟아내기 시작했다. 두서너 사람을 제외하고는 모두 『더버빌가의 테스』에 쏟아진 공격은 비교가 될 수 없을 정도로 심한 내용이었다. 영국 안에서 터진 비난의 함성은 즉각 전신으로 미국에 전달되었으며, 대서양 저편에서도 날카로운 비명은 더욱 크게 울려 퍼졌다.

필자의 눈에 비친 공격의 통탄스러운 특색은 두 나라의 적개적 언론 매체가 작품의 중요한 부분(두 주인공의 산산이 부서진 이상을 보여 주는 내용과 특히, 오히려 거의 전적으로, 필자 자신에게 관심의 대상이 되는 부분)을 무시한 채, 이야기를 완성시키고 주드의 생애에서 안티테제를 보여 주기 위해 꼭 필요한 이삼십 쪽에 걸친 유감스러운 세부 묘사만을 읽고 작품을 판단한 점이다. 이상하게도 이보다 전에 어느 주간지에 발표했던 한 환상적 소설[2]이 이듬해 재간되자 똑같은 독설이 다시 여러 비평가에게서 쏟아져 나왔다.

책으로서 '주드'의 역사에 대한 불행한 시작은 이쯤에서 덮어 두자. 언론 매체에게서 받은 이러한 선고 다음에 찾아온

2) 1892년 화보판《런던 뉴스》에 연재되었던「사랑받은 사람들」.

불행은 어느 주교[3)]가 책을 불태운 사건이다. 그는 아마 필자를 화형에 처하지 못한 절망감에서 그랬으리라.

그런 가운데 어떤 사람이 『이름 없는 주드』가 도덕적인 작품임을 발견했다. 마치 필자가 '서문'에서 작품의 의도가 그런 것이라고 밝히지 않았듯이, 그는 어려운 주제를 다루는 작가의 정신이 준엄함을 발견한 것이다. 많은 사람들이 필자에 대한 저주를 거두어 문제는 거기서 해결되는 듯했다. 필자가 찾아낼 수 있는 인간의 행동에 대한 유일한 결과는 필자 자신에 대한 영향인바, 그것은 소설 쓰기에 대한 필자의 관심을 완전히 치유해 버렸다.

이런 언어의 폭풍 속에 한 사건이 일어난바, 자신의 도덕적 입장을 감추지 않은 어느 미국 문인이 필자에게 글을 쓴 것이다. 그는 충격 받은 비평가들의 글을 읽고 필자의 책을 샀는데, 해로운 부분이 언제쯤 시작될 것인지를 궁금해하면서 계속 읽었지만, '종교적이고 도덕적인 논문'이라 불러야 할 책을 1달러 반이나 주고 사게 만든 불량배 비평가들을 향한 욕설과 함께 끝내 책을 집어 던지고 말았다는 것이다.

필자는 그의 입장을 이해하고, 책에 대한 잘못된 정보는 필자가 판매 부수를 늘리기 위해 의도적으로 그들과 공모해서 꾸민 속임수가 아님을 정직하게 알려 주었다.

또 한번은 세계적으로 널리 읽히는 잡지에 공포라는 부제로 실린 기사를 읽고 필자의 책에 대해 전율을 경험한 어떤

---

3) 영국 중부 지방 웨이크필드 교구의 W. W. 하우 주교.

여성이 그 글이 발표된 직후 필자와 만나고 싶다는 편지를 보내온 일도 있다.

다시 책에 대한 이야기로 돌아가자. 결혼에 관한 법이 대부분 이야기의 비극성을 밀고 나가는 수단으로 사용되고, 가정적인 측면에서 일반적인 추세가 디드로의 말대로 민법은 자연법의 표현이어야 하는(약간의 수정이 필요한 말이기는 하지만) 상황 속에서, 필자는 1895년 이래로 이 나라에서 결혼 문제에 관한 현재의 낡고 때묻은 조건에 대해 무거운 책임을 뒤집어쓰는(어느 유식한 작가가 얼마 전에 지적했듯이) 비난을 받아왔다. 필자의 기억이 정확하다면 지금도 변함없는 그 당시 본인의 의견은 결혼이 양쪽 파트너에게 잔인한 고통이 된다면 (그래서 본질적으로 그리고 도덕적으로 결혼이 성립되지 않는다면) 즉시 해체되어야 한다는 것이었다. 그런 결혼은, 보편적인 것을 많이 포함하는 항목을 제시하며, 카타르시스적이고 아리스토텔레스적인 요소의 가능성이 배제되지 않은 비극적 이야기에 좋은 기틀을 제공하는 것으로 생각되었다.

이삼십 년 전에 돈 없이 학문의 지식을 습득한 사람들의 어려움도 이 작품 속에 들어 있다. 일부 독자들이 이에 관한 에피소드를 유서 깊은 학문의 전당에 대한 공격으로 생각하고, 러스킨 대학[4)]이 세워졌을 때 학교 이름을 '이름 없는 주드 대학'이라 부르자고 주장했었다는 이야기를 필자는 나중에 들

4) 1899년에 옥스퍼드 안에 건립되었으나 옥스퍼드 대학교의 일부가 아닌 독립된 대학으로, 주로 노동 계급 출신에게 교육의 기회가 제공된다.

었다.

맞지 않는, 녹슬고 흉한 틀에 인간의 본능을 강제로 적응시키는 비극을 찾는 예술적 노력은 항상 무거운 대가를 치른다. 블러저 같은 적개적 비평가나 분서를 서슴지 않은 주교의 입장에서는 그들이 뜻한 바가 단지 이런 것이었으리라. "우리 영국인들은 새로운 사상을 싫어합니다. 우리는 우리 조국이 주는 특전을 누리며 살 것입니다. 당신의 세계가 틀리지 않은 것, 평범하지 않은 것, 심지어는 예술의 규범에 반대되는 것을 보여 주려 하는 게 아닐지도 모릅니다. 그러나 인습 안에서 살아가는 우리의 인생관은 그런 세계가 그려지는 것을 허락할 수가 없습니다."

그러나 무슨 상관인가. 결혼식 장면에 관해서 그들의 '정곡 찾아내기'나 부정한, 반결혼 단체가 있다고 《블랙우드 매거진》에서 비명을 지른 한 불쌍한 여성[5]에도 불구하고 유명한 계약(혼배 성사)은 아직도 건전하게 존재하며, 사람들은 결혼을 하고 진정한 결혼이든 아니든 그 결혼에 대해 그전과 똑같은 가벼운 마음으로 순종한다. 필자는 일부 열성 팬들에 의해 결혼에 수반되는 문제를 그냥 방치해서 시급히 필요한 개선 쪽으로 방향을 잡아가지 않았다는 질책을 받기도 했다.

『이름 없는 주드』가 독일에서 연재물로 발표되자 한 노련한

5) 마거릿 올리펀트가 《블랙우드 매거진》에서 '반결혼 동맹'이라는 제목으로 소설을 비난했던 사건.

비평가가 필자에게 글을 보내왔다. 그는 여주인공 수 브라이드헤드가 매년 몇천 명씩 나타나 세인의 주목을 끄는 유형의 여성들을 대표하는 전형으로, 그런 인물을 소설에서 처음으로 묘사한 예라고 지적했다. 이들은 몸이 허약하고 얼굴이 창백한 '미혼' 여성이며, 여권 운동을 이끌어 가는 여성들로서, 주로 도시에서 현대적 상황이 만들어 내는, 인습에서 해방된 지성적인 사람들이며, 또 신경이 과민한 사람들이기도 하다는 것이다. 이들은 동료 여성 대부분이 결혼을 직업으로 선택할 필요성을 인정하지 못하고, 자신들이 사랑받을 권리를 허락받았기 때문에 스스로를 우월한 사람이라고 생각한다는 것이다. 이 비평가가 유감스럽게 생각한 점은 이러한 새로운 유형의 모습이 같은 여성에 의하여 그려진 것이 아니라 한 남자에 의하여 완성되도록 맡겨졌다는 것이다. 여성이 작품 속에서 그녀의 초상화를 완성했으면 끝에 가서 그녀가 결코 그런 식으로 패배하게 내버려지지는 않았을 것이라는 의견이었다.

이러한 의견이 세월이 지나면서 퇴색했는지는 알 길이 없다. 소설이 출판된 다음 여러 해가 지난 터라, 그 내용이 좋든 나쁘든 간에 구두상의 수정 이상으로 작품에 대한 일반적인 내용의 비평을 필자가 더 할 수 있을지는 의문이다. 작품 속에는 작가가 의식적으로 포함시킨 이상으로, 경우에 따라 작가에게 이익이 되거나 불이익이 될 내용이 있게 마련이다.

1912년

T. H.

하디의
웨 섹 스
브 리 스 톨 해 협
외(外) 웨섹스
하부 웨섹스
엑손베리
에민스터

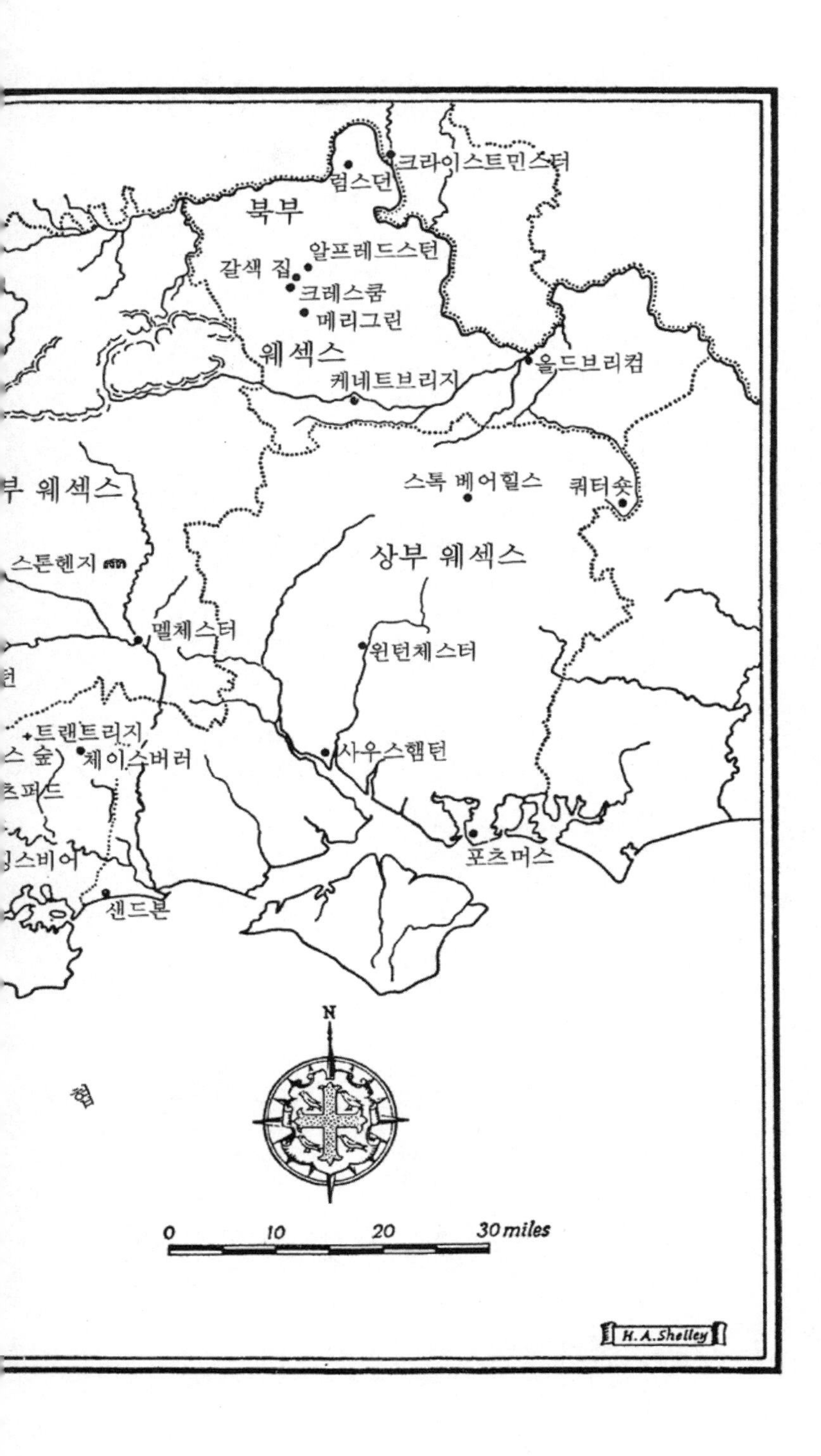
크라이스트민스터
럼스던
북부
알프레드스턴
갈색 집
크레스쿰
메리그린
웨섹스
올드브리컴
케네트브리지
스톡 베어힐스
쿼터숏
부 웨섹스
상부 웨섹스
스톤헨지
멜체스터
윈턴체스터
트랜트리지
체이스버러
사우스햄턴
포츠머스
샌드본
N
0
10
20
30 miles
H. A. Shelley

문자는 죽인다.*

* 「고린도 후서」 3장 6절 "우리로 하여금 당신의 새로운 계약을 이행하게 하셨을 따름입니다. 이 계약은 문자로 된 것이 아니고 성령으로 된 것입니다. 문자는 사람을 죽이고 성령은 사람을 살립니다."에서 인용한 말.

1부
메리그린에서

그렇다. 여자 때문에 사리 판단 능력을 잃고
그들을 위해 하인이 되는 자가 많다. 여자 때문에 죽은 자,
잘못을 저지른 자, 죄를 범한 자도 또한 많다.
오, 남자들이여, 여자들이 이러는 것을 보고도,
여자들이 강하지 않다고 생각할 수 있는가?
—「에스드라서」

1

교사가 마을을 떠나고 있었다. 모두가 섭섭해하는 눈치였다. 크레스큼의 방앗간 주인이 그가 가는 도시까지 물건을 실어 갈 수 있도록 작은 흰색 포장마차와 말을 빌려주었다. 36킬로미터쯤 떨어진 곳으로, 마차는 떠나가는 교사의 물건을 실어 나르기에는 충분했다. 학교의 사택은 이사회에서 부분적으로 가구를 제공했기 때문에 책을 포장한 상자 외에 교사의 힘든 짐은, 악기를 배워 보겠다고 생각했던 해에 경매장에서 산 소형 피아노뿐이었다. 그러나 피아노에 대한 열성이 식어 그는 악기를 연주하는 기술을 익히지 못하고 말았는데, 집을 옮길 때마다 늘 골칫거리가 되곤 했다.

교구 신부는 변화하는 꼴을 보지 못하는 사람이라 그날 자리를 비우고 없었다. 신임 교사가 도착해서 짐을 정리하고 모든 것이 정돈되어 보이는 저녁때까지 그는 마을로 돌아오지 않을 계획이었다.

대장장이, 토지 관리인, 그리고 교사 자신이 응접실의 피아노 앞에서 난처해하는 자세로 서 있었다. 악기를 마차에 싣더라도 실제 목적지인 크라이스트민스터 시에 도착해서 또 물건을 어떻게 해야 할지 모른다고 교사가 말했다. 그는 먼저 그 도시에서 임시 숙소인 하숙집으로 가게 되어 있기 때문이었다.

생각에 잠긴 채 이삿짐 싸는 일을 돕던 열두 살 먹은 작은 소년 하나가 어른들이 서 있는 쪽으로 와서 그들이 턱을 쓰다듬고 있는 동안 얼굴을 붉히며 입을 열었다. "할머니 집에 땔감을 쌓아 두는 커다란 헛간이 있는데 선생님이 집을 구할 때까지 거기 둘 수 있을 텐데요."

"그것 좋은 생각이다." 대장장이가 말했다.

그중 대표 한 사람이 소년의 할머니(나이 든 독신 여성)에게 필롯슨 씨가 피아노를 찾아갈 때까지 물건을 맡길 수 있을지를 물어보도록 했다. 대장장이와 토지 관리인은 앞에서 말한 헛간에 피아노를 두는 실질적인 문제를 검토하기 위해 자리를 떠서 그 자리에는 소년과 교사만이 그대로 남아 있었다.

"주드, 내가 가는 것이 섭섭한가?" 교사가 친절한 목소리로 물었다.

소년의 눈에 눈물이 고였다. 소년은 주간에 등교하는 정규 학생이 아니어서 교사의 생활에 현실적으로 가까워지는 아이가 아니었다. 그는 지금의 선생이 취임한 이후 야간반에 등록한 학생이었다. 사실대로 말하자면 그 시간에 정규 학생들은 역사적으로 유명한 제자들처럼 멀리 떨어져 서서, 이삿짐을 나르는 데 도움이 되려는 자발적 의도를 전혀 보이지 않았다.

소년은 필롯슨 씨가 이별의 선물로 준 책을 어색하게 손에 펴 든 채 그에게 섭섭하다고 말했다.

"나도 섭섭하다." 필롯슨 씨가 대답했다.

"선생님, 왜 떠나세요?"

"아, 그건 이야기가 길단다. 주드, 너는 내가 떠나는 이유를 이해하지 못할 거다. 나이가 좀 들면 알 수 있겠지."

"선생님, 지금도 알 수 있어요."

"그럼 내 이야기를 아무 데서도 말해서는 안 된다. 너는 대학이 무엇인지, 대학에서 주는 학위가 무엇인지 알 수 있느냐? 그건 교사 생활을 하려는 사람에게는 반드시 필요한 보증수표다. 내 계획은, 아니 꿈은, 대학을 졸업하고 보좌 신부로 서품받는 거다. 크라이스트민스터나 그 근처에서 사는 것은 말하자면 본부로 들어가는 거지. 내 꿈이 현실적 실용성을 지닌다면, 그 현장에 있는 게 다른 곳에 있는 것보다 그 꿈을 실천하는 데 더 나을 거라는 생각이다."

대장장이와 함께 갔던 사람이 돌아왔다. 늙은 폴리 할머니의 땔감 저장소가 건조해서 아주 적합한 곳이라고 했다. 그녀가 악기를 거기에 두어도 좋다고 허락했다는 것이었다. 악기는 사람들이 더 모여서 옮기기가 쉬운 저녁때까지 학교 마당에 그냥 두었다. 교사는 마지막으로 주변을 둘러보았다.

소년 주드는 자질구레한 물건들을 싣는 일을 계속 도왔다. 필롯슨 씨는 9시에 책 상자와 다른 짐들이 실린 마차에 올라 마을 친구들에게 작별 인사를 했다.

"주드야, 나는 너를 잊지 못할 거다." 마차가 움직이기 시작하자 교사는 미소를 띠면서 말했다. "착한 아이가 될 것을 잊지 마라. 동물들과 새들에게 잘해 주고, 책을 많이 읽어라. 혹시 크라이스트민스터에 오거든 옛정을 생각해서라도 날 찾는 걸 잊지 마라."

마차가 삐걱거리며 마을 앞 녹지를 건너 사제관 모퉁이를 돌면서 시야 밖으로 사라졌다. 소년은 녹지 끝에 있는 우물가로 돌아갔다. 교사의 이삿짐 일을 도와주기 위하여 거기에 양동이를 두었기 때문이었다. 그의 입술에 경련이 일었다. 양동이를 우물 밑바닥으로 내리기 위해 그는 우물 뚜껑을 열다가 줄 내리기를 멈추었다. 그리고 얼굴과 팔을 우물 둘레의 벽에 기대었다. 그의 얼굴에는 인생의 시련을 나이에 비해 일찍 알게 된 아이의 생각 깊은 굳은 무표정이 어려 있었다. 그가 들여다보는 우물은 마을 역사만큼 오래된 것이었다. 그가 서 있는 위치에서 우물 속은 나선형으로 30미터쯤 길게 돌아 내려가 바닥에서 햇빛을 반사하며 출렁거리는 수면까지 뻗어 있었다. 우물 상층부에는 초록색 이끼가 끼었으며 그 위로는 골고사리가 솟아나 있었다.

소년은 변덕스러운 아이가 내는 감상적인 목소리로, 선생님이 이런 날 아침에 수없이 이 우물에서 물을 길었지만 이제는 더 이상 물을 긷지 않게 되었다고, 혼자 중얼거렸다. "물 긷는 일에 지치면 물이 담긴 양동이를 집으로 들고 가기 전에 잠시 쉬면서 내가 지금 하는 것처럼 우물 속을 들여다보는 걸 자주 보았지. 그는 너무 조용해서 졸리기만 한 이런 작은 마을에 살기엔 지나치게 똑똑했어!"

그의 눈에서 눈물 한 방울이 흘러나와 우물 한복판으로 떨어졌다. 그날 아침은 안개가 약간 끼어 소년의 입에서 나온 입김이 조용하고 무거운 공기 위에서 두꺼운 안개처럼 솟아났다. 누가 갑작스럽게 소리를 지르는 바람에 그의 생각은 중단되었다.

"그 물이나 들고 와, 이 게으른 허수아비 녀석아."

목소리의 주인은 그곳에서 그리 멀지 않은 곳에 있는 초록색 억새풀 지붕을 얹은 초가집 정원의 대문을 향해 집 안에서 걸어 나오던 노파였다. 소년은 알아들었다는 신호를 재빠르게 하고, 자신에게는 너무 무거운 양의 물을 매우 힘들게 퍼 올렸다. 아이는 커다란 양동이에 담긴 물을 그가 들고 온 작은 통에 나누어 담았다. 그는 잠시 숨을 고르느라 멈춰 섰다가 물통을 들고는 눅눅한 녹지를 가로질러 뛰기 시작했다. 우물은 작은 마을 메리그린의 중심부에 있었다.

마을은 작고 오래된 곳으로, 북부 웨섹스 구릉지대와 연결되어 물결치듯 뻗은 고지대의 계곡 안에 위치해 있었다. 이 지방의 역사에서 한 번도 변하지 않은 유일한 유물은 아마도 오랜 우물의 수갱(竪坑)일 것이다. 억새풀 초가지붕과 그 지붕에 돌출한 창이 달린 집들은 대부분 최근에 허물어 버렸으며, 마을 앞 녹지에 섰던 많은 나무들도 잘려 나갔다. 마을에 원래 있던 교회는 건물 뒤쪽이 툭 튀어나왔고, 거기에 목제 탑이 부착되었으며 이상하게 끝이 지붕을 향해 솟아 있었다. 그러나 이제 그 교회도 헐리어 없어져 버렸다. 거기서 나온 돌 조각들은 시골 길 바닥을 까는 재료로 쓰이거나 돼지우리의 담을 쌓는 데 활용되었으며, 정원의 돌 의자가 되거나 울타리를 만드는 돌담이 되기도 했고, 또 근처에 선 집 화단의 암석 정원이 되기도 했다. 옛날 교회 대신에 영국 사람 눈에는 익숙하지 않은 새로운 고딕 양식의 현대식 대형 건물이 새 부지 위에 솟아올랐는데, 런던에서 와서 하루 만에 돌아간 어느 역사 기록 말소자에 의해 세워진 것이었다. 기독교의 신들을 모시던 옛날 신전이 오래 서 있었다는 기록을 새긴 기념비는 평평한 잔디밭 위에 세워져 있지 않았다. 이 공공녹지는 아주 긴 세월 동안 교회의 마당으로 사용되었는데, 마당에 있던 묘지는 없어지고 대신 오 년의 수명을 보장하는 18페니짜리 주물 십자가 하나만 기념으로 세워져 있었다.

2

몸이 가냘픈 주드 폴리지만 그는 물이 가득 담긴 양동이를 들고는 쉬지 않고 집까지 단숨에 달려왔다. 집 대문에는 직사각형의 푸른색 널빤지에 노란 글씨로 '드루실라 폴리: 제과업자'라고 쓰여 있었다. 조그마한 연판(沿板)이 달린 창문(몇 안 되게 남은 옛날 집 가운데 하나임을 보여 주는 유물) 안으로 사탕병 다섯 개와, 버드나무가 그려진 접시에 롤빵이 세 개 놓여 있었다.

주드는 집 뒤에서 양동이의 물을 비우는 동안 간판의 주인인 드루실라 할머니와 마을 사람들 사이에서 떠들썩한 대화를 들을 수 있었다. 교사가 떠나는 것을 보고 그들은 모여서 이야기를 나누고 있었다. 그들의 특별한 관심사는 주드의 장래 문제였다.

"재는 누구요?" 주드가 방으로 들어오자 비교적 낯이 익숙하지 않은 사람 하나가 물었다.

"윌리엄스 부인, 재는 내 조카의 아이라우. 지난번 부인이 여기 다녀간 다음에 나한테 왔다우." 대답을 한 나이 많은 여자는 키가 크고 수척한 사람으로 아주 하찮은 문제도 비극적으로 말하는 습성을 지녔으며, 한 마디 한 마디를 말할 때마다 좌중에 앉아 있는 사람을 하나하나 차례로 쳐다보았다. "재는 한 일 년 전에 저쪽 남부 웨섹스에 있는 멜스톡에서 왔지요. 운이 없어, 벨린다." (오른쪽으로 돌면서 말을 이었다.) "재 아범이 거기 살았지 뭐야. 학질에 걸리더니 글쎄 알다시피 이틀 만에 죽었잖아, 캐롤라인." (이번에는 왼쪽으로 몸을 돌려 말했다.) "전능한 주께서 네 어머니, 네 아버지와 같이 너도 데려갔으면 차라리 그게 축복일 뻔했지. 가엾지만 아무짝에도 쓸모가 없는 아이라니까! 앞으로 어떻게 해야 할지 길이 보일 때까지 내가 잠시 데리고 있는 거지. 한 푼이라도 벌어야 하니까 일을 시키지 않을 수도 없고. 지금은 트라우담 씨 농장에서 새를 쫓아주고 있지. 그래야 나쁜 짓을 못 할 테고. 주드야, 왜 얼굴을 돌리는 거냐?" 주드가 마을 아낙네들의 시선이 자신의 따귀를 때리는 듯한 충격을 느끼면서 옆으로 몸을 돌리자 폴리 부인이 그렇게 말했다.

세탁부로 일하는 아낙네가 폴리 부인(때로는 무심히 폴리 양이라고 부르기도 했다.)에게는 주드를 데리고 있는 것이 적적할 때 친구도 되고, 물도 길어 오고, 밤에는 창틀 덧문도 닫아 주고, 또 빵 굽는 일도 돕고 해서 오히려 좋겠다고 말했다.

폴리 부인은 그 말에 동의하지 않았다. “왜 널 크라이스트민스터로 데려가 학자를 만들어 달라고 하지 않았냐?” 그녀가 이맛살을 찌푸리면서 반 농담조로 말했다. “쟤보다 더 나은 아이가 없었을 텐데. 쟤는 아주 책에 미쳐 있다우. 책 좋아하는 건 우리 집안 내력이지 뭐요. 쟤 사촌 수도 마찬가지라우. 소문이 그렇습디다. 걔 본 지도 아주 여러 해가 됐네요. 걔는 바로 이 방, 이 네 벽 안에서 태어났다우. 내 질녀와 걔 남편이 결혼을 하고도 몇 년씩 저희들 집을 따로 구하지 못했지 뭐요. 그러다가 집을 마련했는데 그만, 글쎄, 더 이상 말하지 말아야지. 얘, 주드야, 너는 결혼을 해서는 안 된다. 폴리 집안은 그래서는 안 되는 거다. 두 사람 사이에 태어난 그 아이는 내 친자식과 같았지. 벨린다, 그러다가 둘이 그만 헤어졌다우! 아, 그 어린애가 그런 끔찍한 사건을 겪어야 하다니!”

다시 자신에게로 시선이 집중되는 것을 알게 되자 주드는 제과장으로 가서 아침 식사로 내어놓은 케이크를 먹었다. 그의 자유 시간이 끝났다. 집 뒤 울타리를 넘어 정원으로 나온 주드는 북쪽으로 난 길을 따라갔다. 그는 고원 지대 중앙부에 있는 넓고 한적한 분지에 다다랐다. 여기가 밀을 심어 놓은 밭이었다. 이 넓디넓은 분지가 농장주 트라우담을 위해 주드가 일하는 곳이었다. 그는 들판 가운데로 내려갔다.

들판의 갈색 표면은 사방으로 삥 둘러 둥그렇게 하늘을 향해 뻗어 있었다. 들판의 변두리는 조금씩 안개 속에 막혀 적막감만 더욱 강하게 느끼도록 해 주었다. 단조로운 풍경에서 눈에 보이는 것은 밭 가운데 서 있는 지난해의 밀 가리와, 주드가 가까이 오자 하늘로 날아오른 까마귀 떼와, 휴경지(休耕地)를 가로질러 뻗은 오솔길이었다. 그 길을 최근에 밟고 지나다닌 사람들이 누구인지는 알 길이 없었지만 한때는 그들이 지금은 작고한 소년의 선조들이었음이 분명했다.

"볼품없는 곳이야!" 소년이 중얼거렸다.

토양과 돌에는 하나같이 옛날 추수절에 불렀던 노래의 메아리와, 사람들 사이에 오갔던 대화와, 그들의 용감한 행동에 대한 추억이 넘쳤다. 그러나 막 써레질을 한 밭이랑이 새로 산 코르덴 천의 줄진 오목 부분처럼 펼쳐져, 지형의 점진적 변화 효과를 없애고는 몇 달 이전의 과거를 모두 지워 버려, 전체 풍경에 어딘가 인색한 공리주의적 인상이 배어 있었다. 들판의 토양 한 치 한 치가 힘과 즐거움과 요란스러운 장난과 언쟁과 권태의 기억에 묻힌 장소였다. 이삭 줍는 사람들이 햇살 따스한 땅 구석구석에 쪼그리고 앉아 있었던 곳도 여기였다. 이웃 마을에 인구 수를 늘려 준 사랑의 만남도 밀을 거두고 나르는 시기 중간에 이곳에서 일어난 일이었다. 밭과 먼 곳의 숲을 경계 짓는 울타리 아래서, 다음 해 추수 때에는 이미 고개를 돌려 쳐다보지도 않을 애인들에게 처녀들이 몸을 맡긴 곳도 여기였다. 저 옛날의 밀밭에서 남자는 목소리만 들어도 몸을 전율하던 여자에게 사랑의 서약을 하고, 다음 해의 씨 뿌리는 시기에는 이웃 교회에서 그 맹세를 완성하던 곳 또한 여기였다. 그러나 주드와 주변의 까마귀들에게는 이런 것이 전혀 관심의 대상이 아니었다. 그들에게는 여기가 호젓한 곳으로, 한편으로는 일터이며 또 한편으로는 먹이를 제공하는 곡

창일 뿐이었다.

주드는 볏가리 아래 서서 몇 초 간격으로 힘차게 딸랑이를 계속 흔들어 댔다. 딸랑이 소리가 나면 까마귀들은 곡물 쪼아 먹기를 멈추고 갑옷의 대퇴부처럼 반들거리는 날개를 서서히 흔들며 날아올랐다. 그러나 잠시 뒤 까마귀 떼는 날개를 되돌려 주드를 조심스럽게 쳐다보다가 그와 좀 더 떨어진 장소에 내려앉아 곡물을 뜯어 먹었다.

그는 딸랑이를 팔이 아플 때까지 흔들었다. 그러다 그는 자신도 모르는 사이 새들의 좌절된 욕구에 동정심을 느꼈다. 새들이 자신처럼 그들을 원하지 않는 세계 속에 살고 있음을 알게 되었다. 왜 그들을 쫓아 버려야 하는가? 그 새들이 유순한 친구이자 보호가 필요한 피부양인처럼 보였다. 할머니가 그의 일에 관심이 없다고 자주 말한 반면, 새들은 그에게 최소한의 관심을 품은 유일한 친구 같은 존재로 보였다. 그는 딸가당 소리 내기를 멈췄다. 그러자 새들이 다시 밀밭에 내려앉았다.

"가엾은 작은 새들!" 주드가 큰 목소리로 말했다. "식사 좀 해라. 너희들 많이 먹어. 우리 모두가 먹을 수 있을 만큼 넉넉히 있지. 농장주인 트라우담 아저씨가 너희 먹이 정도는 줄 수 있겠지. 새들아, 먹어라. 식사 많이 해라."

새들은 호두 빛 갈색 땅 위에 까만 잉크로 점을 찍은 것 처럼 내려앉아 밀을 쪼아 먹었다. 주드는 그들의 왕성한 식욕을 재미있게 바라보았다. 동지애가 자신의 인생과 새들의 삶을 마술처럼 하나로 묶는 기분이 솟아났다. 보잘것없고 하찮은 그들의 목숨이 자신의 삶과 아주 흡사해 보였다.

그는 야비하고 비열한 도구인 딸랑이를 버렸다. 새들과 그들의 친구인 자신에게 공격적인 무기였기 때문이다. 갑자기 궁둥이를 날카롭게 때리는 충격을 느끼면서 딸랑이 소리가 그의 귀에 크게 들렸다. 그는 놀랍게도 자신을 때린 것이 딸랑이임을 깨달았다. 새들과 주드가 다 함께 화들짝 놀랐다. 멍한 주드의 눈에 트라우담의 거대한 모습이 들어왔다. 그의 불그죽죽한 얼굴이 겁에 질린 주드를 노려보았고 그의 손에서 딸랑이가 흔들거렸다.

"그래, '새들아 먹어라.'라고, 이 어린놈아? '새들아, 먹어.' 흥! 네 바짓가랑이를 좀 긁어 주지. 그래도 '새들아, 먹어.'를 하나 보게. 여기로 바로 오지 않고 선생 집에 가서 놀다 왔지, 이 녀석! 내 밀밭에서 까마귀를 쫓는다고 하루에 6펜스씩이나 줬더니, 겨우 그거야?"

트라우담은 약이 오른 목소리로 주드의 귀에 욕설을 퍼부으면서 그의 왼손을 자신의 왼손으로 잡고는 팔을 길게 뻗어 그의 연약한 몸을 빙빙 돌렸다. 그러고는 한 바퀴씩 돌 때마다 딸랑이의 평평한 부분으로 주드의 엉덩이 쪽을 한두 번씩 아프게 내려쳤고, 그때마다 내려치는 소리가 들판에 메아리치며 울려 퍼졌다.

"때리지 마세요, 제발 때리지 마세요!" 빙빙 돌아가는 아이가 소리를 질렀다. 낚시에 걸린 물고기가 빠져나가려고 파닥거리듯, 원심력 아래서 그는 절망적으로 몸을 흔들었다. 언덕과 볏가리와 숲과 오솔길과 까마귀들이 놀라운 속도로 빙글빙글 돌아가고 있었다. "나는, 나는 그냥 땅에 밀이 많이 있다고 생각했거든요. 씨 뿌리는 걸 보았으니까요. 까마귀들이 식사로 좀 먹어도 주인님 눈에 뜨이지 않으리라고 생각했어요. 필롯슨 선생님도 새들에게 친절하라고 그랬어요. 아, 아아, 아야!"

아이가 사실대로 설명한 것이 아무 말도 하지 않은 것보다 농장주를 더 화나게 만들었다. 그는 계속해서 돌아가는 아이의 엉덩이를 때렸다. 딸랑이 내려치는 소리가 들판을 건너 멀리서 일하는 일꾼들의 귀에까지 들렸다. 사람들은 주드가 딸랑이를 매우 열심히 치고 있다고 생각했다. 소리는 안개 뒤에 서 있는 새 교회 첨탑에서 메아리치기 시작하여, 농장주가 하느님과 인간에 대한 그의 사랑을 증명하기 위해 많은 돈을 헌금하여 지은 건물 쪽으로 밀려갔다.

곧 트라우담은 벌 주기에 지쳤다. 무서워 떨고 있는 아이를 내려놓으며 주머니에서 6펜스를 꺼내 그에게 하루치 품삯으로 주었다. 그러고는 집으로 돌아가 다시는 그의 밭에서 만나는 일이 없도록 하라고 소리를 쳤다.

주드는 그의 손이 닿지 못하는 지점까지 달려 나갔다. 그리고 울면서 길을 따라 걸어갔다. 그가 우는 이유는 아프게 매를 맞은 것이 고통스러워서가 아니었다. 하느님이 만든 새들에게 좋은 것이 하느님의 정원사에게는 좋지 않다는 잘못된 지상의 법칙을 깨달아서 우는 것도 아니었다. 그가 우는 이유는 그 교구로 옮겨 온 지 일 년도 채 안 되어 문제를 일으키고, 그래서 고모할머니에게 짐이 되게 되었다는 생각 때문이었다.

이런 생각의 그림자가 그의 마음속에 드리우자 마을 사람들 앞에 얼굴을 내밀 수가 없었다. 그는 목장을 건너 울타리 뒤로 난 길을 따라 뺑 둘러 집으로 돌아가는 길을 택했다. 그는 이 길에서 눅눅한 땅의 표면에 반쯤 몸뚱이를 지상으로 내민 채 짝짓기를 하며 엉켜 있는 지렁이 떼를 보곤 했다. 일 년 중 계절적으로 이 시기에는 지렁이들이 항상 짝짓기를 하느라 엉켜 있었다. 걸어가노라면 한 걸음 한 걸음 지렁이를 밟지 않고는 앞으로 나아갈 수가 없었다.

농장주 트라우담은 주드를 때렸지만 그는 누구를 해치지 못하는 아이였다. 어쩌다 둥지에 있는 새끼 새를 집으로 가져오는 날이면 밤에 잠을 이루지 못하기가 일쑤였으며, 다음 날 아침 새들과 둥지를 다시 제자리에 갖다 두는 일이 자주 있었다. 그는 나무도 함부로 자르거나 쳐내는 것을 그냥 볼 수 없었다. 그에게는 그런 짓이 나무를 아프게 한다고 생각되었기 때문이다. 어린 시절에는 수액이 잔뜩 올라 진이 철철 새어 나오는 시기에 철 늦은 가지치기를 하는 것도 그를 몹시 슬프게 했다. 이러한 성격적 약점은, 그의 쓸모없는 인생에 막이 내려 다시 만사가 새로 좋게 시작될 때까지, 그가 어쩔 수 없이 많은 고통을 받도록 태어난 사람이라는 점을 의미하는 것이었다. 그는 한 마리도 죽이지 않고 지렁이 사이를 발돋움하여 조심스럽게 걸어나갔다.

집에 들어서면서 한 어린 소녀에게 1페니짜리 빵을 팔고 있는 할머니를 보았다. 손님이 돌아가자 할머니가 말했다. "웬일로 반나절도 지나지 않았는데 집으로 일찍 돌아오는 거냐?"

"잘렸어요."

"뭐라고?"

"까마귀 떼가 밀을 좀 뜯어 먹게 두었다고 트라우담 씨가 그만두랬어요. 여기 오늘 일당을 받아 왔어요. 이게 마지막 품삯이겠지요."

그는 6펜스짜리 동전을 식탁 위에 비통하게 놓았다.

할머니가 숨을 잠시 멈췄다가 말했다. "아!" 그리고 아무것도 하지 않고 빈둥거리는 아이를 봄내 먹여야 할 신세를 장황하게 늘어놓았다. "새도 쫓지 못하는 녀석이 도대체 뭘 할 수 있다는 거냐. 저것 좀 봐! 그런 얼굴로 인상 쓰지 마라! 트라우담도 따지고 보면 나보다 더 나은 인간이 아니지. 욥기에 이런 말이 있단다. '이제는 나보다 젊은 자들이 나를 희롱하는구나. 그들의 아비들은 나의 보기에 내 양 떼 지키는 개 중에도 둘 만하지 못한 자니라.' 그 사람 아버지는 우리 아버지 밑에 고용된 일꾼이었지. 너를 그 사람 밑에 보내 일을 하게 한 내가 바보였구나. 차라리 네가 사고를 치지 못하도록 집에다 잡아 두었어야 했는데."

일을 잘못한 것보다 채신을 떨어뜨린 게 화가 나서 그녀는 야단을 쳤다. 도의적인 것은 부차적인 문제였다.

"당연히 트라우담이 심은 곡식을 새가 먹도록 내버려 두어서는 안 되지. 그 점에 대해서는 네가 잘한 것이 없다. 주드, 주드야, 왜 그 선생을 따라 크라이스트민스터나 어디로 가 버리지 않았냐? 불쌍하고 못난 녀석, 너희 집안사람들은 모두 그런 능력이 없다니까. 앞으로도 그럴 테고."

"그 아름다운 도시는 어디 있는 거예요, 고모할머니? 필롯슨 선생님이 간 곳은 어디 있죠?" 아이가 말없이 생각에 잠겼다가 물었다.

"맙소사! 크라이스트민스터가 어디 있는지쯤은 알아야지. 여기서 한 32킬로미터 떨어진 곳이지. 너 같은 애가 가서 있기에는 과분한 곳이라고 생각한다."

"필롯슨 선생님이 늘 거기 계실 건가요?"

"그걸 내가 어떻게 아니?"

"내가 찾아가 볼 수는 없을까요?"

"천만의 말씀! 넌 이 지방에서 자라지 않아 그런 질문을 하는구나. 우리 같은 사람은 크라이스트민스터에 사는 사람들과 아무 상관이 없다. 그 사람들도 우리와는 관계없이 살아가고."

주드는 밖으로 나갔다. 자신의 존재를 세상이 필요로 하지 않는 삶이라는 것을 그전 어느 때보다 강하게 느끼면서, 돼지우리 곁에 있는 두엄 더미 위에 등을 대고 누웠다. 안개가 엷어져 해가 떠 있는 지점이 반투명한 안개 사이로 드러났다. 그는 밀짚모자를 얼굴 위로 덮어썼다. 그리고 멍하게 생각에 잠기며 모자의 밀짚 틈 사이로 보이는 하얀 햇빛을 응시했다. 자란다는 것은 책임을 전제한다는 사실을 그는 깨달았다. 모든 일이 그가 생각한 대로 조화를 이루지는 않았다. 자연의 논리는 그가 좋다고 생각하기에는 너무 끔찍했다. 한 부류를 위한 자비심이 다른 부류에게는 잔인함이라는 사실이 그가 생각하는 조화의 개념을 역겹게 만들었다. 나이가 들면서 자신이 시대의 중심에 서야 한다고 느끼고, 그러나 그것이 그가 어렸을 때 느꼈던 대로 원주(圓周) 안의 한 지점이 아님을 깨달으면서, 그는 일종의 공포의 전율을 느낀다는 사실을 감지했다. 자신을 빙 둘러싸고 무엇인가 눈부시게 번쩍거리고 딸랑거리며, 이 소음과 빛이 인생이라 불러야 할 작은 세포를 때리고 흔들고 뒤트는 것이었다.

자신이 자라는 것을 막을 수만 있다면! 그는 어른이 되고 싶지 않았다.

그러나 그는 금세 아이들 본래의 기분으로 돌아가 조금 전의 낙담을 털어버리고 기운을 차렸다. 남은 아침 시간 동안 그는 고모할머니의 일을 돕고, 오후에는 별로 할 일이 없자 마을로 나갔다. 그는 한 사람에게 크라이스트민스터가 어디 있느냐고 물었다.

"크라이스트민스터? 그래, 저기 저 먼 곳에 있지. 나는 아직 가 보지 않았지만……. 난 아니지. 그런 곳하고는 난 아무 상관이 없는 사람이니까."

그 사람은 북동쪽을 가리켰다. 주드가 망신을 당하던 들판이 있는 방향이었다. 크라이스트민스터가 그 들판 너머에 있다는 우연의 일치가 그를 순간 불쾌하게 했으나, 바로 그 두려운 불쾌감이 오히려 그 도시에 대한 호기심을 북돋아 주었다. 농장주 트라우담은 그에게 다시는 자기 농장에 나타나지 말라고 말했다. 그러나 크라이스트민스터는 그 들판 너머 있었고 들판을 건너가는 길은 누구나 갈 수 있는 공유지에 속했다. 그는 가만히 마을을 벗어나 아침에 야단을 맞던 분지로 내려갔다. 그리고 한 치도 옆을 밟지 않고 앞으로 길을 걸어갔다. 그는 들판 저쪽에 있는 길고 지루한 언덕을 걸어 올라 작은 나무 덤불이 대로와 만나는 지점까지 갔다. 거기서 경작한 들판은 끝나고 황량한 구릉이 넓게 열려 있었다.

3

울타리가 없는 대로 양쪽에는 사람이라곤 하나도 보이지 않았다. 하얗게 난 길은 오르락내리락 뻗쳐 나가다가 나중에는 하늘과 맞닿는 것처럼 보였다. 정점 부분에서 길은 초록색 산등성이 길과 직각으로 교차했다. 이것이 이크닐드 길로 그 지방을 관통하는 원래의 로마 시대 길이었다. 이 옛날 길은 동서로 몇 킬로미터씩이나 길게 뻗어 있었고, 아직도 주민들의 산 기억 속에는 양 떼와 소 떼를 장터나 시장으로 몰고 가던 일이 생생했다. 그러나 그 길도 최근에는 사용되지 않아 잡풀이 무성히 자라 있었다.

소년은 몇 달 전 어느 어두운 밤 남쪽에 있는 기차역에서 마차를 타고 지금 있는 조용한 마을로 온 이후 한 번도 이렇게 먼 북쪽까지 와 본 적이 없었다. 그는 자신이 사는 고지대

바로 언저리에 이처럼 넓고 평평한 저지대가 그렇게 가까이 있으리라고는 상상도 못 했다. 동쪽과 서쪽 사이에 반원형의 땅이 60~80킬로미터의 길이로 그의 눈앞에 전개되었고, 대기도 훨씬 더 푸르고 습기 찼다.

길에서 멀리 떨어지지 않은 곳에 불그스레한 빛을 띤 회색 벽돌과 기와로 만든 낡은 헛간이 비바람에 찌든 채 서 있었다. 그 지방 사람들에게는 '갈색 집'으로 알려진 건물이었다. 주드는 막 그 건물을 지나치려다가 처마에 사다리가 걸쳐 있는 것을 보았다. 높이 올라가면 좀 더 멀리 볼 수 있으리라는 생각이 떠오르자 주드는 가던 길을 멈추고 사다리를 쳐다보았다. 경사진 지붕 위에서 두 사람이 기와를 수선하고 있었다. 그는 등성이 길에서 그 헛간 쪽으로 걸어갔다.

주드는 일꾼들을 부러운 듯이 한동안 쳐다보다가 용기를 내어 사다리를 올라가 그들 곁에 섰다.

"젊은 친구, 여기서 무얼 원하나?"

"크라이스트민스터가 어디 있는지 보고 싶었어요."

"크라이스트민스터는 저기 멀리 저 건너쪽에 있지. 저 숲 옆에. 여기서도 볼 수 있어, 날씨가 좋은 날에는 말이야. 아, 지금은 안 보이네."

하던 일이 단조로워 누가 방해하는 것이 반가웠던 또 한 사람의 기와공도 그쪽을 보며 말했다. "이런 날씨에는 잘 보이지 않아. 내가 봤을 때는 해가 벌겋게 타면서 빠지던 일몰 시간이었는데, 마치, 글쎄 뭐처럼 보인다고 할까……."

"하늘나라의 예루살렘." 심각한 표정으로 아이가 말했다.

"그래, 그러나 나는 그렇게까지는 생각 못 했지. 그러나 오늘은 크라이스트민스터가 보이지 않아."

아이도 어른들처럼 눈살을 찌푸려 보았다. 그러나 그도 저 멀리 있는 도시는 볼 수 없었다. 그는 헛간 지붕에서 내려왔다. 그 나이 특유의 변덕에 끌려 금세 크라이스트민스터 생각을 포기하고 등성이 길을 따라가면서 근방의 둑 쪽으로 무슨 흥미를 끄는 것이 없는지 두리번거렸다. 메리그린 마을로 가기 위해서 온 길을 되돌아가다가 헛간에 여전히 사다리가 걸려 있는 것을 보았다. 그러나 일꾼들은 그날의 일을 끝내고 가고 없었다.

저녁이 다가오면서 날이 저물고 있었다. 아직도 안개가 희미하게 남아 있었으나, 근처 저지대의 습지와 물길을 따라 뻗은 땅을 제외하고는 낮보다는 훨씬 엷어졌다. 주드는 다시 크라이스트민스터를 생각했다. 이왕 3~4킬로미터나 일부러 집에서 걸어왔는데 소문으로 들은 이 아름다운 도시를 한 번만이라도 봤으면 싶은 마음이 간절해졌다. 그러나 더 기다려 봐야 밤이 오기 전에 공기가 맑아질 것 같지는 않았다. 그런데도 그 장소를 떠나기는 싫었다. 북쪽 하늘은 마을 쪽으로 몇백 미터만 더 가도 보이지 않았기 때문이었다.

주드는 사람들이 가리켰던 지점을 한 번 더 바라보기 위해 사다리를 올라갔다. 그는 기와 위에까지 솟아 있는 사다리의 제일 높은 가로대로 올라가 웅크리고 앉았다. 앞으로도 얼마 동안은 이렇게 멀리까지 올 수는 없을지도 몰랐다. 혹시 기도를 하면 크라이스트민스터를 보고 싶은 소망이 이루어질지도 모른다는 생각이 들었다. 사람들이 말하기를, 기도를 하면 꼭 그렇지 않을 때도 있지만 어떨 때는 원하는 것이 이루어진다고 하지 않았던가. 어느 책에서 주드는 교회를 짓기 시작한 사람이 건물을 다 짓기 전에 돈이 떨어지자 무릎을 꿇고 기도를 했는데 다음 날 우편으로 그 돈이 오더라는 이야기를 읽은 일이 있었다. 또 어떤 사람은 똑같은 시도를 했지만 돈이 오지 않았는데 나중에 알고 보니 그 사람이 기도를 하면서 입었던 바지를 어느 심술궂은 유대인이 만들었기 때문이라는 것이었다. 이런 이야기가 그에게 용기를 잃게 하지는 않았다. 사다리에서 몸을 돌려 주드는 세 번째 가로대에서 무릎을 꿇고 안개가 걷히라고 기도를 했다.

그는 자리를 잡고 앉아 기다렸다. 약 십 분 내지 십오 분이 지나자 다른 방향에서와 마찬가지로 북쪽 지평선에서부터 얇게 걷히던 안개가 완전히 사라졌다. 해가 지기 약 십오 분 전에는 서쪽에 있던 구름이 걷히면서 태양의 위치가 반쯤 드러났다. 그러고는 두 개의 암회색 구름 사이로 햇빛이 선명한 줄을 그으면서 나타났다. 아이는 즉시 기다리던 쪽으로 눈을 돌렸다.

풍경이 뻗어 간 끝 부분에 토파즈 같은 빛이 점점이 반짝거렸다. 시간이 흐르고 공기가 더욱 투명해지면서, 토파즈 빛 점들은 첨탑과 둥근 지붕과 사암으로 된 건물과 희미하게 나타난 여러 모습의 윤곽 위의 풍향기, 창문, 습기 찬 지붕 슬레이트, 그리고 그 밖의 달리 반짝이는 물체임이 드러났다. 그것은 틀림없는 크라이스트민스터였다. 그러나 실제 눈에 보이는 실물인지 아니면 특수한 대기 속에 굴절된 신기루인지는 분명치 않았다.

소년은 창문과 풍향기에 반사된 빛이 촛불이 꺼지듯 갑작스레 없어질 때까지 뚫어져라 지켜보았다. 희미한 도시가 안개 속에 가려졌다. 그는 서쪽으로 몸을 돌렸다가 해가 사라진 것을 보았다. 전체 풍경의 전면(前面)은 암울하게 어두웠고 가까운 곳에 있는 물체들은 신화 속 괴물 같은 색깔과 모습들을 하고 있었다.

소년은 걱정스레 사다리를 내려왔다. 그러고는 사냥꾼 헌, 숨어서 기독교인을 기다리는 아폴리온, 그리고 이마에 구멍이 나서 피가 철철 흐르는 선장과 저주에 걸린 배 안에서 매일 밤 선상 폭동을 일으키는 송장들을 생각하지 않으려고 애쓰면서 집을 향해 뛰기 시작했다. 이제 이런 종류의 무서운 이야기를 믿지 않는다고 생각했지만, 그래도 교회의 탑과 집의 창문에서 새어 나오는 불빛을 보자, 비록 그 집이 자신이 태어난 집이 아니고, 고모할머니가 자신을 별로 좋아하지 않았지만, 아이의 마음은 몹시 기뻤다.

늙은 할머니 가게의 창은 납세공 스물네 개로 만들어진 작은 창틀로 짜여 있었다. 유리의 일부는 오래된 세월 때문에 녹이 슬어 유리창 안으로 전시된 값싼 물건들은 밖에서는 거의 보이지 않았다. 그것은 힘센 사람이 손으로 쉽게 나를 수 있는 재고품의 일부였다. 외형적으로 주드는 변화 없는 오랜 시간 동안 같은 모습의 생활을 지켰다. 그러나 그의 마음속

꿈은 그의 환경이 초라한 데 비해 엄청나게 거대했다.

북쪽으로 뻗은 차가운 백악질(白堊質) 고원 지대의 탄탄한 방벽(防壁)을 통하여 주드는 눈부시게 아름다운 도시(새로운 예루살렘이라고 비유한 환상의 도시)를 항상 지켜보았다. 물론 환상의 도시에 관한 그의 꿈에는 묵시록 저자의 꿈에서보다 다이아몬드 상인의 것이 아닌 화가의 것이 더 많이 담겨 있었다. 그에게서 환상의 도시는 구현성과 영원성과 생명력을 지니고 있었다. 그가 지식과 생의 목표 때문에 그토록 존경하는 사람이 실제로 거기 살고, 그뿐만 아니라 그가 보다 사려 깊고, 또 지식으로 눈부시게 빛나는 사람들 사이에서 산다는 사실 때문이었다.

음울한 우기에는 크라이스트민스터에서도 응당 비가 내린다는 사실을 주드 또한 알고 있었다. 그러나 그곳에서 내리는 비는 그토록 적막하리라고는 믿을 수가 없었다. 그리 자주 있는 일은 아니지만 한두 시간 정도 마을 밖으로 빠져나갈 수 있는 때에는 언덕 위의 갈색 집으로 가서 끈기 있게 크라이스트민스터를 보려고 애를 썼다. 때로는 그의 노력이 둥근 지붕이나 첨탑을 볼 수 있는 보상을 받기도 하고, 또 때로는 희미하게 연기가 피어오르는 광경을 구경할 수 있었는데, 그것은 그에게 분향의 신비를 연상시켰다.

그러던 어느 날 그에게 한 가지 생각이 떠올랐다. 만약 밤에 그 갈색 집으로 가서 지붕 위로 오른다면, 아니 가능하다면 2~3킬로미터 정도 더 가서 지켜본다면, 그 도시의 야경을 볼 수 있으리라. 그런 경우 십중팔구는 집으로 오는 길에 동행 없이 혼자 와야 하기 쉬웠다. 그러나 그런 두려운 가능성도 그의 계획을 단념시키지는 못했다. 그는 자신의 생각에 약간 사나이다운 대담성을 부려 보기로 했다.

계획은 곧 실천되었다. 그가 조망의 지점에 도착한 것은 그리 늦은 시각이 아닌, 땅거미가 막 내리기 시작한 다음이었다. 그러나 북동쪽에 펼쳐진 까만 하늘과, 같은 방향에서 불어오는 바람이 그 시간을 아주 어둡게 했다. 그는 찾던 것을 보았다. 그러나 그가 정작 본 것은 마음속으로 기대했던 것과는 달리, 불빛이 줄을 이어 선 광경은 아니었다. 불빛이 하나하나 뚜렷하게 보이지 않고, 후광 같은 뿌연 빛의 안개가 도시 위를 덮어 도시 뒤의 하늘과 맞닿아 있었다. 빛과 도시는 멀리 있는 듯하면서도 2~3킬로미터 정도의 거리에 가까이 있는 것 같기도 했다.

소년은 불빛이 비치는 정확한 지점 어디에 선생님이 있을지 궁금했다. 선생님은 이제 메리그린 마을의 누구와도 연락을 하지 않아 마을 사람들에게는 죽은 사람이나 마찬가지였다. 그 불빛 속에서 그는 필롯슨 선생이 여유롭게 산책을 하는 모습을 보는 듯했다. 네부카드네자르왕의 용광로 속에 던져진 인물 중 한 사람 같아 보였다.[6)]

그는 언젠가 산들바람이 한 시간당 16킬로미터로 달린다는 이야기를 들은 적이 있었는데 갑자기 그 생각이 떠올랐다. 그는 북동쪽을 향하여 입을 벌리고 마치 달콤한 술을 마시듯

---

6) 「다니엘서」 3장 참조.

바람을 입 안으로 들이켰다.

그는 산들바람을 향해 부드러운 목소리로 이렇게 말했다. "너는 한두 시간 전에 크라이스트민스터에 있으면서 거리를 돌아다니고, 풍향기를 돌리고, 필롯슨 선생님이 들이마신 숨결이 되고, 선생님의 얼굴도 만졌지. 이제 너는 내가 마신 숨결이 되어 여기 있구나. 너는 똑같은 바람인데 말이야."

갑자기 바람이 불어왔다. 바람과 함께 무엇인가 다가왔다. 마치 그곳에 사는 사람에게서 연락이 온 것처럼 느껴졌다. 그것이 그에게는 종각에서 종을 치는 소리처럼 들렸고, 도시에서 나는 소리 같기도 했으며, 희미하게 음악이 되어 자신에게 속삭이는 것 같았다. "우리는 여기서 행복해요."

이런 정신적 비약 속에 빠져 있는 동안 주드는 자신의 육신이 어디 있는지를 완전히 잊었다. 그는 겨우 정신을 차리면서 현실로 돌아왔다. 그가 서 있는 산마루의 몇 미터 아래쪽에서 한 떼의 말들이 올라오고 있었다. 가파른 비탈길 아래에서 뱀처럼 꾸불꾸불 도는 길을 따라 약 삼십 분이나 걸려 그가 있는 지점까지 올라왔다. 말 뒤에는 석탄이 실린 마차가 따라오고 있었는데 고원 지대로 석탄을 날라 올리는 것은 그 길밖에 없었다. 마차 뒤에서 마부와 조수와 소년 하나가 따라오고 있었다. 소년이 마차 바퀴 뒤에 커다란 돌을 차 넣어 헐떡거리는 말들이 좀 쉴 시간을 주었다. 마차를 끌던 나머지 두 사람은 손잡이 달린 큰 술병을 꺼내 서로 병을 돌리면서 술을 마셨다.

두 사람은 나이가 지긋이 들었으며 목소리가 친절하게 들렸다. 주드는 그들에게 말을 걸고 혹시 크라이스트민스터에서 오는지 물었다.

“어림도 없지, 이 짐을 싣고!” 두 사람이 한목소리로 말했다.

“제가 말한 곳은 저기 저쪽인데요.” 주드는 크라이스트민스터에 너무 낭만적으로 연연하여 젊은 애인이 숨겨둔 연인에 대해 말을 꺼내듯 도시의 이름을 입에 담으면서는 얼굴까지 붉혔다. 그는 손으로 하늘에 떠오른 빛을 가리켰다. 그러나 나이 많은 사람들의 눈에는 빛이 거의 보이지 않았다.

“그래, 다른 쪽보다는 동북쪽에 좀 더 밝은 빛이 있는 것 같기도 하네. 네가 말하지 않았으면 나는 보지 못할 뻔했구먼. 크라이스트민스터가 맞을 거야.”

어둡기 전 이곳으로 오면서 읽으려고 팔에 끼고 왔던 이야기책 한 권이 길바닥에 떨어졌다. 주드가 책을 주워 책장을 가지런히 펴는 것을 보고 마차꾼이 말했다.

“아, 얘야, 그 사람들이 읽는 책을 읽기 전에 네 정신을 다른 쪽으로 가다듬어야 할 거야.”

“왜요?” 아이가 물었다.

“우리 같은 사람들이 이해하는 것을 그 사람들은 쳐다보지도 않으니까.” 시간을 보낼 겸 마차꾼이 말을 계속했다. “거기서는 어느 한 집도 같은 말을 쓰는 법이 없는 바벨탑 시대의 외국어를 쓰지. 거기 사람들은 그런 말로 쓴 책을 쏙독새가 날개를 치듯 빠른 속도로 읽어 대는 거야. 거기서는 전부가 학문이야. 종교를 제외하면 학문 빼고는 아무것도 없지. 그 종교도 학문이야. 내가 이해할 수 없거든. 심각한 사람들의 심각한 도시지. 밤거리엔 돌아다니는 아가씨가 없는 것도 아니지만……. 그들은 화단에서 무를 키우듯 사제들을 길러 내지. 꼴사나운 얼간이를 엄숙한 설교장이로 만드는 데, 봅, 몇 년 걸린다고 했지? 오 년이 걸린다고 했나? 썩은 열정이 빠진 인간을 말이지. 그들은 해내. 갈고닦아 일꾼 만들듯 말이야. 성경에 쓴 것과 똑같이, 긴 흑색 양복과 조끼를 입고, 사제 칼라를 달고 사제 모자를 쓰고, 얼굴은 우거지상을 하고. 자기 엄마도 어떤 때는 자식을 알아보지 못하게 말이야. 그러는 게 그 사람들 직업이지."

"어떻게 알아요?"

"얘야, 내 말을 막지 마라. 어른들 말을 막으면 안 되지. 보비, 앞 말을 옆으로 옮겨. 여기 누가 오고 있구나. 내가 지금 대학 생활 이야기를 한다는 사실 명심해야 해. 그 사람들 고상하게 살지. 틀린 소리는 아니야. 그러나 나는 그런 생활 별로라고 생각해. 우리는 지금 몸이 높은 곳에 있고, 그 사람들은 마음이 높은 곳에 있지. 그 사람들, 고상한 사람들임엔 틀림없어. 그중 어떤 사람들은 머릿속 생각을 말로 해서 몇백 파운드씩이나 벌 수 있어. 또 그중 어떤 건장한 젊은 사람은 은으로 만든 잔이 가득 차도록 많은 돈을 벌어들이지. 음악으로 말할 것 같으면, 크라이스트민스터 사방에서 아름다운 음악이 흘러나오지. 종교적인 사람이나 아닌 사람이나 다른 사람들과 모두 하나가 되어 어울릴 수밖에 없지. 거기에 가면 세상 어디에도 없는 거리가 있어. 그 도시에서 제일 번화한 거리지!"

말들이 숨을 돌려서 목 안장을 다시 씌웠다. 멀리 후광이 비치는 곳을 존경에 찬 눈으로 마지막 바라본 주드는 기막히게 정보가 풍부한 친구 곁에서 걷기 시작했다. 걸어가는 동안 그는 도시에 대해서 첨탑과 숙사와 교회 이야기를 계속하는 데 인색하지 않았다. 마차가 교차로로 들어서자 주드는 마부에게 여러 가지 정보를 알려 주어서 감사하다는 인사를 깍듯이 하며, 자신은 그의 반만큼이라도 크라이스트민스터에 관해 이야기를 할 수 있기 바란다는 말을 했다.

"그거 다 내가 들은 이야기지." 마부는 겸손하게 말했다. "거기 가 보지 못한 것은 나도 마찬가지야. 나는 여기저기서 소식을 듣고 다니는데, 너한테 알려 주는 건 조금도 아깝지 않아. 나처럼 세상을 돌아다니며 온갖 계층의 사람들과 어울리게 되면 별별 이야기를 다 듣게 마련이야. 젊었을 때 크라이스트민스터의 크로지에 호텔에서 구두를 닦은 친구가 있는데 그 친구와는 노년에 형제간만큼이나 가까워졌지."

주드는 집으로 가는 길을 혼자 계속 걸었다. 생각에 깊이 빠져 무서운 것조차 잊었다. 그는 갑자기 나이를 먹은 듯했다. 어디에 닻을 내리고, 존경스럽다고 말할 수 있는 그곳에 매달리고 싶은 염원이 그의 마음속에 오래 자리 잡고 있었다. 그 도시 안에서 그곳을 찾아낸다면 거기로 갈 수 있을까? 농장주에 대한 두려움이나 방해나 비웃음 없이, 옛날 사람들이 한 것처럼 지켜보고 기다렸다가 커다란 일감이 보이면 자신을 거기에다 던질 수 있을까? 십오 분 전에 보았던 후광처럼, 어두운 길을 걸어가는 동안 그의 머릿속에는 그곳이 환히 빛나고 있었다.

"그곳은 불빛의 도시야." 그는 혼자 중얼거렸다.

"거기서는 지식의 나무가 자라지." 몇 걸음 더 걸어가면서 다시 중얼거렸다.

"인간의 스승들이 나오고 또 찾아가는 곳이기도 해."

"학문과 종교로 무장된 성이기도 하지."

그는 오랫동안 말없이 가다가 이렇게 덧붙였다.

"그곳은 나한테 잘 어울릴 거야."

4

생각하는 점에 따라 어떻게 보면 나이가 많은 사람 같기도 하고 또 다른 면에서는 나이보다 훨씬 어린 아이이기도 한 주드가 이런 생각에 몰두하여 천천히 걸어가는데, 가벼운 발걸음으로 걸어오던 행인 한 사람이 그의 곁을 스쳐 지나갔다. 어둠 속에서도 그는 매우 높은 모자를 쓰고 연미복을 입었으며 다리가 가늘고 소리 나지 않는 장화를 신었음을 알 수 있었다. 몸을 흔들 때마다 시곗줄이 요란하게 진동을 하며 하늘의 빛을 반사했다. 호젓한 기분에 막 빠져 있던 주드는 그와 발걸음을 맞추려고 보폭을 빨리했다.

"친구, 내가 좀 바쁘거든. 내 곁에 따라오려거든 대단히 빨리 걸어야 할 거야. 내가 누구인지 아나?"

"네, 알죠. 빌버트 의사 선생님이시죠?"

"허, 나는 이렇게 사방에 알려져 있다니까. 사람을 돕는 공인이니까 그렇겠지."

빌버트는 여기저기 돌아다니는 돌팔이 의사로 시골 사람들에게는 널리 알려진 사람이었다. 그는 불편한 조사를 받는 일을 피하기 위해 시골에서만 의사로 행세하며 다녔기 때문에 그 밖의 지역에서는 전혀 알려진 바가 없었다. 넓은 웨섹스 지역에서 그의 평판은 농장 종사자들 사이에만 한정되어 있었다. 그는 자본이 있어 조직적으로 자기 광고를 하는 돌팔이들보다 훨씬 사회적 위치가 초라했으며, 전문 분야도 훨씬 덜 알려졌다. 사실 그는 전 세대의 유물 같은 존재였다. 그가 걸어서 돌아다니는 폭과 거리는 넓고 넓어서 거의 웨섹스 전체에 이르렀다. 주드는 어느 날 빌버트가 물감을 넣은 돼지 비곗덩어리 한 통을 다리 아픈 데 좋은 약이라며 어떤 노파에게 파는 것을 보았다. 그는 그것을 시나이산에서 풀을 뜯어 먹고 사는 특정한 동물에게서 얻어 내는 귀중한 고약이며, 사람들은 그 동물을 잡기 위해 생명을 건 위험한 모험을 한다고 했다. 그는 그것을 두 주에 1실링씩 나누어 받기로 하고 1기니[7]에 팔았다. 주드는 그의 약에 대해서 이미 불신을 품고 있었다. 그러나 그가 의심의 여지가 없을 만큼 여행을 많이 한 사람이라는 점을 확고히 믿었고, 의사라는 직업을 떠나서는 세상 물정에 대해 믿을 만한 정보를 지니고 있으리라 생각했다.

"의사 선생님은 크라이스트민스터에 가 봤겠네요?"

---

7) 이제는 없어진 화폐 단위로 1파운드 1실링에 해당한다.

"그럼. 여러 차례 가 봤지." 키가 크고 깡마른 사람이 이렇게 대답했다.

"학문과 종교로 유명한 도시인가요?"

"네가 직접 그 도시를 보았더라면 그렇게 말할 수 있지. 대학의 세탁부 아줌마들 아이들도 라틴어로 말을 할 수 있어. 라틴어를 아는 전문가의 입장에서 보면 훌륭한 라틴어가 아니지만 말이야. 그런 라틴어를 내가 대학생일 때는 강아지 라틴어, 고양이 라틴어라고 불렀지."

"그리스어는요?"

"그건 말이다, 그건 주교가 될 사람들을 위한 거지. 신약 성서를 원전으로 읽을 수 있도록 훈련을 시키는 거란다."

"나도 라틴어와 그리스어를 배우고 싶은데요."

"고상한 욕구구먼. 그렇다면 문법 책을 구해야 돼."

"언젠가 크라이스트민스터에 가려고요."

"그런 생각을 할 때마다 사람들한테 영양 체계에 생기는 병을 어김없이 고치는 약은 빌버트 선생만이 갖고 있다고 말해야 된다. 천식과 숨 가쁜 병을 고치는 약도 빌버트 선생만 갖고 있다고 하란 말이다. 한 상자에 2실링 3펜스이고 정부의 허가가 난 약이지."

"내가 이제부터 그런 말을 광고하고 다니면 문법 책을 구해 줄 수 있어요?"

"내 책을 너한테 팔지. 내가 대학생 때 쓰던 책 말이다."

"고마워요, 의사 선생님." 주드가 감사한 마음으로 그렇게 말했다. 의사의 발걸음이 어찌나 빠른지 주드는 종종걸음으로 따라가야 했으며, 그러느라고 헐떡거리며 말을 해야 했다. 그는 옆구리가 다 쑤셨다.

"젊은 친구, 이제 내 뒤에서 걸어오라고. 이렇게 하겠다고 약속하지. 네가 마을 집집마다 돌아다니면서 빌버트 선생의 황금 연고와 목숨을 구하는 드롭스와 여성용 환약을 잊지 않고 천거하고 다니면, 너한테 문법 책을 갖다주고 또 두 외국어의 첫 수업도 내가 직접 해 준다고 말이다."

"문법 책을 어디로 가져올 거예요?"

"정확히 보름 뒤 오늘 7시 25분에 여기를 지나갈 거다. 나는 천체가 이동하는 것만큼 시간에 정확히 맞추어 움직이지."

"그럼 여기서 만나요." 주드가 말했다.

"내 약에 대한 주문을 받아 와야 돼."

"그럴게요, 의사 선생님."

주드는 거기서 뒤로 처졌다. 그리고 몇 분 동안 멈추어 서서 숨을 돌렸다. 크라이스트민스터로 가는 스트라이크를 날렸다고 생각하며 집을 향해 걸어갔다.

다음 보름 동안 주드는 마음속에 자리 잡은 생각을 떠올리면서 얼굴에 미소를 띠고 열심히 돌아다녔다. 마치 그 마음속 생각이 그가 만나는 사람들이며, 그 내면의 생각이 사람들처럼 그에게 고개를 끄덕이며 인사를 하는 것 같았다. 그는 어떤 훌륭한 생각이 막 떠올라 엄청나게 아름다운 빛이 젊은 얼굴에 퍼지는 사람 같은 미소를 띠고 다닌 것이다. 마술 램프가 그들의 투명한 본성 안에 놓여 있고, 그래서 천국이 가까이 있다는 기분 좋은 환상을 보는 것처럼 느꼈다.

주드는 많은 병을 고친다는 의사에 대한 약속을 정직하게 지켰다. 그는 이제 의사를 진심으로 믿었으며, 그래서 의사의 대리인이 미리 된 것처럼 인근 마을을 여기저기 걸어 돌아다녔다. 약속된 저녁에 그는 빌버트와 보름 전에 헤어졌던 고지대에서 그가 나타나기를 기다렸다. 의사는 제법 시간을 잘 지키는 편이었다. 그러나 놀랍게도 그는 손을 뻗으면 닿을 가까운 거리에 왔으면서도 걸음의 속도를 조금도 늦추지 않았다. 보름 사이에 저녁이 훨씬 밝아졌는데도 주드를 알아보지 못했다. 주드는 자신이 쓴 모자가 그날 썼던 것이 아니기 때문에 그럴지도 모른다는 생각을 하면서 위엄 있는 목소리로 인사를 건넸다.

"얘야, 왜 그러니?" 의사가 멍한 눈으로 바라보면서 말했다.

"나 여기 왔는데요." 주드가 말했다.

"너? 누구냐? 아, 그렇지, 맞아. 주문은 받아 왔냐?"

"네." 주드가 그에게 세계적으로 알려진 환약과 연고의 성능을 시험해 보겠다는 사람들의 이름과 주소를 말해 주었다. 돌팔이 의사는 머릿속에다 그 이름과 주소를 조심스럽게 기억해 두었다.

"라틴어와 그리스어 문법 책은요?" 주드의 목소리가 두려운 예감 때문에 떨렸다.

"그게 어쨌는데?"

"그 책들을 가져오기로 했잖아요? 학위 받기 전에 썼다는 책요."

"아, 그렇지, 그랬지! 깜박했지 뭐냐. 까맣게 잊어버렸어! 얘야, 너도 알다시피 너무 많은 사람이 내가 돌봐 주기를 기다리지 뭐냐. 그래서 다른 일에 마음대로 신경을 쓰지 못한다."

주드는 사실을 파악하기 위해 실망을 오랫동안 억제했다. 그는 비참한, 그러나 감정이 절제된 목소리로 말했다. "안 가져왔죠?"

"그래, 가져오지 않았다. 아픈 사람들의 주문이나 더 받아오너라. 문법 책은 요다음에 가져오지."

주드는 뒤로 물러섰다. 그는 순진한 아이였다. 그러나 때때로 아이들에게 갑작스럽게 찾아오는 통찰력이 머릿속을 스쳐 지나가면서 이 돌팔이 의사가 얼마나 허풍꾼인지를 깨닫게 했다. 이 사람에게는 지성의 빛이 없다는 사실을 주드는 깨달았다. 그의 마음속에 있는 상상의 월계관에서 잎사귀들이 우수수 떨어져 나갔다. 그는 통로 쪽으로 가서 몸을 기대고는 쓰라린 울음을 터트렸다.

실망을 따라온 것은 망연자실의 시간이었다. 주드는 알프레드스턴에서 문법 책을 구할 수도 있었다. 그러나 그 방법을 택하려면 돈이 들었고, 또 주문해야 하는 책이 무엇인지를 정확히 알아야 했다. 그는 육체적으로는 살아가기에 불편한 것이 없었으나, 돈이라고는 한 푼도 없이 다른 사람에게 절대적으로 의지해야 하는 처지였다.

이런 시기에 필롯슨 선생이 피아노를 찾아가겠다고 알려왔다. 주드에게 한 가지 생각이 떠올랐다. 선생님에게 편지를 써서 크라이스트민스터에서 문법 책을 구해 달라고 부탁을 하면 어떨까? 악기 상자 안에 편지를 써 넣으면 선생님이 볼 수 있겠지. 헌책을 구해 달라면 대학교의 분위기가 물씬 젖어 있는 장점도 있겠지.

할머니에게 그의 의도를 알리는 것은 계획을 수포로 돌리는 것이리라. 그렇다면 어쩔 수 없이 혼자 행동할 수밖에 없는 일이었다.

문제를 며칠 동안 더 깊이 생각해 본 끝에 결국 주드는 혼자 계획을 실천했다. 피아노가 실려 가는 날은 그의 생일이기도 했는데 그는 피아노를 싼 상자 속에 존경하는 친구에게 보내는 편지를 몰래 집어넣었다. 드루실라 할머니가 알면 그의 동기를 알아차리고 계획을 포기하라고 말릴 것 같아 마음이 몹시 불안스러웠다.

피아노가 발송되었다. 주드는 여러 날 여러 주일을 기다렸다. 그는 매일 아침 할머니가 깨기 전에 마을 우체국으로 가서 우편물을 챙겼다. 마침내 소포가 하나 도착했다. 그 속에 얇은 책 두 권이 들었다는 사실을 그 소포의 양 끝을 통하여 보았다. 그는 한적한 곳으로 가서 잘린 느릅나무 등걸에 앉아 소포를 뜯었다.

크라이스트민스터를 보고 그곳에서의 가능성에 대한 환희를 처음 경험한 이후 주드는 많은 생각을 했다. 특히 한 언어의 표현을 다른 언어의 표현으로 옮기는 과정에 관하여 호기심에 젖어 많은 생각을 했다. 그리고 이렇게 결론을 내렸다. 즉 대상 언어의 문법은 근본적으로 규칙이나 규범이나 비밀 암호의 특성에 대한 단서를 내포하며, 일단 그것을 알게 되면 응용에 의하여 마음대로 자기 언어의 어휘를 외국어 어휘로 변형시킬 수 있다고 생각한 것이다. 그의 어린 생각은 그림의 법칙[8]이라는 이름으로 널리 알려진 수학적 정밀성을 극대화한 것으로, 일반적인 규칙을 이상적으로 완결하려는 시도를 확대한 것이었다. 따라서 대상 언어의 어휘는 주어진 언어의 어휘에 잠재하고, 그것을 찾아낼 수 있는 기술을 습득한 사람에 의하여 언제나 찾을 수 있으며, 그 기술은 문법 책 속에 들었다고 그는 믿었다.

그는 소포에 크라이스트민스터의 소인이 찍힌 사실을 확인하고는 끈을 뜯고 책을 꺼냈다. 그는 위에 놓인 라틴어 문법책을 펼쳤다가 그의 눈을 의심할 만한 사실을 발견했다.

책은 낡은 고서였다. 삼십 년은 됨 직한 책인데, 종이는 얼룩졌으며, 본문에는 온갖 종류의 적개심을 악의에 찬 낙서로 표시해 놓았고, 자신의 시대에서 이십 년을 더 거슬러 올라가는 날짜가 여기저기 적혀 있었다. 그러나 주드를 놀라게 한 것은 그게 아니었다. 그가 순진하게 생각했던 것과 달리 그는 처음으로 언어에 변형의 법칙이 없다는 사실을 깨닫게 되었던 것이다.(이 법칙에 약간의 예외가 없는 것은 아니지만 문법학자는 그것을 인정하지 않았다.) 라틴어와 그리스어에서는 단어를 하나하나 따로 외워야 했으며, 그런 노력은 여러 해를 소요하는 것이었다.

주드는 책들을 던져 버리고, 느릅나무의 넓은 등걸 위에 벌

---

8) 독일의 민속학자이며 역사 언어학자인 야코프 그림(Jakob Ludwig Carl Grimm, 1785~1863)이 제기한, 유사 언어 사이의 자음 변화에 관한 학설.

렁 뒤로 드러누워 약 십오 분 동안 아주 비참한 기분에 젖어 있었다. 그는 전에도 자주 했던 것처럼 모자를 얼굴 위로 당겨 밀짚 사이에 난 틈을 통하여 해가 넌지시 자신을 들여다보는 것을 응시했다. 그래, 이것이 라틴어이고 그리스어란 말인가? 이 거대한 미망이여! 자기를 기다린다고 생각한 마력이 사실은 이집트에 유폐된 이스라엘 사람들의 고된 노역에 불과하지 않은가?

크라이스트민스터의 학자들은 대단한 두뇌를 가졌으며, 단어 수만 개를 하나씩 하나씩 익히게 하는 대학도 대단한 곳이라고 그는 생각했다. 그리고 이러한 일을 수행할 수 있는 두뇌가 자신의 머릿속에는 없다는 결론을 내렸다. 햇살이 모자의 밀짚 틈 사이로 계속 흘러 들어와 자신에게 쏟아지는 동안, 책을 보지 말았어야 하고, 앞으로도 책을 보아서는 안 되며, 아예 태어나지도 말았어야 한다고 생각했다.

누군가가 그가 있는 쪽으로 와서 그의 고통이 무엇이냐고 묻고, 그의 생각이 문법학자의 생각보다 훨씬 앞선다고 위안을 할 수도 있었으리라. 그러나 아무도 오지 않았기 때문에 실제로 그런 일은 일어나지 않았다. 자신의 엄청난 과오를 충격적으로 깨달으면서 주드는 계속 이 세상을 하직하고 싶은 마음에 휩싸였다.

5

다음 삼사 년 동안 메리그린의 뒷길과 골목길에서는 이상하고 독특하게 생긴 수레가 이상하고 독특한 방법으로 돌아다니는 광경이 목격되었다.

문법 책을 받고 한두 달이 지나자 주드는 죽은 언어가 자신에게 가한 초라한 속임수에 둔감해졌다. 사실 이 언어들의 특성에서 경험한 실망감은 얼마간의 시간이 지나면서 오히려 크라이스트민스터의 학문을 더욱 숭배하는 계기가 되었다. 언어를 습득한다는 것은 그 언어가 살아 있건 죽었건 그 속에 내재된 경직성에도 불구하고 엄청난 노력을 필요로 하는 작업이며, 그렇기 때문에 미리 정해진 특정한 방법보다는 시간이 지나면서 점차 그 언어를 습득하고 싶은 관심을 더 갖는 것이었다. 산더미 같은 자료 속에 든 사상과 그 사상이 숨어 있는 고전이라는 이름의 먼지 앉은 서적들이 주드로 하여금 그 사상을 하나씩 서서히 정복하도록 끈질기고 은은하게 유혹했다.

집안에서 자신의 존재가 받아들여지도록 주드는 최선을 다하여 짜증투성이의 노처녀 할머니 일을 도왔고, 소규모의 제과업은 확장되었다. 머리가 늘어진 늙은 말 한 마리를 8파운드에 사고, 몇 파운드 더 들여 흰빛이 약간 도는 갈색 덮개가 딸린 삐걱거리는 짐수레도 하나 샀다. 그 결과로 주드는 한 주에 세 번씩 메리그린 인근에 사는 마을 사람들과 인가에서 멀리 떨어진 소작농들에게 빵 배달을 해야만 했다.

이 일을 수행함에 있어 독특한 것은 빵 배달 자체가 아니라 정해진 길을 가면서 주드가 보여 주는 행태였다. 그 길은 주드에게 '사적(私的) 학습'을 실천하는 교육의 현장이었다. 말이 가는 길과 잠시 멈추어 서야 하는 집을 익히자 주드는 수레 앞자리에 앉아 채찍을 팔 위에 느슨하게 얹어 두고는 덮개에 붙은 가죽 끈으로 읽던 책을 교묘하게 고정해 폈다. 사전을 무릎 위에 놓고 닥치는 대로 카이사르, 베르길리우스, 호라티우스 같은 사람들의 저서 중에서 쉬운 글들을 골라 공부했는데, 반 장님이 허우적거리며 길을 가는 것과 비슷했다. 그의 노력의 낭비는 마음 여린 교사가 눈물을 흘리지 않을 수 없도록 만들었다. 그러나 이런 식의 공부도 읽은 부분의 의미는 대충 터득할 수 있었는데, 원전의 정신을 정확히 알아내기보다는 직관으로 유추하는 것으로, 그가 찾아내도록 배운 것과는 종종 다른 것이었다.

주드가 가지고 있는 라틴어 교과서는 이미 폐간되었기 때문에 값이 싼 낡은 델팡판[9]이었다. 그러나 이 총서는 게으른 학생들에게는 좋은 책이 아닐지 몰라도 주드에게는 그런대로 쓸 만했다. 고달프고 외로운 빵 배달꾼은 최소한의 독서를 충실히 계속했으며, 우연히 만나게 된 친구나 선생처럼 이 책을 구문상의 요점으로 활용했다. 이런 두서없고 피상적인 공부 방법은 주드를 학자로 만들 수는 없었지만 그가 원하는 궤도로 인도해 가는 점은 확실했다.

주드가 이미 무덤 속으로 들어갔을 법한 사람들의 손때가 묻은 낡은 책의 책장과 씨름을 하면서, 아주 멀고 먼 그러나 또 아주 가까이에 있는 사람들의 정신세계를 탐색하기 바쁜 동안, 뼈가 앙상한 늙은 말은 정해진 순회 구역을 돌고 있었다. 주드는 마차가 멈추면 여왕 디도의 슬픔에서 깨어나듯 정신을 차렸다. "빵 장수, 오늘은 두 덩어리만 주우. 그리고 이 곰팡이 난 빵은 반납이우."라는 노파의 목소리가 들렸다.

그는 길에서 보행자나 그 밖의 사람들과 자주 마주쳤다. 그러나 그는 그들을 보지 못했다. 이웃 동네 사람들이 차츰 그가 일과 노는 것(그의 독서를 그들은 이렇게 불렀다.)을 한꺼번에 한다고 말하기 시작했다. 그들은 그것이 주드 자신에게는 편리할지 모르지만 같은 길을 다니는 사람들에게는 안전한 것이 아니라고 지적했다. 사람들의 쑤군거림이 퍼져 나갔다. 마침내 인근에 사는 주민 한 사람이 경찰에 연락을 해 빵집 아

---

9) 프랑스에서 1670년에 발간된 라틴어 고전 총서.

이가 마차를 모는 동안에는 책을 읽도록 내버려 두어서는 안 된다고 불평을 했다. 경찰이 그를 현장에서 잡아 알프레드스턴의 치안 재판에 넘겨야 하며, 대로에서 위험한 짓을 한 데 대한 벌금을 부과해야 한다고 주장했다. 그래서 경찰이 숨어서 기다렸다가 주드에게 경고를 주었다.

주드는 가마에 불을 지피기 위해 새벽 3시에 일어나야 했다. 그날 오후에 배달해야 할 빵을 굽고 굳히기 위해서 였다. 이런 일정 속에서는 저녁에 반죽을 안치자마자 취침을 해야 했다. 따라서 대로에서나마 책을 읽지 않으면 공부할 시간이 전혀 나지 않았다. 주어진 상황에서 그에게 열린 대안은 눈을 앞으로 옆으로 바로 뜨고 다니는 것이며, 가시거리상에 누가 나타나기 바쁘게 재빨리 책을 감추는 것이었다. 특히 경찰이 나타나는 경우에 그랬다. 경찰도 주드의 빵 마차가 다니는 길에 일부러 나타나려 하지 않았다. 이런 한적한 시골 길에서 위험이 있다면 주드 자신에게 일어나는 위험이라고 생각한 경찰은 하얀 포장마차가 울타리 위로 나타나면 다른 방향으로 옮겨 가곤 했다.

열일곱 살이 된 주드는 라틴어 실력도 꽤 높은 수준에 올랐다. 그는 「카르멘 세큘라레」[10]를 귀갓길에 더듬더듬 읽어 나가다가 갈색 집 곁에 있는 대지(臺地)의 높다란 가장자리 위로 지나가는 자신을 발견했다. 빛이 바뀌는 시간이었다. 그는 고개를 쳐들고 하늘을 보았다. 해가 지고 있었고, 동시에 맞은편

---

10) 기원전 17세기 시인 호라티우스가 쓴 시.

숲 뒤에서 보름달이 솟아오르고 있었다. 그의 머릿속은 「카르멘 세큘라레」의 시구절로 가득 차, 한 충동적인 순간에 사다리 위에서 무릎을 꿇었던 몇 해 전과 같이, 말을 멈추고 땅 위에 내려 사방을 둘러본 다음 길가의 둑에 책을 펴 든 채 엎드렸다. 그는 먼저 찬란하게 빛을 발산하는 달을 쳐다보았다. 달이 주드가 하는 짓을 부드럽게, 그러나 찬성하지 않는 듯이 내려다보는 것 같았다. 이번에는 사라지는 해를 쳐다보았다. 그러고는 이렇게 시 한 줄을 외었다.

태양신과 숲 속에서 반짝이는 달의 신!

말은 그가 시 암송을 끝낼 때까지 기다렸다. 주드는 환한 대낮에는 상상도 못 할 다신교적 환상에 젖어 들며 시 암송을 계속 반복했다.

집으로 돌아와서 주드는 이런 짓을 하는 자신이 이상하게 천성적이거나 후천적인 미신에 빠져 있는 점을 발견하고 그에 대하여 곰곰이 생각해 보았다. 또 학자 다음으로 훌륭한 기독교인이 되기를 원하는 사람의 상식과 습관에서 일탈하는 자신의 이상한 건망증에 대해서도 깊이 생각해 보았다.

이러한 일은 이교도들의 저서만 읽은 데서 기인했다. 이 문제에 대하여 생각을 할수록 자신이 모순에 빠져 있음을 확인했다. 그렇다고 생의 목표를 위한 바른 책만 읽을 것인가. 분명한 점은 이교도적 문헌과 크라이스트민스터의 중세 대학들(교회의 낭만이 석조물로 구현된) 사이에는 조화가 결여되었다는 사실이다.

주드는 순수한 학문에 대한 사랑 때문에 기독교를 신봉하는 청년이 가져야 할 바른 감정을 잘못 갖게 되었다고 결론을 내렸다. 그는 클라크판 호메로스[11]는 읽었어도, 우편 주문으로 중고 서적 판매업자에게서 입수한 그리스어 신약 성서는 별로 공부하지 않았다. 그는 지금까지 익숙했던 이오니아 방언[12]을 버리고 새 방언을 선택했으며, 그때부터 독서는 거의 그리스바흐[13]가 편찬한 복음서와 「사도행전」에만 제한했다. 그는 어느 날 알프레드스턴에 갔다가 파산한 이웃 동네 신부가 남겨놓은 초기 교부(敎父)들의 저서를 서점에서 몇 권 찾아내면서 교부 문학을 알게 되었다.

그의 생활에서 일어난 또 하나의 변화는 일요일마다 걸어갈 수 있는 거리 안의 교회는 모조리 찾아다니며 15세기에 제작된 놋쇠 판과 묘지에 쓰인 라틴어 비문을 해독하고 다닌 것이다. 이 순례에서 그는 곱사등이 노파 한 사람을 만났다. 그녀는 손에 닿는 것이라면 모조리 읽은, 대단한 지성을 소유한 사람이었다. 그녀는 빛과 학문의 도시가 지닌 낭만적 매력에 대하여 더 많은 이야기를 해 주었다. 주드는 그곳으로 갈 결심을 더욱 확고히 굳혔다.

그러나 그 도시로 가면 어떻게 살 것인가? 그는 지금 수입

11) 1818년에 사무엘 클라크가 편찬한 『호메로스』.

12) 고대 그리스어 방언 중 하나.

13) 요한 야코프 그리스바흐(Johann Jakob Griesbach, 1745~1812)독일의 신학자. 최초의 성서 비평가로 복음서들을 체계적이고 문학적으로 분석했다.

이 없었다. 여러 해에 걸쳐 수행해야 할 지적 노력이 진행되는 동안 생활을 유지시켜 줄 버젓한 직업이나 안정된 생업이 없는 것이었다.

사람들에게 가장 필요한 것이 무엇인가? 먹는 것, 입는 것, 그리고 잠자는 집이다. 첫 번째를 준비하면서 얻는 수입은 너무 미약했으며, 두 번째에 대해서는 주드가 개인적으로 혐오증을 느꼈다. 세 번째에 대한 준비에는 관심이 없지 않았다. 도시에서는 항상 집을 지었다. 그는 집 짓는 일을 배우기로 했다. 그는 만난 적이 없는 그의 아저씨를 생각했다. 사촌 수잔나의 아버지로 교회의 건축에서 금속 재료를 전문으로 다루는 일을 했다. 주드는 사실 중세기부터 내려오는 기술이면 어떤 재료를 다루는 분야든 상관없이 호기심이 많았다. 아저씨가 하는 일을 전수받고, 학자의 영혼을 담은 일에 당분간 종사하는 것은 과히 잘못된 계획은 아니었다.

예비적 단계로 그는 작은 사암 덩이 몇 개를 구했다. 금속 재료를 구할 수가 없었기 때문이다. 그리고 잠시 동안 공부를 중단하고 매일 삼십 분씩 교구 교회에서 묘비의 머리 부분과 주두(柱頭) 부분을 베끼는 일에 시간을 보냈다.

알프레드스턴에 별로 알려지지 않은 석공이 한 사람 살고 있었다. 할머니의 일을 자기 대신에 도와줄 사람을 구하자 곧 주드는 그를 찾아가서 월급이 적어도 좋다는 조건으로 일을 시작했다. 그는 여기서 사암으로 작업을 하는 기술의 기초는 배울 수 있었다. 다시 그는 얼마 뒤 같은 도시에 있는 교회 건축사를 찾아가 인근 시골 교회에서 허물어진 석조물을 수리하는 작업의 조수 일을 시작했다.

그는 이런 일이 보다 큰 계획을 준비하는 동안 하나의 버팀목으로써 의미가 있다는 사실을 잊지 않았다. 그는 보다 큰 계획이 자신에게 더 알맞다고 믿었으나 그가 지금 하는 석수 일에도 흥미를 느끼는 편이었다. 그는 주 중에는 알프레드스턴 시에서 하숙을 하며, 메리그린 마을에는 토요일 저녁에만 돌아갔다. 이러는 동안 그의 나이는 스무 살이 되고 또 스무 살을 지나고 있었다.

6

잊을 수 없는 이런 시기 중 어느 토요일 오후 3시경 주드는 알프레드스턴에서 메리그린으로 돌아오고 있었다. 날씨가 화창하고 부드럽고 따뜻한 여름이었다. 그는 등에 공구 가방을 멘 채 걸어갔다. 가방 속에서 작은 끌들이 큰 끌에 부닥쳐 약하게 철렁거리는 소리를 냈다. 주말이어서 그는 일찍 공사장을 나와, 평소에는 잘 가지 않는 우회 도로를 택하여 시내를 빠져나왔다. 할머니의 심부름을 하기 위하여 크레스쿰 근처에 있는 제분 공장에 들러야 했던 것이다.

그는 열성적인 기분에 젖어 있었다. 일이 년만 지나면, 자신이 오랫동안 꿈꾸어 온 학문의 중심지에서 기회의 문을 두드리며, 편안하게 크라이스트민스터의 생활을 할 수 있는 길이 열릴 것 같았다. 그는 지금쯤 어떤 자격으로든 그곳에 가 있을 수도 있었다. 그러나 현재보다는 좀 더 확실한 생활 수단이 확보된 다음에 가기로 했다. 그동안에 한 일을 생각하면 스스로 만족스러운 기분이 따뜻하게 자신을 감쌌다. 그는 자기 길을 가면서 이따금씩 길 양쪽에 있는 경치와 마주치기 위하여 주변을 살폈다. 그러나 그의 시야에는 아무것도 보이지 않았다. 주변을 살피는 행동은 바쁘지 않을 때 자동적으로 반복하는 버릇이었다. 그의 마음을 사로잡는 오직 하나의 관심사는 지금까지 자신이 이루어온 행적이었다.

"나는 일반적으로 통용되는 옛날의 고전을 읽어 낼 수 있는 보통 학생들의 능력은 습득했어. 특히 라틴어 고전이 그러하지." 이 말은 사실이었다. 주드는 쉽게 라틴어로 자신과 상상의 대화를 하여, 호젓한 길에서 스스로를 기쁘게 할 만큼의 실력을 쌓았다.

"나는 두 권의 『일리아드』를 읽었지. 그리고 제9권의 불사조 연설, 제14권의 헥토르와 아이아스의 싸움, 제18권의 무장하지 않은 아킬레우스의 등장과 천상의 갑옷, 제23권의 장례놀이도 잘 알아. 나는 또 헤시오도스도 좀 읽었으며, 투키디데스도 조금 알고, 그리스어 성서도 많이 읽었지. 그리스어에는 하나의 방언만 있었으면 좋겠어.

나는 유클리드의 처음 여섯 권과 제11권, 제12권을 포함하는 수학 공부도 했고, 대수 공부도 하여 단순 방정식까지는 풀 수 있지.

나는 교부 문헌에 대해서도 좀 알고, 로마와 영국의 역사에 대해서도 아는 바가 있어.

이런 정도는 단지 시작일 뿐이야. 그러나 이곳에선 더 이상 발전할 수 없어. 책을 구하기가 힘들기 때문이지. 그래서 나는 있는 힘을 모두 쏟아 부어 크라이스트민스터에 정착하는 데 집중해야지. 일단 크라이스트민스터에 들어만 가면 거기서 받을 수 있는 도움으로 엄청난 발전을 할 것이고, 그러면 지금 내가 갖고 있는 지식은 어린아이들의 무지에 지나지 않겠지. 나는 돈을 저금해야 돼. 그래, 저금할 거야. 거기 대학 중 하나가 나에게 문을 활짝 열고 환영할 거야. 지금은 나를 퇴짜 놓겠지만. 이십 년을 기다린다 해도 환영만 받을 수 있다면.

나는 공부가 끝나기 전에 신학 박사가 될 거야!"

그는 계속 꿈을 꾸었다. 순수하고 활력에 넘치며 현명한 기독교도의 생활을 함으로써 주교까지 되겠다고 생각했다. 그는 훌륭한 모범을 보이겠다고 결심했다. 만약 연봉이 5000파운드라면 4500파운드는 이런저런 형태로 기부를 하고 나머지로 (자신을 위하여) 멋있게 살겠다고 생각했다. 글쎄, 다시 생각해 보니 주교는 좀 억지 같아. 그는 부제에서 선을 긋기로 했다. 부제의 자격으로도 주교만큼이나 훌륭하고 학식 있고 유용할 수 있겠지. 그러면서도 그는 다시 주교가 되는 생각을 했다.

"크라이스트민스터에 정착하는 대로 여기서 구할 수 없었던 책들을 읽어야지. 리비우스, 타키투스, 헤로도토스, 아이스킬로스, 소포클레스, 아리스토파네스의 저서를."

"하, 하, 하! 잘났어!" 울타리 저쪽에서 경망한 목소리가 들렸다. 그러나 주드는 그 목소리를 듣지 못했다. 그는 계속 자신의 생각에 빠져 있었다.

"에우리피데스, 플라톤, 아리스토텔레스, 루크레티우스, 에픽테토스, 세네카, 안토니누스. 나는 다른 쪽에도 숙달해야지. 교부 문학을 철저히 공부하고, 비드와 교회사도 대충 알아야 돼. 헤브라이어도 좀 공부해야 하고. 아직 글자밖에 모르거든."

"잘났어!"

"그러나 열심히 할 수 있어. 다행히 끈기는 나의 특기거든! 그래, 크라이스트민스터는 나의 모교가 될 거야. 나는 모교의 사랑받는 아들이 되고, 모교는 그 아들에 만족할 거야."

장차 있을 일에 대해 깊은 생각에 잠겼던 주드는 걸음을 늦추었다. 그러다 그는 그의 장래가 마술 램프에 의해 땅 위에 비추어진 것처럼 걸음을 멈추고 길을 쳐다보았다. 갑자기 어떤 물체가 그의 귀를 날카롭게 때렸다. 부드럽고 차가운 물체가 자신에게 던져졌다가 발에 떨어진 것을 알게 되었다.

첫눈에 그것이 무엇인지를 알아볼 수 있었다. 동물의 살점이었는데, 거세된 돼지의 어느 특정 부분이었다. 다른 목적으로 쓸 용도가 없었기 때문에 시골 사람들은 구두에 기름칠을 하는 데 사용했다. 북부 웨섹스 지방의 일부 지역에서는 돼지를 대량으로 길렀다. 때문에 이 지방에서도 돼지가 아주 많은 편이었다.

울타리 저편으로 시내가 흘렀다. 그의 꿈과 뒤섞였던 낮은 목소리와 웃음소리가 그 시내 쪽에서 왔다는 사실을 처음으로 알게 되었다. 그는 방죽으로 올라가 울타리 너머로 내다보았다. 시내와 좀 떨어진 곳에 정원과 돼지우리들이 붙어 있는 농장이 있었다. 농장 앞으로 흐르는 개울가에 여자 세 명이 엎드려 있고, 돼지 곱창을 잔뜩 쌓아 올린 양동이와 접시가 있었다. 그들은 흐르는 물에 곱창을 씻고 있었다. 한두 쌍의 눈이 슬금슬금 위를 쳐다보다가, 주드의 관심을 마침내 끌게 되었다는 사실과 주드가 그들을 내려다보고 있다는 사실을 알고는 몸 매무새를 바로 하고 입을 얌전하게 다물었다. 그러고는 다시 돼지 곱창을 흐르는 물에 열심히 씻기 시작했다.

"고마워요!" 주드가 근엄한 목소리로 외쳤다.

"내가 던진 거 아닌데. 정말이야!" 주드가 내려다보고 있다는 사실을 의식하지 못하는 듯 여자 중 하나가 옆에 있는 동료에게 소리를 질렀다.

"나도 아니야." 두 번째 여자가 대꾸를 했다.

"얘, 애니, 네가 어떻게 그러니!"

"내가 던진다면, 적어도 그런 물건은 안 던져."

"흥! 난 저 사람한테는 관심 없어!" 셋이 함께 웃었다. 그러고는 고개를 숙인 채 일을 계속했다. 아직도 서로에게 미루는 시늉을 했다.

주드는 얼굴을 닦다가 그들이 하는 소리를 듣고는 빈정거리는 소리로 말했다.

"그래, 거기서는 하지 않았겠지. 오, 천만에!" 그는 셋 중에서 냇물 위쪽에 있는 여자에게 말을 건넸다.

그가 말을 건 여자는 예쁜 까만 눈을 지녔다. 꼭 잘생긴 얼굴이라고는 할 수 없으나, 다소 떨어진 거리에서는 피부와 섬유 조직이 좀 거친 것을 빼면 잘생긴 사람으로 통할 수도 있었다. 그녀는 통통하고 돌출한 젖가슴과 풍만한 입술과 완벽한 치아를 지녔으며, 안색은 코친종(種) 암탉의 달걀처럼 윤기가 흘렀다. 그녀는 완전하고 풍만한 암컷이었으며, 그 이상도 그 이하도 아니었다. 주드는 인간적인 학문에 대한 자신의 꿈에서 주변의 일에 관심을 끌도록 만든 장본인이 바로 그녀라는 사실을 거의 확신했다.

"누가 했는지는 절대로 알 수 없을걸요." 그녀가 힘을 주어 강조했다.

"누가 했든 간에 그런 짓은 다른 사람들의 재산 낭비죠."

"아, 그건 괜찮아요."

"어디, 나하고 이야기를 하고 싶은 거죠?"

"그래요, 괜찮다면요."

"그럼 내가 넘어갈까요? 아니면 저기 위에 있는 판자 다리로 올래요?"

그녀는 기다리던 기회를 잡은 듯싶은 모양이었다. 주드의 말이 끝나기가 무섭게 갈색 머리 처녀의 눈이 그의 눈을 응시했다. 그녀 자신과 주드 사이에 잠재한 동질성을 순간적으로 깨닫고 그것을 소리 없이 전달하는 것 같았다. 주드는 이런 사실을 미리 예견한 것이 아니었다. 이유와는 상관없이 그냥 여성이기 때문에 더 사귀고 싶다는 목적에서, 그리고 인생을 여성적인 것에 의해 점유되기를 원하지 않는 불행한 젊은이들이 마음으로부터 무의식적으로 받은 집합적 명령에 복종하는 일반적 관행에서, 자신을 세 사람 중에서 뽑았다는 사실을 그녀는 금세 알아차렸다.

빠른 동작으로 일어서면서 그녀가 말했다. "거기 떨어져 있는 것 주워 오세요."

주드는 아버지의 사업 때문에 그녀가 자신에게 신호를 보낸 것은 아니라는 사실을 그제야 깨달았다. 그는 공구 통을 땅에 내려놓고 고기 살점을 주워 들었다. 그리고 지팡이로 길을 헤치며 울타리로 가서 그 울타리를 넘었다. 둘은 판자 다리를 향해 개울 양쪽에서 평행으로 걸었다. 다리에 가까워지자 그녀는 주드가 눈치채지 못하는 사이에 한쪽씩 차례로 뺨 안쪽을 솜씨 좋게 빨아들였다. 이 교묘하고 독특한 입짓으로 부드럽고 통통한 얼굴 위에 마술처럼 보조개를 만들어 냈다. 그녀는 얼굴에 미소를 짓는 동안 내내 그 보조개를 띠었다. 보조개 만들기는 알려지지 않은 놀이가 아니었다. 그러나 많은 사람이 시도를 했지만 성공한 사람은 몇 없었다.

그들은 판자 다리 가운데서 만났다. 주드는 그녀가 던진 물건을 던져 주었다. 그는 그녀가 왜 소리를 질러 자신을 부르지 않고 이런 새로운 무기를 쏘아 대담하게 자신을 멈추게 했는지 설명을 기다리는 듯했다.

그러나 설명 대신 그녀는 수줍은 듯이 다른 쪽으로 얼굴을 돌리고는 다리 난간에 손을 얹은 채 몸을 앞뒤로 흔들거렸다. 그녀는 이성에 대한 호색적 관심에 사로잡힌 듯 뚫어져라 그를 쳐다보았다.

"내가 물건을 던질 사람이라고는 생각하지 않겠지요?"

"아니요."

"우리 아버지를 위해 이 일을 해요. 아버지는 버리는 걸 자연히 싫어해요. 아까 그 물건으로 방수용 수지를 만들거든요."
그녀는 풀밭에 던져진 고기 살점을 향해 고개를 끄덕였다.

"왜 저 사람들 중 하나가 그걸 던졌지?" 주드는 그녀의 설명을 공손하게 받아들이며 물었다. 그러나 마음속으로는 그녀의 대답에 대해 커다란 의문을 여전히 지우지 못했다.

"경솔해서 그래요. 절대로 내가 가르쳐 주었다고 말하지 마세요. 꼭요."

"어떻게 내가? 나는 그쪽 이름도 모르는데."

"그렇네. 이름 가르쳐 줘요?"

"그래요."

"아라벨라 던이에요. 여기 살고요."

"내가 이 길로 자주 다녔으면 알았을 텐데. 나는 큰길로 그냥 똑바로 돌아가거든요."

"아버지는 양돈업을 하세요. 쟤들은 내장 씻는 일로 날 도와주고요. 그 내장으로는 소시지를 만들지요."

그들은 다리 난간에 기댄 채 서로를 바라보며 이야기를 조금씩 조금씩 더 계속했다. 소리 없이 여자가 남자를 부르는 외침이 주드를 자신의 의도와 달리(거의 그의 의지를 꺾고) 그 자리에 잡아 두었다. 그 외침은 아라벨라의 존재에 의해 더욱 분명하게 절규했다. 주드에게는 새로운 경험이었다. 주드는 지금까지 한번도 이런 식으로 여자를 쳐다본 적이 없었다. 그는 여자를 자신의 인생과 생의 목표 밖에 서 있는 존재로만 막연히 생각했다. 그는 그녀의 눈과 가슴을 쳐다보았다. 그러고는 동그랗고 토실토실한 맨팔이 물에 젖고, 싸늘한 물기가 팔에 얼룩을 낸 것을 보았다. 그녀의 팔은 대리석처럼 튼튼해 보였다.

"정말 예쁘네요!" 그는 이렇게 중얼거렸다. 그러나 그런 칭찬은 그녀의 자석 같은 힘에 끌려 있음을 알리는 데에는 필요 없는 말이었다.

"일요일에 보면 예뻐요." 그녀가 자극적으로 대답했다.

"볼 수 없겠죠?" 그가 물었다.

"그건 그쪽이 정할 문제네요. 지금은 나에게 구애하는 사람이 없지만, 한두 주일 뒤에는 달라요." 그녀가 미소를 거두고 대답했다. 그러자 보조개가 사라졌다.

주드는 자신이 이상하게 방황하는 것을 느꼈다. 그러나 어쩔 수 없었다. "그럼 볼 수 있게 해 줄래요?"

"나는 괜찮아요."

그녀는 얼굴을 잠시 옆으로 돌려서 앞에 말한 빨아들이기를 반복했다. 그래서 한쪽에만 보조개를 다시 살리는 데 성공했다. 그녀에 대해 일반적인 인상 이상을 느끼지 못하던 주드가 말했다. "다음 일요일이죠?" 용기를 내어 그가 덧붙였다. "그럼 내일이군요?"

"네."

"집으로 찾아갈까요?"

"네."

그녀는 작게나마 승리감으로 얼굴이 환해졌다. 몸을 돌리면서 눈으로 부드럽게 그를 흘겨보았다. 그녀는 개울가의 풀밭으로 거슬러 가서 남겨둔 친구들에게로 돌아갔다.

주드는 공구 통을 둘러메고 외로운 길을 다시 걷기 시작했다. 그는 온몸이 열기로 달아올랐다. 그러는 자신의 모습을 머릿속에서 응시했다. 그는 지금 새로운 공기를 한 모금 들이마신 것이다. 그 공기는 그가 가는 곳 어디에서나 주변을 맴돌았다. 그것이 얼마 동안인지는 모르나 유리 한 장 차이로 그의 실제 숨결과 구분되었다. 독서하고 일하고 배우려는 의도는 몇 분 전까지만 해도 정확히 짜여 있었으나, 이상하게 그것이 한쪽 구석으로 무너지는 것을 느꼈다. 그러나 어떻게 그리 되고 있는지는 알 수 없었다.

"뭐, 재미로 좀 그래 보는 거지." 그는 혼자 중얼거렸다. 자신을 자석처럼 끌어당기고, 그래서 그의 입장에서는 그녀를 찾는 이유를 단순한 유희라고 생각해야 하는 이 여자에게서, 상식으로 보아서는 무엇인가가 빠져 있고, 좀 더 분명히는 무엇인가 부적절한 점이 있음을 막연하게 느끼는 것이었다. 문학에 대한 연구와 크라이스트민스터에 대한 눈부신 꿈에 집착한 그의 생활에는 맞지 않는 그 무엇이 그녀에게 있는 것이었다. 그에게 공격을 개시하기 위해 그런 무기를 선택한 것은 순수한 의도의 표현은 아니었다. 주드는 이 점을 잠시 동안 자신의 지성의 눈으로 꿰뚫어 보았다. 사방이 어둠 속에 휩싸이기 전에 스러지는 램프 불빛으로 벽에 쓰인 글을 잠시나마 읽을 수 있는 것과 같았다. 그러나 이 스쳐 가는 분별력은 금세 사라지고 그는 다가오는 새로운 야성적 쾌락의 조건에 빠져 들었다. 지금까지 늘 가까이 있었지만 전혀 그 존재를 생각하지 않았던 감상적 관심의 새 진로가 열린 기쁨에 자신을 잃어 가던 것이다. 그는 다가오는 일요일에 이성의 불꽃이라는 쾌락을 맛보게 되는 것이다.

한편 여자는 친구들에게로 돌아가 말없이 맑은 물에서 돼지 곱창을 헹구기 시작했다.

"잡았니?" 애니라는 이름으로 불리는 여자가 무뚝뚝하게 물었다.

"잘 모르겠어. 다른 걸 던질 걸 그랬어!" 아라벨라가 후회하는 목소리로 중얼거렸다.

"어마! 넌 어떻게 생각하는지 모르지만, 걔 아무것도 아니야. 알프레드스턴에 도제로 들어오기 전에 메리그린에서 늙은 드루실라 폴리의 빵 마차를 몰고 다니던 친구야. 알프레드스턴에 온 이후로 그 사람 콧대가 높아졌어. 늘 책만 읽는대. 학자가 되고 싶다나 봐."

"아, 그 사람이 뭔지 난 관심 없어. 얘, 관심 꺼."

"그러지 마! 우릴 속일 필요는 없다고! 상관없다면 뭘 한다고 그 사람이랑 그렇게 길게 이야기를 하고 그러냐? 네가 관심이 있건 없건, 그 사람은 어린애처럼 단순한 사람이야. 네가 다리에서 그 사람 꼬시는 동안 그 사람이 널 쳐다보는 눈이 머리에 털 나고 여자를 한 번도 본 적 없는 태도더라. 글쎄, 그런 사람은 조금만 남자가 관심을 보여 주면 따라나설 여자 손에 쉽게 넘어가지. 여자가 제대로 마음만 먹으면 말이야."

7

다음 날 주드는 천장이 경사진 자신의 침실에서 탁자 위에 놓인 책을 쳐다보고, 또 지난 몇 달 동안 램프의 연기 때문에 석고상 위에 난 까만 자국을 쳐다보곤 하면서 잠시 쉬고 있었다.

일요일 오후였다. 아라벨라 던과 만난 지 스물네 시간이 지난 다음이었다. 그는 지난 한 주일 동안 특별한 목적을 위하여 하루 중 오후는 비워 두려고 결심했다. 그리스어 성서를 읽기 위해서였다. 새로 입수한 성서는 전에 갖고 있던 텍스트보다 활자가 훨씬 좋았고, 그리스바흐의 대본에 수많은 학자들이 수정을 가했으며, 또 책 여백에는 집주(集註)를 달아 놓은 책이었다. 그는 그 책을 런던의 출판사에 용감하게 편지를 써서 구입했는데, 그전에는 한 번도 그런 적이 없는 시도였다. 그는 그 책을 매우 자랑스럽게 생각했다.

그는 전과 같이 조용한 할머니의 집에서 그날 오후 독서를 하고 거기서 얻을 수 있는 즐거움에 큰 기대를 걸었다. 이제 할머니 집에는 한 주에 이틀씩만 와서 잤다. 그런데 새로운 사건이, 커다란 방해물이, 그의 인생의 빠르고 소리 없는 물살 위에 나타난 것이다. 뱀이 겨울 허물을 벗었을 때 새 허물의 환하고 민감한 느낌을 이해하지 못하듯, 그는 새 변화를 이해하기 어려웠다.

그는 결국 그녀를 만나러 가지 않을 것이다. 그는 자리에 앉아 책을 펴고 팔꿈치를 탁자 위에 단단히 얹었다. 손을 관자놀이에 대고 그리스어 신약 성서를 읽기 시작했다.

Η ΚΑΙΝΗ ΔΙΑΘΗΚΗ.

그녀의 집에 그가 찾아가기로 약속을 했던 것인가? 약속을 했던 것은 확실한 사실이었다. 가엾은 여자는 집 안에서 기다리며 자기 때문에 오후를 낭비할 것이 분명했다. 그녀에게는 상대방의 마음을 사로잡는 무엇이 있었다. 거기다 약속까지 해 둔 것이 아닌가. 그녀와의 약속을 깨어서는 안 된다. 공부하는 데 그가 낼 수 있는 시간은 일요일과 주 중의 저녁 시간이지만, 다른 젊은 친구들이 많은 시간을 공부 아닌 데 보내는 것을 보면 자신도 하루 오후쯤은 마음대로 할 수 있겠지. 오늘이 지나면 그 여자는 다시는 볼 수 없을 것이 아닌가. 공부에 대한 계획을 생각하면 그녀를 다시 보는 것은 불가능한 일임이 자명했다.

엄청나게 큰 근육질의 힘을 가진 강압적인 팔이 그를 신체적으로 사로잡았다. 그 팔은 지금까지 그를 움직인 정신력과 영향력과는 전혀 공통점을 갖지 않았다. 그 팔은 그의 이성과 의지에 전혀 관심이 없는 듯했다. 그의 고매한 의도와는 아무 관계가 없는 것처럼 보이는 것이었다. 폭력적인 선생이 학생의 목을 움켜잡은 듯, 그 팔은 그가 존경하지 않는 여자의 품으로, 같은 고장에 산다는 것 이외에는 아무런 공통점도 없는 여자의 가슴으로, 자신을 밀고 가는 것이었다.

그리스어 원전의 신약 성서는 이제 중요하지 않았다. 숙명적 주드는 방에서 벌떡 일어났다. 이런 사태를 예견한 듯 그는 제일 좋은 옷을 입고 있었다. 그는 삼 분도 지나지 않아 집을 나왔으며, 밀밭의 오목하게 들어간 넓은 공터를 가로지르는 길을 내려가기 시작했다. 밀밭은 고지대 저쪽 비탈에 있는 아라벨라의 외딴집과 마을 사이에 있었다.

걸어가면서 주드는 시계를 보았다. 두 시간 안에 집으로 돌아오는 것은 쉬운 일이었다. 그렇다면 저녁 식사 후에 공부할 시간은 충분히 남아 있었다.

메마른 전나무가 몇 그루 서 있고 외딴집 한 채가 있는 곳에서 좁은 길은 큰길과 만났다. 그는 빠른 걸음으로 이곳을 지나 왼쪽 길로 접어들었다. 그리고 갈색 집 서쪽으로 가파른 비탈길을 내려갔다. 이회질(泥灰質) 지층 아래쪽에 백악(白堊)에서 솟아나는 냇물이 흐르고 있었다. 그는 아라벨라의 집이 보일 때까지 냇물을 따라갔다. 집 뒤쪽에서 돼지우리 냄새가 나고 돼지들이 낑낑대는 소리도 들렸다. 그는 정원으로 들어가 들고 있던 지팡이 손잡이로 문을 두드렸다.

누군가 창을 통해서 그를 보고 있었다. 남자 목소리가 안에서 들렸다.

"아라벨라! 여기 젊은 친구가 너한테 구애하러 왔다! 얘, 빨리 내려와!"

주드는 그 말에 움칠했다. 구애라는 말이 그 말을 한 사람에게는 아주 장사꾼의 거래처럼 되어 있는 것 같았으나, 주드는 전혀 그런 생각을 한 일이 없었다. 그는 그녀와 산보를 하고 키스 정도나 할 생각이었다. '구애'라는 말은 너무나 차갑게 계산된 것으로, 그에게는 몹시 불쾌감을 일으키는 언어였다. 문이 열리고 그가 집 안으로 막 들어서는데 아라벨라가 눈부신 외출복을 입고 아래층으로 내려왔다.

"의자에 앉으시오. 이름이 뭐더라?" 까만 구레나룻을 단 그녀의 건장한 아버지가, 주드가 밖에서 들은 것과 똑같은, 장사꾼 목소리로 말했다.

"금세 나갔으면 하는데, 어때요?" 그녀가 주드의 귀에다 이렇게 속삭였다.

"그래요." 주드가 말했다. "갈색 집까지 갔다가 돌아오죠. 삼십 분이면 될 거예요."

아라벨라는 지저분한 집 안의 배경 속에서 너무 예쁘게 보였다. 그는 오기를 잘했다고 생각했다. 그 시간까지 그를 괴롭힌 불안한 마음이 모두 사라졌다.

그들은 먼저 고원 지대의 꼭대기까지 기어올랐다. 그는 이따금씩 그녀의 손을 잡아 끌어올려 주어야 했다. 꼭대기에 올라가서는 왼쪽으로 빠져 산마루 길을 따라갔다. 그러고는 크라이스트민스터를 보려는 열망으로 올라갔던 장소인 갈색 집까지 갔다. 산마루 길은 여기서 큰길과 마주쳤다. 그러나 그날 주드는 갈색 집으로 올라갔던 일을 잊고 있었다. 그는 아라벨라에게 열을 내어 그 지방에서 흔하디흔하게 돌아다니는 시시콜콜한 이야기를 들려주었다. 그가 존경하는 대학교에서 모든 교수들과 철학 문제를 토론해도 그렇게 열을 올릴 수는 없었다. 그는 달의 신 다이애나와 태양의 신 포이보스를 향해 무릎을 꿇었던 갈색 집을 그냥 지나친 것이다. 그는 신화 속에 다이애나와 포이보스가 있는 사실을 기억조차 하지 못했다. 태양은 아라벨라의 얼굴을 비춰 주는 램프로서 유용할 뿐 달리 의미가 있지 않았다. 신발이 말할 수 없이 가벼워 그의 발걸음을 더욱 가볍게 했다. 학자로서 초보 단계를 시작한 사람, 장래에 신학 박사가 되기를 원하는 사람, 미래의 교수와 주교, 또 그 밖에도 무엇이든지 되고 싶은 주드, 그런 주드는 이 잘생긴 시골 처녀가 일요일에만 입는 최상의 드레스를 입고 또 리본까지 매고는 자신과 산보를 하기로 동의한 예의에 대해 무한한 명예와 영광을 느꼈다.

그들은 갈색 집 헛간에 도착했다. 주드는 거기까지 와서는 돌아갈 계획을 세우고 있었다. 거기서 그들은 넓은 북쪽 땅을 내려다보았다. 그들은 계곡 아래 3킬로미터쯤 떨어진 곳에 있는 작은 도시에서 연기가 진하게 솟아오르는 광경을 보았다.

"불이야." 아라벨라가 말했다. "가서 구경해요. 멀지 않아요!"

주드의 마음속에서 자라고 있는 사랑의 감정은 그녀의 욕구를 꺾을 의지를 허락하지 않았다. 그녀와 함께 있을 시간을 만드는 구실을 제공하는 것이 오히려 기뻤다. 그들은 거의 구보를 하면서 언덕을 내려갔다. 그러나 언덕을 내려와 평지에서 2킬로미터쯤 걸었을 때 화재가 난 장소는 생각보다 훨씬 멀다는 사실을 알게 되었다.

그러나 이왕 시작한 길이라 그들은 그냥 걷기로 했다. 화재 현장에 도착했을 때는 5시가 되어 있었다. 그곳까지 실제 거리는 메리그린에서 약 10킬로미터로, 아라벨라의 집에서는 5킬로미터였다. 그들이 도착했을 때 불은 이미 잡힌 뒤였다. 우울한 폐허를 잠시 둘러본 다음 발걸음을 되돌렸다. 그들은 알프레드스턴 시내를 통과하는 길을 택했다.

아라벨라가 차를 좀 마시고 싶다고 했다. 그들은 한 값싼 주막으로 들어가 차를 주문했다. 맥주가 아니어서 그들은 한참 기다려야 했다. 심부름을 하는 하녀가 주드를 알아보고는, 뒤에 앉은 여주인에게 '유달리 콧대를 세우고 다니던' 학생이었는데 아라벨라와 어울려 다닐 만큼 채신을 떨어트렸다고 귓속말로 속삭였다. 아라벨라는 속삭이는 말의 뜻이 무엇인지를 짐작하고는 연인의 심각하면서 부드러운 눈길을 쳐다보며, 자신이 게임에서 이기고 있다는 사실을 간파하고 웃는, 지각없는 여자의 의기양양한 웃음을 나지막하게 드러냈다.

그들은 자리를 잡고 앉아 실내를 둘러보았다. 벽에는 삼손과 델릴라의 그림이 걸려 있었다. 탁자에는 맥주 자국들이 동그랗게 나 있고, 발아래 침 뱉는 타구에는 톱밥이 수북이 쌓여 있었다. 을씨년스러운 실내 분위기는 일요일 저녁 석양의 햇살이 비스듬히 들어오고 맥주는 아직 팔지 않는 시간에 불행한 나그네가 쉴 곳이 없어 혼자 들른 술집에서 느끼는 울적함을 주드에게 연상시켰다.

밖은 어두워지고 있었다. 그들은 차가 준비되도록 길게 기다릴 수가 없었다. "그럼 어쩌면 좋을까?" 주드가 물었다. "5킬로미터나 더 걸어가야 하는데."

"그럼 맥주를 좀 하죠, 뭐." 아라벨라가 대답했다.

"맥주? 그래요. 그 생각을 안 했네. 그런데 일요일 저녁에 맥주 마시러 퍼브[14]에 온다는 게 좀 이상하잖아요?"

"우리는 그래서 온 게 아니잖아요."

"그런 건 아니죠." 주드는 마음속으로 이런 어색한 분위기에서 벗어났으면 싶었다. 그러나 그는 맥주를 주문했고, 맥주는 금세 나왔다.

아라벨라가 한 모금 마셔 보고는 "어허!" 하고 소리를 질렀다.

주드가 맥주를 마셔 보았다. "왜, 맥주가 어때서요?" 그가 물었다. "요즘은 맥주 맛을 잘 모르긴 하지만. 맥주를 좋아하기는 하는데 독서에 도움이 되지 않아 커피를 마시지요. 그런데 이 맥주는 맛이 괜찮은데요."

"다른 걸 섞었어요. 난 이런 맥주는 손도 댈 수 없어요." 주드가 놀란 것은 엿기름과 홉 열매 외에 그 맥주 속에 서너

14) 술과 음료수를 사서 마실 수 있는 장소. 영국 국민 모두가 애용하는 만남의 장소이기도 하다.

가지 다른 재료가 더 섞였다고 그녀가 딱 꼬집어서 말한 점이었다.

"정말 잘 알고 있네요!" 그가 장난기 섞인 투로 말을 받았다.

그녀는 맥주를 다시 집어 들고 자신의 몫을 다 마셨다. 그리고 그들은 가던 길을 계속했다. 날은 거의 어두워졌다. 시내의 불빛에서 멀어지자 둘은 거리를 더욱 좁혀서 걸었고, 그러다가 그들은 서로 몸을 밀착시켜 걸었다. 그녀는 왜 주드가 팔을 자신의 허리에 감지 않는지를 이상하게 생각했다. 그러나 그는 팔을 감지 않았다. 대신 그는 스스로에게는 대단히 대담한 말을 했다. "내 팔을 잡아요."

그녀는 주드의 어깨까지 팔을 뻗쳤다. 그는 자기 몸이 그녀의 몸에 닿자 따뜻한 온기를 느꼈다. 그는 지팡이를 다른 손에 들면서 오른손을 그녀의 오른편에 얹었다.

"이제 우리 제대로 됐죠? 안 그래요?" 그가 말했다.

"네." 그녀는 이렇게 대답했으나 속으로는 '좀 모자라네요.'라고 중얼거렸다.

둘은 고원 지대의 아래 자락에 도착했다. 어둠 속에서 큰길이 하얗게 뻗어 올라가는 것을 볼 수 있었다. 여기서부터 아라벨라의 집으로 가는 길은 경사지를 올라갔다가 다시 오른쪽에 있는 골짜기로 내려와야 했다. 그들이 얼마 올라가지 않아, 보이지 않게 잔디 위에서 걸어오는 두 사람과 거의 부딪칠 뻔했다.

"이놈의 연인들. 계절도 날씨도 관계없이 항상 집 밖에서 돌아다닌다니까. 연인들하고 집 없는 개들만 말이야." 언덕 아래로 사라지면서 둘 중에 한 사람이 쏘아붙인 말이었다.

아라벨라가 가볍게 킬킬거렸다.

"우리 연인인가요?" 주드가 물었다.

"자기가 더 잘 알잖아요."

"자기 생각은?"

대답 대신 그녀가 그의 어깨에 머리를 기대었다. 주드는 그것을 암시로 그녀의 허리를 두 팔로 안아 자기 앞으로 끌어당기면서 키스를 했다.

이제 두 사람은 팔짱을 낀 채 걷지 않고 그녀가 바랐던 대로 감싸 안은 채 걸어갔다. 사방이 깜깜한데 무슨 문제가 있단 말인가 하고 주드는 혼자 중얼거렸다. 그들은 긴 언덕을 반쯤 올라가서는 서로 합의나 한 것처럼 걸음을 멈추었다. 주드는 그녀에게 다시 키스를 했다. 언덕길 꼭대기에 올라가서 주드는 한 번 더 그녀에게 키스를 퍼부었다.

"자기가 좋으면 팔을 거기 그대로 둬요." 그녀가 부드러운 목소리로 속삭였다.

그녀가 사람을 참 잘 믿는다고 생각하며 그는 시키는 대로 했다.

그들은 그녀의 집을 향하여 천천히 걸어갔다. 그는 3시 반에 집을 나올 때 5시 반이면 돌아가 다시 신약 성서를 공부할 수 있다고 생각했다. 그러나 그녀의 아버지 집 문 앞에 돌아와 다시 한번 그녀를 포옹했을 때는 이미 9시가 되어 있었다.

그녀는 그에게 잠시라도 집 안으로 들어갔다 가라고 말했다. 그러지 않으면 어두운데 혼자 나돌아 다니다 온 줄로 이상하게 생각할 것이라고 말했다. 그는 그녀가 시키는 대로 그녀 뒤를 따라 집 안으로 들어갔다. 문이 열리자 그는 집 안에 그녀의 부모 외에 이웃 사람들이 여럿 둥그렇게 앉아 있는 것을 보았다. 그들은 모두 축하한다는 투로 말을 했으며, 주드를 아라벨라의 결혼 상대로 심각하게 받아들이는 눈치였다.

그들은 주드의 그룹에 속하는 사람들이 아니었다. 그는 그들에게서 이질성과 당혹감을 느꼈다. 그가 의도한 것은 이게 아니었다. 그냥 아라벨라와 오후에 즐거운 산보를 하는 정도로만 생각했을 뿐이었다. 그는 말수가 적고 아무 특징이 없어 단순한 여자로 보이는 아라벨라의 계모에게 몇 마디 하는 정도 이상으로는 거기서 시간을 보내지 않았다. 그는 모든 사람에게 작별 인사를 하고는 안도감에 젖어 고원 지대의 길로 급히 나왔다.

그러나 그것은 잠시였다. 아라벨라의 모습이 자신의 영혼 속으로 찾아 들어왔다. 그는 어제의 자신과는 다른 사람임을 느끼면서 밤길을 걸었다. 책들이 그에게 무엇이란 말인가? 하루하루 일분일초를 낭비하지 않고 그토록 엄격하게 매달렸던 자신의 계획은 무엇인가? '낭비!' 그것은 어떻게 정의하느냐에 따라서 의미가 다른 것이 아닌가. 자신은 처음으로 인생을 낭비하지 않고 살고 있는 게 아닌가. 대학을 졸업하고 성직자가 되는 것보다는 한 여인을 사랑하는 것이 훨씬 낫지 않은가. 교황이 되는 것보다도 한 여자를 사랑하는 게 더 나으리라.

집에 돌아왔을 때 할머니는 벌써 자리에 들고 없었다. 집 안 전체에 자신이 계획을 등한시했다고 쓰여 있는 것 같았다.

그는 불을 켜지 않은 채 2층으로 올라갔다. 그의 어두운 방 내부가 그에게 무엇을 하고 지금 돌아오느냐고 묻는 것 같았다. 외출하면서 펴 둔 책은 그냥 펴진 채 있고, 속표지의 대문자들이 회색 별빛 아래서 비난을 담아 죽은 사람의 닫히지 않은 눈처럼 자신을 노려봤다.

Η ΚΑΙΝΗ ΔΙΑΘΗΚΗ.

주드는 다음 날 아침 일찍 집을 떠나야만 했다. 한 주일을 평소대로 하숙집에서 지내기 위해서였다. 공구와 그 밖에 필요한 물건들이 들어 있는 바구니에 읽기 위해 가져왔던 책들을 던져 넣을 때는 쓸데없는 짓을 하고 다닌다는 기분이 압도했다.

그는 스스로의 격정적 행동을 거의 자신에게까지 비밀로 했다. 반면 아라벨라는 친구와 지인들 사이에 두 사람의 만남을 공공연하게 이야기하고 다녔다.

몇 시간 전에 어둠 속에서 연인을 옆에 세우고 걸었던 길을 새벽 하늘 아래 되돌아가던 주드는 언덕 아래쪽에 도달하자 천천히 걸음을 늦추었다. 그러다가 그 자리에 우뚝 섰다. 연인에게 첫 키스를 한 곳이었다. 아침 해가 막 솟아오르고 있어 아직 그곳을 누가 지나가지는 않은 것 같았다. 주드는 땅을 내려다보고 한숨을 쉬었다. 그는 땅을 뚫어지게 쳐다보았다. 이슬에 젖은 땅 위에서 서로 팔을 꼭 감싸 안은 채 서 있던 두 사람의 발자국을 희미하게나마 볼 수 있었다. 지금은 그녀가 거기 없었다. 그러나 '자연의 실체 위에 수놓은 상상의 장식'은 몇 시간 전의 그녀의 모습을 너무나 잘 그려 내어 어떤 무엇도 채울 수 없는 공백이 그의 가슴속에 뚫려 있었다. 가지치기를 잘한 버드나무 한 그루가 가까운 곳에 서 있었다. 주드의 눈에는 그 버드나무가 세상의 모든 버드나무와 다르게 보였다. 약속대로 그녀를 다시 만나려면 엿새가 더 지나야 하는데 단 한 주만 살다가 죽는 한이 있더라도 그녀를 보기 위해서는 그 남은 엿새를 완전히 없애 버리고 싶다는 생각이 그의 열망으로 떠올랐다.

한 시간 반 뒤 아라벨라가 토요일에 함께 있던 친구 둘을 데리고 같은 길에 나타났다. 그녀는 키스를 했던 장소와 그곳의 이정표가 되는 버드나무에는 전혀 관심이 없었다. 그녀는 두 친구에게 주드의 이야기를 거리낌 없이 하고 있었다.

"그 사람이 또 뭐라고 그랬어?"

"또 말이야……." 그녀는 주드가 한 사랑의 말을 한 마디 한 마디 빼지 않고 다 털어놓았다. 만약 주드가 울타리 뒤에서 그녀의 이야기를 다 들었더라면 그가 전날 한 이야기와 행동이 모두 노출되고 있는 점에 적잖게 놀랐을 것이다.

"너를 좋아하도록 만들어야지. 안 그러면 넌 죽었어!" 애니가 신중한 목소리로 말했다. "그래야 너한테 좋다고."

잠시 후 아라벨라는 몸속에 잠재한 육감적 체취에서 우러나는, 이상하리만큼 낮고 배고픈 듯한 목소리로 대답했다. "날 좋아하도록 만들어야 한다고? 그렇지! 그러나 난 좋아하는 것 이상을 원해. 날 가졌으면 좋겠어. 결혼을 해 줬으면 해. 나는 그 남자를 가져야 한다고. 그 남자 없이는 못 살아. 그 남자는 내가 고대하며 기다린 사람이야. 날 송두리째 그 남자에게 주지 않으면 미칠 거야! 나는 그를 보자마자 첫눈에 날 그에게 바쳐야 한다고 느꼈어!"

"낭만적이고 직설적이고 정직한 남자인데, 남편감으로 놓치지 말아야지. 그를 잡는 방법을 알기만 하면 말이야."

아라벨라는 잠시 생각에 잠겼다. "그 방법이 뭘까?" 그녀가 물었다.

"아, 넌 정말 모르는구나. 넌 몰라." 세 번째 처녀 사라가 말했다.

"정말 몰라! 그냥 좋아하고 돌봐 주고 그 정도지, 그 이상은 아니라니까!"

셋째 처녀가 둘째 처녀를 쳐다보았다. "쟤는 몰라요!"

"모르는 게 분명하구먼!" 애니가 말했다.

"도시에 살았던 사람으로서 말인데, 우리가 뭘 좀 가르쳐야겠군. 네가 우릴 가르치듯 말이야."

"그래, 좋아. 그게 무슨 뜻이야, 남자를 확실하게 잡는 방법이라는 것이? 그래, 날 순진한 인간으로 취급해도 좋으니 빨리 말해 봐!"

"남편감으로."

"남편감으로."

"그 사람은 고상하고 근엄한 시골 사람이기 망정이지. 군인이나 선원이나 도시의 장사꾼이나, 불쌍한 여자들을 데리고 놀아나는 인간이 아닌 게 정말 다행이야! 사람 해치는 인간들과는 친구를 해선 안 되는 거야!"

"물론, 그 사람은 아니잖아!"

아라벨라의 친구들은 서로에게 눈짓을 하고, 눈을 위로 치켜뜨며 웃었다. 둘 중 하나가 아라벨라에게 가까이 가서는 근처에 아무도 없는데도 낮은 목소리로 뭐라고 쏘곤거렸다. 다른 친구는 아라벨라의 얼굴에 떠오르는 반응을 살피고 있었다.

"아!" 아라벨라가 천천히 입을 열었다. "그런 방법은 생각하지 못했어! 그런데 만약 그가 고상한 사람이 아니면 어쩌지? 그런 경우 여자는 처음부터 시작도 말아야지!"

"모험 없이 얻는 것도 없어요! 어쨌든 시작하기 전에 그 가 인간적으로 고상한 사람인가 확인부터 해야 돼. 그 남자면 안전할 거야. 나에게 그런 기회가 있었더라면 얼마나 좋을까! 많은 여자 애들에게는 그런 기회가 많은데. 그렇잖음 언제 시집이나 가 보니?"

아라벨라는 말없이 생각에 잠겨 걸었다. "나도 한번 해 볼래!" 그녀는 그렇게 속삭였다. 그러나 그 속삭임은 친구들이 들으라고 한 소리는 아니었다.

8

한 주가 지나고 주말이 왔다. 주드는 늘 하는 식으로 알프레드스턴의 하숙집을 나와 메리그린의 할머니 집으로 걸어가고 있었다. 이제 그는 집으로 가서 연로하고 침울한 친척을 만나는 것보다는 다른 데서 더 큰 매력을 느꼈다. 그는 언덕을 내려가기 전에 오른쪽으로 길을 꺾었다. 정기적으로 만나는 약속이 없는 날이기 때문에 집으로 가기 전에 그냥 한 번 아라벨라를 멀리서 쳐다보기만이라도 하기 위해서였다. 아라벨라의 농장에 가까이 가기 전에 주드의 날쌘 눈은 정원 울타리 위로 아라벨라의 머리가 여기저기 재빨리 움직이는 것을 보았다. 농장 문 안으로 들어서면서 그는 아직 여윈 새끼 돼지 세 마리가 축사 꼭대기를 훌쩍 뛰어넘어 밖으로 빠져나간 것을 알았다. 그녀는 문을 열어놓고 혼자서 새끼 돼지들을 다시 몰아넣으려고 애를 썼다. 주드를 보자 그녀의 얼굴이 딱딱하던 표정에서 부드러운 사랑의 표정으로 바뀌었다. 그녀의 눈이 연연한 빛을 띠면서 그를 바라보았다. 아라벨라가 잠시 서 있는 사이에 돼지들은 앞으로 뛰어갔다가는 다시 되돌아오기도 하면서 도망을 다녔다.

"오늘 아침에 넣은 것들인데 이러네!" 사랑하는 사람이 있는데도 아라벨라는 돼지 뒤를 뛰어다니느라 흥분이 되어 소리를 질렀다. "어제 스패들홀트 농장에서 몰아 온 것들인데 그래요. 아버지는 값도 비싸게 쳐주었대요. 그전 집으로 가고 싶다는 거예요. 병신 같은 것들! 자기, 마당 문을 닫고, 이것들 몰아넣는 일 좀 도와줄래요? 집에는 지금 남자라고는 아무도 없어요. 엄마만 있거든요. 우리가 몰아넣지 않으면 이것들 다 없어지고 말 거예요."

주드는 감자 밭고랑과 채소밭 위로 요리조리 뛰어다니면서 그녀를 도왔다. 가끔씩 그들은 같은 방향으로 나란히 뛰기도 했는데 그럴 때에는 그녀를 잠시 잡아서 키스를 했다. 첫 번째 돼지는 쉽게 잡혔다. 두 번째 돼지는 좀 힘들게 잡혔다. 다리가 긴 세 번째 돼지는 고집이 세고 몸이 날렵했다. 마당 울타리에 난 구멍을 빠져나가 좁은 길로 달리기 시작했다.

"뒤쫓아 가지 않으면 저놈을 놓칠지도 몰라요." 그녀가 말했다. "나하고 같이 나가봐요."

그녀가 마당 밖으로 있는 속력을 다 내어 쫓아 나갔다. 달아나는 돼지를 놓치지 않으려고 애를 쓰면서 주드도 그녀 곁을 달렸다. 그러다가는 돼지를 잡아 달라고 지나가는 아이에게 소리를 지르기도 했으나, 돼지는 용하게 사람 곁을 빠져나가 앞에서 달리고 있었다.

"손을 이리 줘요." 주드가 말했다. "자기 숨이 터질 것 같네." 그녀는 뜨거워진 손을 선선히 그에게 내밀었다. 둘은 손을 잡은 채 함께 뛰었다.

"이건 집으로 돼지들을 몰아 왔기 때문이야." 그녀가 한 말이었다. "몰아 오면 꼭 돌아가는 길을 외워 둔다니까. 짐수레에 싣고 왔어야 하는 건데."

돼지는 고원으로 나가는, 잠기지 않은 문을 지나갔다. 그러고는 작은 다리가 허용하는 민첩성을 최대로 동원하여 달렸다. 그들이 고지대의 꼭대기에 들어섰을 때에는 돼지를 잡으려면 농부의 집까지 뛰어가야 한다는 사실을 깨닫게 되었다. 고원의 정상에서는 돼지가 옛집으로 정확하게 이어지는 선을 따라 달려가는 작은 점처럼 보였다.

"소용없는 짓이야." 아라벨라가 큰 소리로 외쳤다. "우리가 도착하기 전에 저 녀석이 거기 가 있을 거예요. 놓쳤거나 잃어버리지 않은 걸 알았으니 이제 별로 문제 될 건 없어요. 우리 돼지인 줄 알고 돌려보낼 거예요. 아유, 더워!"

주드의 손을 놓치지 않은 채 그녀는 몸을 옆으로 돌려 자라지 않은 가시나무 아래의 잔디에 자신을 던져 쓰러졌다. 동시에 주드를 끌어당겨 무릎을 꿇게 했다.

"아, 미안해요. 거의 쓰러트릴 뻔했죠! 아이, 힘들어!"

그녀는 주드의 손을 여전히 따뜻하게 쥔 채 언덕 꼭대기의 경사진 잔디 위에 화살처럼 바르게 드러누웠다. 그리고 파란 하늘을 쳐다보았다. 그는 그녀 곁에서 팔꿈치에 몸을 기댔다.

"이렇게 뛰어왔는데 소용없는 짓이 되고 말았어요." 그녀가 빠른 숨을 헐떡거리고 있는 사이 몸이 아래위로 올라갔다 내려갔다 움직였다. 얼굴이 상기되고, 동그랗고 빨간 입술은 벌어졌으며, 몸에는 이슬 같은 땀이 솟아나 있었다. "왜 아무 말도 않죠?"

"나도 숨이 차요. 내내 언덕길이었으니까."

절대적인 정적이 그들을 둘러싸고 있었다. 모든 정적 중에서도 가장 분명한 정적, 주위를 둘러싸고 있는 텅 빈 공간에서 오는 정적에 그들은 빠져 있었다. 사방 2킬로미터 주변에는 아무도 보이지 않았다. 그들은 인근 지역에서는 제일 높은 곳에 있어 멀리 크라이스트민스터 주변의 경관이 다 보였다. 그러나 주드는 크라이스트민스터를 생각하고 있지 않았다.

"이 나무 위에 아주 예쁜 게 달려 있어요." 아라벨라가 말했다. "쐐기벌레 종류 같은데, 지금까지 본 것 중에서 제일 아름다운 초록색과 노란색이네."

"어디?" 주드가 일어나 앉으면서 물었다.

"거기서는 안 보여요. 이쪽으로 오세요." 그녀가 말했다.

그는 몸을 가깝게 구부리고 머리를 그녀 앞으로 밀어 넣었다. "아니, 안 보여요." 그가 말했다

"저기, 가지가 나오고 있는 저 큰 가지를 보세요. 움직이는 잎사귀 옆, 저기요." 그녀가 주드를 부드럽게 자신의 곁으로 당겼다.

"아무것도 없어요." 자신의 뒤통수를 그녀의 뺨에 밀착시키

면서 말했다. "아마 일어서면 볼 수 있을 거야." 그는 벌떡 일어나 그녀가 쳐다보고 있는 방향으로 자신을 세웠다.

"바보!" 그녀는 얼굴을 돌리면서 짜증 난 목소리로 말했다.

"안 봐도 그만이야. 꼭 봐야 할 이유가 뭔데?" 아라벨라를 내려다보면서 이렇게 말했다. "애비, 일어나요."

"왜요?"

"키스하게 해 줘요. 키스하려고 한참이나 기다렸네!"

그녀는 얼굴을 돌려 버렸다. 그녀는 잠시 그를 비스듬히 쏘아보았다. 그러고는 입술을 오므리면서 벌떡 일어났다. "빨리 가 봐야 돼요." 그녀는 갑작스레 소리를 지르면서 집 쪽으로 걷기 시작했다. 주드가 그녀 뒤를 따라가 나란히 섰다.

"한 번만!" 그가 어르듯이 말했다.

"싫어요!" 그녀의 대꾸였다.

놀라서 주드가 물었다. "무슨 일이에요?"

그녀가 화난 듯 두 입술을 꼭 다물고 있었다. 주드는 그녀가 걸음을 늦추고 자신의 곁에서 나란히 걸을 때까지 애완용 새끼 양처럼 그녀 뒤를 졸졸 따라갔다. 그녀는 중요하지 않은 화제에 관하여 침착한 목소리로 이야기를 재잘댔다. 그녀는 주드가 손을 잡거나 허리를 안으려고 하면 그를 밀어냈다. 두 사람이 아라벨라 아버지의 농장 근처에 다다르자 그녀는 오만하고 모욕적인 태도로 그에게 고개를 한 번 까닥하고 작별을 했다.

"내가 너무 함부로 굴었던가 봐." 주드는 한숨을 한 번 쉬고 메리그린으로 걸어가면서 혼자 중얼거렸다.

일요일 아침 아라벨라의 집에서는 늘 하는 대로 일요일의 특별 점심 준비 때문에 부산했다. 한 주에 한 번 크게 요리를 하는 날이었다. 아버지는 중간 창틀에 거울을 걸고 면도를 하고 있었고, 어머니와 아라벨라는 콩깍지를 까고 있었다. 이웃에 사는 여자가 가까운 교회에서 아침 예배를 보고 집으로 돌아가다가 아라벨라의 아버지가 창가에서 면도하는 것을 보고는 고개를 까닥하여 인사를 하며 집 안으로 들어왔다.

그녀가 대뜸 아라벨라에게 장난 섞인 목소리로 말했다. "너 그 사람하고 뛰어가는 것 봤다, 히히. 이거 무슨 결과가 있는 거지?"

아라벨라는 눈 한 번 쳐들지 않고 얼굴에 다 알고 있다는 표정을 띠었다.

"그 사람은 사정이 되는 대로 크라이스트민스터에 간다는 소문이던데."

"그 소문 요새 들었나요? 아주 최근에요?" 아라벨라는 질투 섞인 무서운 몸짓으로 숨을 한 번 들이마시며 물었다.

"아니! 그 사람 계획이 무엇인지 알려진 건 오래되었지. 그쪽에 자리가 나기만 기다리고 있대. 하긴 그동안이라도 누구와 만나긴 해야겠지. 요즘 젊은 친구들 별로 생각이 없어. 여기 한 모금, 저기 한 모금, 물 마시는 것과 같다니까. 우리 시절에는 달랐지."

수다쟁이 이웃이 가자 갑자기 아라벨라가 어머니에게 말했다. "저녁에 식사 끝나고 어머니와 아버지는 에들린네 집에나 다녀오세요. 아니, 펜스워스 교회에 예배가 있네요. 거기나 걸어서 다녀오세요."

"오늘 저녁에 무슨 일이라도 있니?"

"아무 일도 없어요. 단지 집에 나 혼자 있으려고요. 그 사람 수줍어해요. 어머니랑 아버지가 있으면 집에 들어오라고 할 수가 없잖아요? 내가 아무리 좋아해도, 신경 안 쓰면 손가락 새로 빠져나가고 말 것 같아요."

"네가 원하니까 날씨만 좋으면 우리는 나갔다 오지."

오후에 아라벨라는 주드를 만나 산책을 했다. 주드는 몇 주째 그리스어와 라틴어는 물론 다른 외국어로 된 책은 한 권도 들여다보지 않았다. 그들은 산등성이를 따라가는 초록 길과 만나는 지점까지 비탈길을 걸어갔다가 다시 인접한 고대 원형 토성(土城)까지 따라갔다. 주드는 로마 군대가 영국을 알기 이전에 그 옛날 길을 밟고 다닌 가축 상인들의 시대를 생각했다. 그들이 선 지점의 아래쪽 평지에서 여기저기 교회의 종소리가 흘러나왔다. 여러 교회의 종소리는 곧 하나의 소리가 되어 빠르게 흘러나오다 뚝 그쳤다.

"이제 돌아가요." 아라벨라가 종소리를 다 듣고 난 다음에 말했다.

주드가 그러자고 동의했다. 그는 아라벨라의 곁에만 있다면 그곳이 어디든 상관하지 않았다. 그들이 그녀의 집에 도착했을 때 주드는 머뭇거리며 말했다. "안 들어갈래요. 왜 오늘 밤에는 이렇게 서둘러요? 아직 어둡지도 않은데."

"잠깐 기다려 봐요." 그녀가 말했다. 그녀는 문의 손잡이를 흔들어 보다가 문이 잠겨 있는 것을 알게 되었다.

"아, 교회에 가셨나 봐요." 그녀가 설명을 덧붙였다. 그녀는 매트 뒤에서 열쇠를 찾아 문을 열었다. "자, 이제 잠시 들어올 거죠?" 그녀가 가벼운 목소리로 말했다. "우리 둘만 있게 되었어요."

"그럼요." 상황이 의외로 변한 것을 보면서 주드가 민첩하게 대답했다.

그들은 집 안으로 들어갔다. 차 좀 마실래요? 아니, 시간이 너무 늦었어요. 그는 그냥 앉아서 이야기나 하고 싶다고 했다. 그녀는 웃옷과 모자를 벗었고, 둘은 의자에 앉았다. 자연히 아주 가까이 붙어 앉게 되었다.

"나 만지지 마세요." 그녀가 부드러운 소리로 말했다. "난 지금 알을 부화하는 중이에요. 아니, 지금은 안전한 장소에 두어야 할까 봐." 그녀는 드레스의 칼라를 풀기 시작했다.

"그게 뭐예요?" 그녀의 연인이 말했다.

"달걀이에요. 코친종 달걀요. 대단히 진기한 종류를 품고 있는 거예요. 어디를 가도 품고 다니는데, 삼 주가 채 되지 않아 곧 부화할 거예요."

"어디에 넣고 다니죠?"

"여기요." 그녀는 가슴에 손을 넣어 달걀을 끄집어냈다. 달걀은 양털에 싸여 있었는데 깨질 경우에 대비해서 겉을 돼지 방광으로 한 번 더 쌌다. 그것을 보여 준 뒤에 그녀는 다시 가슴 속에 집어넣었다. "이제 봤으니 가까이 오면 안 돼요. 깨고 싶지 않거든요. 그러면 다시 시작해야 하니까요."

"왜 그런 이상한 짓을 해요?"

"오랜 관습이죠. 살아 있는 것을 세상으로 내어놓고 싶은 건 여자에게는 자연스러운 마음이에요."

"난 대단히 거북하기만 하네요." 주드가 웃으며 말했다.

"잘됐네요. 자, 이거나 줄게요."

그녀는 앉아 있던 의자를 뺑 돌렸다. 그리고 의자 뒤로 자신의 뺨을 조심스럽게 내밀었다.

"대단히 인색한 짓이군!"

"조금 아까 달걀을 내려놨을 때 나를 잡았어야죠! 보세요!" 그녀가 도전적으로 말했다. "지금은 또 달걀이 내 몸에 없죠!" 그녀는 재빨리 몸에서 달걀을 두 번째로 꺼냈다. 그러나 그가 그녀를 잡기 전에 재빨리 달걀을 다시 몸 안에 넣고 자신의 작전에 흥분하여 웃음을 터뜨렸다. 잠시 가벼운 몸싸움이 일어났다. 주드가 몸을 던져 달걀을 의기양양하게 집어 들었다. 그녀의 얼굴이 상기되었다. 그리고 주드도 얼굴이 상기된 것을 보았다.

그들은 숨이 차서 서로를 바라보았다. 주드가 몸을 일으키면서 말했다. "키스 한 번만. 이제 물건을 상하게 하지 않고 키스를 할 수 있어. 한 번만 하고 갈게요."

그녀가 따라 일어나며 외쳤다. "먼저 날 찾아요!"

그녀가 물러나자 그녀의 연인이 그녀를 따랐다. 방 안은 아주 깜깜해졌다. 창문이 작아서 그는 한참 동안 그녀가 어디로 갔는지를 짐작할 수 없었다. 웃음소리가 들려와 그녀가 2층으로 올라간 사실을 알게 되었다. 그는 그녀 뒤를 따라 올라갔다.

9

두 달이 지났다. 그동안 두 사람은 계속 만났다. 아라벨라는 만사에 불만스러운 것 같았다. 항상 무엇인가를 꿈꾸고, 기다리고, 그리고 생각에 젖어 있었다.

어느 날 그녀는 순회 의사 빌버트를 만났다. 그녀는 그 지방 사람들이 다 그러하듯 돌팔이 의사를 잘 알고 있었다. 그녀는 그에게 최근에 있었던 경험을 이야기했다. 아라벨라는 우울한 기분에 젖어 있었는데 그와 작별을 할 때에는 기분이 많이 밝아졌다. 그날 저녁 그녀는 주드를 만나러 갔다. 그는 슬퍼 보였다.

"난 떠날 거예요." 그가 말했다. "가야 될 것 같아요. 당신이나 날 위해 그게 더 좋을 듯해요. 어떤 일은 처음부터 일어나지 말았어야 하는 건데! 내 잘못이 많은 걸 알아요. 그러나 지금이라도 바로잡기에는 늦지 않아요."

아라벨라가 울기 시작했다. "늦지 않았다고 어떻게 알아요? 말로 하기는 쉽네요! 아직 자기한테 말하지 않은 게 있어요!" 눈물이 물 흐르듯 두 눈에서 솟아나는 얼굴로 그녀가 주드를 쳐다보았다.

"뭐라고요?" 그의 얼굴이 창백해졌다. "않았다니……?"

"그래요! 자기가 날 버리면 나는 어떻게 해요?"

"오, 아라벨라, 어떻게 그런 말을 해요? 내가 당신을 버리다니!"

"그럼……."

"당신도 알다시피 나는 아직 월급도 제대로 못 받는 처지요. 이런 일을 미리 생각해 봤어야 하는데. 물론 상황이 그렇다면 결혼을 해야지! 감히 다른 방법을 생각이나 해 보겠어요?"

"내 생각엔, 내 생각엔, 자기가 그 이유 때문에 더 떠나려고 한 것 아닌가 싶었어요. 그래서 나 혼자 문제에 부닥치도록 말이에요!"

"당신이 더 잘 알면서! 물론 나는 여섯 달 전에는, 아니 석 달 전에는 결혼이라는 건 꿈도 꾸지 않았어요. 내 계획을 완전히 박살 내는 거니까요. 당신을 알기 전에 생각했던 계획 말이오. 그러나 결국 그 계획이라는 것이 무엇이겠소! 책과 학위와 그리고 불가능한 교수직과 그 밖의 여러 가지에 대한 꿈이지. 물론 결혼해야지요. 반드시요!"

그날 밤 주드는 혼자 밖으로 나갔다. 그리고 어둠 속에서 자신의 문제를 깊이 생각하며 길을 걸었다. 머릿속에서는 아라벨라가 여성으로서 별로 큰 가치가 없다는 점을 너무나 잘 인식했다. 그러나 명예를 존중하며 사는 젊은 청년 사이에서는, 자신이 불행히 저지른 일처럼, 한 여성과 내밀한 관계까지 이르게 되면 그가 한 말을 지키고 결과를 책임지는 것이 시골 사람들의 관행이었다. 그는 자신을 위안하기 위하여 아라벨라에 대한 허구의 사실을 만들고 그것을 믿었다. 아라벨라에 대해 가장 중요한 것은 그녀의 실체가 아니라 그녀에 관한 그의 생각이라고 그는 이따금씩 짤막하게 중얼거리기도 했다.

결혼 예고를 신청하고 바로 다음 일요일에 예고는 공포되었다. 교구 사람들은 하나같이 젊은 폴리가 순진한 바보라고 말했다. 그의 공부가 겨우 이렇게 끝나고, 냄비를 사기 위해 책을 팔아야 하느냐고 수군거렸다. 아라벨라의 부모를 위시하여 사건의 전모를 짐작하는 사람들은 주드 같은 정직한 청년이 순진한 애인에게 잘못 행동한 데 대한 보상으로 당연히 취해야 될 일이라고 말했다. 그들의 결혼식을 집전한 사람은 둘의 결합에 대하여 만족하는 듯했다.

주례 앞에 선 두 사람은 죽음이 그들을 데려갈 때까지 결혼식 이전 몇 주 동안 정확히 믿고 느끼고 욕구한 대로, 틀림없이 믿고 느끼고 욕구하겠다고 서약했다. 결혼식 자체만큼 놀라운 것은 그들이 맹세한 바에 대해서 아무도 놀라지 않았다는 사실이다.

제빵업자인 주드의 할머니는 결혼 케이크를 만들어 주었다. 그녀는 그 케이크가 불쌍하고 바보 같은 녀석을 위해 해 줄 수 있는 마지막 선물이라고 씁쓸하게 말했다. 그녀는 또 녀석이 이렇게 살아서 자신에게 폐를 끼치느니 제 엄마와 아빠를 따라 오래전에 땅속으로 들어갔더라면 훨씬 나았을 것이라고도 말했다. 아라벨라는 케이크 몇 조각을 하얀 공책 종이에 싸서 돼지 손질을 함께 하던 친구 애니와 사라에게 보냈다. 봉지에는 '좋은 조언을 기억하며.'라고 적혀 있었다.

신혼부부의 장래는 가장 낙천적인 사람에게도 그리 밝아 보이지는 않았다. 석공의 도제로 일하는 스무 살의 주드는 도제 기간이 끝날 때까지는 월급의 반만 받고 일을 했다. 처음 그는 시내의 하숙집에서 함께 사는 것이 필요하다고 생각했으나 그의 아내에게는 절대로 받아들여질 수 없는 생각이었다. 수입에 조금이라도 보탬이 되는 급한 필요성을 생각해서, '갈색 집'과 메리그린 중간 지점에 있는 길가의 외떨어진 집을 하나 빌려 세를 들었다. 채소밭이 있는 이점이 있는 데다, 그녀의 경험을 살려 돼지 한 마리를 치도록 할 수도 있었다. 그러나 그것은 그가 계획한 삶이 아니었다. 거기다 알프레드스턴까지 매일 먼 길을 걸어가고 걸어와야 했다. 아라벨라는 반면 이러한 생활은 일시적인 것이라고 생각했다. 그녀는 남편을 얻게 된 것이며, 그 남편은 좀 겁을 먹고 놀라서 자신의 직업에 충실하면, 그래서 실질적인 일을 위해 시시한 책을 버리기만 하면, 그녀의 드레스와 모자를 많이 사 줄 수 있는 돈벌이 능력을 가진 사람이 분명했다.

그는 결혼한 날 저녁에 그리스어와 라틴어를 열심히 공부했던 할머니 집의 정든 방을 버리고, 아라벨라를 그 외딴집으로 데려왔다.

아내가 처음 옷 벗는 것을 보고 그는 약간의 싸늘한 냉기를 느꼈다. 그녀가 머리 뒤에 커다랗게 쪽을 틀고 다니던 긴 머리채가 풀어져서 그가 사 준 거울에 치렁치렁 걸려 있는 것이었다.

"아니, 저거 당신 머리카락 아니었소?" 그녀에게 갑작스러운 혐오증을 느끼며 물었다.

"아니요. 요즘 상류층에서는 그런 것 없어요."

"바보 같은 소리! 도시에서는 그렇지 않겠지. 그러나 시골에서는 관습이 다른 것 아닌가? 당신 머리칼로도 충분한 것 아니오?"

"그래요. 시골 사람들의 생각으로는 충분하지요. 그러나 도시에서는 남자들이 바라는 바가 달라요. 내가 전에 올드브리컴 술집에서 종업원으로 일할 때……."

"올드브리컴에서 술집 종업원?"

"글쎄, 정확히는 종업원이 아니었어요. 퍼브에서 맥주를 담아 주는 일을 잠시 한 것뿐이에요. 누군가가 이 머리채 이야기를 해 주었어요. 그래서 색다른 거라고 생각하고 하나 장만했어요. 돈이 많을수록 올드브리컴이 더 살기에 좋아요. 당신의 크라이스트민스터보다 몇 배나 더 좋은 곳이지요. 거기서는 지체 높은 집안의 부인들은 모두 가발을 쓴다고 이발사 조수가 말해 줬어요."

주드는 마음속으로 메스꺼움을 느꼈다. 그녀가 한 말이 어느 정도는 사실일지 모르지만, 순박한 처녀들이 도시로 나가 여러 해를 살면서도 생활 방식이나 몸치장에서 소박한 취향을 잃지 않는 경우도 많다는 사실을 그는 알고 있었다. 그러나 슬프게도 어떤 사람들은 그들의 피 속에 인위적인 것을 모방하는 본능이 흘러, 인위적인 것을 보는 순간 첫눈에 그것에 숙련되는 재주를 지녔다. 엄밀히 따져 여자가 머리에 뭘 좀 붙인다는 것이 큰 죄가 될 수 없다는 점을 감안해 그는 그 문제에 대해 더 이상 신경을 쓰지 않기로 마음먹었다.

집안 사정이 어둡더라도 새색시는 대개 몇 주일 동안은 사람의 관심을 유발하는 데 성공한다. 그녀가 처한 상황에는 흥미로운 요소가 스며 있었다. 사실이 가져오는 암울함을 털어버리고, 가장 겸허한 신부까지 잠시 현실과 무관한 것처럼 보이게 하는 상황에서도 친구 앞에서 보이는 그녀의 태도에는 흥미로운 면이 있었다. 어느 장날 주드 폴리 부인은 이러한 모습을 지닌 채 알프레드스턴의 거리를 걸어가다가 결혼 이후 보지 못했던 친구 애니를 만났다.

늘 하는 대로 둘은 이야기를 하기 전에 먼저 웃었다. 그들에게는 꼭 꼬집어서 그렇다고 말하지 않아도 세상이 우습게 보였던 것이다.

"그래, 계획이 잘된 것 같구나!" 처녀가 새댁에게 말했다. "그런 남자한테는 그런 계획이 잘 맞아떨어지지. 그 친구 좋은 사람이야. 그런 사람을 자랑스럽게 생각해야 돼."

"그래, 자랑스러워." 폴리 부인이 조용한 목소리로 말했다.

"그럼 예정일은 언제야?"

"쉬! 그런 것 없어."

"뭐라고!"

"내가 잘못짚었어."

"오, 아라벨라, 아라벨라. 넌 알다가도 모를 애야. 잘못짚었어! 그래, 아주 똑똑한 짓이다, 얘. 천재가 번쩍이는 짓이구나. 나는 경험상 한 번도 그런 생각을 해 보지 못했어! 진짜를 갖는다는 생각 말고는 감히 딴생각을 못 해 본다니까. 어떻게 가짜를 꾸밀 수 있니?"

"너무 성급하게 가짜를 꾸몄다고 하지 마! 가짜 극은 아니었어. 몰랐을 뿐이야."

"맙소사. 그 사람 기분 무지하게 나쁘겠지! 토요일 밤마다 너한테 그 기분 다 쏟아 놓겠구나. 그 사람 입장에서는 그걸 속임수라고 하겠지. 그것도 이중 속임수라고 말이야."

"전자였다는 건 인정하지만 후자는 아니야. 흥! 그 사람 신경 안 쓸 거야! 내 말이 틀린 걸 알면 도리어 좋아할걸. 금세 적응하게 되겠지. 고맙지 뭐야. 하지만 남자들은 늘 그러니까. 안 그러면 달리 어쩔 건데? 결혼은 결혼이니까."

그러나 그녀가 울렸던 경종이 근거 없는 것이었다는 사실을 자연스럽게 알려야 하는 시간이 다가오자 아라벨라에게는 불안한 마음이 적지 않게 일어났다. 기회는 어느 날 저녁 취침 시간 무렵에 찾아왔다. 그날 주드는 매일 일과대로 직장에서 걸어 돌아왔으며, 둘은 길가 외딴집의 침실에 호젓하게 있었다. 그는 열두 시간 동안 긴 육체노동을 했기 때문에 아내보다 먼저 취침하러 들었다. 아라벨라가 침실로 들어왔을 때 그는 반은 잠들고 반은 깨어 있는 상태여서, 그녀가 거울 앞에서 옷을 벗고 있는 것도 거의 의식하지 못한 채 누워 있었다.

그녀가 하는 행동 중 한 동작이 흐릿한 가운데 그의 뇌리로 들어왔다. 그녀가 앉아 있었는데 얼굴이 주드 쪽을 향해 비쳤다. 그는 아내가 자의적으로 양쪽 뺨에 앞에서 언급한 보조개를 재미 삼아 만들고 있는 것을 보았다. 순간적으로 뺨을 빨아들여 보조개를 만드는 괴상한 솜씨가 보통 재주가 아니었다. 그는 처음 알게 되었던 때보다 최근에는 그녀의 얼굴에서 보조개가 자주 사라진다는 사실을 처음으로 깨달았다.

"아라벨라, 하지 마!" 그가 갑자기 말했다. "그런 짓 하는 데 무슨 해가 있는 건 아니지만, 당신 그러고 있는 것 보기가 좋지 않아."

그녀는 몸을 돌려 웃었다. "어마, 자기 깨어 있는 줄 몰랐어!" 그녀가 말했다. "자긴 정말 시골 사람이야! 이런 건 아무것도 아닌데."

"그런 짓 어디서 배웠소?"

"어디서 배우긴. 그때 퍼브에서 일할 때는 애쓰지 않아도 그냥 그대로 남아 있었어. 그런데 지금은 아니야. 그땐 내 얼굴에 살이 더 있었거든."

"보조개가 있건 없건 난 상관 안 해요. 보조개가 있어서 여자가 더 예뻐 보이는 건 아니지. 특히 결혼한 여자는 말이오. 당신처럼 덩치가 큰 사람은 더 그렇고."

"대부분의 남자들은 그렇게 생각하지 않아요."

"그렇게 생각하지 않더라도 나는 상관하지 않아요. 그런데 남자들의 생각을 당신이 어떻게 알지?"

"퍼브에서 일할 때 사람들이 그랬어요."

"아, 그 퍼브에서 일한 경험이 그날 일요일 맥주를 마시다가 술에 다른 것이 섞인 줄을 알아낸 걸 설명하는구먼. 난 결혼할 때까지 당신이 아버지 집에서 줄곧 살았던 걸로 알았지."

"내가 태어난 곳에 그냥 살았던 것보다는 좀 더 세련된 것을 알아차렸을 텐데, 나에 대해서 조금은 더 알았어야지. 집에서는 할 일이 없었어요. 먹기만 하고 빈둥거렸어요. 그래서 석 달 동안 도시로 가 있었어요."

"이제 자기 할 일이 많아질 텐데, 안 그래요?"

"무슨 뜻인데요?"

"만들어야 할 작은 것들 말이오."

"아."

"언제요? 지금까지 일반적인 말만 했는데 정확히 말해 줄 수는 없소?"

"뭘요?"

"날짜요."

"말해 줄 게 없네요. 내가 착각을 했어요."

"뭐라고요?"

"실수였어요."

그는 침대에서 벌떡 일어나 앉으며 그녀를 쳐다보았다. "어떻게 그럴 수가 있어?"

"여자들은 때때로 착각을 해요."

"그렇지만……! 난 너무 준비가 되어 있지 않았소. 가구라고는 막대기 하나 없고, 돈은 말할 것도 없고. 나는 우리 일을 너무 급하게 서둘지 말았어야 했소. 준비가 안 돼 당신을 가구도 제대로 없는 이런 집에 데리고 왔으니. 당신이 그런 소식을 알리지 않았더라면 말이오. 그 소식 때문에 당신의 체면을 살리기 위해 준비고 뭐고…… 하느님 맙소사!"

"자기, 흥분하지 마세요. 저질러진 일은 되돌릴 수 없어요."

"난 더 이상 할 말이 없소!"

그는 짧게 대답을 하고는 벌렁 드러누웠다. 두 사람 사이에 침묵이 흘렀다.

다음 날 아침에 깨었을 때 주드는 지금까지 보던 눈이 아닌 다른 눈으로 세상을 보는 것 같았다. 현안의 착각은 아라벨라의 말을 그대로 받아들일 수밖에 없었다. 일반적인 통념이 받아들여지고 있는 한 주어진 여건 속에서 달리 행동할 수는 없었다. 그러나 이 일반적인 통념이 어쩌다가 이렇게 널리 받아들여지게 되었는가?

막연하고 희미하게나마 주드는 사회적 관행에 무엇인가 잘못이 있는 것 같다는 생각이 들었다. 이 사회적 관행이, 악덕이라고는 할 수 없고 기껏해야 약점이라고 할 수 있는 새롭고 순간적인 충동 때문에 잠시 놀랄 수밖에 없었던 일로 인해서, 여러 해에 걸친 생각과 노력을 포함한 훌륭한 계획을 취소하도록 할 뿐만 아니라, 인간이 하등 동물보다 더 우수하다는 점을 보여 줄 수 있는 기회를 앞서가지 못하게 하고, 자기 세대의 일반적 발전에 자신이 이룩한 업적이 기여할 수 있는 몫도 빼앗아 가는 사실을, 그는 막연하고 희미하게 느끼게 되었다. 나머지 일생 동안 자신과 경우에 따라서는 그녀까지 덫을

씌워 발목을 잡을 만큼 잘못한 것이 무엇인지, 그리고 그녀가 잃은 것이 무엇인지를 주드는 따지고 싶었다. 결혼의 즉각적인 이유가 없어진 사실에는 다행스러운 점이 있었다. 그러나 그 결혼은 여전히 유효한 채 남아 있었다.

10

가을에 축사에서 사육한 돼지를 도살해야 하는 시간이 왔다. 주드가 시간을 잃지 않고 알프레드스턴으로 나가려면 아침에 날이 밝자마자 돼지를 죽여야 했다. 그래도 하루의 4분의 1은 그 일에 매달려야 했다.

밤은 이상하게 조용했다. 주드는 동이 트기 훨씬 전에 일어나 창밖을 내다보았다. 땅에는 계절에 비해 많은 눈이 쌓여 있고, 아직도 눈송이가 조금씩 떨어지고 있었다.

"돼지 잡는 사람이 못 올 것 같은데." 주드가 아라벨라에게 말했다.

"올 거야. 빨리 일어나 물이나 끓여 둬요. 챌로 아저씨가 돼지를 뜨거운 물에 담그게요. 돼질 불에 그슬리면 제일 좋을 텐데."

"일어날게." 주드가 말했다. "나는 우리 지방에서 하는 방식을 좋아하지."

그는 아래층으로 내려가 구리 솥에 불을 지폈다. 그는 촛불을 켜지 않은 채 콩 줄기를 불에 계속 집어넣었다. 불 줄기가 유쾌한 불꽃을 뿜어내었다. 그러나 왜 불꽃이 활활 타는지를 생각하고는 유쾌한 마음이 줄어들었다. 아직도 마당 한쪽 구석에서 계속 들려오는 목소리의 주인공, 아직도 살아 있는 동물, 그 몸에서 털을 뽑기 위해 뜨거운 물을 끓인다는 생각에 이르자 그의 마음속의 즐거운 기분이 줄어든 것이다. 도살업자와의 약속 시각인 6시 30분이 되고 물이 끓기 시작하자 주드의 아내가 2층에서 내려왔다.

"챌로 아저씨 왔우?" 그녀가 물었다.

"아니."

그들은 기다렸다. 눈 내리는 새벽의 황량한 아침 빛이 밝아지기 시작했다. 아라벨라가 밖으로 나가 한길 쪽을 살펴보고는 집으로 다시 돌아왔다. 그녀가 말했다. "안 오는 모양이야. 간밤에 술에 취해 자빠졌는가 봐. 이 정도 눈이면 못 올 만큼은 아닌데."

"그럼 다음으로 미루지. 물을 괜히 끓였나 봐. 골짜기에는 눈이 깊을지도 모르지."

"미룰 수는 없어요. 돼지 먹이가 남아 있지 않아요. 어제 아침에 보리 섞은 마지막 먹이를 다 먹어 아무것도 없어요."

"어제 아침? 그럼 그동안은 뭘 먹었지?"

"아무것도 안 먹었어요."

"뭐라고? 곪었다는 거요?"

"그래요. 내장 때문에 마지막 하루 이틀은 항상 곪겨요. 그런 것도 모르다니, 정말 무식해!"

"그래서 그렇게 울어 댔구먼. 불쌍한 돼지!"

"글쎄. 돼지 목 따기나 해요. 어쩔 수 없어요. 어떻게 하는지는 내가 가르쳐 줄게요. 아니면 내가 하고. 내가 직접 할 수 있을 것 같아요. 돼지가 워낙 커서 챌로 아저씨가 했더라면 좋았을 텐데. 그 아저씨의 칼과 공구가 든 가방을 미리 보내 두었으니 우리가 사용할 수 있겠죠."

"물론 당신이 해서는 안 돼." 주드가 말했다. "내가 하지. 꼭 해야 된다니까."

그는 돼지 축사로 나가 2~3미터가량 눈을 쳐냈다. 그리고 나무 발판을 앞에다 놓았다. 칼과 밧줄은 가까운 데 두었다. 인근 나무에서 준비 과정을 지켜보던 울새 한 마리가 배는 고팠으나 불길한 장면이 싫어 다른 나무로 날아가 버렸다. 아라벨라가 남편 곁으로 오자 주드는 밧줄을 손에 쥐고 축사로 들어가 겁먹은 동물에 올가미를 걸었다. 놀란 돼지가 빽빽거리기 시작하더니 분노의 비명을 반복했다. 아라벨라가 축사 문을 열고 들어왔다. 둘은 함께 돼지를 잡고는 다리를 공중으로 올린 채 나무 발판에 들어 올렸다. 주드가 돼지를 잡고 있는 동안 아라벨라가 밧줄로 돼지를 칭칭 감아 움직이지 못하게 다리를 동여맸다.

동물의 비명 소리가 달라졌다. 이제 분노의 절규가 아니라 절망의 울부짖음으로 변하여, 희망을 포기한 울음을 길고 느리게 뽑았다.

"이런 짓을 할 바에야 절대로 돼지를 기르지 말았어야 하는데." 주드가 말했다. "내 손으로 직접 먹이를 준 동물인데."

"그런 마음 여린 바보 소리는 관둬요. 저기 찌를 칼이 있어요. 끝이 뾰족한 칼 말이에요. 절대로 깊이 찔러서는 안 되는 것 알죠?"

"짧은 시간에 끝내도록 효과적으로 찔러야겠지. 그게 중요한 거니까."

"그러지 마세요!" 아라벨라가 소리를 높였다. "고기엔 피가 잘 섞여야 돼요. 그러려면 천천히 죽어야 해요. 고기에 피가 너무 들어가 빨개지면 9킬로그램당 1실링을 손해 봐야 되는 거라고요. 혈관을 건드리기만 하세요. 어렸을 때부터 그런 일은 늘 보아 왔기 때문에 잘 알아요. 기술 좋은 도살자는 시간을 끌면서 피를 흘린다고요. 죽는 데 적어도 팔 분에서 십 분은 주어야 돼요."

"고기의 색깔이 어떻건 내가 하면 일 분에서 그 반도 안 걸릴 거요." 주드가 결심에 차서 말했다. 그는 도살꾼들이 하는 것을 본 대로 하늘로 향한 돼지의 목에서 털을 긁어낸 지방 부분을 길게 자른 다음 칼을 꽂아 있는 힘을 다하여 찔러 넣었다.

"제길!" 아라벨라가 소리를 질렀다. "내 입에서 이런 소리가 나오다니! 너무 깊이 찔러 넣었어요! 그러지 말라고 내내 잔소리를 했는데."

"아라벨라, 입 좀 닥쳐. 동물한테 조금만 동정을 느껴 봐!"

"피를 받게 통이나 좀 대 줘요. 잔소리 그만 하고요."

도살 자체는 숙련공답지 못했지만 일은 자비롭게 끝났다. 아라벨라가 원한 대로 피가 조금씩 떨어져 내리는 대신 콸콸 쏟아진 것이다. 죽어 가는 짐승은 마지막, 제3단계의 소리인 고뇌의 부르짖음을 계속했다. 흐릿해져 가는 눈은 강렬하게 비난하는 빛을 띤 채 노려보고 있었다. 유일한 친구로 보이던 인간의 배신을 깨달은 듯한 눈빛이었다.

"소리 좀 멈추게 해요!" 아라벨라가 말했다. "저렇게 소리를 지르면 이 부근의 사람을 불러들인단 말이에요. 우리가 직접 이런 짓을 한다는 걸 다른 사람들이 알게 되는 게 싫어요." 주드가 던져 버린 칼을 땅바닥에서 주워 든 아라벨라는 그 칼을 이미 찢어진 몸통 부분에 꽂아 넣고는 숨통을 잘라 버렸다. 돼지의 비명은 금세 그쳤다. 미물은 잘려진 숨구멍을 통하여 마지막 숨을 내뿜었다.

"이제 좀 낫네." 그녀가 말했다.

"할 짓이 아니야." 주드가 말했다

"돼지는 잡지 않으면 안 돼요."

마지막 경련을 하며 돼지가 숨을 헐떡였다. 그리고 밧줄에 묶였는데도 마지막 힘을 다하여 허공을 찼다. 몇 초 전까지 졸졸 흐르던 붉은 피가 멈춘 다음이어서 까만 핏덩어리가 한 숟갈가량 쏟아져 나왔다.

"됐어요. 이제 끝날 거예요." 아라벨라가 말했다. "교활한 녀석. 저것들은 버틸 수 있을 때까지 항상 마지막 한 방울을 몸에 넣고 있다니까."

돼지가 너무나 갑작스레 마지막 발작을 하는 바람에 놀란 주드가 몸을 비틀했다. 자세를 바로 세우려던 주드는 돼지 피가 고여 있던 통을 차 엎어 버렸다.

"저거 보라니까!" 화가 잔뜩 난 아라벨라가 외쳤다. "블랙 푸딩은 이제 만들 수가 없게 됐어. 다 버렸어! 모두 자기 때문이야!"

주드는 피가 담겼던 통을 바로 세웠다. 들통 속에는 김이 모락모락 오르는 액체가 3분의 1 정도만 남아 있었다. 나머지는 모조리 눈 위에 쏟아져, 고기를 입수하는 방법과 무관한 사람들에게는 을씨년스럽고 추하고 더럽게만 보였다. 동물의 입술과 콧구멍이 처음에는 검푸른 색깔이 되었다가 하얗게 변했다. 그리고 사지의 근육이 늘어졌다.

"하느님!" 주드가 말했다. "저 친구 이제 죽었군."

"돼지 한 마리 잡으면서 이렇게 소란스럽게 해놓고 하느님은 왜 찾아. 어디 할 말 있으면 해 봐요." 그녀는 경멸에 찬 소리를 내뱉었다. "가난한 사람들도 먹고살아야 할 거 아냐."

"알아, 알아." 주드가 그녀의 말에 대꾸했다. "당신 비난하는 것 아니야."

두 사람은 갑자기 가까이서 목소리가 들려오는 것을 의식했다.

"잘했군, 젊은 신랑 신부! 내가 했어도 이보다 특별히 더 잘할 수는 없었을 거요. 암, 천만에, 그럴 수가 없고말고!" 쉰 목소리는 마당에 있는 대문 쪽에서 들려왔다. 젊은 부부는 도살 현장에서 얼굴을 들었다가 체구가 건장한 챌로 씨가 대문 너머로 두 사람이 하는 것을 지켜보고 있는 모습을 보았다.

"거기 웃고 서 있으면 다인 줄 아나!" 아라벨라가 쏘아 붙였다. "늦게 오는 바람에 고기에 피가 묻어 반쯤 버리게 되었단 말이에요. 9킬로그램에 1실링은 날렸지 뭐야."

챌로 씨가 미안하다는 뜻을 전했다. "하지 말고 좀 기다리지 그랬어요." 그는 머리를 저으면서 말했다. "지금 한창 몸조심을 해야 할 사람인데, 부인, 너무 위험한 짓을 했어요."

"그런 것 걱정하지 마세요." 아라벨라가 이렇게 말하고 웃었다. 주드도 따라 웃었다. 그러나 그의 웃음 속에는 씁쓸한 뒷맛이 강하게 배어 있었다.

챌로 씨는 돼지를 뜨거운 물에 담갔다가 털을 열심히 긁어냈다. 그는 도살을 직접 하지 못한 점에 대하여 미안한 마음을 그렇게 보상하려 했다. 자신이 현실 감각을 갖추지 못한 점을 알고, 또 다른 사람이 자기의 일을 했어도 결과는 같을 것이라고 생각하면서도, 주드는 돼지 도살을 한 자신에게 심한 불만을 느꼈다. 기독교인으로뿐만 아니라 정의를 사랑하는 사람으로서 자신에게는, 그와 똑같은 생명체의 피가 하얀 눈 위에 뿌려진 모습이 앞뒤가 맞지 않는 비논리적인 측면으로 가득 차 있었다. 그러나 그는 이미 일어난 일을 다시 바로 할 수 없는 것도 알고 있었다. 그의 아내가 그를 마음 약한 바보라고 부르는 이유는 바로 이런 점에 있었다.

이제 그는 알프레드스턴으로 가는 길이 싫었다. 그 길은 그를 냉소적으로 노려보는 것 같았다. 길가의 모든 물체가 그에게 아내와의 연애 시절을 강하게 상기시켰다. 그는 그런 추억의 대상물을 시야 밖으로 몰아내기 위하여 직장으로 걸어서 오가는 도중 가능하면 책을 꺼내 읽으려고 했다. 그러나 그는 책을 좋아한다는 것이 현실을 피하는 것은 아님을 알고 있었다. 그렇다고 그것이 진기한 생각을 얻어 오는 것도 아니었다. 모든 노동자가 최근에는 모두 책 읽는 취미를 갖고 있었다. 어느 날 그는 아라벨라를 처음 알게 된 냇가에서 전과 같이 사람들이 말하는 소리를 들었다. 움막 속에서 아라벨라의 친구 하나가 다른 친구에게 자기에 관해 뭐라고 말을 하고 있었다. 그들은 자신을 먼발치에서 보았기 때문인 듯했다. 움막의 벽이 얇아 길에서 사람이 지나가면서도 그들의 말을 다 들을 수 있다는 사실을 그들은 모르고 있었다.

"어쨌든 내가 시킨 거지! '모험 없이 얻는 것은 없다.'라고 말이야. 내가 시키지 않았더라면 걘 그의 안사람이 되지 못했을 거야."

"내 생각인데 걔가 그 사람에게 그 말을 했을 때 사실은 그렇지 않았다는 걸 걔가 알고 있었던 거야."

이 여자가 아라벨라에게 무엇을 시켜 그녀를 자신의 '안사람', 즉 아내로 만든 것일까? 생각은 그를 무섭도록 불쾌하게 만들었다. 그 생각은 집에 도착했을 때에도 그의 마음속에 계속 불쾌하게 남아 있어서, 그는 집 안으로 들어가는 대신 공구 통을 마당의 문 안으로 던져 넣고는 그냥 집을 지나쳐 버렸다. 그는 할머니 집으로 가 거기서 저녁 식사를 하기로 했다.

이것은 그의 귀가 시간이 늦어짐을 의미했다. 아라벨라는 하루 종일 외출을 했다가 돌아와 죽은 돼지의 비계에서 라드[15]를 만드느라 여념이 없었다. 주드는 오후 귀갓길에 들었던 말이 그녀에게 해서는 안 될 말을 할까 봐 조심하면서 말을 아꼈다. 그러나 아라벨라는 그날따라 수다를 떨었다. 그녀는 이런저런 이야기 끝에 돈이 좀 필요하다는 말을 했다. 그녀는 주드의 주머니에 책이 꽂혀 있는 것을 보고 그에게 돈을 좀 더 벌어 와야 한다는 소리까지 했다.

"수습공의 월급은 아내까지 먹여 살릴 만큼 넉넉하지 못해요."

"그럼 아내를 얻지 말았어야지."

"그래, 아라벨라! 상황이 어쩌다가 이렇게 되었는지, 참 딱하게 되었네."

"하늘에 대고 맹세하는데 자기한테 말한 게 사실이라고 믿었어. 빌버트 선생도 그렇다고 말했어. 지금 와서는 그렇지 않은 게 자기를 위해서 얼마나 좋은 일이야!"

"그런 뜻이 아니야." 주드가 급히 말했다. "내 뜻은 그 이전에 있었던 일 말이오. 자기 잘못이 아니라는 것을 알지만, 자기 친구들이 나쁜 충고를 했던 건 사실이지. 그들이 그런 충고를 하지 않았더라면, 아니 자기가 그 충고를 듣지 않았더라면, 지금쯤 우리는 속박에서 자유로울 것 아니오? 그 속박이 솔직히 말하면 우리 서로를 몹시 짜증 나게 하고 있지 않소? 매우 슬픈 일이기는 하지만 사실은 사실이니까."

---

15) 돼지비계를 녹여 만든 반고체의 기름.

"내 친구 이야기를 누가 하고 다니는 거야? 무슨 충고를 했다는 거야? 나한테 말해 줘."

"피이, 난 말 못 해."

"말해, 말해야 돼. 말하지 않는 건 야비한 짓이야!"

"그럼 좋아." 그는 이야기를 듣게 된 경로를 부드러운 말씨로 대충 전해 주었다. "난 그 문제에 대하여 더 이상 생각하고 싶지 않소. 이제 이 문제에 대해서는 말하지 맙시다."

그녀의 방어적인 태도가 사라졌다. "그런 건 아무것도 아니야." 그녀가 싸늘한 웃음을 띠면서 말했다. "여자들은 그런 짓을 할 권리가 있어. 위험 부담은 항상 여자 몫이니까."

"벨라, 난 그렇지 않다고 생각해. 그런 일이 있어도 평생 동안 남자에게 벌이 주어지지 않는다면 여자에게 권한이 있을지도 모르지. 반대로 남자 대신 여자에게 벌이 가지 않는다면 또 그럴 수도 있을 거야. 순간의 잘못이 순간으로 끝난다거나, 아니 설사 일 년이 걸려서 끝나도 그럴 수가 있겠지. 그러나 그 여파가 오랫동안 계속된다면, 여자는 남자를, 만약 그가 정직한 사람이라면, 올가미 씌우는 짓을 해서는 안 돼. 남자가 정직하지 않더라도 여자 자신에게 그런 짓을 해서는 안 되고."

"내가 어떻게 했어야만 되지?"

"나에게 시간을 주었어야지……. 왜 꼭 오늘 저녁에 돼지비계를 녹인다고 법석을 떨지? 그것 치워요!"

"그럼 내일 아침에 해야겠네. 오래 둘 수는 없으니."

"좋아, 그렇게 해요."

11

다음 날 아침은 일요일이었다. 아라벨라는 10시쯤 전날 하던 일을 다시 시작했다. 일은 자연히 그 전날의 대화를 상기시켰고 그녀는 그때와 같은 기분에 빠졌다.

"메리그린에서 나에 대해 하는 소리가, 내가 자기를 올가미 씌웠다는 거예요? 하느님, 맙소사! 큰 것도 낚았구먼!" 열이 오르면서 그녀는 식탁 위에 주드가 아끼는 옛날 고전 몇 권이 놓인 것을 보았다. "내 눈앞에 책 두지 마!" 그녀가 화난 목소리로 말했다. 그녀는 책을 한 권 한 권 집어서 마루 위로 던졌다.

"내 책 내버려 둬!" 그가 말했다. "옆으로 밀어 두어도 되잖아? 그런데 저런 식으로 책을 더럽히는 것은 구역질 나는 짓이야!" 라드를 만들면서 아라벨라의 손은 뜨거운 기름으로 범벅이 되었다. 그녀의 손가락은 책 표지에 자국을 눈에 뜨이게 남겼다. 그녀는 계획적으로 책을 마루 여기저기에 집어 던지기를 계속했다. 참을 수 없을 만큼 화가 난 주드가 그녀의 팔을 잡았다. 그도 모르는 사이 그의 팔이 그녀 머리칼에 닿아 가발이 풀어져 귀에까지 흘러내렸다.

"놔요!" 그녀가 말했다.

"책 내버려 둔다고 약속해!"

그녀가 망설였다. "날 놔줘!" 그녀가 다시 같은 말을 반복했다.

"약속해!"

잠시 머뭇거리다가 그녀가 말했다. "약속해."

주드가 팔을 풀어주었다. 그녀는 방을 가로질러 문을 빠져나갔고 굳은 얼굴을 한 채 큰길로 갔다. 그녀는 거기서 머리를 주드 때문에 풀어진 것보다 더 헝클어뜨리고는 겉옷의 단추까지 풀었다. 그리고 길 위를 왔다 갔다 걸어 다니기 시작했다. 맑고 서리가 내려앉은 화창한 일요일 아침이었다. 알프레드스턴의 교회에서 나는 종소리가 북쪽에서 미풍을 타고 들려왔다. 사람들이 휴일 때 입는 좋은 옷으로 성장을 하고 길을 가고 있었다. 그들은 주로 연인들이었는데 주드와 아라벨라가 몇 달 전에 같은 길에서 그랬던 것처럼 즐거운 기분에 젖어 있었다. 이 행인들은, 모자도 없이 흐트러진 머리칼이 바람에 나부끼고 겉옷은 풀어진 채 일을 하느라고 소매를 팔꿈치까지 걷어 올린, 아라벨라의 이상한 모습을 쳐다보기 위해 몸을 돌렸다. 손은 녹은 기름으로 범벅이 되었다. 행인 중 한 사람이 놀란 체하며 외쳤다. "하느님, 맙소사!"

"날 어떻게 다루었는지 봐요!" 그녀가 외쳤다. "교회에 가야 하는 일요일 아침에 일을 시키고, 머리채를 끌고, 겉옷을 벗기고!"

주드는 매우 화가 났다. 그는 힘을 써서라도 집 안으로 그녀를 데려오겠다는 생각에서 한길로 나갔다. 그러다 그는 갑자기 의욕을 잃었다. 두 사람 사이에 모든 것이 끝났다는 사실을 깨닫고, 그래서 그 여자가 무엇을 하건 아니면 그가 무엇을 하건 상관이 없다는 점을 인식하면서, 주드는 그녀를 우두커니 선 채로 바라보기만 했다. 그들의 결혼 생활은 끝장이 났다고 그는 결론지었다. 두 사람의 결합이 기본적인 과오로 인하여 파멸되었음을 깨달은 것이다. 일생 동안의 동반자 관계를 가능하게 하는 유사점과 필요한 접합점을 찾지 못하고 일시적 감정에 영원한 계약을 기초하려 했던 과오를 본 것이다.

"날 학대하려고 한 거야? 당신 아버지가 당신 어머니를 학대하고, 당신 아버지의 누이가 그 남편을 학대했듯이?" 그녀가 물었다. "당신네들은 모두가 남편과 아내로서는 괴상한 인간들이야!"

주드는 그녀에게 놀란 눈빛을 던졌다. 그녀는 더 이상은 떠벌리지 않고 지칠 때까지 길을 계속 오르내렸다. 그는 그 장소를 떠나 잠시 멍하니 길을 걷다가 메리그린 쪽으로 방향을 잡았다. 그는 매일 매일 건강이 나빠지는 할머니를 찾아갔다.

"할머니, 아버지가 어머니를 학대했어요? 또 고모가 고모부를 그랬어요?"

불가에 자리를 잡으면서 그가 갑자기 이런 질문을 던졌다.

할머니는 항상 쓰고 있는 낡은 모자 테 아래에서 늙은 눈을 위로 쳐들었다. "누가 그런 소리를 하더냐?" 그녀가 물었다.

"그런 소리가 돌아다니는 것을 들었어요. 사실을 모두 알고 싶어요."

"그래, 그러고 싶겠지. 네 아내가 그랬구나. 걘 그런 소리를 입 밖에 낼 정도로 바보라니까. 그 일에는 별로 알 만한 게 없단다. 네 아버지와 어머니는 사이가 좋지 않았지. 그래서 헤어진 거다. 네가 아기일 때 둘은 알프레드스턴의 장에서 집으로 돌아오고 있었는데 갈색 집의 헛간 곁 언덕에서 마지막 부부싸움을 하고 거기서 그냥 각자 제 길로 갔지. 네 어머니는 그 뒤 얼마 안 되어서 죽었단다. 물에 몸을 던져 자살을 한 거다. 그러자 네 아버지는 남부 웨섹스로 널 데리고 떠났는데, 그 뒤로는 여길 다시 오지 않았지."

주드는 북부 웨섹스와 어머니에 대하여 아버지가 죽는 날까지 한 마디 언급 없이 침묵을 지킨 일을 생각했다.

"네 고모도 마찬가지였다. 고모부가 고모를 몹시 괴롭혔지. 고모는 자기 남편하고 사는 것이 싫어서 어린 하녀만 하나 데리고 런던으로 가 버렸단다. 폴리 가족들은 결혼을 해서는 안 될 사람들인 모양이다. 결혼이 우리 기질에 안 맞는 거지. 속박되지 않으면 얼마든지 잘할 수 있는 일인데, 속박되면 마음이 내키지 않는 습성이 우리 핏줄기에 들어 있단다. 내 말을 잘 듣고 결혼을 하지 말았어야 하는 이유가 바로 그거다."

"아버지하고 어머니가 갈색 집 근처에서 헤어졌다고요?"

"거기서 조금만 더 가서지. 펜워스로 가는 길이 갈라지는 지점이다. 안내 표지가 있는 곳이란다. 전에는 교수대가 있었는데 그것도 우리 집 역사와 무관하지는 않지. 그러나 그건 잊어버려라."

그날 밤 땅거미가 질 무렵 주드는 하숙집으로 가는 것처럼 인사를 하고 할머니 집을 빠져나왔다. 그러나 그는 툭 터진 고원으로 나오자 큰 원형의 연못이 있는 지점까지 걸어갔다. 특별히 매섭지는 않지만 서리가 계속 내리고 있었고, 머리 위로는 큼직한 별들이 서서히 나타나 반짝거렸다. 주드는 수면의 얼음 가장자리에 한 발짝 내려디뎠다. 그러고는 다른 발도 얼음 위로 가져갔다. 몸무게 때문에 얼음이 소리를 내면서 갈라졌다. 그러나 그는 그만두지 않았다. 그는 연못의 중심부를 향해서 조심스레 걸어 나갔다. 그가 걸음을 뗄 때마다 얼음이 날카로운 소리를 냈다. 연못의 중심부에 닿자 그는 주변을 한 번 둘러본 다음 펄쩍 뛰어올랐다. 얼음이 갈라지는 소리가 반복되었다. 그러나 그는 얼음 속으로 떨어지지 않았다. 그는 한 번 더 뛰어올랐다. 이번에는 얼음 갈라지는 소리도 나지 않았다. 그는 호수 가장자리로 걸어 나가 땅 위로 발걸음을 옮겼다.

모든 것이 이상하다고 생각했다. 그는 무엇 때문에 이렇게 남아 있게 된 것인가? 그는 자신이 자살을 할 수 있을 만큼 위엄이 있는 사람이 아니기 때문이라고 생각했다. 평화로운 죽음은 자신을 죽음의 왕국에서 한 신하로 두는 것도 싫어하는 모양이었다. 그래서 자신을 받아들이지 않기로 한 것이었다.

자신을 파괴하는 일보다 더 저급한 짓은 무엇인가? 훨씬 덜 고상하면서 현재의 채신 깎인 입장과 더 잘 어울리는 짓은 무엇인가? 그는 술에 취할 수 있다. 물론 그것이다. 그는 그것을 잊어버리고 있었다. 술을 마신다는 것은 절망하는 인간들, 가치 없는 인간들이 정기적으로 행하는 판에 박은 수단이다. 이제야 그는 왜 사람들이 술집에서 술타령을 하는지 알 수 있을 것 같았다. 그는 고원 지대의 북쪽으로 내려가다가 이름 없는 술집을 보았다. 그는 그 술집으로 들어가 자리를 잡았다. 벽에 삼손과 델릴라의 그림이 걸려 있는 것을 보고 아라벨라와 처음 만난 일요일 저녁에 왔던 장소임을 알아보았다. 그는 술을 청해 한 시간가량 결연히 마셔 댔다.

그날 밤 늦게 그는 비실거리며 집으로 돌아가면서 요란한 소리로 웃기 시작했다. 우울했던 기분은 다 사라지고 머리도 아주 맑았다. 아라벨라가 자신의 이런 모습을 어떻게 맞을 것인지 궁금했다. 집은 불을 켜지 않아 깜깜했다. 비실거리며 집 안으로 들어가 한참 만에 불을 켰다. 주드는 아침에 돼지고기를 처리하던 흔적과 돼지기름과 기름의 점액질 부분은 그냥 있었지만 그 밖의 재료들은 다 없어진 것을 발견했다. 낡은 봉투 하나가 벽난로 위의 공기 뽑는 광목천에 핀으로 꽂혀 있고, 봉투 속에는 그의 아내가 쓴 편지가 한 줄 적혀 있었다.

친구 집으로 감. 돌아오지 않음.

다음 날 그는 종일 집에 남아 있었다. 그리고 돼지 뼈다귀를 통째로 알프레드스턴에 보냈다. 그는 집을 깨끗이 청소하고 문을 잠근 다음, 집 열쇠를 아라벨라가 혹시 돌아 왔을 때 쉽게 찾을 수 있는 곳에 두었다. 그리고 그는 알프레드스턴의 석공소로 돌아왔다.

밤에 그는 다시 집으로 터벅거리며 돌아갔으나 그녀가 온 흔적은 없었다. 그다음 날도 집으로 갔으나 마찬가지였다. 그리고 그다음 날도 똑같았다. 그러다가 그녀에게서 편지가 왔다.

그녀는 그에게 싫증이 났다는 점을 솔직히 인정했다. 그는 느리고 낡은 마차와 같았으며, 그녀는 그가 추구하는 생활에 관심도 없다고 했다. 그의 생활이나 그녀의 생활이 더 나아지리라는 전망도 보이지 않는다고 그녀는 밝혔다. 주드가 알고 있던 것처럼 돼지 장사가 잘되지 않아 그동안 부모가 오스트레일리아로 이민 가는 문제를 고려하고 있었는데 이번에 아예 가기로 결정을 내렸으며, 주드만 반대를 하지 않는다면 자신도 함께 따라갔으면 한다고 했다. 자기 같은 여자는 이런 바보 같은 나라보다는 그쪽에서 인생을 개척해 보는 것이 좋겠다는 뜻도 밝혔다.

주드는 그녀가 떠나는 데에는 조금도 반대하지 않는다며 회신했다. 그는 아라벨라가 스스로 원하는 이상 그 길이 현명한 선택이며, 두 사람 모두를 위해서도 잘된 일이라고 썼다. 그는 봉투 속에 편지와 함께, 많지는 않지만 돼지를 팔아서 받은 돈과 자신에게 있던 돈을 모두 긁어서 넣었다.

그는 그날 이후 그녀로부터 간접적인 경로 외에는 아무 소식도 듣지 못했다. 아라벨라의 아버지와 식구들은 금세 이민을 떠난 것은 아니었다. 그들은 가구와 다른 물건들이 팔릴 때까지 기다렸다. 아라벨라 집안의 물건들이 경매에 나간다는 소문을 듣자 주드는 자신의 집에 있는 물건을 마차에 실어 그녀의 집으로 보냈다. 다 팔거나 골라서 팔아 돈을 장만하는 데 도움이 되기를 바라는 마음에서였다.

주드는 알프레드스턴의 하숙집으로 돌아갔다가 어느 가게 유리창에 그의 장인의 가구를 판다는 작은 공고가 붙어 있는 것을 보았다. 그는 날짜를 머릿속에 외워 두었다. 그러나 그가 경매 장소 근처에 가 보지도 못하고, 또 어느 날 알프레드스턴에서 나오는 남쪽 대로의 교통량이 경매 때문에 많아진 사실도 보지 못한 채, 그 날짜는 그냥 지나고 말았다. 며칠 뒤 그는 시내 중심 거리에 있는 어둠침침한 고물상에 들어갔다가 냄비, 빨래 걸이, 반죽 밀대, 구리 촛대, 회전 거울, 그리고 그 밖에도 막 경매에서 들어온 것이 분명한 잡동사니 물건들이 가게 뒤쪽으로 널려 있는 것을 보았고, 그 속에서 사진이 끼어 있는 사진틀 하나를 보았다. 그것은 자신의 사진이었다.

그 사진은 특별히 그가 사진관에서 찍은 것이며, 사진틀은 새눈 무늬의 단풍나무로 그 지방의 목수가 만든 것이었다. 그리고 그는 그것을 결혼식 날 아라벨라에게 선물로 주었다. 사진틀 뒤에는 날짜와 함께 '주드가 아라벨라에게'라는 글까지 쓰여 있었다. 아라벨라가 경매에 내놓은 물건 속에 그것을 그냥 던져 버린 게 분명했다.

"오," 하고 고물상 주인이 경매품 뭉치에서 이것저것을 뒤지고 있는 주드에게 그 사진이 주드 자신이라는 사실을 알아차리지 못하고 말했다. "메리그린으로 가는 길에 있는 외딴집 물건 경매에서 싸게 산 거지요. 사진만 떼어 내면 사진틀은 꽤 쓸 만할 거유. 1실링만 내고 가져갑쇼."

그의 아내에게서 모든 부드러운 애정이 완전히 죽었다는 사실은 자신의 사진과 선물을 이렇게 무심코 경매에 던져 버린 말 없는 증거에서 잘 나타났으며, 그것은 그에게 남아 있던 모든 감정을 없애는 결정타로 충분했다. 그는 1실링을 주고 사진을 받아 가게를 나왔다. 그리고 하숙집에 도착하는 즉시 사진과 액자를 모두 불에 태워 버렸다.

이삼 일 뒤에 아라벨라와 그녀의 부모가 떠났다는 소식을 들었다. 그는 그 소식을 듣기 전에 아라벨라에게 정식으로 작별을 할 기회가 있었으면 좋겠다고 전갈을 보냈다. 그러나 그녀의 회답은 가기로 작정한 이상 그렇게 하지 않았으면 좋겠다는 것이었으며, 그 말은 사실이기도 했다. 그들이 이민을 떠난 날 저녁 그는 하루의 일을 마치고 저녁 식사를 한 후에 집을 나와 고원으로 가는 한길을 별빛 아래서 산책했다. 그 길은 그에게 너무나 익숙한 길이었으며, 그의 일생에서 가장 중요한 감정을 경험한 장소이기도 했다. 이제 그는 다시 자신의 인생을 찾은 기분이었다.

그는 자신을 완성할 수 없었다. 이 옛길 위에 서 있는 한, 자신은 마음속으로 크라이스트민스터와 학문을 처음으로 갈망하는 열성으로 저 언덕 꼭대기에서 꿈을 꾸던 때보다 하루도 더 나이를 먹지 않은 아이로 남아 있었다. "그런데 나는 이제 어른이다." 그는 이렇게 중얼거렸다. "나는 아내가 있다. 그보다도 그 아내와 뜻이 다르고, 그녀를 싫어하고, 그녀와 싸움을 하고, 그리고 그녀와 헤어졌다. 나는 이제 보다 원숙한 시기에 도달했다."

그는 지금 자신이 서 있는 곳이 아버지와 어머니가 헤어졌던 지점에서 얼마 멀지 않다는 사실을 기억해 냈다.

조금 더 떨어진 곳은 그가 크라이스트민스터를, 아니 그 도시라고 믿었던 곳을 본 언덕 꼭대기였다. 그리고 그 바로 근처에 이정표가 전과 같이 서 있었다. 주드는 이정표가 있는 장소로 걸어가 그 도시까지의 거리 표시를 손으로 만져 보았다. 언젠가 한번 그는 끝이 예리한 새 끌로 그 이정표 뒤에다 자신의 꿈을 표시하는 글을 자랑스럽게 새긴 일이 있음을 기억해 냈다. 부적합한 여자 때문에 자신의 목표에서 방향이 빗나가기 전인 도제 시절의 첫 주였다. 그는 아직도 그때 새겨 둔 글이 그대로 남아 있는지가 궁금했다. 그는 이정표의 뒷면으로 돌아가 쐐기풀을 걷어 냈다. 성냥불을 켜자 오래전에 그렇게 정성 들여 파 둔 글씨가 보였다.

저기로

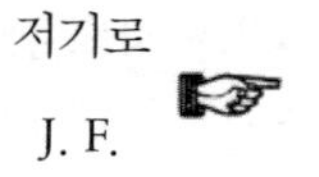

J. F.

글자가 하나도 손상되지 않은 채 잡초와 쐐기풀을 배경으로 환히 나타나면서 그의 영혼 속에 아직도 남아 있는 불씨에 불꽃을 튀겼다. 비록 세상의 추한 모습을 보았지만 이제 그의 계획은 좋으나 궂으나 앞으로 나아가는 것뿐이며 병적인 슬픔을 잊는 것뿐이다. 즐거운 마음으로 선을 행하자. 스피노자의 철학이라고 들은 이 구절이 이제 자신의 것으로 정착되는 순간이었다.

그는 불운과 싸워서라도 최초의 계획을 좇아갈 것이다.

그는 조금 떨어진 곳으로 가서 북동쪽 방향으로 지평선을 찾았다. 지평선 위에 희부연 빛이 솟아올랐다. 신념을 가진 사람의 눈에만 보이는 작고 희미한 불빛이 실제로 나타난 것이었다. 그것으로 충분했다. 그는 이곳에서 도제 기간이 끝나는 대로 크라이스트민스터에 가기로 마음을 먹었다.

그는 훨씬 행복한 기분으로 하숙집에 돌아와 기도를 올렸다.

2부
크라이스트민스터에서

자신의 영혼 외에는 어떤 별도 없었다.
— 스윈번

가까움이 깨달음과 첫 단계로 인도하고,
시간이 가면서 사랑이 자랐다.
— 오비디우스

1

주드의 생애에서 다음으로 눈에 뜨이는 움직임은 아라벨라에의 구애와 그녀와의 조악했던 결혼 생활의 중단, 다음에 따른 삼 년 뒤 어느 날 그가 어둑어둑한 풍경 속을 헤치고 차분히 걸어가고 있는 모습이다. 그는 크라이스트민스터 시를 향해 걷고 있었는데, 도시에서 남서쪽으로 2~3킬로미터 떨어진 지점에 있었다.

마침내 그는 메리그린과 알프레드스턴의 생활에 결별을 선언했고, 석공 수련 기간도 마쳤다. 등에 공구 가방을 둘러멘 모습이 새로운 출발을 하는 사람처럼 보였다. 이 새 출발은 아라벨라와의 은밀했던 관계와 결혼의 경험에 휩싸인 기간을 제외해도 십 년을 기다린 꿈이었다.

주드는 이제 잘생긴 얼굴을 가졌다기보다는 박력 있고 사색적이며 진지한 모습을 가진 청년으로 불렸다. 그의 얼굴은 거무스레한 안색을 띠었으며, 눈도 이에 걸맞게 검은색이었다. 그리고 그의 짧게 손질한 까만 턱수염은 나이에 비해 훨씬 시대를 앞선 모습을 하고 있었다. 숱이 많은 까만 곱슬머리와 긴 턱수염은 일할 때 떨어지는 돌가루를 나중에 빗으로 빗고 물로 씻어내는 데 힘들게 만들었다. 그의 직업상의 기능은 묘비 깎기, 교회 수리용 석회석 고딕식 깎기, 그리고 돌 깎기 전반에 걸친 일이었다. 이것은 시골에서 수련을 받았기 때문인데, 만약 런던에서 기술을 배웠더라면 한 특수 분야를 전공하여 '조형 석공', '잎사귀 무늬 조각가' 같은 조상가(彫像家)가 되었을 것이다.

그는 그날 오후 알프레드스턴에서 짐마차를 타고 크라이스트민스터에서 가장 가까운 마을까지 왔다. 그는 일부러 도시까지 약 6킬로미터를 남겨두고 걷기 시작했다. 그는 이런 식으로 도시에 들어가는 걸 원했던 것이다.

크라이스트민스터로 가겠다고 결심을 한 궁극적인 충동에는, 흔히 젊은이들이 그러하듯, 지적인 것보다는 감정적인 측면에 관계된, 보다 크고 이상한 이유가 있었다. 알프레드스턴의 하숙집에 있던 어느 날 그는 할머니를 보러 메리그린에 간 적이 있었다. 그는 벽난로의 장식대 위에 놓인 구리 촛대 사이에 예쁜 소녀의 얼굴을 찍은 사진이 있는 것을 보게 되었다. 넓은 모자를 쓰고 있었는데, 챙 아래 후광처럼 환히 빛나는 주름 잡힌 천이 달려 있었다. 주드는 그 소녀가 누구냐고 물었다. 할머니는 퉁명스러운 목소리로 그에게 사촌이 되는 수 브라이드헤드이며, 그의 집안과 사이가 좋지 않은 친척이라고 말했다. 주드가 더 캐어묻자 할머니는 수가 크라이스트민스터에 살고 있는데 정확히 어디에 사는지, 무엇을 하는지는 모른다고 했다.

할머니는 주드에게 사진을 주지 않았다. 그러나 소녀는 그의 마음을 사로잡았으며, 궁극적으로 그의 친구인 학교 교사를 따라 그 도시로 가겠다고 마음을 먹는 데 촉진제가 되었다.

주드는 완만하게 곡선을 그리며 내려가는 내리막길 꼭대기에서 걸음을 멈추고, 처음으로 가까이서 보는 시내의 모습을 내려다보았다. 회색 석조물과 암갈색 지붕들이 웨섹스 지방의 경계선에서 소리치면 들릴 거리에 있었으며, 도시의 작은 발가락 같은 끝 자락이 거의 웨섹스의 경계선 안에 들어와 있었다. 도시는 고대 웨섹스 왕국의 들판을 어루만지며 유유히 흐르는 한가로운 템스강을 따라 꾸불거리는 곡선의 최북단에 위치했다. 도시의 건물들이 석양 속에 조용히 묻혀 있었고, 수많은 첨탑과 원형 천장 위에 세워진 바람개비가 여기저기서 제2, 제3의 어두운 색채에 섬광을 보내고 있었다.

내리막길 맨 아래로 내려와, 짧게 가지치기를 한 버드나무들이 땅거미 속에서 희미하게 서 있는 사이로 뻗은 평평한 길을 걸어갔다. 그는 곧 도시의 가장 외곽에 서 있는 가로등과 마주쳤다. 여러 해 전, 주드가 장래의 꿈에 젖어 있던 시절 그의 긴장된 눈에 불빛과 영광을 하늘로 쏘아 올리던 바로 그 가로등 빛이었다. 가로등은 주드에게 황색의 눈빛으로 애매한 미소를 보냈다. 마치 그 가로등이 오랫동안 그를 기다렸고, 그의 도착이 늦어진 데 대하여 실망했으며, 이제는 그를 별로 환영하지 않는다는 것을 의미하는 듯했다.

그는 딕 휘팅턴[16] 같은 사람으로 물질적인 이익보다는 섬세한 문제에 더 정신이 민감한 편이었다. 그는 탐험가가 조심스레 발길을 옮기듯 교외의 거리를 걸어갔다. 지금 그가 있는 이 지점의 교외에서는 시내의 참된 모습을 볼 수 없었다. 제일 먼저 필요한 것은 하숙이었다. 그는 싼값으로 적당한 하숙을 구할 수 있는 지역을 조심스레 찾아보았다. 여기저기 문의한 끝에 속칭 '비어시바'라고 불리는 외곽 지역에 방을 하나 잡았다. 그는 그곳이 속칭 비어시바라는 사실도 몰랐다. 하숙집에 짐을 풀고 간단히 식사를 한 다음 그는 밖으로 나갔다.

달이 뜨지 않고, 거리에는 바람이 불었다. 그는 길을 찾아보기 위해 가로등 아래에서 가지고 온 지도를 폈다. 바람이 지도를 펄럭펄럭 흔들었으나 도시 중심부로 가는 길을 찾아 방향을 결정할 수 있을 정도로는 지도를 읽을 수 있었다.

길을 몇 차례 돌아 그는 첫 번째 고색창연한 중세 건물에 다다랐다. 정문을 보고는 건물이 대학임을 알 수 있었다. 그는 학교 안으로 들어가 여기저기를 둘러보다가 불빛이 미치지 않는 어두운 구석까지 걸어갔다. 대학은 다른 대학과 인접해 있

---

16) 리처드 휘팅턴(Richard Whittington, 1354~1423), 중세 런던 시장. 1397~1398년, 1406~1407년, 1419~1420년에 걸쳐 3회나 시장을 역임했다. 비천한 가정에서 태어나 포목상으로 돈을 벌어 자선 사업에 쓴 사람이다.

었다. 그리고 좀 떨어진 곳에는 또 다른 대학이 있었다. 그는 유서 깊은 도시의 숨결과 정서에 둘러싸인 기분을 느꼈다. 도중에 대학의 전체적인 분위기와 어울리지 않는 물체를 만나면 그는 못 본 척 시선을 돌렸다.

종소리가 울리기 시작했다. 백한 번의 타종이 끝날 때까지 그는 귀를 기울였다. 그는 자신이 타종 횟수를 잘못 세었다고 생각했다. 정확히는 백 번이었을 것이라고 생각했다.[17)]

대학의 정문이 모두 닫히자 그는 학교 내부의 정원으로는 들어갈 수가 없었다. 그는 학교 담과 정문 입구를 돌면서 손가락을 뻗어 쇠시리와 조각물들의 윤곽을 더듬어 보았다. 짧은 시간이 흐르면서 사람들이 보이지 않았다. 그래도 그는 어둠 속에서 여기저기를 돌아다녔다. 자신은 지난 십 년 동안 이 광경을 머릿속으로 상상하면서 살아온 것이 아니던가? 그렇다면 한 번쯤 하룻밤의 잠을 설친들 그게 무슨 상관인가? 어두운 하늘을 배경으로 가로등의 불빛은 고딕식 장식이 달린 첨탑과 톱니 모양의 성가퀴를 보여 주겠지. 이제 사람의 발길이 그치고 인간의 존재마저 잊힌 도시의 어두운 뒷골목 길에는 주랑과, 퇴창과, 중세식 무늬로 화려하고 현란하게 장식된 출입구가 돌출해 있었으며, 이들 장식물이 뿜어내는 과거의 정취는 석조 건물의 부식된 냄새에 의하여 더욱

---

17) 실제로 크라이스트 처치는 밤 9시 10분에 교문을 닫으면서 종을 101번 치는데, 이 종은 영국에서 가장 큰 것 중 하나이다. 옥스퍼드 대학교의 수많은 대학 중에서 가장 큰 대학 중 하나인 이 크라이스트 처치는 카디널 대학으로 이름을 바꾸어 이 소설 속에 등장하고 있다.

두드러졌다. 이렇게 노쇠하고 시대에 뒤떨어진 공간 안에 현대적 생각이 주드로 하여금 수용된다는 것이 불가능한 일처럼 보였다.

이곳에는 아는 사람이 아무도 없다는 생각이 주드로 하여금 자신의 존재가 유령처럼 고립되었다는 생각을 하게 만들었다. 걸어가기는 하지만 자신이 사람들의 눈에 보이지도 않고 자신의 목소리가 들리지 않는다는 느낌이 들었다. 그는 생각에 깊이 잠겨 숨을 들이마셨다. 자신이 유령이라는 사실을 느끼면서 그는 어두운 구석을 들락거리는 다른 유령들에게 자신의 생각을 말해 주었다.

그의 아내와 가구가 가차 없이 허공으로 사라지고 그 이후 그가 이곳으로 오기 위한 준비를 하는 기간 동안에, 그는 자신 같은 처지에 있는 사람이 읽고 배울 수 있는 것은 모조리 다 읽고 배웠다. 이 경건한 벽 안에서 청춘을 보내고 원숙한 나이에는 영혼이 그 벽 안을 드나든 훌륭한 사람들의 모든 것을 그는 공부했다. 그의 독서 과정에서 그들 중 어떤 저자는 다른 사람들보다 훨씬 큰 비중으로 그의 머릿속에 자리를 잡았다. 모퉁이와 부벽(扶壁)과 문설주를 스치고 가는 바람은 이들이 스쳐 가는 소리이며, 담쟁이넝쿨의 잎사귀가 곁에 있는 잎사귀에 부딪쳐 톡톡 소리를 내는 것은 애도하는 영혼이 중얼거리는 소리이고, 그림자는 그들의 가냘픈 모습이 불안에 떠는 것으로 고독한 그에게 친구가 되었다. 그는 어둠 속에서 그들의 몸과 닿지 않은 채 그들에게 부딪치는 것 같았다.

거리에는 인적이 사라졌다. 그러나 그는 이 유령들 때문에 하숙집으로 갈 수가 없었다. 셰익스피어의 친구이며 예찬자[18]에서부터 근년에 침묵으로 들어간 자신의 동년배,[19] 그리고 아직도 우리와 함께하는 음악적인 시인[20]에 이르는 옛날과 최근의 시인들이 그곳에 있기 때문이었다. 사색적인 철학자들도 가까이 왔다. 초상화 속에서 본 대로 주름진 이마와 서리 앉은 머리를 가진 사람들이 아니라, 분홍색 얼굴과 날씬한 몸매를 갖고 아직 청년처럼 활동적인 사람들이었다. 그들은 중백의를 입은 현대적 성직자들로 그중 주드의 눈에 가장 두드러진 사람들은 옥스퍼드 운동으로 알려진 종교학파 창시자들이었다. 열광자, 시인, 공식주의자로 잘 알려진 유명한 삼인방[21]이 그들이었다. 그들의 가르침의 메아리는 먼 이름 없는 시골집에 사는 자신에게까지 큰 영향을 주었다. 이 도시가 배출한 다른 아들들(어깨까지 내려오는 가발을 쓴 정치가로 엽색가이며 이론가이며 동시에 회의론자,[22] 면도를 매끈하게 한 역사학자로 기독교에 역설적으로 정중했던 사람,[23] 신심 깊은 사람만큼이나 안뜰

---

18) 영국의 극작가이자 시인 벤 존슨(Ben Jonson, 1572~1637).

19) 시인 로버트 브라우닝(Robert Browning, 1812~1889).

20) 시인 앨저넌 찰스 스윈번(Algernon Charles Swinburne, 1837~1909).

21) 존 헨리 뉴먼(John Henry Newman, 1801~1890), 존 케블(John Keble, 1792~1866), 에드워드 퓨지(Edward Pusey, 1800~1882).

22) 헨리 세인트 존, 볼링브로크 1대 자작(Henry St John, 1st Viscount Bolingbroke, 1678~1751).

23) 『로마 제국의 쇠퇴와 멸망』의 저자인 에드워드 기번(Edward Gibbon, 1737~1794).

을 잘 알면서 회랑 출입도 자유롭게 한, 똑같은 회의론적 기질을 가진 그 밖의 인물들)이 나타나자 갑자기 이들 삼인방은 그들에 대하여 혐오감을 느끼는 모양이었다.

그는 정치가의 여러 유형을, 움직임이 확고하여 꿈꾸는 듯한 태도가 적은 사람, 학자이며 웅변가이며 노력하는 학구파, 나이가 들면서 정신이 성숙해지는 사람, 또 반대로 나이와 더불어 정신이 위축하는 사람 등으로 보았다.

그다음 그의 마음의 눈에 떠오른 사람들은 이상하게 뒤섞인 과학자들과 문헌학자들이었다. 사색에 잠긴 얼굴과, 찡그린 이마와, 끝없는 연구에 몰두하여 시력이 박쥐만큼 약해진 사람들, 그는 거의 관심이 없는 식민지 총독과 아일랜드 총독 같은 관리들, 그리고 이름조차 모르는 말 없고 입술이 얇은 재판장과 대법관들. 자신이 품었던 전날의 꿈 때문에 성직자들에게 예민한 존경심이 따랐다. 그들 중에는 많은 사람이 떠올랐는데, 어떤 사람은 마음이 따뜻하고 또 어떤 사람은 머리가 더 출중한 사람이었다. 어떤 사람은 교회를 위하여 라틴어로 변명했으며, 어떤 사람은 「저녁 찬가」의 저자인 성자[24]이다. 이들과 가까운 곳에 순회 설교자이며 찬송가 저자이며 동시에 열광자[25]가 결혼 문제의 어려움 때문에 그림자에 가린 주드처럼 그림자 속에 서 있었다.

주드는 이 인물들과 말을 하는 것처럼 큰 목소리로 대화를

---

24) 영국의 성공회 주교이자 찬송가 작사가인 토마스 켄 주교(Thomas ken, 1637~1711).

25) 감리교 창시자인 존 웨슬리(John Wesley, 1703~1791).

시작했다. 무대의 조명 저쪽에 있는 관객에게 말을 하는 멜로드라마의 배우처럼 입을 연 것이다. 그러다 그는 갑자기 자신이 엉뚱한 짓을 하는 사실에 놀라 그 대화를 멈췄다. 나그네의 두서없는 독백이 학교 담 저쪽에서 등불을 밝혀 두고 있던 학자나 철학자에게 들렸으리라. 그 학자는 머리를 쳐들고 그 소리가 무슨 소리인지, 무슨 뜻인지를 궁금하게 생각했을 것이다. 주드는 여기저기 밤길이 늦은 도시 사람을 제외하고 육체를 가진 인간이라고는 이 고대 도시 전체에서 자기밖에 없다는 사실과, 지금 자신이 감기에 걸리고 있다는 사실을 깨달았다.

어둠 속에서 목소리가 들려왔다. 그 지방의 방언을 쓰는, 실제 살아 있는 사람의 목소리였다.

"젊은 친구, 그 주춧돌 위에 꽤 오래 앉아 있는데, 왜 그러고 있소?"

주드가 보지 못하는 사이 그를 지켜보고 있던 경찰이 한 말이었다.

그는 하숙집으로 돌아와 이 유령들에 관해서 책을 좀 읽다가 자리에 들었다. 집에서 가져온 책 중에서 그들이 이 대학의 졸업생들에 관해 세상에 내보낸 축사 몇 편도 읽었다. 잠에 막 빠져 들려는데 그가 평소 외워 둔, 그들의 잊을 수 없는 여러 가지 말들이 들렸다. 그들이 직접 웅얼거리는 목소리였다. 어떤 말은 들리고 또 어떤 말은 무슨 뜻인지 이해할 수 없었다. 이들 유령 중 하나는 후에 크라이스트민스터를 '상실된 대의(大義)의 본거지'라고(주드는 이 말을 기억하지 못했지만) 애도하고 도시를 향하여 이렇게 읊었다.

"아름다운 도시여! 너무나 유서 깊고 너무나 아름다운 곳, 우리 세기의 무서운 지적 생활에 의해서도 다치지 않은 곳, 너무나 평온한 곳! 도시의 형언할 수 없는 매력은 우리를 모두의 참된 목표로, 이상으로, 완성으로, 언제나 이끌어 간다."[26]

또 다른 목소리의 주인은 곡물법 전향자[27]로 큰 종이 있는 대학의 교정(校庭)에서 조금 전에 보았던 유령이었다. 주드는 그의 영혼이 그의 위대한 연설문 속에 담긴 역사적 언어를 형성했으리라고 생각했다.

"존경하는 의원님, 제가 틀렸을지도 모릅니다만 저의 생각은 기아의 위협에 직면한 나라에 대한 저의 임무가 유사한 여건에 처해 있는 상황에 대한 일반적인 치유법이 이제 환원되어, 인간의 양식에 대한 접근이 어느 쪽에서든 자유롭게 허용되도록 해야 한다는 것입니다. 내일 저의 직책을 박탈하는 한이 있어도, 개인적 이익을 위해 부패하지 않고 또 사심에도 쏠리지 않은 동기에서 주어진 권력을 행사했다는 생각은 빼앗아 갈 수 없습니다. 개인적 이익을 위해 야심을 만족시키려는 욕구에서 우러나지 않은 권력을 행사했다는 신념도 빼앗을 수는 없습니다."[28]

기독교에 대한 불멸의 글을 쓴 간교한 저자[29]는 이렇게 말

---

26) 시인 매슈 아널드가 한 말.

27) 영국 수상을 지낸 로버트 필 경(Sir Robert Peel, 1788~1850).

28) 필 경이 수상 재직 시 의회에서 1846년 5월 15일 행한 연설문의 일부.

29) 에드워드 기번. 인용된 글은 『로마 제국의 쇠퇴와 멸망』 15장.

했다. "전능의 신에 의하여 제시된 이러한 증거물(기적)에 대한 이교도와 철학 세계가 보여 준 무관심을 우리는 어떻게 용서할 것인가? ……그리스와 로마의 현자들은 그 무서운 광경을 외면하고 세계의 도덕적 혹은 물리적 통치 체제에 일어난 변화를 알지 못하는 것처럼 보였다."

그다음에는 마지막 낙천주의자인 시인[30]이 나타났다.

> "세상이 어떻게 우리를 위해서 창조되었는가!
> (……)
> 다수 중의 각자가 보완한다
> 전반적 계획에 따른 종족의 삶을."

이번에는 그가 본 세 명의 열성분자 중 한 사람인 『해명』의 저자[31]가 나타났다.

"내 논지는…… 자연 신학의 진리에 관한 절대적 확실성은 일치하고 합일하는 가능성을 집합시킨 결과이다. 논리적 확실성에 이르지 못한 이 가능성은 정신적 가능성을 이룰 수는 있다."

논객이 아닌 삼인방 중 두 번째는 조용한 목소리로 말했다.

> "하늘이 뜻한 대로 우리 모두가 홀로 죽는데

30) 시인 로버트 브라우닝. 인용된 시는 「벽난로 가에서」의 일부.

31) 영국의 성직자이자 저술가인 존 뉴먼(1801~1890).

혼자 살기를 왜 무서워하고 두려워하는가?"

주드는 무뚝뚝한 얼굴을 한 유령의 소리도 들었다. 그는 온화한《스펙테이터》지의 주인[32]이었다.

"위대한 사람의 무덤을 보면 내 마음속의 선망의 감정이 죽는다. 미인의 묘비명을 읽노라면 무절제한 욕정이 모두 사라진다. 묘비석에 새겨진 부모의 애절한 마음과 마주치면 연민의 감정으로 내 마음이 녹아내린다. 부모들의 묘를 보면 우리가 곧 따라가야 하는 사람들에 대한 애도의 허망함을 생각하게 된다."

마지막으로 부드러운 목소리를 가진 성직자[33]가 말했다. 이 성직자의 귀에 익은 경건한 노래는 주드가 아주 어린 시절부터 사랑하던 것이었다. 주드는 막 잠에 빠져 들고 있었다.

"내 침대만큼 작은 묏자리를
두려워할 수 있게 사는 법을 가르쳐 주세요.
죽는 것을 가르쳐 주세요."

주드는 아침까지 깨지 않았다. 유령 같은 과거는 사라진 듯했다. 모든 것이 오늘을 말하고 있었다. 늦잠을 잤다고 생각하며 놀라서 일어났다. 그리고 생각난 듯 이렇게 말했다.

---

32) 유명한《스펙테이터》지를 간행한 수필가. 인용한 글은 잡지 26호에 실렸던 것의 일부.

33) 켄 주교. 인용된 시는「저녁 찬가」의 일부.

"착한 얼굴의 내 사촌을 잊고 있었네, 이 고장에 그동안 내내 있었던 것을 깜박했어! 우리 선생님도!" 사촌에 관한 언급보다 선생님에 관한 언급에서는 열의가 빠져 있는 듯했다.

2

초라한 빵과 치즈 문제를 포함하는 실제적인 것에 대해 필요한 생각은 잠시 동안 환상적인 것을 미뤄 두어야 했다. 주드는 즉각적인 현실을 위해서 고차원적인 생각을 덮어 두어야 했던 것이다. 그는 자리에서 일어나 일을 찾아야 했다. 많은 전문가들이 참된 직업이라고 생각하는 육체노동의 일거리를 찾는 것이었다.

이러한 목적으로 거리를 걸어가면서 대학들이 밤사이 원래의 부드러운 모습을 믿을 수 없을 만큼 바꾸었다는 사실을 깨달았다. 어떤 대학은 거드름을 피우는 것 같고, 또 어떤 대학은 가족 납골당을 땅 위로 올려놓은 것 같기도 했다. 어딘가 야만적인 인상이 대학 건축의 석재 기술에서 풍겨났다. 위대한 사람들의 정신은 사라지고 없었다.

그는 주변에 수없이 많이 있는 건축물들을 세밀히 검토했다. 자연히 조형 예술의 예술적 비평가로서가 아니라 기능공으로서, 그리고 그 조형물을 실제 근육을 놀려 만든, 이제는 죽은 장인(匠人)의 동료로서 건축물을 보았다. 그는 쇠시리를 검사하고, 그 주형(鑄型)의 시작을 아는 사람으로서 주물을 만져 보고, 작업이 쉬웠는지 어려웠는지, 시간이 적게 걸렸는지 많이 걸렸는지를 검사하고, 또는 팔에 힘든 일이었는지 도구 쓰기가 편했는지를 살펴보았다.

밤에 보았을 때 완전하고 이상적이던 것이 낮에는 흠투성이 현실로 나타났다. 그는 오래된 건축물에 잔인함과 모독이 새겨져 있는 것을 보았다. 상처받은 민감한 인간을 보고 연민을 느끼는 것처럼 몇몇 건물의 상태가 그의 가슴을 찡하게 만들었다. 건물들은 상처 받고 부서져, 세월과 기후와 인간과의 죽음을 건 싸움에서 그 모습을 잃어 가고 있었다.

이들 역사적 증거물의 부식 상태는 그가 의도했던 대로 아침을 실질적인 일로 시작하려던 계획을 서둘지 않고 있음을 상기시켰다. 그는 일을 하고 그 일로 먹고살기 위해 이 도시로 왔다. 그런데 일을 하지 않은 채 아침이 거의 다 가고 말았다. 어떤 의미에서는 석조물이 부서지고 있는 곳에는 건물 보수 작업과 관계된 일감이 많을 것이라는 생각이 그에게 매우 고무적인 사실로 다가왔다. 그는 알프레드스턴에서 이름을 소개받은 석공이 있는 공장으로 가는 길을 물었고, 금세 귀에 익은 숫돌 가는 소리와 정 치는 소리가 들렸다.

공장의 마당은 재생 작업이 활발히 진행되는 작은 중심부를 이루었다. 작업장에 널려 있는 날카로운 모서리와 부드러운 곡선의 조형물은, 그가 벽면에서 침식되고 시간에 마모되어 있는 것을 본 조형물과 똑같았다. 이곳의 조형물이 현대적 산문으로 표현한 사상이라면, 이끼 낀 대학의 그것은 고대의 시(詩)로 현시된 사상이었다. 골동품의 일부도 막 제작되었을 때에는 산문이라고 불렸을 가능성이 컸다. 이 작품들은 그냥 세월을 기다리기만 한 것이며 그러는 사이 이들은 시가 되었다. 가장 작은 건물에게도 기다리는 것은 얼마나 쉬운 일인가! 그러나 인간에게는 그 기다림이 얼마나 어려운 일인가!

그는 감독을 찾았다. 기다리는 동안 작업대 위에 놓인 새로 만든 트레이서리,[34] 멀리언,[35] 트랜섬,[36] 돌기둥, 뾰족탑, 흉벽의 총안(銃眼) 등이 반쯤 완성되거나 다른 곳으로 옮겨지기를 기다리는 것을 보았다. 그들은 정밀성과 수학적인 반듯함과 부드러움과 정확성으로 특징지어져 있었다. 그러나 고색창연한 담에는 원래의 구도를 표현하는 선이 부서진 채 방치되어 있어, 들쭉날쭉한 곡선과 무시된 정밀성과 불규칙과 혼란이 두드러졌다.

잠시 동안 주드의 마음속에 하나의 계시가 떠올랐다. 여기 이 석재 공장의 돌 더미 마당에도 노력의 중심지가 있으며, 그것은 가장 훌륭한 대학 안에서 일어나는 학문의 연구로 위엄을 떨치는 명망만큼 가치가 있는 것이라는 생각이었다. 그는

---

34) 고딕식 창의 장식 격자.

35) 창문 중앙부의 세로 창살.

36) 문과 채광창 사이를 가로지르는 받침대.

학문에 대한 오랜 압박감 때문에 이 계시를 보지 못하고 있었다. 그는 전임 고용주의 추천으로 혹시 일자리를 얻게 된다면 그것이 무엇이든 받아들이겠다고 마음먹었다. 그러나 그는 그 일을 잠정적인 것으로 생각하기로 했다. 이러한 결정은 주드식 현대적 불안의 징후였다.

그는 이곳에서 행해지는 일이 기껏해야 복사하기, 수선하기, 그리고 모방하기 정도라는 사실을 깨달았다. 그는 이러한 추세를 일시적이며 지역적인 원인 때문이라고 생각했다. 그는 이 시점에서 중세주의가 석탄 덩어리에 박힌 고사리 잎새만큼 죽은 것이라는 사실을 깨닫지 못했다. 그는 자신의 주변에서 새로운 예술 양식이 발달되고 있으며, 거기에서는 고딕 건축과 유사 양식이 설 자리가 없다는 점도 인식하지 못하고 있었다. 그가 존경하는 것에 대한 현대적 논리와 비전의 치명적 적개심은 아직 그에게는 현시되지 않았던 것이다.

그곳에서 일자리를 얻는 데 실패하고 나오면서 그는 그의 사촌을 떠올렸다. 그는 감정의 파도가 아니더라도 적어도 관심의 물결 속에서 그녀의 존재를 느낄 수 있을 만큼 어딘가 가까운 지점에 그녀가 있다고 생각했다. 그녀의 예쁜 사진을 가졌으면 싶은 생각이 간절했다. 마침내 그는 고향의 할머니에게 편지를 써서 그녀의 사진을 보내 달라고 부탁했다. 할머니는 사진을 보내 주면서 절대로 그녀나 그녀의 친척을 찾아가 집안에 소란스러운 문제를 일으켜서는 안 된다는 조건을 달았다. 바보스러울 만큼 정이 많은 주드는 아무 약속도 하지 않았다. 그는 그 사진을 벽난로 장식대 위에 놓고는 키스를 했다. 왜 그런 짓을 했는지는 스스로도 몰랐지만 마음이 훨씬 편안해졌다. 그녀는 그가 차 마시는 모습을 내려다보면서 차 식탁의 주빈 노릇을 하는 것 같았다. 그것은 그의 기분을 매우 유쾌하게 만들었으며, 살아 있는 도시의 감정에 그를 접속시켜 주는 유일한 촉매제가 되었다.

은사를 찾아뵐 일이 남아 있었다. 지금쯤 신부님이 되어 있겠지. 그러나 아직 그런 존경스러운 사람을 찾으러 나설 계제는 아니었다. 자신이 처한 상황이 너무 조잡하고 깔끔하지 못했으며, 자신의 장래가 너무 불확실했다. 그래서 그는 고독한 채로 그냥 남아 있었다. 그의 언저리에서 사람들이 움직이고 다녔으나 그의 눈에는 사실상 아무도 보이지 않았다. 도시의 활동적인 삶과 아직 섞이지 않았기 때문에 그에게 도시는 존재하지 않았다. 창틀의 격자에 새겨진 성자와 예언자, 화랑에 전시된 그림, 동상, 흉상, 괴물 모양의 물 홈통, 머리 모양의 받침대, 이런 것들이 그의 분위기를 뿜어 주는 것 같았다. 과거가 깊이 새겨진 곳에 새로 온 모든 신참자와 똑같이 그는 그 과거가 일상적인 주민에게는 의심받지도 않고 믿을 수조차 없는 문제에 역점을 둔 채 말을 하는 것을 들었다.

여러 날을 그는 대학의 건물을 지나가다 시간이 나면 그 대학의 회랑과 교정을 거닐었다. 회랑에서 자신의 발걸음이 나무 메를 치는 것처럼 활력적인 소리를 내면서 장난기 섞인 메아리를 만드는 데 놀라기도 했다. 크라이스트민스터 '정감'이라 불리는 감성은 점점 그의 마음속으로 파고들었다. 이제 이 대학의 모든 건물에 대해 재료와 그 예술성과 역사에 관해서는 대학의 구성원보다 더 많이 알고 있었다.

주드는 그렇게 열을 올리던 현장에 실제 도달하기까지 자신이 그 열기의 대상으로부터 얼마나 멀리 떨어져 있는지를 깨닫지 못했다. 공통적인 지적 생활을 함께 나누는 행복하고 젊은 동시대인들과 자신은 담 하나를 두고 떨어져 있었다. 아침부터 저녁까지 할 일이라고는 읽고 기록하고 배우고 머릿속으로 소화하는 것밖에 없는 사람들과 담 하나를 사이에 두고 있는 것이었다. 그러나 그 벽이 얼마나 두꺼운가!

매일 매시간 일자리를 찾아다니면서 그는 학생들이 가고 오는 모습을 구경하고, 그들과 어깨를 서로 맞부딪쳤으며, 그들의 움직임을 주시했다. 그가 이곳으로 오기 위한 준비를 꾸준히 했기 때문인지 그들 중에서 사려 깊은 사람들의 대화는 이상하게 자신의 생각과 다른 것이 없었다. 그런데도 자신은 그들이 있는 지점과는 다른 극에 위치한 것처럼 멀리 떨어져 있었다. 물론 그는 그들과 떨어져 있는 것이 사실이었다. 자신은 흰 작업복을 입은 젊은 노동자이며 구겨진 옷에 돌먼지가 덮여 있는 사람이었다. 자신의 곁을 지나가면서 그들은 자신을 쳐다보지도 않았다. 그의 목소리도 듣지 못했다. 단지 유리창을 통해 보듯 그의 몸 너머 있는 그들의 친구를 바라볼 뿐이었다. 그들이 그에게 무엇인지 상관없이 그들의 눈에는 그가 현장에 없는 사람이었다. 그런데도 그는 그곳으로 옮겨 옴으로써 그들의 생활에 가까워질 수 있을 것이라고 생각했다.

그러나 다행히 그의 앞에는 미래가 있었다. 좋은 직장을 얻을 수 있는 행운만 잡는다면 불가피한 상황은 이겨 낼 수 있었다. 그는 그에게 건강과 힘을 준 하느님께 감사했으며, 용기를 냈다. 현재로서 자신은 대학을 포함해서 모든 것으로 들어가는 문 밖에 서 있었다. 언젠가는 그 안으로 들어갈 수 있겠지. 빛과 영도(領導)의 궁전들. 언젠가 자신은 그 안에서 유리창을 통해 세상을 내려다볼 수 있겠지.

드디어 소개받은 석재소에서 자리가 하나 났다는 전갈이 왔다. 그것은 그에게 처음으로 용기를 주는 소식이었다. 그는 얼른 그 자리를 받아들였다.

그는 젊고 건강했다. 그렇지 않았으면 자신의 일에 그토록 열성으로 매달릴 수가 없었다. 그는 낮에는 종일 석수 일을 하고 밤에는 공부에 매달렸다. 먼저 그는 갓을 씌운 램프를 4실링 6펜스에 사서 밝은 불빛을 확보했다. 그러고는 펜과 종이를 사고, 다른 곳에서는 구할 수 없는 필요한 책도 샀다. 이번에는 하숙방의 가구를 모두 옮겨 주인 아주머니를 놀라게 했다. 방 하나를 거실 겸 침실로 쓰기로 하고는, 방 가운데 커튼을 밧줄에 달았다. 방 하나를 둘로 만든 것이었다. 방에 두꺼운 블라인드를 매달아 잠자는 시간을 얼마나 줄였는지를 아무도 모르게 만들었다. 그는 책을 정리해 놓고 자리에 앉았다.

결혼을 하고, 살 집을 세내고, 아내를 따라 사라진 가구를 구입하느라 돈을 저축할 여유가 없었다. 그는 월급을 탈 때까지는 할 수 없이 어렵게 살아야 했다. 책을 한두 권 사고 나면 방에 불을 지필 돈도 없었다. 밤에 녹지 광장에서 으스스한 냉기가 들어오면 그는 외투를 입고 모자를 쓰고 털장갑까지 낀 채로 등불 앞에 앉았다.

그는 창을 통해 성당의 첨탑과 반곡선의 지붕을 볼 수 있었다. 도시에서 제일 큰 종은 그 지붕 아래서 울렸다. 층계로 나가면 우뚝 솟은 탑과, 높은 종루(鍾樓)의 창들과, 다리 곁에 있는 대학의 높다란 뾰족탑들도 보였다. 장래에 대한 그의 신념이 흐려질 때마다 이들은 그에게 자극제로 이용되었다.

열성분자들이 대개 다 그러하듯 그는 절차의 세부 사항을 꼬치꼬치 따지지 않았다. 우연히 만나는 사람들에게서 대충 이야기를 들으면 그것으로 충분했으며 들은 내용에 대하여 깊이 생각하지 않았다. 지금 필요한 것이라고는 돈과 지식을 저축해 미래에 대비하는 것이며, 무엇이든 간에 대학의 아들이 되는 사람에게 주어지는 기회를 기다리는 것밖에 없다고 스스로 다짐했을 뿐이었다. "지혜도 방어의 수단이 되고 돈도 방어의 수단이 된다. 그러나 지식의 훌륭함은 바로 지혜는 지혜를 갖춘 사람에게 생명을 주기 때문이다."[37] 그의 욕구는 그를 압도해 그 욕구의 가능성을 따질 수 있는 여유를 주지 않았다.

이 무렵 고향의 할머니로부터 걱정이 가득 찬 편지 한 통을 받았다. 편지에서 할머니는 전에도 그녀를 불안하게 만들었던 문제에 대하여 언급하고 있었는데, 주드가 사촌 수 브라이드헤드와 그녀의 일가를 만나지 않을 만큼 마음이 강한지에 대한 걱정이었다. 수의 아버지는 런던으로 갔지만 수는 그냥 크라이스트민스터에 남아 있는 것 같다고 할머니는 믿고

37) 「전도서」 7장 12절.

있었다. 할머니가 수를 반대하는 더 큰 이유는 그녀가 일종의 예술가 또는 디자이너로서 교회 관계 물품을 취급하는 대형 상점에서 일을 하기 때문이었으며, 할머니의 생각으로는 그런 곳이 우상 숭배의 완전한 본거지라는 것이었다. 수는 가톨릭 신자가 되지 않았을지 모르지만 틀림없이 그런 이유 때문에 종교 의식 같은 것에 빠져 있을 거라고 할머니는 믿고 있었다.(드루실라 폴리 할머니는 복음주의자였다.)

주드의 취향은 신학적이기보다 지적인 편이어서 수에 관한 할머니의 추측은 그의 생각에 이렇다 할 영향을 주지 못했다. 대신 그녀가 어디 있는지에 대한 암시는 결정적으로 흥미로운 소식이었다. 그는 일찌감치 빈 시간이 생기자마자 매우 즐거운 마음으로 할머니가 말한 상점과 비슷하게 맞는 곳을 찾아 나섰다. 그는 그런 상점 중에서 한 젊은 여성이 책상 뒤에 앉아 있는 모습을 보았다. 그녀는 사진 속의 여성과 비슷했다. 그는 사소한 용무 때문에 온 것처럼 하면서 가게로 들어가 물건을 산 다음 가게 안에 서서 머뭇거렸다. 가게는 전적으로 여자들이 운영하는 흔적이 완연했다. 상점에는 성공회에 관한 종교 서적과 문방구와 성서 인용문집과 기호품들이 진열되어 있고, 선반에는 작은 천사 석고상이 놓여 있었으며, 고딕식으로 짠 액자 속의 성자 초상화, 예수 수난상과 거의 같은 흑단 십자가, 미사 경본(經本)에 가까운 기도문집도 있었다. 그는 책상에 앉아 있는 소녀를 부끄러워하면서 쳐다보았다. 그녀는 너무 예쁘게 생겨서 그녀가 자신의 가문에 속한다는 사실을 믿을 수 없었다. 계산대 뒤에 있는 두 명의 나이 든 여자들 중

한 사람에게 그녀가 뭐라고 말했다. 주드는 그녀의 억양에서 자신의 목소리에 들어 있는 특징을 알아보았다. 부드럽고 감미로운 목소리였으나 그 자신의 목소리와 같은 것이었다. 그녀는 여기서 무엇을 하는 것인가? 그는 주변을 한 번 살펴보았다. 그녀 앞에는 90~120센티미터가량의 길이로 두루마리 모양을 한 아연판이 놓여 있고, 그 아연판 한쪽에는 색채가 흐린 페인트가 칠해져 있었다. 그녀는 고딕 활자체로 다음 단어를 디자인 내지 장식하고 있었다.

ALLELUJA

'그녀의 일은 감미롭고, 신심 깊고, 기독교적인 것이구나!'라고 그는 생각했다.

그녀가 이 가게에 있는 이유는 충분히 설명되는 것 같았다. 이런 종류의 일에 그녀가 가지고 있는 기술은 주물(鑄物) 관계 교회 일을 하는 아버지에게서 습득한 것이 분명했다. 그녀가 지금 쓰고 있는 글씨는 신앙심을 고취시키기 위하여 성단소(聖壇所)에 걸어 두는 것이었다.

그는 가게를 나왔다. 그녀에게 말을 건네는 일은 거기 그 장소에서 실천하는 것이 쉬웠으나 할머니의 청을 너무 절제심 없이 무시하는 건 도리가 아닌 듯했다. 할머니는 자신을 마구 다룬 것이 사실이지만 그러나 자신을 길러 준 사람이었다. 거기다 할머니가 지금 자신을 통제할 힘이 없다는 사실이 효력 없는 그녀의 요구에 애처로운 힘을 넣어 주었다.

그래서 주드는 그날 수에게 아무런 신호도 보내지 않았다. 그는 당분간은 그녀를 찾지 않기로 마음먹었다. 그가 가게를 그냥 나온 데에도 또 다른 이유가 있었다. 그녀는 너무 멋있게 보이는데, 그녀 곁에서 조잡한 작업복 상의와 먼지 앉은 바지를 입은 자신은 아직 그녀와 만나기에는 너무 준비가 되어 있지 않은 것 같았다. 이 점은 필롯슨 선생에 대한 그의 태도와도 다를 바가 없었다. 그녀 집안이 품고 있는 반감을 그녀가 지니고 있고, 또 그녀가 분명히 존경하지 않을 한 여성과 기분 좋지 않은 그의 역사가 아직도 얽매여 있다는 이야기를 했을 때, 그녀는 기독교인으로서 그를 특별히 경멸할 것이 분명한데, 어떻게 그녀에게 자신을 소개한단 말인가.

그래서 그는 그녀를 지켜보기만 하고, 그녀가 거기 있다고 느끼는 것만으로 만족했다. 그녀의 존재는 그를 고무시켰다. 그녀는 그에게 이상적인 인물로 남아 있었으며, 그녀의 모습에 대하여 그는 이상하고 환상적인 백일몽을 꾸기 시작했다.

그로부터 이삼 주가 지난 뒤 주드는 석공 몇 사람과 함께 올드타임 거리에 있는 크로지에 대학 밖에서 보수 작업을 하는 난간에 세우기 위해 세공이 끝난 석회암 덩어리를 마차에서 내려 보도블록이 박힌 길 건너 쪽으로 옮기고 있었다. 자리에 서면서 팀장이 외쳤다. "돌을 들면서 소리를 쳐! 하나, 둘!" 그리고 그들은 돌을 들어 올렸다.

그가 돌을 들어 올리는 동안 갑자기 그의 사촌이 나타나 팔꿈치가 닿을 지점에 서 있었다. 그녀는 길을 막는 방해물이 옮겨질 때까지 한쪽 다리를 구부린 채 잠시 멈추어 선 상태였다. 그녀가 물기 어린, 그러면서 무어라고 표현할 수 없는 눈으로 주드의 얼굴을 똑바로 쳐다보았다. 그녀의 눈에는 날카로움과 부드러움, 그리고 신비가 섞여 있었다. 아니, 날카로움과 부드러움과 신비가 함께 섞여 있는 것처럼 보였다. 눈의 표정은 입술의 표정과 마찬가지로 동행자에게 막 무어라고 말을 해서 그 말이 무심결에 주드의 얼굴까지 전달되는 것 같았다. 그녀는 주드의 존재에 대해 그가 막 작업을 하면서 햇빛 속으로 날려 올린 먼지만큼이나 관심이 없었다.

그녀의 곁에 있다는 것이 너무 자극적이어서 그는 몸을 떨었다. 부끄러운 마음과 함께 그녀가 그를 알아보지 못하도록 얼굴을 돌려 버렸다. 그녀는 아직 한 번도 그를 본 적이 없다. 따라서 그녀는 그를 알아볼 수 없었다. 그녀는 십중팔구 그의 이름도 아직 들어 본 적이 없기 쉬웠다. 그녀는 태생이 시골 처녀이지만 몇 년을 런던에 살았고 또 성인이 되면서 이곳에 살아, 조잡스러운 모습이 완전히 빠져 있는 것을 그는 볼 수 있었다.

그녀가 간 다음에도 주드는 그녀를 계속 생각하면서 일을 했다. 그는 너무 그녀에 압도되어 그녀의 몸집과 크기의 전반적인 인상에 대하여 별로 신경을 쓰지 않았다. 이제 와서 기억을 되살려 보면, 그녀는 별로 큰 몸집을 지니지 않았고, 오히려 가볍고 작은 편이어서 우아한 유형이라고 할 수 있을 것 같았다. 그의 인상은 이것이 전부였다. 그녀에게는 당당한 위엄이 있는 게 아니라, 모든 것이 신경과민적인 율동이었다. 그녀는 유동적이며 살아 움직이는 체질이었지만, 화가가 그녀를 잘생겼다거나 아름답다고는 하지 않을 유형이었다. 바로 이런 점이 그를 놀라게 했다. 그녀는 주드를 특징짓는 투박한 시골적인 것과는 거리가 멀었다. 결이 빗나가고, 불행하고, 악운이 끼인 집안의 자손이 이렇게 섬세함의 정점에 이를 수가 있는 것인가? 그것은 그녀가 런던에 살았기 때문이라고 그는 생각했다.

이 순간부터 그의 가슴속에 갇혀 있던 고독감과 시로 승화된 크라이스트민스터에 대한 사랑이 자신도 모르게 이 환상의 여인에게 옮겨졌다. 반대쪽으로 가야 하는 그의 순종의 길이 무엇이든 간에, 그녀에게 자신을 알리고 싶은 욕구를 억제할 수 없으리라는 점을 그는 깨달았다.

그는 그녀를 가족의 입장에서 생각하기로 했다. 그녀를 가족 아닌 관점에서 생각해서는 안 되며, 또 그렇게 할 수도 없는 이유가 압도적으로 많았기 때문이었다.

첫째 이유는 그가 결혼을 했다는 사실이며 그녀를 여자로서 만난다는 것은 잘못이기 때문이었다. 둘째는 두 사람이 사촌이라는 점이었다. 비록 주어진 여건이 두 남녀 사이의 정열을 촉진시키기 쉬운 경우이더라도 사촌끼리 사랑한다는 것은 좋은 일이 되지 못했다. 셋째 이유는 설사 그가 결혼을 할 수 있는 자유로운 입장이라 하더라도 결혼이 비극적 슬픔으로 끝나는 집안의 역사를 감안할 때 혈연으로 연결된 친척과의 결혼은 역경을 다시 반복한다는 것을 뜻하며 비극적 슬픔이 비극적 공포로 극대화될 수 있음을 의미했다.

따라서 그는 수를 자기 집안에 속하는 친척에 대한 상호 관심의 눈으로 바라볼 수밖에 없었다. 실질적인 방법으론 그녀를 자랑스럽게 생각해야 할 사람으로 여기고, 그냥 이야기나 하고 목례나 할 정도로 알아두는 길밖에 없었다. 나중에 그녀에 대한 감정이 엄격하게 순화되어 그냥 인척이며 상대방의 안녕을 바라는 사람으로 마음이 정리되었을 때, 차 마시는 데 초대를 받을 사이 정도로 희망할 수밖에 없었다. 그는 그녀가 자신에게 친절한 별이며, 마음을 고양시키는 힘이며, 성공회의 예배에 함께 참석하는 동료이며, 부드러운 친구이기를 바랐다.

3

그러나 자제해야 하는 여러 가지 여건에도 불구하고 주드의 본능은 수에게 수줍어하는 마음으로 다가갔다. 다음 일요일 그는 그녀의 모습을 보기 위해 카디널 대학의 성당에 아침 예배를 보러 갔다. 그녀가 거기에 자주 가는 것을 알아 두었기 때문이었다.

그녀는 오지 않았다. 그는 오후 내내 기다렸다. 오후의 날씨는 아침보다 더 좋았다. 그녀가 혹시 온다면 넓은 잔디 교정의 동쪽으로부터 올 것이라는 사실을 알았다. 대학의 종이 울리는 동안 그는 한쪽 모퉁이에 서 있었다. 예배가 시작하기 몇 분 전에 그녀가 나타났다. 그녀는 예배에 오는 사람들에 섞여 대학의 담을 따라 걸어오고 있었다. 그녀의 모습을 보자 그는 반대쪽으로 가서 성당 건물 안으로 그녀를 따라 들어갔다. 아직 그녀에게 자신의 신분을 알리지 않았던 것이 잘한 일 같았다. 그녀의 눈에 보이지 않고 그녀에게 알려지지 않은 채 그녀를 볼 수 있다는 것으로 그 시점에서 그는 만족했다.

그는 성당 안 입구에서 잠시 머뭇거렸다. 그가 자리를 안내받아 앉았을 때에는 예배가 다소 진행된 다음이었다. 날씨가 잔뜩 찌푸리고, 침울하고 조용한 오후였다. 이런 날에는 종교가 평범하고 실질적인 사람에게는 하나의 필요성이 되었으며, 감상적이고 시간이 많은 유한 계급에게는 사치가 되었다. 성당 상단부 채광창의 희미한 빛과 방향이 일정치 않은 섬광 속에서 건물 반대편에 있는 신도들을 어렴풋이 볼 수 있었다. 수가 그들 속에 있는 것도 보였다. 수가 앉은 정확한 자리를 그가 알아낸 지 얼마 안 되었을 때 「시편」 119장을 부르는 소리가 들려왔다. 성가대는 두 번째 절을 부르고 있었다.

청년이 무엇으로 그의 행실을 깨끗이 하리까?

성가대가 이렇게 성가를 부르는 동안 오르간은 애수에 찬 그레고리오 음조로 바뀌고 있었다.

노래는 바로 그 순간 주드의 관심을 사로잡고 있는 질문이었다. 여자를 향한 동물적 욕정에 자신을 내맡겼다가 이런 비참한 결과로 이어지고, 그러다가 자신의 삶을 끝내려는 생각을 하고, 무모한 생활 속에서 술에 취해 다니던 그는 얼마나 사악하고 가치 없는 인간이었던가. 발 건반으로 연주하는 음악의 커다란 물결이 합창대석 주변을 회전했다. 초자연적인 현상 속에서 자란 그에게는 그 성가가 엄숙한 성당 건물 안에 자신이 처음 들어온 이런 순간을 위해 경애하는 신이 특별히 제정한 것이 아님을 믿을 수 없는 사실이 썩 마음에 드는 건 아니었다. 그 음악은 그달의 스물네 번째 저녁에 연주되는 일반 성가였다.

그가 엄청난 애정을 품기 시작한 여자도 그 순간 자신의 귓속으로 흘러들어 오고 있는 똑같은 화음에 둘러싸여 있다는 생각이 그를 기쁘게 했다. 그녀는 이곳을 자주 찾아오는 것이 분명했다. 직업과 습관에 의해서 그녀는 몸과 영혼이 종교의 정서에 깊숙이 빠져 자신과 많은 공통점을 가진 것이 분명했다. 감수성이 예민하고 외로운 청년에게 마침내 자신의 생각을 안정시킬 수 있는 곳을 찾아냈다는 것은 사회적이며 정신적인 가능성을 약속하는 일이며, 또 그에게 헤르몬산[38]의 이슬 같은 것이었다. 예배가 진행되는 동안 그는 환희의 열광 속에 빠져 있었다.

그는 그렇게 생각하고 싶지 않았지만, 갈릴리에서뿐만 아니라 키프로스에서도 그에게 바람이 강하게 불어오고 있다고 사람들은 말해 주었을 것이다.[39]

주드는 그녀가 자리에서 일어나 성가대석 칸막이 아래를 지나갈 때까지 기다렸다가 자리를 떴다. 그녀는 그가 있는 쪽으로 얼굴을 돌리지 않았다. 그가 문간까지 나갔을 때 그녀는

---

38) 예수의 정신적 변형이 일어난 산. 「마가복음」 9장 2~9절 참조.

39) 갈릴리가 정신적 사랑을 의미한다면, 아프로디테가 태어난 키프로스는 육체적 사랑을 의미한다.

넓은 길을 반쯤 지나가고 있었다. 일요일에 입는 양복으로 정장을 하고 있었기 때문에 그녀를 뒤따라가 자신이 누구인지를 알리고 싶은 충동이 일어났다. 그러나 그는 아직 준비가 되어 있지 않았다. 하지만 자기 가슴속에서 솟구치는 충동대로 해야 할 것인가?

예배를 보는 동안에는 그 충동이 종교적인 감정에 근거를 두고 있는 것 같아 자신에게 그렇게 타일렀지만 그녀에게 끌리는 감정의 본질에 그는 완전히 눈을 감을 수는 없었다. 그녀는 그에게 낯선 사람이어서 친척이라는 사실은 억지로 만들어 붙인 것에 불과했다. 그는 혼자 중얼거렸다. "그럴 수야 없지! 아내가 있는 나는 그녀를 알아서는 안 돼!" 그렇지만 수는 자신의 친척이었다. 아내가 있다는 사실은, 비록 그녀의 존재가 이쪽 북반구에 있는 것은 아니지만, 어떤 의미에서는 오히려 도움이 될 수도 있었다. 그것은 자신이 가지고 있는 온갖 정감 어린 감정을 수의 마음에서 제거할 것이며, 그래서 자신과의 만남이 자유롭고 두려움 없는 것이 될 수도 있었다. 그런데도 그는 이러한 사실 때문에 그녀의 가슴속에 생길 자유와 두려움 없는 마음을 자신이 얼마나 기분 나쁘게 생각하는지를 깨닫고 고통스러워했다.

성당에서 예배를 보기 얼마 전, 예쁘고 눈이 촉촉하게 젖고 발걸음이 가벼운 한 젊은 여성이 하루 오후를 휴가 내어 자신이 조수로 일하면서 기거하고 있는 교회 건물을 빠져나와, 손에 책을 한 권 든 채 시골로 산보를 나갔다. 수 브라이드헤드였다. 날씨는 구름 한 점 없이 맑았다. 이러한 기후는 일기의 신이 장난으로 윤달의 윤날을 덤으로 끼워 넣듯, 웨섹스와 다른 지방에서 춥고 비 오는 날 사이에 생기는 날씨였다. 그녀는 2~3킬로미터를 걸어가, 뒤에 두고 온 도시보다는 훨씬 높은 지대에 도달했다. 도로가 푸른 들판 사이로 뻗어 있었다. 수는 목책 계단까지 오자 거기서 걸음을 멈추고 책을 펴서 읽던 페이지를 마저 다 읽었다. 그녀는 고개를 돌려 새롭고 오래된 탑과 원형 지붕과 첨탑을 바라보았다.

그녀는 목책 계단 저쪽으로 뻗어 있는 인도와 함께, 까만 머리칼과 누르께한 얼굴을 가진 외국인이 잔디 위에 앉아 있는 것을 보았다. 그의 곁에는 커다란 네모꼴 나무판자가 있고, 그 판자 위에는 작은 석고 조상들이 여러 개 널려 있었으며, 그중에는 구리로 만든 것도 있었다. 그는 길을 가기 전에 물건들을 제자리에 정리하고 있었다. 물건들은 주로 고대 대리석 소상(塑像)을 흉내 내어 작게 만든 것들인데, 그녀가 자주 보던 조각들과는 다른 성격의 신들을 모작한 것이었다. 그중에는 표준형으로 만든 비너스 여신도 있고 다이애나 여신도 있었으며, 남성 신으로는 아폴로, 바쿠스 그리고 마르스도 있었다. 이 소상들은 그녀가 있는 곳에서 몇 미터 떨어져 있었지만, 남서쪽에서 내리비치는 햇빛이 초록 풀밭을 배경으로 너무 환하게 물건들을 비추고 있어 소상들의 윤곽이 아주 뚜렷하게 드러났다. 물건들은 그녀가 서 있는 위치와 도시의 교회 탑들이 늘어선 지점 사이에 일직선으로 놓여 있어서 이상하게 이국적이며 대조적인 생각을 그녀의 마음속에 불러일으켰다. 남자는 자리에서 일어나다가 그녀를 보고 공손하게 모자를 벗고는, 그의 얼굴과 일치하는 억양으로 "소, 소, 소상 사세요!"라고 외쳤다. 금세 그는 익숙한 솜씨로 신과 인간의 모습을 한 여러 소상이 섞여 있는 큰 판자를 무릎 위에 끌어올렸다가 머리 위로 쳐들면서 그녀 쪽으로 가져왔다. 그리고 그 판자를 목책 계단 위에 얹어 놓았다. 그는 그녀에게 먼저 작은 물건들(왕들과 여왕들의 흉상)을 보여 주었다가, 그다음에는 음유 시인들의 소상을, 그다음에는 날개 달린 큐피드의 조각을 내밀었다. 그녀는 머리를 저었다.

"이것 두 개는 얼마예요?" 손가락으로 판자 위에 놓인 것 중에서 제일 큰 비너스와 아폴로 상을 만지며 그녀가 물었다.

그는 두 개를 10실링에 가져가라고 말했다.

"그만한 돈이 없어요." 수가 말했다. 그녀는 훨씬 적은 액수를 제시했는데 소상 장수는 놀랍게도 물건을 철사로 묶어 둔 판자에서 떼어 목책 계단 너머로 그녀에게 주었다. 그녀는 물건들을 보물 쥐듯이 꼭 잡았다.

돈을 지불하고 그 남자가 자리를 뜨자 그녀는 물건들을 어떻게 해야 할지를 생각했다. 일단 물건들을 입수하자 그들은 엄청나게 크고 너무 노출된 것 같았다. 천성적으로 신경이 예민한 그녀는 자신이 저지른 일을 깨닫고 몸을 부르르 떨었다. 그녀가 물건들을 만지자 하얀 점토 부스러기가 떨어져 장갑과 옷에 묻었다. 물건들을 잠시 그냥 들고 가는데 생각이 하나 떠올랐다. 그녀는 커다란 우엉 잎사귀와 파슬리와 그 밖에 울타리에서 자라는 잡초들을 뜯어 물건들을 가지런히 덮어 쌌다.

자연을 열광적으로 사랑하는 사람이 잎사귀를 크게 한 묶음 묶은 것처럼 보였다.

"그래, 항상 번드레한 교회용 장신구들보다는 훨씬 낫지!" 그녀가 중얼거렸다. 그러나 그녀는 여전히 몸을 떨고 있었다. 그녀는 마치 조각들을 사지 말았더라면 좋았을 거라고 후회하는 것처럼 보였다.

비너스의 팔이 부서지지 않았는지 몇 차례 잎사귀 사이로 살피면서 그녀는 이교도적 물체를 든 채 나라 안에서 가장 기독교적인 도시로 들어왔다. 그녀는 큰길과 나란히 뻗은 골목길을 택했으며, 모퉁이를 돌아 그녀가 기거하는 집 옆문으로 들어갔다. 그녀는 사 온 물건을 똑바로 방으로 가져가 즉시 자신의 사유물인 상자 안에 넣고 잠그려 했다. 그러나 물건이 너무 주체스러워 커다란 갈색 종이에 싸서 마루 한구석에 세워 두었다.

건물의 관리자인 미스 폰트오버는 안경을 낀 나이 많은 여자였다. 그녀는 수녀원 원장처럼 옷을 입고 있었다. 그녀는 하는 일의 하나로 종교 의식의 전문가가 되었으며, 앞에서 언급된 교외의 비어시바 지역에 있는 세인트 사일러스 교회의 예배에도 참석했다. 이 세인트 사일러스 교회의 예배에는 주드도 나가기 시작했다. 그녀는 가난한 성직자의 딸로 태어났다. 몇 해 전 아버지가 작고하자 용감하게 교회에 필요한 물건을 파는 작은 가게를 인수하고는 지금의 형태로 신용을 확장해서 가난을 면한 사람이었다. 그녀는 십자가와 염주를 유일한 장식으로 목에 걸고 다녔으며 교회 역년(曆年)을 환히 꿰뚫고 있었다.

그녀가 차를 마실 시간이라고 방으로 수를 찾으러 왔다. 아무 대답이 없자 그녀는 방 안으로 들어왔다. 수는 그때 사 온 물건을 싼 종이에 끈을 매고 있던 중이었다.

"미스 브라이드헤드, 뭘 산 모양이죠?" 종이에 싼 물건들을 쳐다보면서 물었다.

"네, 방을 좀 장식해 보려고요." 수가 대답했다.

"벌써 방에 장식할 물건을 충분히 넣었다고 생각했는데." 고딕식으로 액자에 넣은 성자들의 판화들과 고딕 활자체로 쓰인 두루마리와 그 밖의 물건들을 미스 폰트오버는 둘러보았다. 이들은 팔기에는 너무 오래되어 수의 어두운 방을 장식하도록 준 것이었다. "뭔데요? 상당히 크네!" 그녀는 갈색 포장지에 제병(祭餠)만큼이나 큰 구멍을 뚫어 그 속을 들여다보려고 했다. "왜 소상을 샀지? 두 개나? 어디서 샀어요?"

"주조물을 파는 행상인에게서 샀어요."

"두 사람 다 성자예요?"

"네."

"누군데요?"

"성자 베드로와 또 성자…… 성녀 막달라 마리아예요."

"그렇군요. 이제 차 마시러 오세요. 그리고 아직 어둡지 않거든 차 마신 다음 오르간 텍스트를 끝내 주세요."

단순한 일과성 기호에 집착할 수 없도록 하는 작은 방해물들이 수로 하여금 열을 올려 물건을 풀어서 들여다보게 만들었다. 잠자는 시간, 다른 사람들의 방해를 받지 않을 것이 확실해지면, 편안한 마음으로 신상들의 포장을 풀었다. 조각품을 장 위에 얹어놓고 그 곁에 촛불을 켜두었다. 그러고는 침대로 가서 몸을 눕혔다. 그녀는 미스 폰트오버가 모르는 상자에서 책을 한 권 꺼내 읽기 시작했다. 기번의 저서였다. 그녀는 배교자 율리아누스 시절을 다루는 장(章)을 폈다. 그녀는 이따금씩 이상하고 어울리지 않아 보이는 조상(彫像)들을 쳐다보았다. 조상들 사이에는 예수의 수난상 판화가 걸려 있었다. 마치 판화가 그림 속에 숨어 있는 행동을 암시하듯 그녀는 침대에서 벌떡 일어났다. 그리고 상자에서 시집 한 권을 끄집어내, 낯익은 시가 있는 곳을 폈다.

> 오, 창백한 갈릴리 사람아, 그대 정복했구나.
> 세상이 그대 숨결로 잿빛이 되었네![40]

그녀는 시를 끝까지 다 읽었다. 곧 그녀는 조상 곁의 촛불을 끄고 옷을 벗은 다음 방의 불도 껐다.

그녀는 대개 밤잠을 푹 자는 나이의 처녀였다. 그러나 그날 밤은 계속 잠에서 깼고, 눈을 뜰 때마다 거리에서 들어오는 빛이 방 안으로 확산되어 장 위에 세워진 하얀 석고상을 비추고 있는 것을 보았다. 그리고 그 석고상들은 성경 구절과 순교자의 배경과 이상한 대조를 이루었다. 또 그림자에 예수의 모습이 가려져, 이제는 라틴 십자가로만 보이는, 고딕 액자 속의

40) 스윈번의 시.

예수 수난상과도 대조를 이루었다.

교회의 종이 이른 새벽 시각을 알렸다. 그 종소리는, 같은 도시, 그녀가 있는 곳과 멀리 떨어지지 않은 곳에서 책 위에 엎드려 있는 또 한 사람의 귀에도 들려왔다. 토요일 밤이어서 주드는 다음 날 아침 평소대로의 이른 시각에 깨도록 자명종을 울게 맞추어 두지 않았다. 그는 늘 하는 대로 주중 다른 날보다 두세 시간 늦게까지 깨어 있었다. 그는 그리스바흐의 그리스 원전을 열심히 읽고 있었다. 바로 그 시각에 수는 몸을 뒤척이며 석고상을 바라보고 있었다. 경찰이나 밤길이 늦은 시민이 주드의 방 창 아래로 지나가다가 조용히 걸음을 멈추었더라면 안에서 이상한 음절을 열심히 웅얼거리는 소리가 흘러나오는 것을 들었을 것이다. 이 단어들은 주드에게 말할 수 없는 매력을 지니고 있었다. 그 설명할 수 없는 소리들은 이렇게 들렸다.

"알 헤민 헤이스 테오스 호 파테르, 엑스 호우 타 판타, 카이 헤메이스 에이스 아우톤."

그 소리는 책의 마지막 부분으로 옮겨 가면서 경건한 음조로 더 크게 회전했다.

"카이 헤이스 쿠리오스 이에소우스 크리스토스, 디 호우 타 판타 카이 헤메이스 디 아우토우."[41]

---

41) 「고린도전서」 8장 6절. "그러나 우리에게는 한 하느님 곧 아버지가 계시니 만물이 그에게서 났고 우리도 그를 위하여 또한 한 주 예수 그리스도께서 계시니 만물이 그로 말미암고 우리도 그를 말미암았느니라."

4

그는 직장에서는 무슨 일이든지 다 맡아 하는 잡역공이었다. 그것은 시골 소도시에서 일하는 기능공들에게는 보편적인 일이었다. 런던에서는 잎사귀 모양의 돌출부 장식이나 잎사귀 손잡이를 세공하는 기술자가 그 잎사귀에 접속되는 몰딩 부분을 깎는 일이 결코 없다. 그 기술자는 하나의 덩어리를 작업함에 있어 후반부를 맡는 것이 채신 깎기는 일이라고 생각하는 듯했다. 주드는 고딕 쇠시리를 만드는 일이나 작업대에서 창문 장식 일이 많지 않으면 기념비나 묘비에 글자 파는 일을 마다하지 않았다. 오히려 작업상의 변화를 기꺼이 받아들였다.

주드가 수를 다시 본 것은 앞에서 언급한 작업을 어느 교회 내부에서 사다리 위에 올라가 하고 있을 때였다. 짧은 아침 예배가 있는 날이어서 사제가 교회 안으로 들어오자, 주드는 사다리에서 내려와, 기도가 끝나면 망치 치는 일을 다시 하기로 하고 여섯 명쯤 되는 예배 참가자들 곁에 자리를 잡았다. 여자 신도들 중에 수가 있다는 사실을 안 것은 예배가 거의 반쯤 진행된 다음이었다. 그녀는 어쩔 수 없이 미스 폰트오버와 동행을 한 것 같았다.

주드는 앉은 채 그녀의 예쁜 어깨를 지켜보았고, 편안한 몸짓으로 그러나 이상하게 무관심한 몸짓으로 일어났다 앉았다 하는 모습과 성의 없이 무릎을 꿇는 광경을 유심히 보면서, 행복한 여건 속에서 그녀 같은 교도가 그에게 줄 수 있는 도움을 생각해 보았다. 예배 보던 사람들이 자리를 뜨자 금세 작업을 시작한 것은 일을 얼른 마무리하려는 조바심 때문이 아니었다. 자신의 마음을 말할 수 없이 흔들고 있는 여인을 이런 신성한 곳에서 감히 만날 엄두를 낼 수 없었기 때문이었다. 그녀에 대한 그의 관심이 틀림없이 성적인 성격으로 드러나고 있는 이상, 이제 수 브라이드헤드와 내밀한 친분 관계를 시도하지 말아야 하는 세 가지 커다란 이유가 더욱 강하게 고개를 들었다. 그러나 동시에 사람은 일만 하고 살 수만은 없는 것도 분명했다. 특히 주드는 사랑을 줄 대상을 원하고 있었다. 어떤 사람들은 억제할 수 없이 그녀에게로 달려가 손쉬운 우정의 즐거움을 입수했을 것이며, 나머지는 운명에 맡겼을 것이다. 한편 수도 그런 우정을 거절하지는 않았을 것이다. 그러나 주드는 그렇지 않았다. 적어도 처음에는.

날이 가고 특히 외로운 저녁이 반복되면서, 그녀를 잊는 것이 아니라 더 강렬하게 생각하고, 그래서 머릿속에서 잘못되고 관행을 벗어나고 예기치 않은 짓을 상상함으로써 거기서 놀라운 희열을 경험하고 있는 자신을 발견하고는 소스라치게 놀랐다. 하루 종일 그녀의 보이지 않는 힘에 둘러싸여 그녀가 가는 곳을 지나다니며 그녀만을 생각하고 있었다. 그는 자신의 도덕적 양심이 이 싸움에서 패자가 될 수밖에 없다고 생각했다.

그녀는 그에게 이상이었다. 그녀를 알게 되는 것이 그로부터 이 예기치 않은, 그리고 허가되지 않은 열정을 치유해 줄지 모를 일이었다. 그녀를 알고는 싶지만 이 열정을 치유하고 싶지는 않다고 마음속에서 속삭이는 소리가 들렸다.

그가 지닌 전통적인 관념에서 보면 상황이 불륜의 성격을 띤다는 사실에는 의심의 여지가 없었다. 수가 나라의 법에 따라 인생이 끝날 때까지 아라벨라만 사랑하도록 허락되고 다른 사람은 탐하지 말아야 하는 남자의 연인이 된다는 것은 주드가 계획하는 인생행로에는 아주 좋지 않은 제2의 출발이 아닐 수 없었다. 이러한 생각은 그에게 너무나 절실해서 어느 날 이웃 마을의 교회를 혼자 수리하러 갔다가(교회에 혼자 작업하러 가는 것은 자주 있는 일이었다.) 자신의 약점에 대해 기도를 하는 것이 자신이 해야 할 의무라는 충동을 강하게 느꼈다. 그러나 이런 결심에서 솔선수범하고 싶은 뜻이 마음대로 되지 않았다. 마음속의 욕구는 일곱 번씩 일흔 번이나 더 유혹을 받고 싶은데, 그 유혹에서 해방되기를 기도하는 것이 불가능하다는 사실을 깨달았다. 그는 자신을 이렇게 변명했다.

"나에게 궁극적인 문제는 처음과 마찬가지로 육체적 욕정이 아니야. 수가 남달리 총명한 것을 나는 알아. 내가 바라는 것은 부분적이지만 지적 공감이며, 내 고독에 대한 애정 어린 친절이야."라고 그는 혼자 중얼거렸다. 그녀를 흠모하는 것이 비정상적이라는 사실을 두려워하면서도 그는 계속해서 그녀에 대한 애정의 마음을 키워 갔다. 수의 미덕과 재능이 무엇이건, 또 그녀의 신심이 얼마만큼 깊은지는 상관없이, 그녀에 대해 느끼고 있는 그의 애정의 뿌리는 이들과는 별개의 것임이 분명해졌다.

이 무렵 어느 오후에 한 젊은 처녀가 석재 공장으로 찾아왔다. 다소 주저스러운 듯한 눈치였다. 스커트를 쳐들어 흰 돌가루가 묻지 않도록 조심하면서 사무실 쪽으로 걸어갔다.

"멋있는 여자네." 조 아저씨로 알려진 사람이 말했다.

"누구야?" 일행 중 또 한 사람이 물었다.

"잘 모르겠어. 보기는 본 사람인데. 아, 그래, 십 년 전 세인트 사일러스에서 철물 세공을 하다가 나중 런던으로 옮겨 간 그 머리 좋은 친구, 브라이드헤드의 딸이야. 지금은 브라이드헤드가 뭘 하는지는 잘 모르겠어. 저 딸이 여기 와 있는 것을 보면 별로 크게 된 것 같지는 않구먼."

젊은 여자는 사무실 문을 두드리더니 주드 폴리가 저기 마당 작업장에 있느냐고 물었다. 마침 그날 오후 주드는 어디로 외출을 하고 없었다. 그녀는 주드가 외출 중이라는 소리를 듣고 실망스러운 표정을 짓더니 금세 그 자리를 떠났다. 주드가 외출에서 돌아오자 사람들은 누가 찾아왔었다는 사실과 찾아온 사람이 어떻게 생겼더라고 설명해 주었다. 그러자 주드는 "아니, 그건 내 사촌 수야!"라고 외쳤다.

그는 그녀가 혹시 있나 하고 길거리를 내다보았다. 그러나 그녀의 모습은 보이지 않았다. 이제 그녀를 양심에 따라 만나지 말아야 한다는 생각은 그에게서 사라졌다. 그날 저녁 그는 그녀를 찾아가기로 결심했다. 하숙집으로 돌아오자 그녀가 쓴 편지가 기다리고 있었다. 그것은 그녀가 보낸 첫 번째 편지였다. 내용 자체는 단순하고 평범한 것이었지만 돌이켜 생각해 보면 열정적인 결과로 가득한 내용이기도 했다. 여자가 남자에게, 때로는 남자가 여자에게 쓴 순수한 내용의 첫 번째 서신들 속에 암시되어 있는 인생 드라마를 의식하지 못하다가, 실제 그 드라마가 일어나거나, 그 첫 편지가 후에 선정적이며 현란한 빛 속에서 읽혔을 때, 그것은 더욱 인상적이고 엄숙하고 때에 따라서는 끔찍하게 보인다.

수의 편지는 전혀 꾸밈이 없는 자연스러운 것이었다. 그녀는 편지에서 그를 친애하는 사촌 오빠라고 부르고 있었다. 그녀는 그가 크라이스트민스터에 살고 있다는 이야기를 아주 우연한 연유로 지금 막 알게 되었다고 말하고, 그녀에게 그가 크라이스트민스터로 온 것을 진작 알리지 않았다고 꾸짖고 있었다. 그녀는 주로 혼자 있는 경우가 많고 마음 맞는 친구가 없기 때문에, 두 사람이 서로 만났더라면 함께 재미있는 시간을 가질 수 있었을 것이라고도 썼다. 그러나 곧 자신은 다른 곳으로 갈 것 같아 친구가 되는 기회는 영영 없을 듯하다는 말도 부연했다.

그녀가 다른 곳으로 갈 거라는 소식에 주드는 온몸에 식은 땀이 솟는 것을 느꼈다. 그 점은 미리 생각하지 못한 돌출 상황이었다. 그 소식은 주드로 하여금 그녀에게 급히 편지를 쓰는 계기를 만들었다. 그는 바로 그날 저녁에 그녀를 만나자고 제의했다. 편지를 쓰는 시각에서 한 시간 뒤 순교자들을 처형한 보도 위의 십자가에서 만나자고 했다.

인편으로 편지를 보내고 나서, 자신이 그녀의 집으로 찾아가도 되는데 마음이 급한 나머지 밖에서 만나자고 제안한 것을 후회했다. 사실은 집으로 찾아가 만나는 것이 시골의 관행이었고, 그러한 관습을 뒤집을 만한 특별히 다른 일이 일어난 것도 아니었다. 아라벨라도 그런 식으로 만났던 것이 아닌가. 밖에서 수와 같은 사람을 만난다는 것은 점잖지 못한 일일 수도 있었다. 그러나 일이 그렇게 된 이상 다른 방법이 없었다. 그는 약속 시간 몇 분 전에 지정된 장소로 가서 새로 설치된 가로등 불빛 아래 섰다.

시간은 그리 늦지 않았는데 넓은 길은 조용했으며 인적이 드물었다. 그는 길 건너편에 사람이 하나 서 있는 것을 발견했다. 수였다. 두 사람이 같은 시간에 십자가를 향해서 걸어 나갔다. 그러나 그들이 약속 지점에 닿기 전에 그녀가 그에게 큰 소리로 말했다.

"처음 만나는데 거기서 만나지 않을래요. 조금 더 걸어 오세요."

목소리는 분명하고 낭랑했으나 떨리고 있었다. 그들은 평행으로 나란히 걸어 나갔다. 주드는 그녀가 하는 대로 따라 하다가, 길 안쪽으로 걸어 들어오는 것을 보고 자신도 따라했다. 그들이 만난 지점은 낮에는 우편집배원들의 마차가 서는 곳이었다. 그러나 그 시간에는 마차들이 보이지 않았다.

"내가 찾아가지 않고 이런 데서 만나자고 해 미안하오." 주드는 연인이 느끼는 부끄러운 마음을 억제하지 못하면서 입을 열었다. "산보를 간다면 시간을 벌 수 있을 것 같아서 이렇게 한 거요."

"오, 그건 괜찮아요." 친구에게 스스럼없이 말하듯 그녀가 대답했다. "집에 누가 찾아와도 들어오라고 할 장소도 없어요. 내 뜻은 오빠가 정한 곳이 너무 끔찍한 데라…… 끔찍하다는 말을 쓰지 말아야 할 것 같네요. 내 뜻은 그 장소와 연상되는 역사가 어둡고 불길하다는 거예요. 아직 오빠를 잘 모르는데 이런 식으로 시작하는 것은 우습지 않아요?" 그녀는 호기심이 가득 찬 눈으로 주드를 아래위로 훑어보았다. 그러나 주드는 그녀를 쳐다보지 않았다.

"내가 오빠를 알고 있는 것보다 오빠가 날 더 잘 알고 있는 것 같네요." 그녀가 말을 덧붙였다.

"그래, 가끔 보았지."

"내가 누군지 알면서 나한테 말도 안 걸었단 말인가요? 그런데 이젠 내가 이곳을 떠나네요!"

"그래, 그건 섭섭한 일이군. 난 이곳에 친구가 없어요. 여기 어디에 대단히 오래된 친구가 한 사람 있기는 한데 아직 찾아갈 처지가 아니고. 그 사람 혹시 알고 있는지, 필롯슨 씨라고. 이 지역 어디 교구 신부일 텐데."

"아니요. 그러나 필롯슨 씨를 한 사람은 알고 있어요. 여기서 좀 떨어진 곳에 있는데, 럼스던이라는 곳이에요. 그 사람은 마을 학교 교사인데."

"아! 그 사람일지도 모르겠네. 하지만 그럴 리가 없을 텐데! 아직 교사라니! 그 사람 이름을 알고 있나? 리처드 일 텐데."

"그래요. 만난 적은 없지만 책을 보내 준 적은 있어요."

"그럼 계획에 차질이 있었구먼!"

주드의 얼굴이 일그러졌다. 대 필롯슨이 실패를 했다면 자신은 어떻게 성공을 한단 말인가? 만약 이 소식을 상냥한 수의 면전에서 듣지 않았더라면 그는 하루 종일 절망의 구덩이에서 헤맸을 것이다. 지금 이 순간에도 필롯슨 선생이 대학 진학 계획에 실패한 이야기는 그녀가 돌아간 다음에 자신을 심히 우울하게 만드는 환영이 되어 떠올랐다.

"산보를 하기로 했으니 지금 그 선생을 찾아보는 것은 어떨까?" 주드가 갑자기 말했다. "아직 시간이 늦은 것은 아니니까."

그녀가 그러자고 동의했다. 두 사람은 언덕을 올라가 숲이 아름답게 우거진 시골로 들어갔다. 금세 총안흉장(銃眼胸牆)이 있는 탑과 사각형 포탑이 높이 솟아 있는 교회가 나왔고, 교회를 지나 학교 건물이 나타났다. 그들은 거리를 지나가는 사람에게 혹시 필롯슨 선생이 집에 있을까 하고 물었는데, 그들이 들은 대답은 그는 항상 집에서 머문다는 것이었다. 노크를 하자 교사가 학교 건물 문 앞까지 나왔다. 손에 촛불을 들고 있었는데, 얼굴에 상대가 누구인지를 묻는 듯한 표정을 띠었다. 주드가 그를 마지막으로 본 이후 그는 여윈 데다가 세파에 시달린 흔적을 띠고 있었다.

여러 해가 지나간 다음 필롯슨 선생을 만나고 그가 이렇게 수수한 모습을 하고 있음을 보면서, 그들의 작별 이후 주드의 상상 속에서 늘 자리 잡고 있던 교사의 환영과 그 모습을 둘러싼 후광이 한꺼번에 부서지는 느낌을 받았다. 그러면서 그의 마음속에서는 눈에 띄게 풀이 죽고 몹시 실망한 모습의 필롯슨에 대한 연민의 정을 느꼈다. 주드는 자신의 이름을 대고, 옛날 자기에게 친절했던 오랜 친구를 만나러 그를 찾아왔노라고 말했다.

"난 자네를 전혀 기억하지 못하겠네." 교사가 생각에 잠겨 이렇게 말했다. "내가 가르친 학생이었단 말이지? 그래, 그럴 테지. 그러나 이제 그 학생들의 숫자가 수천 명은 되고, 그들은 자연히 많이 변해 최근 학생들을 빼고는 거의 기억을 못하네."

"메리그린에 살 땐데요." 주드는 차라리 찾아오지 말 걸 그랬다는 생각을 하면서 이렇게 말했다.

"그래, 그곳에 잠시 살았지. 이 사람도 내 학생이었나?"

"아니요. 제 사촌이에요. 문법 책을 몇 권 보내 달라고 했더니 선생님이 그 책들을 보내 주었어요. 혹시 기억하세요?"

"아, 그래, 그 일은 희미하게나마 기억이 나네."

"그때 책 구해 주셔서 고마워요. 제가 그 방향으로 길을 잡은 것도 선생님에서 시작된 것이지요. 선생님이 메리그린 마을을 떠나던 날 아침 이삿짐이 짐마차에 잔뜩 실려 있는데, 선생님이 저한테 작별 인사를 하면서 선생님의 꿈은 대학교로 진학을 하고 그래서 교회로 진출하는 것이라고 말했지요. 신학자나 선생님이 되기 위해서는 학위가 보증서라고 했어요."

"그런 건 나 혼자 마음속으로만 생각한 것으로 기억하네. 그런데 그런 사적인 것을 왜 나 혼자만 알고 있지 않았는지 그것이 궁금하군. 그런 생각은 오래전에 포기하고 말았지."

"전 그 이야기를 한번도 잊은 적이 없어요. 저를 이곳까지 데려오고, 오늘 밤 선생님을 만나러 온 것도 다 그 이야기에서 비롯되고 있지요."

"안으로 들어오게." 필롯슨 선생이 말했다. "사촌도 들어오고."

두 사람은 학교에 부속된 사택의 응접실로 들어갔다. 방에는 종이 갓을 씌운 램프가 있고, 불빛 아래 서너 권의 책이 널려 있었다. 필롯슨 선생이 램프 갓을 벗겨 버렸다. 서로의 모습을 좀 더 환히 보기 위해서였다. 불빛은 수의 민감한 작은 얼굴과 활력이 넘치는 검은 눈과 머리를 비추고, 주드의 진지한 모습도 비추었다. 그리고 교사의 보다 성숙한 얼굴과 몸매를 밝혀 주었다. 불빛에 드러난 그는 마흔다섯의 깡마르고 생각에 잠긴 사람이며, 입술이 얇고 입이 우아하며, 몸을 좀 구부리는 습관이 있는 사람이었다. 그가 입고 있는 까만 프록코트는 계속된 마모로 어깨뼈 부분과 등 가운데 부분과 팔꿈치 쪽이 약간씩 반질거렸다.

옛정은 서로들 알지 못하는 사이에 되살아났다. 교사는 자신이 겪은 일을 말해 주었고 두 사촌은 그들의 이야기를 했다. 교사는 두 방문객에게 자신은 아직도 성직의 길로 가는 생각을 이따금씩 하노라고 말했다. 옛날 그가 계획했던 대로 정식 서임을 받는 것은 아니지만 설교자로서 자격증을 취득해 교회의 일을 볼 수는 있지 않겠느냐고 부연했다. 그러나 그는 교생 보조 교사가 필요한 입장이지만 그런대로 현재의 위치에서 만족하고 있는 편이라고 했다.

두 사람은 저녁 식사 때까지 머물지는 않았다. 늦기 전에 수가 숙사로 돌아가야만 했기 때문이었다. 그래서 둘은 온 길을 되돌아갔다. 그들은 일반적인 이야기 외에는 별로 특별한 내용을 말하지 않았다. 그러나 주드는 수가 여자로서 하나의 계시 같은 사람임을 깨달았다. 그녀는 너무 민감해 그녀가 하는 모든 행동이 감각에 근거를 두고 있는 듯했다. 그녀는 흥미 있는 생각을 떠올리면 걸음이 아주 빨라지기 시작해서, 주드가 그녀의 발길에 보조를 맞추기가 힘들었다. 어떤 문제에 대하여 보여 주는 그녀의 반응은 허영으로 오해받기 쉬울 만큼 과민했다. 그를 향한 그녀의 감정은 가장 솔직한 우정에 불과했지만 그는 그녀를 알기 이전보다 더 사랑하게 되었다는 사실을 깨닫고 마음이 아팠다. 집으로 돌아가는 길은 암울한 기분으로 압도되어 있었다. 그것은 하늘에서 내려오고 있는 밤 때문이 아니라 그녀가 곧 떠난다는 생각 때문이었다.

"왜 크라이스트민스터를 떠나야 되나?" 그가 섭섭해하면서 물었다. "도시의 역사가 뉴먼, 퓨지, 워드, 케블 같은 사람들로 압도되어 있는데, 그런 도시를 받아들이지 않고 다른 곳에서 어쩌자고?"

"그래요. 그 사람들 대단하죠. 그러나 그들이 세계의 역사

속에서도 대단한가요? 도시를 떠나지 말아야 하는 이유치고는 우습네요. 그런 이유는 생각지 못했어요!" 그녀가 소리 내어 웃었다.

"어쨌든 난 떠나야 해요." 그녀가 말을 계속했다. "미스 폰트오버는 내가 일하는 직장의 공동 운영자인데 나한테 화가 나 있어요. 나도 그 여자에게 화가 나 있고요. 그럴 때는 내가 떠나는 게 최선이죠."

"어쩌다가 그런 일이 일어났지?"

"그 여자가 내가 가지고 있는 소상 몇 점을 부숴 버렸어요."

"오? 악의적으로?"

"그 여자가 내 방에서 그런 물건을 보고는, 자기 것도 아닌데 마루에다 팽개치고는 밟아 버렸어요. 이유는 그 물건들이 그 여자의 취향에 맞지 않는다는 거예요. 소상 중 하나를 구두 굽으로 밟아 팔과 머리를 박살 내어 놓았어요. 끔찍해요."

"너무 가톨릭적이고 사도(使徒)적인 취향으로 보았던 모양이구먼. 가톨릭적 우상이라 말하고 성자 강림이라고 말했겠지."

"아니요. 그런 말은 하지 않았어요. 사건을 전혀 다른 입장에서 보았어요."

"아! 그건 놀라운 일이군!"

"그래요. 전혀 다른 이유로 내 수호신을 좋아하지 않았어요. 대꾸를 하지 않을 수가 없었어요. 결국에는 그 집에 머물지 않기로 결심을 하게 되었지요. 좀 더 독립적인 입장에 설 수 있는 직장을 구하기로 했어요."

"다시 교직으로 돌아가는 것은 어떨까? 듣기로는 전에 가르친 일이 있다면서?"

"다시 교직으로 가는 것은 생각해 보지 않았어요. 미술 디자이너로 잘 나가고 있었거든요."

"필롯슨 선생한테 그의 학교에서 교직을 알아보도록 물어보지. 원한다면 교육 대학에 입학을 하고 일급 교사 자격증을 딸 수도 있을 거야. 그러면 디자이너나 교회 미술가보다 두 배는 더 수입을 올릴 수 있겠지. 그리고 자유도 두 배나 얻을 수 있고."

"그럼 물어봐 줘요. 이제 들어가 봐야겠어요. 오빠, 잘 가요. 드디어 만나게 되어서 반가워요. 우리 부모가 서로 싸웠다고 해서 우리까지 싸울 필요는 없겠지요? 안 그래요?"

주드는 그녀와 생각이 너무나 같다는 것을 보여 주고 싶지가 않았다. 그는 자신의 하숙집이 있는 외딴 거리로 길을 재촉했다.

수 브라이드헤드를 그의 곁에 두어야 한다는 욕구는 그 결과가 어떻게 되든지와는 무관하게 그의 마음속에서 그를 압박했다. 그는 다음 날 저녁 미리 띄운 편지가 설득력을 발휘하기를 바라면서 럼스던으로 다시 갔다. 교사는 그의 제안에 준비가 되어 있지 않았다.

"내가 실제 바란 것은 이 년차 교생이네." 필롯슨이 말했다. "개인적으로는 자네 사촌도 쓸 만해. 그러나 교사 경험이 없는 게 흠이지. 아, 경험이 있다고? 그런가? 정말 가르치는 일을 천직으로 생각하고 있나?"

주드는 수가 가르치고 싶어 하는 것 같다고 말했다. 수가 필롯슨을 보조하는 데는 타고난 재능을 지녔다고 재치 있게 설득했다. 물론 주드는 그 보조가 무엇을 의미하는지에 대해서는 전혀 아는 바가 없었다. 그러나 그의 주장은 필롯슨의 결심을 흔드는 데 성공했다. 교사는 수를 고용하겠노라고 약속했다. 그러면서도 주드의 사촌 수가 변함없이 같은 길을 추구하기를 원하고, 이번 시작이 견습 기간의 첫걸음이며, 사범 학교에서의 수학이 제2의 단계임을 명심하여야 할 것이라고, 친구로서 주드에게 일러 주었다. 그러지 않으면 견습 기간 동안에 받는 급여가 있으나 마나 한 것이기 때문에 그녀는 시간을 낭비할 뿐이라고 말했다.

그가 다녀간 다음 날 필롯슨은 주드로부터 서신을 받았다. 주드는 사촌 수와 다시 상의를 했는데, 그녀가 공부를 해야 하는 생각을 대단히 열정적으로 받아들이고 있으며, 필롯슨 선생을 찾아가는 데 동의했다는 내용이 편지 속에 적혀 있었다. 주드가 이런 모든 것을 주선하는 데 쏟아붓는 열정이 같은 가족 사이에 공통적인 협동의 본능과는 다른, 수를 향한 특별한 감정에서 우러나고 있는 사실을 교사이자 은둔자인 필롯슨은 잠시도 생각해 보지 못했다.

5

필롯슨은 수수하게 지은 학교 사택에 앉아 있었다. 학교와 그가 있는 사택은 새 건물이었으나 보조 교사로 있는 수가 거처하는 길 건너 집은 낡은 건물이었다. 그는 지금 수의 집을 바라보고 있었다. 수를 위한 준비는 그동안 매우 빠르게 진행되었다. 필롯슨 선생의 학교에 오기로 되어 있었던 교생이 오지 못하게 되자 수가 그 대타로 영입되었던 것이다. 임시직은 해마다 장학관이 찾아오는 다음 해의 정기 방문 때까지만 유효한 것이어서 장학관의 재가가 있어야만 정식으로 임용되었다. 근년에 교사의 직업을 포기하고 있었지만 런던에서 약 이 년가량 가르친 경험이 있는 미스 브라이드헤드는 가르치는 일에 초보자는 아니었다. 필롯슨은 수가 교직을 계속 유지하는 문제에 어려움이 없다고 생각했다. 사실은 수가 필롯슨 선생의 학교로 온 지 삼사 주밖에 되지 않았지만 그는 마음속으로 그녀가 계속 남아 있기를 바라고 있었다. 수는 주드가 말한 대로 대단히 영리했다. 견습생이 스승의 시간을 반이나 절약해 준다면 누가 그 사람을 고용하지 않겠다고 할 것인가?

아침 8시 반이 좀 지나고 있었다. 필롯슨은 수가 학교로 가기 위해 길을 건너는 것을 기다렸다. 그는 그다음에 그녀 뒤를 따라나설 예정이었다. 9시가 되기 이십 분 전에 그녀가 길을 건넜다. 가벼운 모자가 그녀의 머리 위에서 나풀거리고 있었다. 그는 그녀를 진귀한 물건처럼 호기심에 차서 바라보고 있었다. 오늘 아침에는 유달리 교사로서 그녀의 기술과 관계없는 새로운 빛이 그녀를 둘러싸고 있는 것 같았다. 그도 학교로 갔다. 수는 교실 반대쪽 끝에서 자기 반을 가르치고 있었기 때문에 하루 종일 그녀의 행동을 지켜볼 수 있었다. 확실히 그녀는 교사로서 훌륭한 자질을 지니고 있었다.

필롯슨의 임무 중 하나는 저녁에 그녀에게 개인 교습을 하는 일이었다. 규약의 조항에 따라 교사와 교생의 성별이 다른 경우에는 이러한 교습 시간에 나이 든 부인이 그 장소에 있어야만 했다. 리처드 필롯슨은 이런 경우 자신이 그녀의 아버지뻘은 되는데도 그런 규정을 따라야 한다는 것이 우스꽝스러운 일이라고 생각했지만 성실하게 관례를 준수했다. 그는 수가 하숙하고 있는 집 안주인인 과수댁 호스 여사가 바느질을 하고 있는 방에서 그녀를 만났다. 사실 규정은 쉽게 피할 수가 없었다. 그 집에 다른 응접실이 없었기 때문이었다.

가끔씩 그녀는 숫자를 계산하다가(그들은 산수를 공부하고 있었다.) 자신도 모르게 호기심에 찬 미소를 띤 얼굴을 들어 그를 쳐다보았다. 마치 그녀는 자신의 머릿속을 스쳐 가는 모든 것의 옳고 그름을 스승으로서 그가 다 알고 있는 것으로 생각하는 듯했다. 그러나 필롯슨은 사실은 산수 문제가 아니라, 스승으로서는 이상하게 보이는 새로운 입장에서 그녀를 생각하고 있었다. 그가 마음속으로 생각하고 있는 대상이 그녀 자신이라는 사실을 그녀도 알고 있는 듯했다.

수 주일 동안 그들의 공부는 변화 없이 단조롭게 진행되었으나 그에게는 그 자체가 기쁨이었다. 그러는 도중 크라이스트민스터에서 예루살렘 모형 순회 전시회가 열렸다. 학교 아이들은 교육적 목적을 위하여 한 사람당 1페니씩 입장료를 내고 그 전시회를 관람하게 되었다. 아이들은 둘씩 짝을 지어 길을 걸어갔다. 그녀는 작은 엄지손가락으로 수수한 무명 양산의 대를 꼭 잡은 채 자기 반 곁에서 걸었다. 필롯슨은 길게 출렁거리는 외투를 입고 생각에 잠긴 듯한 표정으로 지팡이를 점잖게 흔들어 댔다. 그의 생각에 잠긴 듯한 표정은 그녀가 부임한 이후에 생긴 버릇이었다. 그날 오후에는 해가 나고 흙먼지가 날렸다. 일행이 전시장에 들어섰을 때 그들 외에 사람들은 거의 없었다.

고대 도시의 모형은 전시장 중앙부에 있었다. 섬세한 종교적 자선가의 표시가 용모에 쓰여 있는 전시장 주인은 지시봉을 손에 든 채 전시장을 돌아다녔다. 그는 어린 학생들에게 성경을 읽어서 알게 된 여러 지역과 장소를 보여 주었다. 모리아 산, 예호샤파트 계곡, 시온 시, 성벽과 성문들, 이들 성벽 밖에서 있는 무덤 같은 커다란 언덕, 그 위에 꽂혀 있는 하얀 작은 십자가. 바로 그것이 갈보리 언덕이라고 그는 설명했다.

"내 생각엔," 필롯슨과 함께 뒤로 좀 물러 서 있던 수가 그에게 말했다. "이 모형이 정교하게 만들어지긴 했지만 대단히 상상적인 작품 같아요. 예수가 살았을 시절에 예루살렘이 이렇게 생겼으리라고 누가 알아요? 이 모형 제작자는 몰랐을 거예요."

"그 도시를 지금 있는 그대로 실제 여러 차례 방문한 경험에 의거하여 상상으로 만들었겠지요."

"예루살렘은 이제 그만했으면 좋겠어요." 그녀가 말했다. "우리가 유대인 선조로부터 나온 것이 아닌 사실을 생각하면 말이에요. 아테네, 로마, 알렉산드리아 그리고 그 밖의 다른 도시에 비해, 예루살렘이나 그 도시의 시민들이 결코 일급 도시나 시민이 아니잖아요!"

"그러나 그 도시가 우리에게 주는 의미를 한번 생각해 봐요!"

그녀는 아무 말도 하지 않았다. 그녀는 쉽게 제지되는 편이었다. 그녀는 모형의 언저리에 엉켜 있는 아이들 뒤로 흰 플란넬 양복 저고리를 입은 한 청년을 보았다. 그는 예호샤파트 계곡을 자세히 보느라 너무 몸을 낮게 구부리고 있어서 그의 얼굴이 감람산에 가려 보이지 않았다. "저기 사촌 주드 좀 봐요." 필롯슨이 말을 이었다. "그는 예루살렘에 대해 그만했으면 좋겠다고 생각하지는 않는 것 같은데!"

"아, 오빠를 보지 못했네요." 그녀가 재빠르게 밝은 목소리로 말했다. "오빠, 굉장히 심각하게 거기 몰두해 있네요!"

주드가 명상에서 깨어나 그녀를 보았다. “오, 수!” 그가 기쁜 소리를 냈다. 얼굴에는 당황해서 떠오르는 홍조가 어려 있었다. “애들은 물론 학교 학생들이겠지. 학생들이 오후에 관람을 할 수 있다는 안내문을 보고는 수도 올지 모른다는 생각을 했지. 그런데 너무 깊이 몰두하는 바람에 내가 어디 와 있는지를 잊고 말았어. 역사 속으로 얼마나 멀리 멀리 빨려 들게 하는지! 몇 시간이고 여기서 이 모형을 검토해 볼 수 있겠는데, 불행히도 주어진 시간이 몇 분밖에 없으니. 난 지금 이 근처에서 일을 맡아 수행 중이니 말이야.”

“자네 사촌은 무섭도록 영리해서 그 모형을 무자비하게 비판하던 중이지.” 필롯슨이 농담 섞인 빈정거리는 투로 말했다. “수는 모형의 정확성에 대하여 매우 회의적이야.”

“필롯슨 선생님, 반드시 그런 것도 아니에요. 나는 소위 말하는 영리한 애의 유형에 끼고 싶지 않아요. 요즘 그런 사람들이 너무 많아요!” 수가 민감한 목소리로 대꾸했다. “내 뜻은 단지, 내가 무슨 말을 하려고 했는지는 잘 모르겠지만, 그건 선생님이 잘 모르는 게 아닌가 하는 거예요.”

“무슨 뜻인지 나는 알고 있어.” 주드는 열띤 목소리로 말했다.(그러나 실제로는 그 뜻을 알지 못했다.) “수의 생각이 옳다고 생각해요.”

“여기 착한 오빠가 있네. 오빠는 날 믿어 줄 줄 알았어!” 필롯슨을 향한 비난의 눈빛을 거두고 주드를 보면서 그녀는 충동적으로 그의 손을 잡았다. 그녀의 목소리가 떨렸다. 필롯슨의 가벼운 빈정거림 때문에 목소리가 떨린다는 것이 바보 같다. 그녀가 물기 어린, 그러면서 무어라고 표현할 수 없는 눈으로 주드의 얼굴을 똑바로 쳐다보았다. 그녀의 눈에는 날카로움과 부드러움, 그리고 신비가 섞여 있었다. 아니, 날카로움과 부드러움과 신비가 함께 섞여 있는 것처럼 보였다. 눈의 표정은 입술의 표정과 마찬가지로 동행자에게 막 무어라고 말을 해서 그 말이 무심결에 주드의 얼굴까지 전달되는 것 같았다. 그녀는 주드의 존재에 대해 그가 막 작업을 하면서 햇빛 속으로 날려 올린 먼지만큼이나 관심이 없었다.

그녀의 곁에 있다는 것이 너무 자극적이어서 그는 몸을 떨었다. 부끄러운 마음과 함께 그녀가 그를 알아보지 못하도록 얼굴을 돌려 버렸다. 그녀는 아직 한 번도 그를 본 적이 없다. 따라서 그녀는 그를 알아볼 수 없었다. 그녀는 십중팔구 그의 이름도 아직 들어 본 적이 없기 쉬웠다. 그녀는 태생이 시골 처녀이지만 몇 년을 런던에 살았고 또 성인이 되면서 이곳에 살아, 조잡스러운 모습이 완전히 빠져 있는 것을 그는 볼 수 있었다.

그녀가 간 다음에도 주드는 그녀를 계속 생각하면서 일을 했다. 그는 너무 그녀에 압도되어 그녀의 몸집과 크기의 전반적인 인상에 대하여 별로 신경을 쓰지 않았다. 이제 와서 기억을 되살려 보면, 그녀는 별로 큰 몸집을 지니지 않았고, 오히려 가볍고 작은 편이어서 우아한 유형이라고 할 수 있을 것 같았다. 그의 인상은 이것이 전부였다. 그녀에게는 당당한 위엄이 있는 게 아니라, 모든 것이 신경과민적인 율동이었다. 그녀는 유동적이며 살아 움직이는 체질이었지만, 화가가 그녀를 잘생겼다거나 아름답다고는 하지 않을 유형이었다. 바로 이런 점이 그를 놀라게 했다. 그녀는 주드를 특징짓는 투박한 시골적인 것과는 거리가 멀었다. 결이 빗나가고, 불행하고, 악운이 끼인 집안의 자손이 이렇게 섬세함의 정점에 이를 수가 있는 것인가? 그것은 그녀가 런던에 살았기 때문이라고 그는 생각했다.

이 순간부터 그의 가슴속에 갇혀 있던 고독감과 시로 승화된 크라이스트민스터에 대한 사랑이 자신도 모르게 이 환상의 여인에게 옮겨졌다. 반대쪽으로 가야 하는 그의 순종의 길이 무엇이든 간에, 그녀에게 자신을 알리고 싶은 욕구를 억제할 수 없으리라는 점을 그는 깨달았다.

그는 그녀를 가족의 입장에서 생각하기로 했다. 그녀를 가족 아닌 관점에서 생각해서는 안 되며, 또 그렇게 할 수도 없는 이유가 압도적으로 많았기 때문이었다.

첫째 이유는 그가 결혼을 했다는 사실이며 그녀를 여자로서 만난다는 것은 잘못이기 때문이었다. 둘째는 두 사람이 사촌이라는 점이었다. 비록 주어진 여건이 두 남녀 사이의 정열을 촉진시키기 쉬운 경우이더라도 사촌끼리 사랑한다는 것은 좋은 일이 되지 못했다. 셋째 이유는 설사 그가 결혼을 할 수 있는 자유로운 입장이라 하더라도 결혼이 비극적 슬픔으로 끝나는 집안의 역사를 감안할 때 혈연으로 연결된 친척과의 결혼은 역경을 다시 반복한다는 것을 뜻하며 비극적 슬픔이 비극적 공포로 극대화될 수 있음을 의미했다.

따라서 그는 수를 자기 집안에 속하는 친척에 대한 상호 관심의 눈으로 바라볼 수밖에 없었다. 실질적인 방법으론 그녀를 자랑스럽게 생각해야 할 사람으로 여기고, 그냥 이야기나 하고 묵례나 할 정도로 알아두는 길밖에 없었다. 나중에 그녀에 대한 감정이 엄격하게 순화되어 그냥 인척이며 상대방의 안녕을 바라는 사람으로 마음이 정리되었을 때, 차 마시는 데 초대를 받을 사이 정도로 희망할 수밖에 없었다. 그는 그녀가 자신에게 친절한 별이며, 마음을 고양시키는 힘이며, 성공회의 예배에 함께 참석하는 동료이며, 부드러운 친구이기를 바랐다.

3

그러나 자제해야 하는 여러 가지 여건에도 불구하고 주드의 본능은 수에게 수줍어하는 마음으로 다가갔다. 다음 일요일 그는 그녀의 모습을 보기 위해 카디널 대학의 성당에 아침 예배를 보러 갔다. 그녀가 거기에 자주 가는 것을 알아 두었기 때문이었다.

그녀는 오지 않았다. 그는 오후 내내 기다렸다. 오후의 날씨는 아침보다 더 좋았다. 그녀가 혹시 온다면 넓은 잔디 교정의 동쪽으로부터 올 것이라는 사실을 알았다. 대학의 종이 울리는 동안 그는 한쪽 모퉁이에 서 있었다. 예배가 시작하기 몇 분 전에 그녀가 나타났다. 그녀는 예배에 오는 사람들에 섞여 대학의 담을 따라 걸어오고 있었다. 그녀의 모습을 보자 그는 반대쪽으로 가서 성당 건물 안으로 그녀를 따라 들어갔다. 아직 그녀에게 자신의 신분을 알리지 않았던 것이 잘한 일 같았다. 그녀의 눈에 보이지 않고 그녀에게 알려지지 않은 채 그녀를 볼 수 있다는 것으로 그 시점에서 그는 만족했다.

그는 성당 안 입구에서 잠시 머뭇거렸다. 그가 자리를 안내받아 앉았을 때에는 예배가 다소 진행된 다음이었다. 날씨가 잔뜩 찌푸리고, 침울하고 조용한 오후였다. 이런 날에는 종교가 평범하고 실질적인 사람에게는 하나의 필요성이 되었으며, 감상적이고 시간이 많은 유한 계급에게는 사치가 되었다. 성당 상단부 채광창의 희미한 빛과 방향이 일정치 않은 섬광 속에서 건물 반대편에 있는 신도들을 어렴풋이 볼 수 있었다. 수가 그들 속에 있는 것도 보였다. 수가 앉은 정확한 자리를 그가 알아낸 지 얼마 안 되었을 때 「시편」 119장을 부르는 소리가 들려왔다. 성가대는 두 번째 절을 부르고 있었다.

청년이 무엇으로 그의 행실을 깨끗이 하리까?

성가대가 이렇게 성가를 부르는 동안 오르간은 애수에 찬 그레고리오 음조로 바뀌고 있었다.

노래는 바로 그 순간 주드의 관심을 사로잡고 있는 질문이었다. 여자를 향한 동물적 욕정에 자신을 내맡겼다가 이런 비참한 결과로 이어지고, 그러다가 자신의 삶을 끝내려는 생각을 하고, 무모한 생활 속에서 술에 취해 다니던 그는 얼마나 사악하고 가치 없는 인간이었던가. 발 건반으로 연주하는 음악의 커다란 물결이 합창대석 주변을 회전했다. 초자연적인 현상 속에서 자란 그에게는 그 성가가 엄숙한 성당 건물 안에 자신이 처음 들어온 이런 순간을 위해 경애하는 신이 특별히 제정한 것이 아님을 믿을 수 없는 사실이 썩 마음에 드는 건 아니었다. 그 음악은 그달의 스물네 번째 저녁에 연주되는 일반 성가였다.

그가 엄청난 애정을 품기 시작한 여자도 그 순간 자신의 귓속으로 흘러들어 오고 있는 똑같은 화음에 둘러싸여 있다는 생각이 그를 기쁘게 했다. 그녀는 이곳을 자주 찾아오는 것이 분명했다. 직업과 습관에 의해서 그녀는 몸과 영혼이 종교의 정서에 깊숙이 빠져 자신과 많은 공통점을 가진 것이 분명했다. 감수성이 예민하고 외로운 청년에게 마침내 자신의 생각을 안정시킬 수 있는 곳을 찾아냈다는 것은 사회적이며 정신적인 가능성을 약속하는 일이며, 또 그에게 헤르몬산[38]의 이슬 같은 것이었다. 예배가 진행되는 동안 그는 환희의 열광 속에 빠져 있었다.

그는 그렇게 생각하고 싶지 않았지만, 갈릴리에서뿐만 아니라 키프로스에서도 그에게 바람이 강하게 불어오고 있다고 사람들은 말해 주었을 것이다.[39]

주드는 그녀가 자리에서 일어나 성가대석 칸막이 아래를 지나갈 때까지 기다렸다가 자리를 떴다. 그녀는 그가 있는 쪽으로 얼굴을 돌리지 않았다. 그가 문간까지 나갔을 때 그녀는

---

38) 예수의 정신적 변형이 일어난 산. 「마가복음」 9장 2~9절 참조.

39) 갈릴리가 정신적 사랑을 의미한다면, 아프로디테가 태어난 키프로스는 육체적 사랑을 의미한다.

넓은 길을 반쯤 지나가고 있었다. 일요일에 입는 양복으로 정장을 하고 있었기 때문에 그녀를 뒤따라가 자신이 누구인지를 알리고 싶은 충동이 일어났다. 그러나 그는 아직 준비가 되어 있지 않았다. 하지만 자기 가슴속에서 솟구치는 충동대로 해야 할 것인가?

예배를 보는 동안에는 그 충동이 종교적인 감정에 근거를 두고 있는 것 같아 자신에게 그렇게 타일렀지만 그녀에게 끌리는 감정의 본질에 그는 완전히 눈을 감을 수는 없었다. 그녀는 그에게 낯선 사람이어서 친척이라는 사실은 억지로 만들어 붙인 것에 불과했다. 그는 혼자 중얼거렸다. "그럴 수야 없지! 아내가 있는 나는 그녀를 알아서는 안 돼!" 그렇지만 수는 자신의 친척이었다. 아내가 있다는 사실은, 비록 그녀의 존재가 이쪽 북반구에 있는 것은 아니지만, 어떤 의미에서는 오히려 도움이 될 수도 있었다. 그것은 자신이 가지고 있는 온갖 정감 어린 감정을 수의 마음에서 제거할 것이며, 그래서 자신과의 만남이 자유롭고 두려움 없는 것이 될 수도 있었다. 그런데도 그는 이러한 사실 때문에 그녀의 가슴속에 생길 자유와 두려움 없는 마음을 자신이 얼마나 기분 나쁘게 생각하는지를 깨닫고 고통스러워했다.

성당에서 예배를 보기 얼마 전, 예쁘고 눈이 촉촉하게 젖고 발걸음이 가벼운 한 젊은 여성이 하루 오후를 휴가 내어 자신이 조수로 일하면서 기거하고 있는 교회 건물을 빠져나와, 손에 책을 한 권 든 채 시골로 산보를 나갔다. 수 브라이드헤드였다. 날씨는 구름 한 점 없이 맑았다. 이러한 기후는 일기의 신이 장난으로 윤달의 윤날을 덤으로 끼워 넣듯, 웨섹스와 다른 지방에서 춥고 비 오는 날 사이에 생기는 날씨였다. 그녀는 2~3킬로미터를 걸어가, 뒤에 두고 온 도시보다는 훨씬 높은 지대에 도달했다. 도로가 푸른 들판 사이로 뻗어 있었다. 수는 목책 계단까지 오자 거기서 걸음을 멈추고 책을 펴서 읽던 페이지를 마저 다 읽었다. 그녀는 고개를 돌려 새롭고 오래된 탑과 원형 지붕과 첨탑을 바라보았다.

그녀는 목책 계단 저쪽으로 뻗어 있는 인도와 함께, 까만 머리칼과 누르께한 얼굴을 가진 외국인이 잔디 위에 앉아 있는 것을 보았다. 그의 곁에는 커다란 네모꼴 나무판자가 있고, 그 판자 위에는 작은 석고 조상들이 여러 개 널려 있었으며, 그중에는 구리로 만든 것도 있었다. 그는 길을 가기 전에 물건들을 제자리에 정리하고 있었다. 물건들은 주로 고대 대리석 소상(塑像)을 흉내 내어 작게 만든 것들인데, 그녀가 자주 보던 조각들과는 다른 성격의 신들을 모작한 것이었다. 그중에는 표준형으로 만든 비너스 여신도 있고 다이애나 여신도 있었으며, 남성 신으로는 아폴로, 바쿠스 그리고 마르스도 있었다. 이 소상들은 그녀가 있는 곳에서 몇 미터 떨어져 있었지만, 남서쪽에서 내리비치는 햇빛이 초록 풀밭을 배경으로 너무 환하게 물건들을 비추고 있어 소상들의 윤곽이 아주 뚜렷하게 드러났다. 물건들은 그녀가 서 있는 위치와 도시의 교회탑들이 늘어선 지점 사이에 일직선으로 놓여 있어서 이상하게 이국적이며 대조적인 생각을 그녀의 마음속에 불러일으켰다. 남자는 자리에서 일어나다가 그녀를 보고 공손하게 모자를 벗고는, 그의 얼굴과 일치하는 억양으로 "소, 소, 소상 사세요!"라고 외쳤다. 금세 그는 익숙한 솜씨로 신과 인간의 모습을 한 여러 소상이 섞여 있는 큰 판자를 무릎 위에 끌어올렸다가 머리 위로 쳐들면서 그녀 쪽으로 가져왔다. 그리고 그 판자를 목책 계단 위에 얹어 놓았다. 그는 그녀에게 먼저 작은 물건들(왕들과 여왕들의 흉상)을 보여 주었다가, 그다음에는 음유 시인들의 소상을, 그다음에는 날개 달린 큐피드의 조각을 내밀었다. 그녀는 머리를 저었다.

"이것 두 개는 얼마예요?" 손가락으로 판자 위에 놓인 것 중에서 제일 큰 비너스와 아폴로 상을 만지며 그녀가 물었다.

그는 두 개를 10실링에 가져가라고 말했다.

"그만한 돈이 없어요." 수가 말했다. 그녀는 훨씬 적은 액수를 제시했는데 소상 장수는 놀랍게도 물건을 철사로 묶어 둔 판자에서 떼어 목책 계단 너머로 그녀에게 주었다. 그녀는 물건들을 보물 쥐듯이 꼭 잡았다.

돈을 지불하고 그 남자가 자리를 뜨자 그녀는 물건들을 어떻게 해야 할지를 생각했다. 일단 물건들을 입수하자 그들은 엄청나게 크고 너무 노출된 것 같았다. 천성적으로 신경이 예민한 그녀는 자신이 저지른 일을 깨닫고 몸을 부르르 떨었다. 그녀가 물건들을 만지자 하얀 점토 부스러기가 떨어져 장갑과 옷에 묻었다. 물건들을 잠시 그냥 들고 가는데 생각이 하나 떠올랐다. 그녀는 커다란 우엉 잎사귀와 파슬리와 그 밖에 울타리에서 자라는 잡초들을 뜯어 물건들을 가지런히 덮어 쌌다.

자연을 열광적으로 사랑하는 사람이 잎사귀를 크게 한 묶음 묶은 것처럼 보였다.

"그래, 항상 번드레한 교회용 장신구들보다는 훨씬 낫지!" 그녀가 중얼거렸다. 그러나 그녀는 여전히 몸을 떨고 있었다. 그녀는 마치 조각들을 사지 말았더라면 좋았을 거라고 후회하는 것처럼 보였다.

비너스의 팔이 부서지지 않았는지 몇 차례 잎사귀 사이로 살피면서 그녀는 이교도적 물체를 든 채 나라 안에서 가장 기독교적인 도시로 들어왔다. 그녀는 큰길과 나란히 뻗은 골목길을 택했으며, 모퉁이를 돌아 그녀가 기거하는 집 옆문으로 들어갔다. 그녀는 사 온 물건을 똑바로 방으로 가져가 즉시 자신의 사유물인 상자 안에 넣고 잠그려 했다. 그러나 물건이 너무 주체스러워 커다란 갈색 종이에 싸서 마루 한구석에 세워 두었다.

건물의 관리자인 미스 폰트오버는 안경을 낀 나이 많은 여자였다. 그녀는 수녀원 원장처럼 옷을 입고 있었다. 그녀는 하는 일의 하나로 종교 의식의 전문가가 되었으며, 앞에서 언급된 교외의 비어시바 지역에 있는 세인트 사일러스 교회의 예배에도 참석했다. 이 세인트 사일러스 교회의 예배에는 주드도 나가기 시작했다. 그녀는 가난한 성직자의 딸로 태어났다. 몇 해 전 아버지가 작고하자 용감하게 교회에 필요한 물건을 파는 작은 가게를 인수하고는 지금의 형태로 신용을 확장해서 가난을 면한 사람이었다. 그녀는 십자가와 염주를 유일한 장식으로 목에 걸고 다녔으며 교회 역년(曆年)을 환히 꿰뚫고 있었다.

그녀가 차를 마실 시간이라고 방으로 수를 찾으러 왔다. 아무 대답이 없자 그녀는 방 안으로 들어왔다. 수는 그때 사 온 물건을 싼 종이에 끈을 매고 있던 중이었다.

"미스 브라이드헤드, 뭘 산 모양이죠?" 종이에 싼 물건들을 쳐다보면서 물었다.

"네, 방을 좀 장식해 보려고요." 수가 대답했다.

"벌써 방에 장식할 물건을 충분히 넣었다고 생각했는데." 고딕식으로 액자에 넣은 성자들의 판화들과 고딕 활자체로 쓰인 두루마리와 그 밖의 물건들을 미스 폰트오버는 둘러보았다. 이들은 팔기에는 너무 오래되어 수의 어두운 방을 장식하도록 준 것이었다. "뭔데요? 상당히 크네!" 그녀는 갈색 포장지에 제병(祭餠)만큼이나 큰 구멍을 뚫어 그 속을 들여다보려고 했다. "왜 소상을 샀지? 두 개나? 어디서 샀어요?"

"주조물을 파는 행상인에게서 샀어요."

"두 사람 다 성자예요?"

"네."

"누군데요?"

"성자 베드로와 또 성자…… 성녀 막달라 마리아예요."

"그렇군요. 이제 차 마시러 오세요. 그리고 아직 어둡지 않거든 차 마신 다음 오르간 텍스트를 끝내 주세요."

단순한 일과성 기호에 집착할 수 없도록 하는 작은 방해물들이 수로 하여금 열을 올려 물건을 풀어서 들여다보게 만들었다. 잠자는 시간, 다른 사람들의 방해를 받지 않을 것이 확실해지면, 편안한 마음으로 신상들의 포장을 풀었다. 조각품을 장 위에 얹어놓고 그 곁에 촛불을 켜두었다. 그러고는 침대로 가서 몸을 눕혔다. 그녀는 미스 폰트오버가 모르는 상자에서 책을 한 권 꺼내 읽기 시작했다. 기번의 저서였다. 그녀는 배교자 율리아누스 시절을 다루는 장(章)을 폈다. 그녀는 이따금씩 이상하고 어울리지 않아 보이는 조상(彫像)들을 쳐다보았다. 조상들 사이에는 예수의 수난상 판화가 걸려 있었다. 마치 판화가 그림 속에 숨어 있는 행동을 암시하듯 그녀는 침대에서 벌떡 일어났다. 그리고 상자에서 시집 한 권을 끄집어내, 낯익은 시가 있는 곳을 폈다.

> 오, 창백한 갈릴리 사람아, 그대 정복했구나.
> 세상이 그대 숨결로 잿빛이 되었네![40]

그녀는 시를 끝까지 다 읽었다. 곧 그녀는 조상 곁의 촛불을 끄고 옷을 벗은 다음 방의 불도 껐다.

그녀는 대개 밤잠을 푹 자는 나이의 처녀였다. 그러나 그날 밤은 계속 잠에서 깼고, 눈을 뜰 때마다 거리에서 들어오는 빛이 방 안으로 확산되어 장 위에 세워진 하얀 석고상을 비추고 있는 것을 보았다. 그리고 그 석고상들은 성경 구절과 순교자의 배경과 이상한 대조를 이루었다. 또 그림자에 예수의 모습이 가려져, 이제는 라틴 십자가로만 보이는, 고딕 액자 속의

---

40) 스윈번의 시.

예수 수난상과도 대조를 이루었다.

교회의 종이 이른 새벽 시각을 알렸다. 그 종소리는, 같은 도시, 그녀가 있는 곳과 멀리 떨어지지 않은 곳에서 책 위에 엎드려 있는 또 한 사람의 귀에도 들려왔다. 토요일 밤이어서 주드는 다음 날 아침 평소대로의 이른 시각에 깨도록 자명종을 울게 맞추어 두지 않았다. 그는 늘 하는 대로 주중 다른 날보다 두세 시간 늦게까지 깨어 있었다. 그는 그리스바흐의 그리스 원전을 열심히 읽고 있었다. 바로 그 시각에 수는 몸을 뒤척이며 석고상을 바라보고 있었다. 경찰이나 밤길이 늦은 시민이 주드의 방 창 아래로 지나가다가 조용히 걸음을 멈추었더라면 안에서 이상한 음절을 열심히 웅얼거리는 소리가 흘러나오는 것을 들었을 것이다. 이 단어들은 주드에게 말할 수 없는 매력을 지니고 있었다. 그 설명할 수 없는 소리들은 이렇게 들렸다.

"알 헤민 헤이스 테오스 호 파테르, 엑스 호우 타 판타, 카이 헤메이스 에이스 아우톤."

그 소리는 책의 마지막 부분으로 옮겨 가면서 경건한 음조로 더 크게 회전했다.

"카이 헤이스 쿠리오스 이에소우스 크리스토스, 디 호우 타 판타 카이 헤메이스 디 아우토우."[41]

---

41) 「고린도전서」 8장 6절. "그러나 우리에게는 한 하느님 곧 아버지가 계시니 만물이 그에게서 났고 우리도 그를 위하여 또한 한 주 예수 그리스도께서 계시니 만물이 그로 말미암고 우리도 그를 말미암았느니라."

4

그는 직장에서는 무슨 일이든지 다 맡아 하는 잡역공이었다. 그것은 시골 소도시에서 일하는 기능공들에게는 보편적인 일이었다. 런던에서는 잎사귀 모양의 돌출부 장식이나 잎사귀 손잡이를 세공하는 기술자가 그 잎사귀에 접속되는 몰딩 부분을 깎는 일이 결코 없다. 그 기술자는 하나의 덩어리를 작업함에 있어 후반부를 맡는 것이 채신 깎기는 일이라고 생각하는 듯했다. 주드는 고딕 쇠시리를 만드는 일이나 작업대에서 창문 장식 일이 많지 않으면 기념비나 묘비에 글자 파는 일을 마다하지 않았다. 오히려 작업상의 변화를 기꺼이 받아들였다.

주드가 수를 다시 본 것은 앞에서 언급한 작업을 어느 교회 내부에서 사다리 위에 올라가 하고 있을 때였다. 짧은 아침 예배가 있는 날이어서 사제가 교회 안으로 들어오자, 주드는 사다리에서 내려와, 기도가 끝나면 망치 치는 일을 다시 하기로 하고 여섯 명쯤 되는 예배 참가자들 곁에 자리를 잡았다. 여자 신도들 중에 수가 있다는 사실을 안 것은 예배가 거의 반쯤 진행된 다음이었다. 그녀는 어쩔 수 없이 미스 폰트오버와 동행을 한 것 같았다.

주드는 앉은 채 그녀의 예쁜 어깨를 지켜보았고, 편안한 몸짓으로 그러나 이상하게 무관심한 몸짓으로 일어났다 앉았다 하는 모습과 성의 없이 무릎을 꿇는 광경을 유심히 보면서, 행복한 여건 속에서 그녀 같은 교도가 그에게 줄 수 있는 도움을 생각해 보았다. 예배 보던 사람들이 자리를 뜨자 금세 작업을 시작한 것은 일을 얼른 마무리하려는 조바심 때문이 아니었다. 자신의 마음을 말할 수 없이 흔들고 있는 여인을 이런 신성한 곳에서 감히 만날 엄두를 낼 수 없었기 때문이었다. 그녀에 대한 그의 관심이 틀림없이 성적인 성격으로 드러나고 있는 이상, 이제 수 브라이드헤드와 내밀한 친분 관계를 시도하지 말아야 하는 세 가지 커다란 이유가 더욱 강하게 고개를 들었다. 그러나 동시에 사람은 일만 하고 살 수만은 없는 것도 분명했다. 특히 주드는 사랑을 줄 대상을 원하고 있었다. 어떤 사람들은 억제할 수 없이 그녀에게로 달려가 손쉬운 우정의 즐거움을 입수했을 것이며, 나머지는 운명에 맡겼을 것이다. 한편 수도 그런 우정을 거절하지는 않았을 것이다. 그러나 주드는 그렇지 않았다. 적어도 처음에는.

날이 가고 특히 외로운 저녁이 반복되면서, 그녀를 잊는 것이 아니라 더 강렬하게 생각하고, 그래서 머릿속에서 잘못되고 관행을 벗어나고 예기치 않은 짓을 상상함으로써 거기서 놀라운 희열을 경험하고 있는 자신을 발견하고는 소스라치게 놀랐다. 하루 종일 그녀의 보이지 않는 힘에 둘러싸여 그녀가 가는 곳을 지나다니며 그녀만을 생각하고 있었다. 그는 자신의 도덕적 양심이 이 싸움에서 패자가 될 수밖에 없다고 생각했다.

그녀는 그에게 이상이었다. 그녀를 알게 되는 것이 그로부터 이 예기치 않은, 그리고 허가되지 않은 열정을 치유해 줄지 모를 일이었다. 그녀를 알고는 싶지만 이 열정을 치유하고 싶지는 않다고 마음속에서 속삭이는 소리가 들렸다.

그가 지닌 전통적인 관념에서 보면 상황이 불륜의 성격을 띤다는 사실에는 의심의 여지가 없었다. 수가 나라의 법에 따라 인생이 끝날 때까지 아라벨라만 사랑하도록 허락되고 다른 사람은 탐하지 말아야 하는 남자의 연인이 된다는 것은 주드가 계획하는 인생행로에는 아주 좋지 않은 제2의 출발이 아닐 수 없었다. 이러한 생각은 그에게 너무나 절실해서 어느 날 이웃 마을의 교회를 혼자 수리하러 갔다가(교회에 혼자 작업하러 가는 것은 자주 있는 일이었다.) 자신의 약점에 대해 기도를 하는 것이 자신이 해야 할 의무라는 충동을 강하게 느꼈다. 그러나 이런 결심에서 솔선수범하고 싶은 뜻이 마음대로 되지 않았다. 마음속의 욕구는 일곱 번씩 일흔 번이나 더 유혹을 받고 싶은데, 그 유혹에서 해방되기를 기도하는 것이 불가능하다는 사실을 깨달았다. 그는 자신을 이렇게 변명했다.

로 기술하는 점으로 판단하건대, 귀하가 사회에서 성공하는 보다 나은 기회는 다른 길을 찾는 방법보다 귀하의 영역에 그대로 남아 현재의 직업에 매진하는 것이라 생각하는 바입니다. 따라서 본인이 귀하에게 할 수 있는 조언은 바로 이것입니다.

비블리올 대학 T. 티투피네이

이 무섭도록 현명한 편지는 주드를 화나게 만들었다. 그는 전부터 이 모든 사실을 알고 있었다. 그는 편지의 내용이 옳다는 것도 알았다. 그러나 그는 십 년의 노동 끝에 그 편지에 의해 따귀를 한 대 호되게 맞은 것과 같았다. 결과로 그는 평상시 하는 것처럼 책을 읽는 대신 식탁에서 훌쩍 일어났으며 아래층으로 내려가 거리로 나갔다. 그는 술집으로 들어가 선 채로 술을 두서너 잔 단숨에 마셨다. 그러고는 아무 생각 없이 길을 헤매다가 도시 중심부에 있는 교차로까지 왔다. 그는 마치 꿈꾸는 것처럼 사람들을 멍하게 쳐다보았다. 그는 정신을 차리고는 교차로에 배치된 경찰에게 말을 걸었다.

경찰은 하품을 하고 팔꿈치를 폈다가는, 발꿈치를 치켜들어 4센티미터가량 몸을 뻗어 올렸다. 그는 재미있다는 듯이 주드를 쳐다보며 미소 띤 얼굴로 말했다. "젊은 친구, 너무 마셨구먼."

"아니요. 이제 막 시작한걸요." 그가 냉소적으로 대답했다.

마신 양과 관계없이 그의 머리는 맑았다. 그는 경찰의 말을 듣는 둥 마는 둥 자신의 생각에 빠져 있었다. 이제는 아무도 생각하지 않는, 자신과 같이 가난한 사람들이 이 교차로에서 무엇을 했던가? 교차로는 이 도시에서 가장 오래된 대학보다 더 많은 역사를 지니고 있었다. 이곳은 문자 그대로 각계각층 사람들의 그림자가 짙게 깔려 있었다. 그들은 여기서 비극과 희극과 소극을 연출하느라 만났고, 가장 강렬한 연극을 실행하느라고 만났다. 교차로에서 사람들은 만나, 나폴레옹, 미국의 독립, 찰스 왕의 처형, 순교자들의 화형, 십자군, 노르만 왕조의 영국 정복, 그리고 심지어는 카이사르의 영국 정복까지 이야기했다. 여기서 남자와 여자가 만나 사랑하고, 미워하고, 교접하고, 헤어졌다. 여기서 남자와 여자는 서로 기다리고, 서로 고통 받았다. 그들은 서로서로에게 승리했으며, 질투에 차서 서로를 저주했으며, 용서하면서 서로를 축복했다.

그는 대학 생활보다는 도시 생활이 훨씬 더 활동적이며 변화무쌍하고 간결하면서 포괄적인 인간의 이야기라는 사실을 깨닫기 시작했다. 자신보다 먼저 살다 간 가난한 사람들이, 비록 크라이스트나 민스터[45]의 의미를 몰랐지만, 크라이스트민스터의 실체였다. 학생들과 교수들로 구성된 유동 인구는 비록 크라이스트와 민스터의 의미는 알고 있었지만, 지역적인 의미에서 크라이스트민스터는 아니었다.

그는 시계를 보았다. 그러고는 프롬나드 음악회[46]가 열리고 있는 어느 강당 앞을 지날 때까지 같은 생각에 잠겨 계속 걸어갔다. 그는 음악 홀로 들어갔다. 강당 안에는 가게 점원으로

---

45) 대성당.

46) 일종의 대중 음악회로 레퍼토리가 고전 음악보다는 대중성을 띠며, 음악회 도중 청중은 걸어 다닐 수도 있다.

일하는 남자와 여자 아이들, 군인들, 공장 견습공들, 담배를 피우고 있는 열두 살짜리 소년들, 이들보다는 사회적 지위가 조금은 더 높은 아마추어급의 바람기 있는 여자들이 가득 차 있었다. 그는 여기서 크라이스트민스터 생활의 진수를 발견하게 된 것이다. 밴드가 음악을 연주하는 동안 청중은 실내에서 걸어 다니기도 하고 서로 밀치기도 했다. 이따금씩은 사람이 무대 위로 올라가서 희화조의 노래를 부르기도 했다.

수의 영혼이 그의 주변을 맴돌고 있는 것 같아, 약간의 재미를 갈망하는 마음으로 그에게 접근을 시도하는 바람기 있는 여자들과 어울려 술을 마시고 싶은 마음이 사라졌다. 밤 10시에 그는 음악회를 떠났다. 집으로 오는 길에 그는 학장이 편지를 보낸 대학의 정문을 둘러 오기 위해 우회 도로를 택했다.

정문은 닫혀 있었다. 그는 충동적으로 주머니에서 석공들이 항상 들고 다니는 분필 덩어리를 꺼내 벽에다 이렇게 썼다.

> 나도 너희같이 총명이 있어 너희만 못하지 아니하니 그 같은 일을 누가 알지 못하겠느냐?——「욥기」 12장 3절

7

주드가 내뱉은 모멸의 일격은 그의 기분을 풀어 주었다. 다음 날 아침 그는 자신의 자만을 생각하고 회심의 웃음을 지었다. 그러나 그 웃음은 건강한 성질의 것이 아니었다. 그는 학장이 보내온 편지를 다시 한번 더 읽어 보았다. 행간에 암시된 예지는 처음엔 그를 화나게 만들었지만, 이제 그를 오싹하고 우울하게 만들었다. 그는 바보가 된 기분이었다.

지성과 감성의 대상을 잃은 마당에 그는 일을 계속할 수가 없었다. 학생으로서의 전망도 사라진 상황에서 수와의 절망적인 관계는 그의 마음의 평온을 흔들어 놓았다. 어쩌다 겨우 만난 한 인척이 자신의 결혼 때문에 그로부터 떠나갔다는 사실이 그를 잔인하게 계속 괴롭혔다. 견디다 못해 그는 모든 것을 잊기 위해 집을 뛰쳐나가 크라이스트민스터의 현실 세계를 다시 찾았다. 그는 좁은 골목길 끝에 있는 어둡고 지붕이 낮은 한 술집을 찾아갔다. 그곳 토박이들에게 잘 알려진 집이었다. 기분이 밝을 때에는 단지 묘하게 생겼다는 점 때문에 그의 관심을 끌었을 집이었다. 그는 이 술집에서 거의 하루 종일 시간을 보내면서, 자신이 근본적으로 부도덕한 사람이며 따라서 자신에게서 아무것도 기대할 수가 없다는 생각을 했다.

저녁이 되자 단골손님들이 하나씩 찾아들기 시작했다. 그는 여전히 술집의 한구석에 자리를 잡은 채 움직이지 않았다. 이미 가진 돈은 바닥이 나 있었다. 비스킷 한 조각 외에는 하루 종일 아무것도 먹지 않았다. 그는 술집에 모여든 사람을 조용한 마음으로, 그리고 하루 종일 천천히 술을 마신 사람의 침착한 철인적 눈으로 훑어보았다. 그는 몇 사람과 교분도 맺었다. 먼저 팅커 테일러는 영세한 교회의 전속 철물상인데 초년에 종교에 빠졌다가 지금은 다소 독신(瀆神)적 입장으로 돌아선 사람이었다. 빨간 코를 가진 경매인도 알게 되었고, 그 중에는 자신처럼 고딕 건축을 전문으로 하는 석수도 두 명이나 있었는데 한 사람은 짐 아저씨로, 또 한 사람은 조 아저씨로 불렸다. 또 무리에는 몇 명의 사무원들과 교복과 제복(祭服) 제조업자 조수도 있었으며, 상대방에 따라 여러 종류의 도덕적 인물인 양 굴면서 '행복의 방'과 '주근깨'라는 별명을 얻게 된 두 여성, 경마꾼들을 잘 알고 있다는 말 좋아하는 사람들, 극장에서 나온 순회 배우와, 대학 가운을 입지 않은[47] 두

47) 이 무렵 대학생은 모두 밤에는 대학이 제정한 까만 가운을 입도록 규정

명의 배짱 좋은 학부 학생도 섞여 있었다. 이 대학생들은 새끼 불도그에 관해 사람을 만나러 가만히 들렀다가 앞에 말한 경마꾼들을 만나고, 그들과 어울려 잠시 술을 마시며 담배를 피우고 있었다. 이들은 자주 시계를 보곤 했다.

대화는 일반적인 화제로 흘러갔다. 크라이스트민스터 사회구조가 비판을 받고, 교수와 치안 판사와 그 밖의 권력층에 있는 사람들의 단점이 진지하게 논의되었다. 이들이 어떻게 행동해야 하고, 그들의 이러한 행동이 정당하게 존중되어야 한다는 이야기도 너그러운 관점과 공평한 입장에서 토의되었다.

주드는 술에 강한 사람의 자부심과 뚝심과 태연함으로 그의 생각을 주저 없이 쏟아 놓았다. 그의 목표는 그들이 긴 세월 동안 이루려 했던 것이기 때문에 그들이 하려던 말은, 장학금과 공부에서부터, 맑은 정신으로 들었으면 처절하게 들릴 정도로 끈기 있게 공부에 매진한 자신의 경우에 이르기까지, 그의 입을 통하여 기계적이기는 하지만 열기를 띠어 표현되었다.

"난 눈곱만치도 관심이 없어요." 그가 말했다. "대학의 학장이나 원장이나 학감이나 교수나 염병할 석사나 말이오. 기회만 있다면 난 그들의 분야에서 맞붙어 이길 자신이 있다는 거요. 그리고 그들이 손을 대지 못한 걸 몇 가지 가르쳐 줄 수도 있어요!"

"재청이요, 재청이요!" 저희들끼리 강아지 이야기를 쏘곤거

되어 있었다.

리고 있던 대학생들이 구석에서 소리를 질렀다.

"내가 듣기로는 책을 좋아한다고 하던데." 팅커 테일러가 한 마디 했다. "난 당신 이야기를 조금도 의심하지 않소. 그러나 내 생각은 조금 달라요. 난 항상 책을 통해서 보다는 책 밖에서 더 배울 것이 많다고 생각하는 사람이오. 그래서 내 인생을 그 신념대로 했지요. 그렇지 않았으면 지금 나는 없었을 거요."

"성직의 길을 목표로 한다던가?" 조 아저씨가 말했다. "학문에 대한 꿈을 그렇게 높게 세우고 있다면 여기서 한번 그 학문의 성취도를 보여 주시오. 사도 신경을 라틴어로 말할 수 있겠소? 내가 사는 시골에서 어떤 친구에게도 물어본 질문이었지."

"할 수 있지요!" 주드가 자랑스럽게 말했다.

"저 사람은 아니야! 교만을 떨어요!" 여자 중 한 사람이 비명을 질렀다.

"'행복의 방', 입 좀 닥쳐요!" 대학생 중 한 사람이 말을 받았다. "조용히!" 그는 잔에 든 위스키를 쭉 마시고는 빈 잔을 카운터에 부딪쳐 유리 소리를 냈다. 그러고는 말했다. "저기 모퉁이에 있는 신사 분께서 여러분의 계몽을 위해 자신의 신앙 규약을 라틴어로 암송하시겠습니다."

"안 할래요." 주드가 말했다.

"해요. 한번 해 봐요!" 제복 제작자가 말했다.

"할 줄 모르는구먼!" 조 아저씨가 한마디 했다.

"아니, 할 줄 알아요!" 팅커 테일러가 말했다.

"할 줄 안다고 맹세하죠!" 주드가 말했다. "좋아요. 찬 위스키 작은 걸로 한 잔만 사세요. 그럼 즉시 할게요."

"공평한 제안이구먼." 위스키 값을 던지면서 말했다.

여자 종업원이 위스키를 차게 섞어서 잔을 주드에게 건네주었다. 그녀는 하등 동물 사이에서 살아야 했던 사람의 태도를 감추지 않았다. 주드는 위스키를 쭉 마신 다음 자리에서 일어나, 전혀 망설이지 않고 수사학적으로 암송을 시작했다.

"크레도 인 우눔 데움, 파트렘 옴니포텐템, 팍토렘 췌일리 에트 테레, 비지빌리움 옴니움 에트 인비지빌리움."

"좋았어! 라틴어 훌륭했어!" 라틴어에 대해 전혀 아는 것이 없는 대학생 중 한 사람이 외쳤다.

술집 안에 침묵이 내렸다. 여종업원이 조용히 서 있었다. 주드의 낭랑한 목소리가 술집 주인이 졸고 있는 안쪽 객실까지 울렸다. 주인은 주드의 목소리를 듣고는 무슨 일이 일어나고 있는지를 알아보기 위해 안쪽 객실에서 나왔다. 주드는 큰 목소리로 낭독을 계속했다.

"크루키픽수스 에티암 프로 노비스, 수브 폰티오 필라토 파수스, 에트 세풀투스 에스트. 에트 레수렉시트 터시아 디에, 세쿤둠 스크립투라스."

"저건 니케아 신경이야." 두 번째 대학생이 비웃는 소리로 말했다. "우리가 하라고 한 건 사도 신경인데."[48]

---

48) 니케아 신경과 사도 신경은 초기 기독교 교회에서 기원이 유래되고 있으며, 모두 기독교에 대한 신앙을 공언하고 있다.

"너 그런 말 안 했어! 니케아 신경이 가장 역사적이란 건 너 빼놓고 바보도 다 아는 사실이야!"

"계속하게 내버려 둬! 계속해요!" 경매인이 한마디 했다.

주드의 마음이 금세 혼란스러워져 계속하기가 힘든 모양이었다. 그는 손을 이마에 얹었다. 그의 얼굴에는 고통스러운 표정이 떠올랐다.

"한 잔 더 줘. 그러면 기억이 나서 끝까지 할 거야." 팅커 테일러가 말했다.

누군가 3펜스짜리 동전을 던졌다. 술잔이 나오고, 주드는 쳐다보지도 않은 채 팔을 뻗쳐 잔을 들고 술을 꿀꺽 마셨다. 그는 금세 기운이 되살아난 목소리로 다시 계속했다. 마지막 부분으로 가자 사제가 신도들을 인도하듯 목소리까지 더 높였다.

"에트 인 스피리툼 상크툼, 도미눔 에트 비비피칸템, 쿠이 엑스 파트레 필리오퀘 프로체디트. 쿠이 쿰 파트레 에트 필리오 시물 아도라투르 에트 콩글로리피카투르. 쿠이 로쿠투스 에스트 페르 프로페타스.

에트 우남 카톨리캄 에트 아포스톨리캄 에클레시암. 콘피테오르 우눔 밥티스마 인 레미시오넴 페카토룸. 에트 엑스펙토 레수렉시오넴 모르투오룸. 에트 비탐 벤투리 세쿨리. 아멘."

"잘했어!" 몇 사람이 외쳤다. 그들에게는 마지막 단어가 알아들을 수 있는 첫 마디며 유일한 어휘였으나 그것을 알아들은 것이 기쁜 모양이었다.

그는 주변을 둘러보았다. 머리에서 솟아나는 김을 식히는 것 같았다.

"당신들 바보들이야. 내가 지금 낭송한 것 아는 사람 여기 누가 있어? 당신네들 술 취한 머리로는 알 수 없는 「쥐잡이의 딸」[49]을 알아듣지 못할 말로 낭독한 건지 누가 알아? 내가 이런 사람들하고 어울리다니!"

이상한 사람들을 받아들인다고 벌써 한 차례 경고 처분을 받은 일이 있는 술집 주인은 난동이 터질 것을 두려워해 카운터 밖으로 나왔다. 주드는 갑자기 제정신으로 돌아와 사태에 대한 역겨움을 느끼면서 몸을 돌려 그곳을 떠났다. 등 뒤에서 쾅 하는 소리와 함께 문이 닫혔다.

그는 골목길을 급히 빠져나가 넓은 길로 들어섰다. 그러고는 술집에서 어울렸던 일행의 목소리를 뒤로 한 채 간선 도로와 그 길이 만날 때까지 걸어갔다. 세상에서 단 하나밖에 없는 사람을 향한 어린애 같은 열망으로 그는 계속 걸었다. 그는 그녀를 만나기 위해서는 날 수도 있다는 생각을 했다. 터무니없는 욕망이기는 했으나, 판단이 잘못되었다는 생각은 이제 그에게는 분명치 않았다. 한 시간쯤 뒤, 밤 10시와 11시 사이에 그는 럼스던 마을에 들어섰다. 수의 집에 도착하자 아래층에서 불빛이 비치고 있는 것을 볼 수 있었다. 그가 바로 짐작한 대로 수의 방에서 나오는 불빛이었다.

주드는 벽 가까이에 가서 손가락으로 유리창을 두들겼다. 그리고 다급한 목소리로 불렀다. "수, 수!"

그녀는 그의 목소리를 금세 알아들은 듯했다. 그녀의 방에

---

49) 19세기에 유행한 영국의 발라드.

있는 불이 사라지더니 일이 초 사이에 문 따는 소리가 들리고 문이 열렸다. 그녀가 손에 촛불을 들고 나타났다.

"오빠? 그래, 그렇구나! 오빠, 오빠, 무슨 일이 있어?"

"아, 난…… 난 오지 않을 수 없었어!" 문간에 펄썩 주저앉으며 그가 이렇게 말했다. "수, 난 너무 나쁜 인간이야. 내 심장이 거의 박살 났어. 나 이런 식으로 내 인생을 못 끌고 나가겠어! 그래서 술을 퍼마시고, 신을 욕하고, 아니 그 비슷한 짓을 했지. 성스러운 이야기를 점잖지 못한 곳에서 지껄이고, 경건한 마음으로 해야 될 소리를 아무렇게나 떠들어, 허세 치는 소리를 반복했어! 수, 날 처분대로 해, 죽여 버리든지! 난 괜찮아. 다만 날 세상 사람들이 하는 것처럼 미워하고 경멸하지는 말아 줘!"

"가엾은 오빠, 병이 났어! 절대로 오빠를 경멸하지 않을 거야. 물론 경멸하지 않지. 집 안으로 들어오세요. 그리고 쉬세요. 내가 오빠한테 뭘 할 수 있나 생각해 볼게요. 나한테 기대세요. 괜찮으니 신경 쓰지 마세요." 그녀는 한 손으로는 촛불을 들고 또 한 손으로는 주드를 부축하면서 집 안으로 데리고 들어갔다. 가구 장식이 변변치 않은 집 안에 딱 하나 있는 편한 의자에 그를 앉히고는 발을 다른 의자 위에 뻗게 한 다음 장화를 벗겼다. 정신이 그제야 맑아오는 듯 주드는 슬픔과 회한으로 목소리가 떨리며 "착한, 착한 수!"를 불러 댔다.

수가 주드에게 뭘 먹고 싶으냐고 물었으나 그는 머리를 흔들었다. 그녀는 그에게 잠을 자도록 하라고 말했다. 그리고 아침 일찍 와서 식사를 준비하겠다고 한 다음 2층으로 올라갔다.

주드는 금세 깊은 잠에 빠졌다. 그리고 새벽까지 깨지 않았다. 잠에서 깨면서 처음에 그는 자신이 어디 있는지를 의식하지 못했다. 그러다가 조금씩 상황이 분명해지고 바른 정신이 돌아오자 모든 것이 소름 끼칠 만큼 흉하게 드러나기 시작했다. 그녀는 이제 그의 나쁜 면(제일 나쁜 면)을 보게 된 것이다. 낯을 들고 그녀를 어떻게 대면할 수 있을 것인가? 곧 그녀는 아침 식사 때문에 어제 말한 대로 2층에서 내려올 것이다. 그는 자신의 창피한 모습을 있는 대로 노출한 채 그녀를 만나야 한다. 그는 그런 생각을 견딜 수가 없었다. 그는 조용히 장화를 신고는, 그녀가 걸어둔 못에서 모자를 떼어 내어 소리 없이 수의 집을 빠져나왔다.

그의 생각은 그 집에서 멀어져 어디 모르는 곳으로 가서는 숨고 기도를 올리는 것이었다. 그의 머릿속에 떠오른 유일한 곳은 메리그린이었다. 그는 크라이스트민스터의 하숙집으로 돌아왔다. 거기서 그는 직장으로부터 해고 통지서가 와 있는 것을 발견했다. 그는 짐을 싸서 옆구리에 박힌 가시 같은 도시를 등 뒤로 했다. 그리고 남쪽으로 길을 잡아 웨섹스로 들어갔다. 그는 수중에 돈이 한 푼도 없었다. 조금 저금을 해 둔 돈은 크라이스트민스터의 은행에 저금되어 있었는데, 다행히 그것은 손을 대지 않은 채 남아 있었다. 그러나 당장 무일푼인 상태에서 메리그린으로 가는 길은 걷는 것밖에 없었다. 집까지는 거의 30여 킬로미터나 되었다. 따라서 이미 자신의 머릿속에서 시작된 맑은 정신 회복에 필요한 시간은 충분했다.

저녁 시간 무렵에 그는 알프레드스턴에 도착했다. 그는 여기서 자신이 입고 있던 조끼를 전당 잡혔다. 그는 알프레드스턴에서 2~3킬로미터 더 걸어 나가 건초 더미 아래에서 그날 밤을 지냈다. 그는 새벽에 일어나 건초 씨와 줄기를 양복에서 털어내고 다시 길을 재촉했다. 그는 길게 뻗은 하얀 길을 계속 걸어, 멀리서도 보이는 언덕을 오르고 민둥산을 지나고, 그가 자신의 희망을 새겨 두었던 이정표도 지났다.

그가 메리그린에 도착했을 때는 마을 사람들이 아침 식사를 할 무렵이었다. 지친 몸은 먼지를 흠뻑 뒤집어 썼으나 머리는 평소 때로 돌아와 깨끗했다. 그는 우물가에 앉아 자신이 초라한 예수 꼴이 되었다고 생각했다. 가까이 있는 물통에 물이 고여 있는 것을 발견하고 세수를 했다. 그러고는 할머니의 집으로 갔다. 할머니는 침대에 앉아 아침 식사를 하고 있었으며, 함께 사는 노파가 식사 시중을 들고 있었다.

"뭐, 실직했냐?" 단지 뚜껑처럼 무거운 눈두덩 아래 푹 꺼진 눈으로 주드를 쳐다보던 할머니가 물은 말이었다. 일생 동안 물질적인 여건과 싸워온 사람이 후줄근한 몰골을 보면서 할 수 있는 추측이었다.

"네." 주드가 무거운 목소리로 대답했다. "좀 쉬어야 되겠어요."

아침 식사를 하고 기운을 차린 주드는 그의 옛날 방으로 들어가 석공들이 하듯 셔츠를 입은 채 자리에 누웠다. 잠시 뒤에 그는 잠이 들었다. 잠에서 깨어 일어났을 때는 지옥 속에서 깨어난 듯한 기분이었다. 지옥이 따로 없었다. 야심과 사랑 모두에서 '의식적인 실패의 지옥'에 빠진 느낌이었다. 그가 이곳을 떠나기 전에 빠져 있던 지옥, 그때 심연 중에서도 가장 깊은 심연이라고 생각했던 지옥도 지금의 지옥만큼 깊지는 않았다. 지난번 실패가 그의 희망의 성채 바깥 벽을 부순 것이라면 이번 경우는 제2의 선을 무너뜨린 것과 같았다.

그가 만약 여자라면 지금 겪는 신경의 긴장 때문에 비명이라도 질렀을 것이다. 그러나 그러한 긴장 해소가 그의 남성적 성격에는 용납되지 않았다. 그가 비참한 기분을 억누르며 이를 악물자 라오콘의 조각처럼 그의 입 언저리와 이마 사이에 주름이 일었다.

나무 사이로 비명 같은 바람 소리가 스쳐 지나 굴뚝 속에서 오르간의 페달 밟는 소리를 냈다. 바로 곁에 있는, 옛날 교회 자리의 마당 담에 자라는 담쟁이넝쿨 잎사귀 하나하나가 바람 때문에 서로를 날카롭게 찔렀고, 새로 선 빅토리아조의 고딕식 교회의 바람개비도 삐걱거렸다. 그러나 깊은 목소리로 흥얼거리는 것은 밖에서 부는 바람 소리만은 아니었다. 사람의 목소리가 들려온 것이었다. 그는 금세 그 목소리의 임자가 누구인지를 알아차렸다. 옆방에서 보좌 신부가 할머니와 기도를 올리고 있었다. 그는 할머니가 보좌 신부 이야기를 하던 기억을 떠올렸다. 목소리는 금세 그치더니 발걸음이 층계참을 건너는 소리가 들렸다. 주드는 자리에서 일어나 "잠깐만요!" 하고 소리를 질렀다.

발걸음이 주드의 방문을 향해서 오더니 문이 열리고 사람의 얼굴이 나타났다. 젊은 보좌 신부의 얼굴이었다.

"하이리지 신부님이시군요." 주드가 말했다. "할머니가 여러 차례 신부님 이야기를 했어요. 여기서 만나게 되네요. 막 집에 왔어요. 나쁜 짓을 많이 저지른 녀석이지요. 그러나 한때는 세상에서 제일 고매한 이상을 지니고 있었던 사람이에요. 과음에 이것저것 나쁜 짓을 저질러, 우울해서 미치겠어요."

주드는 천천히 자신의 때늦은 계획과 그동안 살아온 역사를 보좌 신부에게 말했다. 무의식적 편견 때문에 그의 꿈의 지적이면서 야심적이었던 면에 대해서는 대충 이야기하고, 지금까지는 성공을 위한 전반적인 계획의 한 부분에 지나지 않던 신학적 야심에 대해 더 자세하게 이야기했다.

"난 지금까지 바보였어요. 그 바보스러운 면이 나에게 남아 있어요." 주드가 결론으로 말했다. "대학에 대한 내 꿈이 무너진 것을 조금도 섭섭하게 생각하지 않아요. 대학의 꿈이 설사 성공할 수 있는 기회가 있더라도 다시 시작하지는 않겠어요. 사회적 성공에 대해서는 이제 관심이 없어졌어요. 그러나 뭔가 좋은 일을 하고 싶은 마음은 간절해요. 성직의 길을 포기하여, 서품 받은 신부가 되는 기회를 잃어버린 것을 몹시 후회하고 있어요."

메리그린 지방으로 온 지 얼마 되지 않은 보좌 신부는 주드의 계획에 깊은 흥미를 느끼면서 이렇게 말했다. "정말로 교회에 대해서 참된 부름을 느낀다면, 지금 한 이야기로는 부름이 없다고는 말할 수 없겠는데, 그 이야기는 생각 깊고 교육받은 사람의 것이 분명하니까, 설교자 자격을 따서 교회로 갈 수는 있다고 생각합니다. 단지 술을 마시는 건 피해야 할 것 같네요."

"나를 지탱할 수 있는 희망만 있다면, 그건 쉽게 끊을 수 있어요."

3부
멜체스터에서

오, 신랑이여, 그녀 같은 여자는 달리 없느니.

— 사포

1

지적이며 경쟁적인 인생 대신 성직과 애타(愛他)적 삶이라는 생각은 새로운 것이었다. 크라이스트민스터의 대학 졸업 시험에서 두 개 전공 분야의 일등을 따지 않고도, 그리고 특별한 학문을 쌓지 않고 보통의 지식으로도, 설교를 하고 다른 사람들에게 좋은 일을 할 수 있다니! 주교로 등극하는 전날의 꿈은 윤리적이거나 신학적 열광이 아니라 교회의 중백의를 입는 세속적 야심에 불과했다. 그의 계획 전체가 비록 사회적 불안에서 시발된 것이 아닐지라도, 어쩔 수 없이 그런 불안으로 변질되었다는 근심이 솟았다. 그 사회적 불안은 보다 고상한 충동과는 무관한 것이지만, 순수한 문명의 인위적 산물임에는 틀림없었다. 지금도 그와 똑같이 자기 본위의 길을 찾아 나선 청년이 몇천은 넘었다. 허영의 나날을 아내와 함께 생각 없이 먹고 마시고 살아가는 육감적 시골뜨기가[50] 자신보다는 더 좋아할 수 있는 사람이었다.

이렇게 비학문적인 방법으로 교회에 발을 들인다는 것은 평생 높은 위치로 올라가지 못하고 기껏 이름 없는 마을이나 도시의 빈민가에서 초라한 보좌 신부로 인생을 보낸다는 것을 뜻했다. 그러나 바로 거기에 훌륭함과 위대함이 들어 있었다. 그것이 참된 종교의 길이며, 회한의 마음으로 가득 찬 사람이 추구할 가치를 찾을 수 있는 지옥의 길이기도 했다.

지난날 이루려던 계획과 대조되어 이 새로운 생각에 나타난 희망적인 빛은 초라하고 외롭게 앉아 있는 주드의 기분을 밝게 했으며, 그다음 며칠 동안 그의 지성적 인생 (십이 년의 긴 기간에 걸친 인생)을 정리하는 데 마지막 일격을 가하는 촉매제가 되었다. 그러나 그는 새로운 계획을 위한 방안을 아무것도 실천하지 않고, 긴 시간을 정체 상태에서 보내면서 이웃 마을의 묘비 주문을 맡아 글자를 새겨 주는 정도의 작은 일을 맡았다. 소수의 농부와 그 밖의 고장 사람들이 그를 실패한 인물이나 반품된 물건으로 취급하면서 마주쳤을 때 고개를 끄덕여 주는 정도의 인사를 그대로 받아들였다.

새로운 계획의 인간적 관심은(가장 정신적이며 자기 희생적인 사람에게는 인간적 관심이 필수 불가결한 것이지만) 새로운 곳의 소인이 찍힌 수의 편지에 의하여 되살아 났다. 그녀의 편지는 분명히 근심에 차 있었다. 그러나 자신에 대해서는 별로 언급

---

50) 「전도서」 9장 9절.

이 없었다. 왕실 장학금 시험에 합격했고, 자신이 선택한 직업에서 필요한 자격을 따기 위해 멜체스터에 있는 교육 대학에 입학하기로 했으며, 이것은 주드의 영향이 부분적으로 있었다는 정도로만 적고 있었다. 멜체스터에는 신학 대학도 있었다. 도시는 조용하고 안락했으며, 분위기가 종교적이었다. 세속적인 학문과 지성적인 세련됨이 기반을 이루는 기관이 없는 곳이었다. 그에게 없는 학문적 두뇌보다는 그가 지닌 애타적 감성이 보다 높게 평가될 수 있는 곳이기도 했다.

크라이스트민스터에서 전반적 고전 문학 공부를 하느라 내버리고 있었던 신학 공부를 준비하는 동안 자신의 전문 분야 일을 당분간 계속하는 것이 필요한 상황 속에서는, 좀 더 멀리 떨어진 도시에서 직장을 얻고 현재의 계획에 요구되는 공부를 계속하는 것 외에 더 좋은 길은 없는 듯했다. 새로운 곳에서 그를 기다리는 강렬한 인간적 흥미는 전적으로 수에 의해서 만들어진 것이었다. 동시에 수를 그 인간적 흥미를 불러일으키는 데 전보다 적합하지 않은 사람으로 생각해야 한다는 것은 윤리적 모순을 지니고 있었다. 이 사실을 주드는 모르지 않았다. 주드는 그것을 연약한 인간 심성에서 기인하는 것으로 생각하고 그녀를 오직 친구와 친척의 한 사람으로서 사랑할 수 있기를 바랐다.

그는 성직에서의 시작을 서른 살로 잡기로 정했다. 서른 살은 그에게 귀감이 되는 분[51]이 갈릴리에서 처음으로 설교를

51) 예수를 이른다.

시작한 나이로서 크게 의미를 갖고 있었던 것이다. 이것은 그에게 계획적 공부를 준비할 수 있는 시간을 넉넉히 주었으며, 신학 대학에서 필요한 학기를 추후에 이수하는 데 필요한 돈을 자신의 전문직에 종사해 저축할 수 있는 시간도 충분히 주었다.

크리스마스가 오고 또 지나갔다. 그동안 수는 멜체스터 교육 대학으로 진학했다. 시기적으로 새 일자리를 얻기가 가장 어려운 때여서, 그는 수에게 편지를 써서 해가 좀 길어질 때까지 멜체스터로 가는 시기를 한 달가량 늦춰야 하겠다고 알렸다. 그렇게 하라는 그녀의 회답이 너무 쉽게 도착했기에 그는 그런 제안을 했던 것을 후회했다. 그날 밤 그가 그녀를 찾아갔던 이상한 행동과 다음 날 말없이 사라진 데 대하여 그녀는 단 한 번이라도 그를 질책하지 않았다. 그녀는 필롯슨 선생과의 관계에 대해서 한마디도 언급하지 않았다.

그러다가 갑자기 열정적인 편지가 수에게서 왔다. 그녀는 편지에서 외롭고 비참하다고 밝히고 있었다. 그녀는 학교를 싫어한다고 했다. 그전 교회 용품 도안사로 있던 곳보다 더 못하다고 쓰고 있었다. 세상 어느 곳보다 못하다고 했다. 친구라고는 한 명도 없으니 즉시 찾아와 줄 수 있겠느냐고 물으면서, 그러나 그녀가 처해 있는 학교의 엄한 규정 때문에 찾아와도 제한된 시간에만 만날 수 있다고 밝혔다. 그곳으로 가라고 한 사람은 필롯슨이었는데, 그 말을 듣지 말았어야 했다는 것도 밝혀 두었다.

필롯슨의 구애가 잘되지 않는 것이 분명했다. 주드는 그런 생각이 떠오르자 이유 없이 기분이 좋았다. 그는 여러 달 동안 느끼지 못했던 가벼운 마음으로 짐을 꾸려 멜체스터로 갔다.

이것은 그의 인생에서 새로운 장(章)의 시작이기 때문에 그는 금주(禁酒) 호텔을 찾았고, 역에서 뻗어 나는 거리에서 그런 간판을 붙인 작은 호텔을 하나 발견했다. 간단한 식사를 마치자 그는 무딘 겨울 빛이 덮인 시내로 나와 다리를 건너갔다. 그리고 모퉁이를 돌아 성당 경내로 향했다. 안개가 끼어 있는 날씨였다. 영국 안에서 가장 우아한 건축물의 담 아래서 그는 걸음을 멈추고 고개를 쳐들었다. 높다란 건물은 지붕마루까지 시야에 들어왔다. 꼭대기가 흘러가는 안개 속에 가려서 보이지 않는 첨탑은 멀리멀리 뻗어, 위로 갈수록 작게만 보였다.

가로등에 불이 하나씩 켜지기 시작했다. 몸을 서쪽 정면으로 돌려 그는 경내를 걸었다. 사방에 돌 더미가 쌓여 있는 것을 본 그는 그것이 좋은 징조라고 생각했다. 그것은 성당이 상당히 큰 규모로 복원 공사를 하고 있거나 보수 작업을 하고 있음을 뜻하는 것이었기 때문이다. 자신만의 미신적 생각에 가득 찬 주드에게는 그것이 그가 보다 고차원 노동으로부터의 부름을 기다리는 동안 지금까지 실천해 온 예술 분야에서 할 일이 많이 있을 것임을 우주를 통치하는 전능한 힘이 예언해 주는 셈이라고 생각되었다.

넓은 이마와 그 이마 위에 검은 머리가 짙은, 그리고 눈동자가 밝고 성격이 발랄한 여자(선동적으로 반짝이는 눈빛을 가진 여자, 때로는 용감하게 부드러운 눈빛의 여자, 스페인 학파의 그림에 새겨진 여자)와 지금 자신이 아주 가까운 곳에 있다는 생각이 떠오르자, 그는 열기가 온몸에 차오르는 것을 느꼈다. 그녀는 바로 이 서쪽 정면과 마주 보고 있는 가까운 곳(실제로는 이 성당의 경내)의 어느 집에 있었다.

그는 학교 건물을 향해 넓은 자갈길을 걸어 내려갔다. 교육대학은 한때 궁전으로 썼던 15세기의 옛날 건물로, 유리창에는 중간 문설주와 가로대가 들어 있었다. 정면에 있는 정원은 담을 사이로 길과 분리되어 있었다. 주드는 정문을 열고 현관문으로 올라가 사촌에 대하여 문의를 했다. 그는 응접실로 정중히 안내되었으며, 몇 분 뒤에 수가 나타났다.

그녀는 학교로 온 지는 얼마 되지 않았지만 지난번에 보았을 때보다 많이 변해 있었다. 발랄한 태도가 사라지고 동작의 곡선이 수축되어 있었다. 인습의 차단 막과 미묘함도 함께 사라지고 없었다. 자신에게 오라고 편지를 써 보낸 사람이 아니었다. 그녀의 편지는 충동적으로 쓴 것이며 나중에 후회한 것이 분명했다. 그녀의 후회는 그가 지난번에 저지른 수치스러운 행동 때문에 그러했을 가능성이 컸다. 주드는 감정이 북받쳐 목이 메었다.

"수, 지난번에 그렇게 찾아왔다가 또 그렇게 창피하게 가 버린 것 때문에 날 타락한 인간쓰레기로 보는 건 아니겠지?"

"그러지 않으려고 애를 썼어요. 왜 그랬는지는 충분히 설명했어요. 가엾은 주드, 오빠의 인품을 의심하는 일이 다시는 없기를 바라요. 와 줘서 고마워요!"

그녀는 목 언저리에 작은 레이스가 달린 진홍빛 가운을 입고 있었다. 옷은 아주 수수하게 만들어진 것이었으나 그녀의 가냘픈 몸매에 우아함이 드리워진 듯했다. 전에는 머리를 유행에 따라 치장하고 있었으나, 지금은 단단히 위로 틀어 올리고 있어 엄격한 규율에 따라 머리를 짧게 자른 인상을 주었다. 그러나 그러한 규율이 닿지 않은 저변에서 새어 나오는 통제된 빛이 환하게 빛나고 있었다.

그녀는 예쁘게 치장을 하고 나타났다. 그러나 그녀는 주드가 사촌이라는 관계가 아닌 다른 입장에서 키스하는 것을 원하지 않는 느낌을 주었다. 수가 자신을 연인으로 생각하는 징후를 주드는 조금도 볼 수가 없었다. 그녀가 그의 최악의 단면을 본 마당에, 설사 연인으로 행동할 수 있는 권리가 있다 해도 그녀가 차후에나마 그를 그런 시각에서 볼 징후는 조금도 없었다. 이러한 상황은 자신의 결혼 전력을 그녀에게 말해야겠다는 결심을 점점 더 커지게 하는 계기를 만들었다. 그는 그동안 그녀와 함께 있는 행복을 잃을지 모른다는 두려운 마음 때문에 여러 차례 그 고백을 뒤로 미루었다.

수는 그와 함께 시내로 나왔다. 그들은 산보를 하면서 순간순간 스쳐 지나가는 이야기를 했다. 주드가 수에게 조그마한 선물을 사 주고 싶다고 했다. 그러자 그녀는 부끄러운 표정으로 견딜 수 없이 배가 고프다고 했다. 대학에서 받는 용돈이 너무 적어 세상에서 가장 갖고 싶은 선물은 점심 식사와 차와 저녁 식사를 함께 차린 음식이라고 했다. 주드는 그녀를 식당으로 데리고 들어가 그 집에서 차릴 수 있는 음식을 모두 시켰다. 그러나 그 집에서 준비할 수 있는 식사는 특별한 것이 없었다. 대신 식당에는 다른 손님이 없어 두 사람에게 밀담을 나눌 수 있는 더없이 좋은 기회를 주었다. 그들은 마음을 터놓고 이야기를 나눴다.

그녀는 주드에게 그 시절의 학교 사정 이야기를 했다. 조잡한 생활 조건과, 교구 전체에서 모아 온 학생들의 뒤죽박죽이 된 배경과, 이른 아침에 일어나 가스 불빛 아래서 공부를 해야 하는 생활과, 속박된 생활에서 낯선 젊은 사람이 느끼는 불만을 전부 이야기했다. 그는 그녀의 이런 이야기에 귀를 기울였다. 그러나 그런 것은 그가 특별히 알고 싶은 이야기는 아니었다. 그가 알고 싶은 것은 그녀와 필롯슨의 관계였다. 그러나 그 이야기는 하지 않았다. 그들이 자리를 잡고 식사를 하는 동안 주드는 충동에 못 이겨 자신의 손을 그녀의 손 위에 얹었다. 그녀가 얼굴을 쳐들고 미소를 지었다. 그러고는 주저 없이 자신의 작고 부드러운 손으로 그의 손을 잡아, 마치 돈을 주고 사는 장갑의 손가락인 양, 그의 손가락을 하나씩 떼어서 차분히 들여다보기도 했다.

"손이 거치네요, 오빠. 그렇지 않아요?" 그녀가 말했다.

"그래. 하루 종일 나무 메와 끌을 쥐고 있으면 자기 손도 그렇게 되지."

"그런 손 싫지 않아요. 자기가 일하는 상황에 손을 맡기는 것은 고상한 행동이지요……. 이 교육 대학으로 온 것이 결국은 잘된 일이네요. 이 년만 훈련을 받고 나면 얼마나 자유로워지겠어요! 졸업 시험에서도 좋은 성적을 올리고, 필롯슨 선생이 내게 큰 학교를 맡도록 도와줄 것이고."

그녀가 마침내 기다리던 이야기를 언급했다. "의심스러운, 아니, 두려운 것이 있어." 주드가 말했다. "그 사람, 수를 아주 좋아하는 모양이지. 그래서 결혼하기를 원하는 것 같아."

"바보 같은 소리!"

"결혼 문제에 관해서 뭐라고 말을 했지?"

"설사 그랬더라도, 그게 무슨 상관이에요? 그런 나이 많은 사람이!"

"수, 그 사람 그렇게 늙은 건 아니야. 그 사람이 수에게 하는 것을 보았거든."

"나한테 키스한 것이 아니라는 점은…… 확실해요!"

"그건 아니지. 그러나 팔을 허리에 감던데."

"아, 기억나요. 그 사람이 그렇게 나올 줄은 몰랐어요."

"우물쭈물 빠져나오려는 것 같은데, 그건 친절한 대답이 아니야."

주드의 비난이 대답을 재촉하자, 그녀의 민감한 입술이 떨리기 시작하고 눈알이 깜박거렸다.

"이야기를 다 하면 화낼 줄 알았어요. 그래서 말을 않으려는 거예요."

"그럼 좋아." 그가 달래듯 말했다. "물을 진짜 권리가 없으니까. 또 묻고 싶지도 않고."

"말해 줄게요!" 수 특유의 고집스러운 태도로 말했다. "이렇게 되어 있어요. 내가 한 약속은…… 내 약속은 이 년 뒤 교육 대학을 졸업하고 자격증을 따면 그와 결혼한다고요. 그 사람의 계획은 우리가 큰 도시에서 커다란 남녀 공학 학교를 인수하는 거예요. 결혼한 교사들이 자주 하는 것처럼, 그 사람이 남자 학교를, 그리고 내가 여자 학교를 맡아 두 사람 사이에 수입을 크게 올리는 계획이지요."

"오, 수! ……물론 옳은 일이지. 그보다 더 잘될 수가 없지!"

그는 그녀의 눈을 쳐다보았다. 두 사람의 눈이 마주쳤다. 그의 눈에는 말과 달리 비난의 빛이 역력했다. 그는 손을 그녀의 손에서 떼어 내고 얼굴을 창 쪽으로 돌렸다. 수는 움직이지 않고 그를 피동적으로 바라보기만 했다.

"화낼 줄 알았어요!" 그녀는 아무 감정도 섞이지 않은 목소리로 말했다. "좋아요…… 내가 잘못한 것 같네요. 나를 만나러 오게 하지 말았어야 하는데! 우리 다시 만나지 않는 게 좋겠네요. 오랜 시간을 두고 그저 소식이나 알리는 정도로 서신 교환을 하죠. 순전히 용건이 생겼을 때에나 말이에요."

이 제안은 그가 받아들일 수 없는 조건이었다. 그녀도 그것을 알고 있었다. 그는 금세 반응을 보였다. "아, 물론 만나지." 그가 급히 말했다. "약혼을 했다고 나에게 달라진 건 아무것도 없어. 보고 싶을 때는 만날 수 있는 권리가 내게는 있지. 물론 만나러 오지!"

"그럼 그 문제에 대해서는 더 이상 말하지 마세요. 우리가 함께하는 저녁 시간이나 망치는 것이니까요. 이 년 뒤에 할 일이 무슨 상관이 있어요!"

그녀는 그에게 하나의 수수께끼였다. 그는 그 이야기가 다른 방향으로 흘러가게 내버려 두었다. "성당에 가서 좀 앉아 있지 않을래?" 식사가 끝나자 그가 수에게 물었다.

"성당요? 그래요. 내 개인적으로는 기차 정거장에 가 앉아 있는 게 더 좋겠지만." 아직도 화가 남아 있는 목소리로 그녀가 대꾸했다. "거기가 이제 도시 생활의 중심지니까요. 성당의 시절은 이제 한물갔어요."

"정말 현대적이군!"

"나처럼 지난 몇 년 동안 중세기에 살게 되면 오빠도 나처럼 될 거예요! 성당은 4세기, 아니 5세기 전이었다면 좋은 곳이죠. 이제 아니에요. 난 현대적인 사람도 아니에요. 난 중세주의보다 더 오래된 인간이에요. 오빠가 알기나 한다면 말이에요."

주드의 얼굴에 슬픈 표정이 떠올랐다.

"거봐요. 이제 그런 말도 그만할게요!" 그녀가 목소리를 높여 말했다. "오빠의 관점에서 보면 난 아주 못된 여자예요. 오빠가 그걸 모를 뿐이죠. 안다면 날 그렇게 생각하지는 않을 거예요. 그리고 내가 약혼을 했건 하지 않았건 그렇게 신경을 쓰지 않을 거고요. 이제 성당 경내를 한 바퀴 돌아볼 시간밖에 없네요. 학교로 들어가야 해요. 아니면 문이 잠겨 들어가지 못해요."

그는 그녀를 정문까지 데려다 주고 그녀와 헤어졌다. 주드는 그 비운의 날 밤에 그녀를 찾아갔던 불행이 이러한 결혼에 대한 약속을 불러왔으며, 그것은 그의 행복에 아무 도움도 되지 않는 결과를 초래했다고 믿었다. 그녀의 꾸짖음이 말로 표출되지 않고 그런 약속의 형태로 되었다고 생각했다. 다음 날 그는 일을 찾아 돌아다녔다. 이 조용한 도시에서는 대체로 석수 일이 크라이스트민스터에서만큼 많은 편이 아니었으며, 석공들은 대개 영구직으로 일을 하고 있었기 때문이다. 그러나 그는 조금씩 밀고 들어갔다. 그에게 찾아온 첫 번째 일은 산 위에 있는 묘지에서 글씨를 파는 것이었다. 그러다가 그는 마침내 가장 바라던 일을 얻게 되었다. 성당 보수 작업으로, 내부 전체의 돌을 검사하고 주로 새 돌로 대치하는 아주 큰 작업이었다.

작업 전체를 끝내는 데에는 몇 년이 걸릴 대공사였다. 나무메와 끌을 사용하는 자기의 기술에는 자신이 있었다. 문제는 그가 얼마 동안이나 머물 것인가를 선택하는 일이었다.

클로즈 게이트 근처에 얻은 하숙은 보좌 신부에게도 격이 떨어지지 않는 곳이었다. 하숙비는 그의 급료에서 높은 비중을 차지했는데, 어느 숙련공도 통상적으로 낼 수 있는 액수보다는 훨씬 높았다. 침실과 응접실을 겸한 방에는 주드의 집안주인이 은퇴하기 전에 신임받는 하인으로 일했던 사제관과 대사제관의 사진이 액자 속에 들어 있었고, 아래층 응접실의 벽난로 장식대 위에는 탁상시계가 하나 있었는데 거기에는 동료 하인들이 그 성실한 여인의 결혼식을 기념해 헌정하는 것이라고 적혀 있었다. 주드는 직접 만든 교회 조각품과 기념품을 사진으로 찍어 두었던 것을 짐에서 꺼내어 자신의 방 장식으로 걸었다. 그는 빈 아파트 임차인으로서 손색없는 사람으로 받아들여졌다.

주드는 시내의 서점에 신학에 관한 서적이 넉넉히 공급되어 있는 점을 발견했다. 이 책들을 계기로 지금까지 밟아 온 길과는 다른 방향과 정신으로 공부가 시작되었다. 교부(敎父)들의 저서, 특히 페일리와 버틀러의 저서 재고품들과는 거리를 두고, 뉴먼과 퓨지, 그 밖의 새로 등장한 신학자들의 글을 읽었다. 그는 소형 오르간을 하나 하숙집에 빌려 놓고, 짧고 긴 박자로 시편 부르기를 연습했다.

2

"내일은 중요한 날이야. 어디로 갈까?"

"3시부터 9시까지 허가를 받아 두었어요. 어디든지 그 시간 안에 다녀올 수 있는 곳이면 다 좋아요. 그러나 오빠, 유적지는 싫어요. 나는 유적지가 마음에 안 들어요."

"워더성(城)은 어때? 그러면 폰트힐 수도원도 포함할 수 있을 거야. 두 곳을 오후에 다 다녀올 수 있을 것 같아."

"워더는 고딕 유적지예요. 난 고딕이 싫어요!"

"아니, 그 반대지. 그건 고전주의식 건물이야. 코린트식이지. 명화도 많이 있고."

"그럼, 됐어요. 난 코린트식이란 말만 들어도 좋거든요. 거기로 가요."

두 사람의 대화는 지난번 만나고 몇 주일 뒤에 나눈 이야기였다. 다음 날 그들은 외출 준비를 했다. 나들이의 세부 사항 하나하나가 주드에게는 광택을 발휘하는 새 국면을 제시했다. 그가 발을 들여놓고 있는 모순적인 인생에 대해서는 생각하기를 회피했다. 그에게 수의 행동은 아름다운 수수께끼였을 뿐 달리 설명할 수가 없었다.

수를 데리러 대학의 정문으로 찾아가는 마력의 시간이 왔다. 그녀가 수녀 같은 수수한 옷을 입고 나타난 것은 자신이 원해서이기보다는 강요된 것이었다. 기차역으로 느릿느릿 걸어가고, 짐꾼들이 "실례합니다."를 외치고, 기차가 기적을 울리고, 이 모든 것이 일이 잘되고 있는 토대를 이루었다. 아무도 수를 쳐다보지 않았다. 그녀가 너무 수수하게 옷을 차려입었기 때문이었다. 그러나 그런 옷이 그녀의 매력을 감춘 것은 자신만이 안다는 생각으로, 그것이 오히려 그를 위로해 주었다. 수의 실생활과 실체와는 아무 관계가 없는 것이긴 하지만, 포목 가게에서 10파운드만 썼더라면 멜체스터 사람들 전체가 그녀를 쳐다보는 데 정신이 빠졌을 것이다. 기차의 승무원이 그들을 연인 사이라 생각하고 두 사람만 있도록 기차간을 배려해 주었다.

"좋은 의도가 낭비된 거네요!"라고 그녀가 말했다.

주드는 아무 대꾸도 하지 않았다. 그러나 그것은 불필요하게 잔인한 말이며, 반드시 맞는 말도 아니라고 생각했다.

그들은 녹지와 성에 도착하여 화랑을 둘러보았다. 주드는 델 사르토, 구이도 레니, 스파뇰레토, 사소페라토, 카를로 돌치 같은 화가들의 종교화 앞에 걸음을 멈추었다. 수는 그의 곁에 참을성 있게 서서, 그가 성모 마리아와 성가족과 성자들의 그림을 보는 동안 표정이 경건하고 멍해지는 모습을 뜯어보았다. 그를 한참 들여다본 다음 그녀는 앞으로 옮겨 가서 릴리나 레이놀즈 같은 화가의 그림 앞에 서서 그를 기다렸다. 그녀의 사촌이 그녀의 흥미를 깊이 자아내는 것은 사실인 듯했다. 그것은 마치 자신이 막 빠져나온 미로를 헤치고 나오는 사람에게 갖는 흥미와 같은 것이었다.

두 사람이 워더성을 나왔을 때에는 아직도 시간이 많이 남아 있었다. 식사를 좀 한 다음에 현재의 위치에서 북쪽으로 난 고원 지대를 걸어 12킬로미터쯤 떨어진 정거장에서 멜체스터로 가는 다른 선의 기차를 타자고 주드가 제안했다. 하루의 자유를 만끽할 수 있는 모험이면 무엇이든지 다 할 마음의 준비가 된 수가 그의 제안에 기꺼이 동의했다. 그들은 가까이 있는 기차역을 뒤로하고 걷기 시작했다.

고원 지대는 탁 트인 넓고 높은 땅이었다. 그들은 이야기를 하면서 껑충 걸음으로 나아갔다. 주드는 작은 덤불에서 수만큼이나 긴 지팡이를 잘라 그녀에게 주었다. 지팡이에는 커다란 손잡이가 달려 수가 여자 양치기처럼 보였다. 그들은 길을 반쯤 갔을 때 동서로 뻗어 있는 대로를 만났다. 이 길이 런던에서 랜스 엔드로 가는 옛날 길이었다. 그들은 걸음을 멈추고 잠시 길을 아래위로 둘러보았다. 한때는 교통의 왕래가 활발했던 대로 위에 깔린 황량함을 보고 그들의 느낌을 말했다. 바람이 지면을 훑고 지나가면서 땅 위의 지푸라기와 건초 줄기를 공중으로 쓸어 올렸다.

그들은 그 대로를 건너 계속 길을 갔다. 그러나 거기서 1킬로미터쯤 더 가자 수가 지친 모습을 보이기 시작했다. 주드의 마음이 괴로워졌다. 그들은 상당한 거리를 걸어왔다. 그러나 목표한 역까지 가지 못하면 상황은 어려워질 것이 뻔했다. 무밭이 넓게 뻗어 있는 고원에는 한참을 걸어가도 인가가 보이지 않았다. 그러나 얼마 가지 않아 그들은 양 우리를 발견하고 양치기 곁에 울타리가 둘려 있는 것을 보았다. 양치기는 그들에게 근처에 있는 인가라고는 그의 어머니와 자신이 살고 있는 집뿐이라고 하면서, 희미하게 파란 연기가 솟아오르고 있는 눈앞의 작은 분지를 손으로 가리켰다. 그는 두 사람에게 자기 집에 가서 쉬라고 권했다.

그들은 그가 시키는 대로 그 집으로 들어갔다. 이가 하나도 없는 노파가 문을 열어 주었다. 그들은 휴식과 은신처를 얻기 위해서는 주인의 호의가 필요한 나그네의 입장에서 할 수 있는 예의를 갖추어 노파를 대했다.

"멋진 오두막이네요." 주드가 말했다.

"멋진지는 모르겠네요. 곧 지붕을 이어야 하는데 어디서 이엉을 구해 와야 할지 감감하네요. 짚 값이 너무 비싸요. 이엉보다 기와 판이 더 쌀 때가 금세 올 거예요."

두 사람이 휴식을 취하는 동안 양치기가 들어왔다. "나 한테는 신경 끄세요." 그는 탄원하는 투로 손을 저었다. "원하는 대로 여기서 쉬세요. 그러나 멜체스터에는 내일 기차로 가는 게 어때요? 이 지방 지세를 몰라서 그러는데, 천하 없는 일이 있어도 오늘은 안 되죠. 내가 길을 안내해도 좋지만, 그래도 기차는 가고 없을 거고요."

두 사람은 놀라서 일어났다.

"여기서 하룻밤을 묵으십쇼. 어머니, 그래도 괜찮죠? 이 집 마음대로 쓰세요. 집에 있는 것도 힘들겠지만 나갔다가 더 나쁠 수도 있어요." 그는 주드 쪽으로 얼굴을 돌려 가만히 물었다. "결혼한 부부인가요?"

"쉬, 아니에요!" 주드가 대답했다.

"오, 나쁜 뜻은 아니에요. 아니죠. 그럼 저분은 어머니 방으로 가고, 선생님하고 나는 저분이 들어간 다음에 바깥방에서 자요. 첫 기차를 탈 시간을 금세 알려 줄게요. 이번 차는 놓쳤어요."

두 사람은 생각 끝에 이 제안을 받아들이기로 했다. 그들은 양치기와 그 어머니와 함께 저녁 식사로 삶은 베이컨과 야채를 함께 먹었다.

"난 이런 게 좋아요." 주인이 접시를 씻는 동안 수가 속삭였다. "중력과 발아(發芽)의 법칙만 빼고 모든 법칙 밖에 있거든요."

"마음으로만 좋아한다고 생각하겠지. 사실은 좋아하는 게 아니야. 수는 문명의 산물이니까." 수의 약혼 사실이 떠올라 그의 기분이 다소 언짢아지면서 주드가 말했다.

"오빠, 나는 문명의 산물이 아니에요. 나는 책 읽기 같은 걸 좋아하지만 어린 시절의 생활과 그 시절의 자유로 돌아가기를 열망해요."

"어린 시절의 생활을 그렇게 잘 기억하나? 내 눈에는 수에게 비인습적인 면이 전혀 없는 것 같아."

"아, 그래요? 오빠는 내 속에 무엇이 있는지 몰라요."

"뭐라고?"

"난 이스마엘족인걸요."

"도시의 아가씨, 그게 수야."

그녀는 심각하게 불만스러운 얼굴로 몸을 돌려 버렸다.

양치기는 약속대로 다음 날 아침에 그들을 깨워 주었다. 날씨는 밝고 맑았다. 기차가 있는 곳까지 6킬로미터 반을 유쾌하게 걸었다. 멜체스터에 도착해서 성당 경내까지 걸어갔다. 그녀가 다시 유폐될 옛날 건물의 박공이 수의 눈앞에 높이 솟아올랐다. 그녀가 약간 놀라는 것 같았다. "벌 받겠죠!" 그녀가 중얼거렸다.

그들은 벨을 누르고 기다렸다.

"오, 오빠 주려고 뭘 하나 샀는데 거의 잊고 있었네요." 수가 주머니를 뒤지면서 재빨리 말했다. "새로 찍은 내 사진이에요. 가질래요?"

"갖고말고!" 그는 사진을 기쁜 마음으로 받았다. 수위가 나왔다. 문을 열었을 때 그의 얼굴에 불길한 표정이 어려 있었다. 수는 안으로 들어가서 주드를 향해 뒤를 돌아보고는 손을 흔들었다.

3

이 무렵 멜체스터 교육 대학이라는 이름으로 알려진 수녀원의 일흔 명의 구성원들은 주로 열아홉에서 스물한 살(몇 명은 이보다 조금 더 나이가 많았지만)의 젊은 여자들로, 기계공, 사제, 외과 의사, 농부, 낙농업자, 군인, 마을 주민들의 딸로서 집안 배경이 뒤죽박죽이었다. 그들은 앞에서 언급한 저녁, 학교 건물의 대형 강의실에 모여 있었다. 수 브라이드헤드가 문 닫는 시간까지 돌아오지 않았다고 그들 사이에서 말이 퍼지기 시작했다.

"애인하고 나갔어." 남자에 대해서 많이 알고 있는 2학년 학생이 말을 했다. "미스 트레이슬리가 그 애인하고 기차역에 있는 걸 봤대. 돌아오면 따끔한 맛을 좀 볼 거야."

"사촌이라고 하던데." 어린 신입생 한 사람이 말했다.

"그 구실은 좀 자주 써먹어서 이 학교에서 우리 영혼을 구하기에는 효험이 없어." 그해의 학생 대표가 냉랭하게 말했다.

사실은 일 년 전에 학생 하나가 유감스러운 연애 사건에 휘말린 적이 있었다. 그때 그 학생이 애인과의 만남을 허락받기 위해 똑같은 구실을 만들곤 했던 것이다. 그 학생의 연애 사건은 스캔들로 발전했으며, 그 이후 학교 당국은 사촌 관계에 대해서는 아주 엄격한 규율을 가했다.

9시에 이름을 불러 점호를 했다. 미스 트레이슬리가 수의 이름을 분명하게 세 번씩이나 불렀지만 대답이 없었다.

9시 15분에 일흔 명의 학생들이 기립하여 '저녁 찬미가'를 불렀으며, 무릎을 꿇고는 기도를 올렸다. 기도가 끝난 뒤에는 저녁 식사를 하기 위해 식당으로 들어갔다. 그러나 학생들의 생각은 하나같이 '수 브라이드헤드는 어디 있지?'라는 생각에 쏠려 있었다. 창문에서 주드를 보았던 일부 학생들은 그렇게 착하게 생긴 젊은 사람에게서 키스를 받는 기쁨을 얻을 수 있다면 그녀가 받는 벌을 자기들도 달게 받겠다고 생각했다. 그러나 그들 중에서 수와 주드가 사촌이라는 사실을 믿는 사람은 하나도 없었다.

삼십 분 뒤에 그들은 모두 각자의 작은 칸막이 침실에 들었다. 그들의 부드럽고 여성스러운 얼굴이 너불거리는 가스등의 불꽃을 향해 있었다. 가스등은 길게 뻗은 숙소의 중간 중간에 걸려 있어 그들의 얼굴에 '약한 사람'이라고 새겨져 있는 표지를 비춰주었다. 그것은 자발적인 마음과 능력을 아무리 행사해도 잔인한 자연법칙이 변하지 않는 한 강해질 수 없는 형벌이며, 그들의 몸이 형성되면서 주어진 성의 형벌이었다. 그들은 아름답고 암시적이며 애수적인 모습을 하고 있었으나, 그 모습이 지닌 연민의 정과 아름다움을 깨닫지 못하고 있었다. 그것은 먼 훗날 불의, 고독, 임신 그리고 사별(死別) 같은 생의 폭풍과 긴장을 겪으면서나 알게 될 성질의 것이다. 그들은 훗날 오늘의 일을 충분히 고마워하지 않고 그냥 스쳐 가게 내버려 두었던 경험으로 기억해 낼 것이다.

여자 교사 한 사람이 가스 불을 끄기 위해 방으로 들어왔다. 그녀는 불을 끄기 전에 여전히 비어 있는 수의 침대를 마지막으로 한 번 더 쳐다보았다. 그녀는 침대 발치에 있는 작은 화장대도 쳐다보았다. 거기에는 다른 학생들의 화장대와 마찬가지로 자질구레한 여자용 물건들이 장식되어 있었고, 액자에 끼어 있는 사진들이 눈에 띄었다. 금줄과 벨벳 천으로 장식된 사진틀에 들어 있는 남자들의 사진은 그녀의 거울 바로 곁에 세워져 있어, 화장대는 꽤 요란스러웠다.

"이 남자들이 누구지? 누구라고 말한 적 있나요?" 선생이 물었다. "엄격히 말해 이 화장대 위에는 친척들의 초상화만 둘 수 있는데."

"한 사람, 중년의 남자는 수가 가르친 학교의 선생님이에요. 필롯슨 씨래요." 옆 침대의 학생이 설명했다.

"그리고 바깥쪽에 있는, 모자 쓰고 가운을 입은 대학생은 누구죠?"

"친구래요. 그전에요. 이름은 말하지 않았어요."

"수를 만나러 온 사람이 이 둘 중에 하나였나요?"

"아니요."

"그 대학생이 아닌 게 확실해요?"

"분명해요. 만나러 온 사람은 까만 턱수염을 달고 있었어요."

불이 금세 꺼졌다. 학생들은 잠이 들기까지 수에 대하여 여러 가지 추측들을 나눴다. 이 학교로 오기 전 런던과 크라이스트민스터에 살았을 때 무슨 짓을 했는지도 궁금해했다. 이들 중 잠이 없는 학생 몇은 자리에서 일어나 유리창의 중간 문설주에서 맞은편에 있는 성당의 거대한 서쪽 정문과 그 뒤에 높이 솟아 있는 첨탑을 바라보기도 했다.

다음 날 아침 눈을 뜨자 학생들은 수의 구석으로 시선을 보냈다가 여전히 자리에 주인이 없는 것을 발견했다. 반쯤 화장을 한 채 가스 불빛 아래서 이른 아침 공부를 끝낸 다음, 모두가 아침 식사를 하기 위해 옷을 갈아입고 있을 때 정문의 벨이 크게 울렸다. 숙소 담당 교사가 자리를 비웠다가 금세 돌아와서는, 학생 중에 누구도 학장의 허락 없이 브라이드헤드에게 말을 걸어서는 안 된다는 명령을 전달했다.

수가 상기되고 지친 얼굴로 숙사로 들어와 급히 몸 매무새를 다듬기 위해 조용히 자신의 침실 칸으로 갔으나, 학생 중 누구도 그녀에게 인사를 하거나 어떻게 되었는지 묻는 사람이 없었다. 학생들이 아래층으로 내려갔을 때 수가 식사를 하기 위해 식당으로 내려오지 않은 사실을 알게 되었다. 수는 심한 견책을 받아, 한 주일 동안 독방에 갇혀 있어야 하며 식사도 거기서 하고 공부도 거기서 혼자 해야 한다는 것도 알게 되었다.

일흔 명의 학생들은 벌이 너무 엄하다고 수군거렸다. 학생들이 사발 통문식 탄원서를 작성하여 수의 벌을 가볍게 해 달라고 학장에게 요구했다. 그러나 아무 변화도 없었다. 저녁 무렵 지리 교사가 수업 시간에 받아쓰기를 시켰으나 학생들은 팔짱을 낀 채 요지부동이었다.

"수업을 받지 않겠다는 거야?" 교사가 마침내 외쳤다. "브라이드헤드 학생이 함께 외박한 청년은 사촌이 아니라는 사실이 확인되었다는 것만 알려 줄게요. 그건 그 학생에게 그런 친척이 없기 때문이에요. 크라이스트민스터에 확인하는 편지를 썼던 거요."

"우리는 수의 말을 믿어요." 학생 대표가 말했다.

"이 청년은 크라이스트민스터의 직장에서 해고되었는데, 술집에서 폭음을 하고 하느님에 대해 불경스러운 악담을 했기 때문이었어요. 우리 도시로 온 것은 순전히 브라이드헤드 학생 곁에 있으려는 의도에서였고요."

그러나 학생들은 교사의 해명을 못 들은 체 꼼짝하지 않았다. 교사가 사태에 어떻게 대처해야 할지를 상사들과 상의하기 위해 교실을 나갔다.

얼마 지나지 않아 (땅거미가 내릴 무렵) 조금 전과 같이 그대로 앉아 있던 학생들은 옆 교실의 1학년 학생들이 일제히 외치는 소리를 들었다. 그중 한 학생이 뛰어 들어와, 수 브라이드헤드가 감금되어 있던 방의 뒤 창문을 통해 빠져나가 어둠 속에서 잔디밭을 건너 사라졌다고 했다. 수가 정원을 어떻게 빠져나갔는지는 아무도 몰랐다. 정원의 바닥 부분이 강물에 둘러싸여 있으며 옆문은 잠겨 있었기 때문이다.

학생들이 빈방으로 가서 둘러보았다. 중간 문설주 사이에 있는 창문이 열려 있었다. 다시 등불을 들고 잔디밭을 샅샅이 뒤졌다. 잔디밭에 있는 작은 숲과 관목 덤불을 헤쳤으나 수는 어느 곳에도 숨어 있지 않았다. 이번에는 정문 수위가 심문을 받았다. 그는 한참 생각을 한 다음 뒤쪽 강물에서 첨벙 소리를 들은 것 같다고 말했다. 그러나 그는 강 위쪽에서 오리들이 몰려 내려온 것으로만 생각하고 별로 주의하지 않았다고 했다.

"강을 걸어서 건너갔구먼!" 선생 하나가 의견을 냈다.

"물에 빠져 죽었을 수도 있죠." 수위가 말했다.

사감은 이 말에 충격을 받았다. 수가 죽었을 수도 있다는 가능성 때문이 아니라, 모든 신문에 보도될 반 쪽짜리 기사가 일 년 전에 일어났던 스캔들에 이어 또 어쩔 수 없이 몇 달 동안 학교에 끼칠 추문 때문이었다.

등불을 더 가져와서 강물을 뒤졌다. 그러다가 마침내 들판으로 이어지는 강 건너 쪽 언덕에서 진흙 뻘 속에 난 작은 구두 자국을 찾았다. 이것은 쉽게 흥분하는 여자가 어깨까지 올라오는 강물의 바닥을 헤치고 강을 건너갔다는 것을 의미했다. 이 강은 이 지방 제일의 강으로 모든 지리 교과서에도 존경스럽게 언급되어 있었다. 수가 익사함으로써 학교에 수치스러운 소문을 일으키지 않은 것을 다행으로 여기며, 사감은 수에 대하여 경멸스러운 투로 말을 하기 시작하고 없어져서 기쁘다고 속내를 감추지 않았다.

같은 날 저녁 주드는 클로즈 게이트에 있는 하숙집에 있었다. 어둠이 내린 이 시간에 그는 자주 조용한 성당의 경내로 들어가 수가 사는 기숙사 맞은편에 자리를 잡고 섰다. 그러고는 블라인드에 비친 학생들의 머리가 왔다 갔다 하는 그림자를 보면서, 자신이 저 철없는 학생들 중 많은 사람들이 싫어하는 독서와 공부만 하루 종일 하면 얼마나 좋을까 하는 생각을 하곤 했다. 그러나 그날 저녁에는 저녁 식사를 끝내고 세수를 한 다음 퓨지 총서의 교부 문학 스물아홉째 권에 몰두해 있었다. 그 총서는 고서적상에서 가치에 비해서는 기적에 가깝게 싼값으로 사들인 것이었다. 그는 창에서 무엇인가 가볍게 마찰하는 소리를 들었다고 생각했다. 그는 그 소리를 한 번 더 들었다. 누구인가 자갈을 던진 것이 분명했다. 그는 조용히 일어나 창틀을 부드럽게 들어 올렸다.

"주드 오빠!"(아래쪽에서 들린 소리였다.)

"수!"

"나예요. 다른 사람 보지 않게 올라갈 수 있어요?"

"그럼!"

"그럼 내려오지 마세요. 창을 닫으세요."

그녀가 쉽게 들어올 수 있다는 사실을 알고 주드는 기다렸다. 대부분의 시골 도시에서 그러하듯 누구나 현관 문의 손잡이만 돌리면 문은 쉽게 열렸다. 자신이 그랬듯이 어려운 일이 생겼을 때 그녀가 자기에게 왔다는 생각이 가슴을 뛰게 했다. 얼마나 잘 어울리는 짝꿍인가! 그는 자신의 방의 문고리를 열어 두었다. 어두운 계단을 조심스레 밟는 소리가 들리더니 그녀가 그의 방 램프 불 앞에 나타났다. 그는 그녀에게로 다가가 손을 잡았다. 그녀는 바다의 해신처럼 온몸이 젖어 있었다. 그녀의 옷이 파르테논 신전의 벽 조각에 새겨진 사람들의 의상처럼 몸에 딱 밀착되어 있었다.

"너무 추워!" 그녀가 이를 덜덜 떨면서 말했다. "오빠, 난로 곁으로 가도 돼요?"

그녀가 주드 방의 작은 벽난로와 거기 피워둔 작은 불 쪽으로 왔다. 그녀가 발걸음을 옮기는 사이 몸에서 물이 뚝뚝 떨어지고 있어 몸을 그 작은 불 앞에서 말린다는 것은 불가능했다. "사랑하는 수, 무슨 일이야?" 그가 놀라서 물었다. 자기도 모르게 부드러운 용어가 입에서 튀어나왔다.

"이 지방에서 제일 큰 강을 걸어서 건넜어요. 그게 내가 한 짓이에요! 오빠와 외박을 했다고 날 감금했어요. 너무 억울해서 참을 수가 없잖아요. 창밖으로 빠져나와 강을 건넜어요!" 그녀 특유의 독립적인 목소리로 설명을 시작했다. 그러나 말을 채 끝내기 전에 엷은 핑크 빛 입술이 떨리면서 울음이 나왔다.

"수!" 그가 불렀다. "옷을 다 벗어 버리자! 그리고, 보자, 주인 아주머니에게서 옷을 좀 빌리지. 부탁을 해 볼게."

"아니, 안 돼요! 주인 아주머니한테 절대로 알리지 마세요! 여긴 학교에서 가까워 날 잡으러 올 거예요."

"그럼 내 옷이라도 입어. 괜찮겠지?"

"괜찮아요."

"내 주일 양복을 줄게. 바로 여기 가까이 있네." 사실 주드의 단칸방에서는 모든 것이 가깝고 손쉽게 있었다. 다른 목적으로 쓸 공간이 따로 없었기 때문이었다. 그는 장롱의 서랍을 열고 제일 좋은 까만 양복을 꺼냈다. 양복을 한 번 턴 다음 물었다. "시간이 얼마나 필요하지?"

"십 분만요."

주드는 거리로 나가 길을 아래위로 걸었다. 시계가 7시 반을 치자 방으로 돌아왔다. 단 하나 있는 안락의자에 일요일의 주드 자신의 모습으로 앉아 있는 가늘고 연약한 그녀가 아무 보호도 없이 노출되어 있는 것이 너무 측은해 보였다. 그의 가슴이 아팠다. 방 안에 있는 다른 두 개의 의자는 불 앞에 놓여 있고 그녀의 젖은 옷이 걸려 있었다. 그가 그녀의 곁에 앉자 얼굴을 붉혔다. 그러나 그것은 잠시뿐이었다.

"오빠, 내가 이렇게 오빠 옷을 입고, 내 옷은 전부 저기 걸려 있는 걸 보는 게 이상하죠? 그러나 그게 어때서요! 저건 여자의 옷일 뿐이에요. 성이 없는 천과 리넨일 뿐이지…… 몸만 아프지 않았으면 좋겠어요! 내 옷을 좀 말려 줄래요? 오빠, 부탁해요. 잠시 뒤에 어디 하숙을 찾아볼게요. 아직 시간은 늦지 않았어요."

"아니, 몸이 아프면 그래서는 안 돼. 여기 머물러. 사랑하는, 사랑하는 수, 뭘 좀 갖다줄까?"

"모르겠어요! 자꾸 몸이 떨려요. 몸을 좀 따뜻하게 데웠으면 좋겠어요." 주드는 외투를 꺼내 그녀를 덮어주었다. 그리고 가장 가까이 있는 퍼브로 달려가서 손에 작은 병을 하나 쥐고 돌아왔다. "여기 제일 고급 브랜디 6펜스치가 들어 있어."

그가 설명했다. "이걸 마셔. 전부를 다 마셔야 돼."

"병째로 마실 수는 없지, 안 그래요?" 주드가 탁자에서 잔을 가져와, 브랜디를 물에 조금 섞었다. 그녀는 잠시 숨을 몰아쉰 다음에 브랜디를 꿀꺽 다 마셨다. 그러고는 안락의자에서 몸을 뒤로 기댔다.

그녀가 두 사람이 헤어진 뒤에 일어난 이야기를 상세하게 말하기 시작했다. 그러나 이야기 도중 그녀의 목소리가 흔들렸다. 고개를 끄덕끄덕하더니, 소리가 멈추었다. 그녀는 잠에 곯아떨어진 것이었다. 감기라도 걸렸을까 걱정스러웠던 주드는 그녀가 숨을 고르게 쉬는 것을 보고 안심했다. 이런 경우 감기는 그녀의 건강을 영원히 해칠 수가 있기 때문이었다. 그는 가만히 그녀 곁으로 가까이 가서 조금 전까지 파랗던 뺨에 더운 온기가 오르는 것을 확인했다. 그녀의 늘어진 손도 더 이상 차지 않았다. 그는 일어나 등을 불 쪽으로 돌리고 그녀를 쳐다보았다. 그는 그녀에게서 거의 신에 가까운 모습을 보았다.

4

주드는 삐걱거리며 층계를 밟고 올라오는 발걸음 소리 때문에 생각에 잠겨 있다 정신을 차렸다.

그는 말리느라 의자에 널어놓은 수의 옷을 급히 걷어 내어 침대 밑으로 쑤셔 넣었다. 그리고 의자에 앉아 책을 펴 들었다. 누가 방문을 두드리더니 금세 문을 열었다. 하숙 집 여주인이었다.

"폴리 씨, 방에 있는지 몰라서요. 저녁 식사를 할 건지 알아보려고요. 젊은 신사 분이 와 있군요."

"네, 부인. 그러나 오늘은 아래층에 내려가지 않았으면 해요. 식사를 쟁반에 담아 올려다 줄래요? 차도 한 잔 마시고 싶어요."

식사는 수고를 덜기 위해 부엌으로 내려가서 가족들과 함께하는 것이 주드의 습관이었다. 그러나 이번에는 하숙집 여주인이 식사를 날라 왔다. 그는 문에서 식사를 받았다.

하숙집 여주인이 층계를 내려가자 그는 찻주전자를 벽난로 곁에 있는 쇠 선반에 올려놓고 수의 옷을 다시 꺼냈다. 옷은 여전히 젖어 있었다. 두꺼운 양모 가운은 아직 많이 젖어 있었다. 그래서 그는 옷을 다시 널고 불을 좀 더 크게 키웠다. 옷에서 김이 나와 굴뚝으로 올라가는 것을 생각에 잠겨 지켜보았다.

수가 갑자기 주드를 불렀다. "오빠!"

"응. 괜찮아? 이제 기분이 어때?"

"좀 나아졌어요. 아주 좋아요. 아니, 내가 곯아떨어졌었나 봐, 그랬어요? 지금 몇 시예요? 그렇게 늦지 않았겠죠?"

"10시가 지났네."

"정말이에요? 어떻게 하죠?" 놀라 일어서며 그녀가 말했다.

"지금 있는 대로 그냥 있어요."

"그럴게요. 그러려고 했어요. 그러나 사람들이 뭐라고 할지 모르겠네요. 오빠는 뭘 할 거예요?"

"난 여기 불가에 앉아 책이나 밤새 읽을까 하는데. 내일은 일요일이야. 어디 나가지 않아도 되지. 여기서 쉬면 병이 나지 않을 거야. 놀랄 것 없어. 난 괜찮아. 여기 좀 봐. 내가 뭘 준비했나. 저녁 식사야."

그녀가 일어나 똑바로 앉더니 애처롭게 숨을 내쉬면서 말했다. "아직도 몸이 불편해요. 다 나은 줄로 생각했는데. 난 여기 있어서는 안 되는데, 그렇죠?" 식사가 그녀의 기운을 좀 북돋운 것 같았다. 차를 좀 마시고 자리에 다시 눕자 그녀의 기분이 밝아지고 명쾌해졌다.

차가 숙성되지 않은 것이었는지 아니면 너무 오래 끓인 것이었는지 그녀는 차를 마신 다음 이상하게 잠을 제대로 이루지 못했다. 차를 들지 않은 주드는 잠이 엄습하는 것을 느끼기 시작했다. 그러다 그녀의 이야기가 그의 관심을 사로잡았다.

"날 문명의 산물이라고, 아니 그 비슷한 거라고 불렀지요? 기억나세요?" 수가 침묵을 깨면서 말했다. "그런 말을 한다는 건 아주 이상해요."

"왜?"

"글쎄, 그런 말은 상대방의 기분을 건드리는, 옳지 않은 거예요. 나는 문명의 부정(否定)이라고 할 수 있어요."

"매우 철학적인 말이네. '부정'이라는 용어는 심오한 말이지."

"그래요? 내가 유식한 체하는 것 같아요?" 그녀의 말에는 빈정거리는 투가 들어 있었다.

"아니, 유식한 건 아니고. 그냥 여자처럼 이야기를 하지 않는다는 거지. 특권을 갖추지 못한 여자처럼 말을 않는다는 거야."

"나는 내 나름의 특권을 누렸어요. 난 라틴어와 그리스어는 몰라요. 그러나 두 언어의 문법을 알아요. 번역을 통해 그리스어와 라틴어의 고전 대부분과 다른 책들도 읽었고요. 랑프리에르, 카툴루스, 마르티알리스, 주베날리스, 루키아노스, 보몽과 플레처, 보카치오, 스카롱, 드 브랑톰, 스턴, 디포, 스몰릿,

필딩, 셰익스피어, 성서, 그리고 그 외 다른 것들도 읽었단 말이에요. 이런 책들의 건전하지 못한 부분에서 사건들은 신비로 끝나는 것도 알게 되었고요."

"수는 나보다 더 많이 읽었구나." 한숨을 쉬면서 그가 말했다. "수는 어쩌다 그런 이상한 책을 읽게 되었지?"

"글쎄요." 그녀가 생각에 잠겨서 말했다. "그건 우연이었어요. 내 인생은 사람들이 내 인생의 이상한 면이라고 부르는 특징에 의해서 전적으로 형성되었어요. 나는 남자에 대한 두려움이 없어요. 그들이 읽는 책도 두렵지 않고요. 그들과 잘 어울려 다녔지요. 특히 한두 사람과는 사이가 가까웠어요. 그들과 같은 성(性)으로 말이에요. 대부분의 여자들이 그들에 대하여 느끼도록 교육받은 것처럼은 느끼지 않은 거예요. 정조에 대한 공격을 경계하라는 교육에 대하여 달리 느낀 거죠. 왜냐하면 보통 남자들, 감각적으로 야수가 아닌 남자들은 낮이나 밤이나, 집에서나 밖에서, 여자가 그러기를 바라지 않는 한, 그 여자를 성적으로 괴롭히지는 않기 때문이지요. 그 여자가 눈짓으로 '좋아요.'라고 말하지 않는 한 남자는 항상 성적 희롱을 두려워하는 거예요. 여자가 그렇게 말하지 않거나 눈짓으로 그렇게 암시하지 않는 한 남자는 그런 희롱을 할 수가 없어요. 내 얘기는 열여덟 살 때 크라이스트민스터에서 어떤 대학생하고 우정적인 친밀한 관계를 이루게 되었다는 거예요. 그는 나에게 많은 것을 가르쳐 주었어요. 달리 구할 수 없었던 책도 많이 빌려주고요."

"그 우정이 깨어졌나?"

"아, 그래요. 그는, 그 가엾은 친구는, 학위를 받고 크라이스트민스터를 떠난 지 이삼 년 뒤에 죽었어요."

"그 사람을 자주 만났겠구먼."

"그래요. 우린 함께 자주 돌아다녔어요. 도보 여행, 독서 여행, 그런 것들을 하면서요. 마치 두 남자 친구처럼요. 그 사람이 같이 살자고 했을 때도 편지로 그렇게 하겠노라고 동의했지요. 그러나 런던에서 그와 같이 있게 되면서 내가 뜻한 바가 그가 뜻한 바와 다르다는 것을 알게 되었어요. 그는 내가 그 사람의 정부가 되기를 바랐는데 나는 그 사람에게 사랑하는 감정을 느끼지 못했어요. 내 계획에 동의하지 않으면 내가 떠나겠다고 했더니, 그는 내 뜻을 따랐어요. 우리는 열다섯 달 동안 응접실을 함께 쓰면서 같이 살았어요. 그는 런던의 큰 일간지에서 논설 위원이 되었지요. 그러다 그는 병이 나서 외국으로 가야 했어요. 그렇게 가까이 살면서 긴 시간 동안 자신을 거절함으로써 내가 그 사람의 심장을 부순다고 말하더군요. 여자가 그러리라고는 믿지 않은 거예요. 내가 그런 짓을 자주 할 거라는 말도 하고요. 그는 돌아왔는데 금세 죽었어요. 그의 죽음은 나의 잔인한 행동에 대하여 무서운 회한의 감정을 불러일으켰어요. 그가 죽은 것이 폐병 때문이지 나 때문이 아니기를 바라는 마음 간절해요. 그의 장례식에 샌드본으로 갔는데 내가 유일한 조문객이었어요. 그가 죽으면서 유언으로 나에게 돈을 좀 남겼어요. 그의 심장을 깬 때문이겠지요. 그게 남자예요. 여자들보다는 얼마나 훌륭한지!"

"이런! 그다음엔 어떻게 했어?"

"아, 나한테 화가 났군요!" 은방울 같은 그녀의 목소리에 비극의 콘트랄토 음이 갑자기 나타났다. "이럴 줄 알았으면 말을 하지 않았을 텐데."

"그런 게 아냐. 다 말해 줘."

"그러고는, 가엾은 친구, 그 사람 돈을 투기에 넣었다가 다 잃고 말았어요. 얼마 동안 런던에서 여기저기 혼자 살다가 크라이스트민스터로 돌아왔지요. 런던에 살던 아버지는 롱에이커 근처에서 금속 미술품 기술자로 일을 시작했는데 날 받아 주지 않았어요. 난 미술품 가게에서 일을 했고 거기서 오빠가 날 찾아낸 거예요……. 내가 얼마나 못된 여자인 줄을 오빠가 모른다고 했죠!"

주드는 안락의자와 거기 앉아 있는 사람을 둘러보았다. 그가 피난처를 제공한 인물을 좀 더 조심스럽게 살펴보려는 듯이. 그의 목소리가 떨렸다. "수, 어떤 생활을 했건 자기는 인습을 초월한 만큼 순수한 사람임을 나는 믿어!"

"특별히 순수하지도 않아요. 보시다시피 나는

공백의 마네킨에 그대 환상이 입혀 놓은
의상을 벗겼으니."[52)]

수가 드러내 놓고 냉소적인 목소리로 말했다. 그러나 그녀의 그러한 목소리에는 눈물이 가득했다. "그렇지만 난 어떤 연

---

52) 브라우닝의 시 「너무 늦었어」의 일부.

인에게도 나를 주지 않았어요. 오빠 말의 뜻이 그런 거라면 난 처음 시작한 그대로 그냥 남아 있어요."

"수를 믿지. 그러나 어떤 여자들은 인생 시작한 그대로 남아 있지는 않았을 거야."

"아닐지도 모르죠. 신분이 보다 높은 여자들도 아니었을 거예요. 사람들은 그 일 때문에 날 냉정한, 섹스가 없는 여자라고 말해요. 그러나 그건 틀린 말이에요! 정열적으로 에로틱한 여류 시인 중에는 일상생활에 그냥 만족한 사람들도 있었어요."

"필롯슨에게 이 대학생 이야기를 했나?"

"네, 오래전에요. 그 이야기를 누구에게도 감추지 않았어요."

"뭐라고 그래?"

"별말 없었어요. 단지 내가 무슨 짓을 했건 자기에게는 내가 전부라는 말을 했을 뿐이에요. 그런 것 비슷한 말을요."

주드는 몹시 기분이 우울해졌다. 그는 수의 묘한 행적과 성별에 대한 이상한 무의식 때문에 그녀로부터 자신이 점점 멀어지고 있음을 느꼈다.

"오빠, 정말로 나한테 화나지 않았어요?" 그녀가 갑자기 물었다. 그녀의 목소리가 너무 부드러워 지금 막 자신의 이야기를 가볍게 말해 준 여자에게서 나온 것이라고 믿을 수가 없었다. "세상 사람 모두를 화나게 하는 한이 있더라도 오빠의 기분을 나쁘게 할 수는 없어요."

"지금 나는 화가 난 건지 아닌지를 잘 모르겠어. 내가 확실히 아는 건 내가 수를 너무 아낀다는 사실이야."

"지금까지 만났던 사람들만큼 나도 오빠를 아껴요."

"더 아끼지 않고? 이런 말을 하지 말아야지. 내 말에 대답하지 마!"

다시 두 사람 사이에 긴 침묵이 흘렀다. 그녀가 자신을 잔인하게 다룬다는 느낌이 들었다. 그러나 주드는 그 말을 그녀에게 할 수가 없었다. 무방비 상태의 모습이 그녀를 자신보다 더 강하게 만드는 것 같았다.

"나는 일반적인 문제에 관해서는 너무 무식해. 열심히 공부를 하긴 했는데." 화제를 돌리기 위해 그가 입을 열었다. "알겠지만 난 신학 공부에 몰두해 있어. 여기 수가 없다면 난 지금 뭘 하고 있을 것 같아? 저녁 기도를 올리고 있겠지. 내 짐작으론 수가 좋아하지 않을 것 같아서……."

"아, 그래요, 아니지요." 그녀가 말했다. "괜찮다면 난 하고 싶지 않아요. 내가 형편없는, 엄청난 위선자로 보일 거예요."

"할 것 같지 않아서 하자는 말을 꺼내지도 않았어. 나는 언젠가 유용한 신부가 되고 싶다는 걸 기억해 둬."

"서품을 받는다고 했지요?"

"그래."

"그럼 아직도 그 생각을 포기하지 않았어요? 지금쯤은 포기한 걸로 생각했어요."

"물론 아니야. 거기에 대해서는 처음엔 수가 나처럼 느끼는 걸로 희망적인 생각을 했어. 크라이스트민스터의 국교 주의와 개입되어 있어서 그랬지. 그리고 필롯슨도 그렇고."

"난 크라이스트민스터에 대해서는 전혀 존경심이 없어요. 지적인 면을 제외하면요. 그것도 부분적으로만요." 수 브라이드헤드가 진지한 목소리로 말했다. "내가 조금 전에 말한 친구가 나에게서 그런 마음을 없앤 거예요. 그는 내가 만난 사람 중에서 가장 반종교적인 사람이면서 또 가장 도덕적인 사람이었어요. 크라이스트민스터에서 지성은 낡은 병에 새 술을 담은 것과 같지요. 크라이스트민스터의 중세주의는 사라져야 해요. 거기서 탈피하지 않으면 크라이스트민스터 자체가 사라져야 해요. 물론 어떤 때는 낡은 신앙의 전통, 특히 일부 철학자들에 의하여 감동적이고 소박한 진실 속에 보존된 신앙의 전통은 은밀히 좋아하지 않을 수가 없지요. 그러나 마음이 끝없이 우울하고, 그러면서 가장 올바른 상태에 있으면 항상 나는 '아, 성자들의 죽은 영광과 효시(梟示)된 신들의 죽은 손발'[53]을 느껴요."

"수, 그렇게 말을 하면 나에게는 좋은 친구가 아니야!"

"그럼, 오빠, 않을게요!" 감정에 북받친 목멘 소리가 되면서 그녀는 고개를 돌렸다.

"크라이스트민스터에는 아직 많은 영광이 남아 있다고 생각해. 그러나 그 영광 속으로 들어갈 수가 없기 때문에 분개했던 거지." 그는 말을 부드럽게 해서 그녀가 불쾌한 마음을 느끼지 않도록 조심했다.

"시민과 기능공과 술취한 사람과 빈민을 빼고는 모든 사람에게 그곳은 무지한 곳이에요." 그녀가 말했다. 그녀의 목소리에는 심술이 아직도 가시지 않은 채 남아 있었다. 그가 그녀

---

53) 스윈번의 시 「지옥의 신을 위한 찬미가」 중에서.

의 의견에 동의를 하지 않았기 때문이었다. "이들은 인생을 바로 보아요. 그러나 대학에서는 인생을 바로 보는 사람이 거의 없어요. 오빠가 좋은 예예요. 처음 대학이 세워졌을 때 크라이스트민스터는 오빠 같은 사람들을 목표로 삼았어요. 배움에 대한 정열은 있으면서, 돈이나 기회나 친구들이 없는 사람을 위해서 세워졌던 거예요. 그러나 오빠 같은 사람은 백만장자들의 자식들 때문에 길에서 밀려난 거예요."

"나는 크라이스트민스터가 주는 학위 없이 살 수 있단다. 나는 그보다 더 높은 것을 갈망하고 있지."

"나는 좀 더 넓고, 좀 더 참된 것을 갈망해요." 그녀가 열기 띤 소리로 말했다. "현재 크라이스트민스터에서는 지성이 한 길로 가고 있는 반면 종교는 다른 길로 가고 있어요. 그래서 둘은 서로 대치 상태에 빠져 있지요. 양 두 마리가 서로 뿔을 박고 있는 것처럼요."

"필롯슨 씨는 뭐라고……."

"크라이스트민스터는 물신 숭배자들과 귀신 보는 사람들로 가득해요."

교사에 대하여 말을 꺼내면 그때마다 그녀가 사람의 기분을 상하게 하는 대학에 대한 일반적인 대화로 말머리를 돌려 버리는 것을 그는 주의하게 되었다. 그는 필롯슨의 피보호자와 약혼자로서 그녀의 생활에 대하여 대단한 (병적으로) 호기심을 느끼고 있었으나 그녀는 그 점에 대하여는 그에게 언급을 회피했다.

"글쎄, 나도 그런 사람이지." 그가 말했다. "나는 인생이 두려워, 항상 귀신을 보고 있고."

"그러나 오빠는 착하고 귀중한 사람이야!" 그녀가 낮은 소리로 말했다.

그의 가슴이 철렁했다. 그러나 그는 아무 대답도 하지 않았다.

"오빠는 지금 트랙터리안 운동[54)]의 단계에 와 있나 봐, 안 그래요?" 내면의 감정을 감추기 위해 딴청을 부리면서 그녀가 부연했다. 그녀는 흔히 이런 수법을 쓰는 버릇이 있었다. "가만있자, 내가 언제 그 운동에 연루되었던가? 천팔백 몇 년이었던가?"

"그 말에는 야유가 들어 있는데, 나한테는 유쾌하지 않게 들려. 이제 내가 원하는 걸 할 수 있어? 나는 지금 수한테 말했던 것처럼 책의 한 부분을 읽고 기도를 하고 있어. 수도 이제 수가 좋아하는 책에 정신을 집중하고, 등을 나에게로 돌려서 나를 나 하는 대로 내버려 두겠어? 나 하는 대로 따라 하지 않겠어?"

"오빠를 지켜보기나 하죠."

"안 돼. 수, 놀리지 마."

"좋아요. 명령대로 할게요. 오빠, 화 돋우지 않을게요." 앞으로 영원히 착한 사람이 되겠다는 식으로 등을 주드 쪽으로 돌리고는 그녀가 어린애 같은 목소리로 말했다. 그가 읽고 있는

54) 뉴먼, 키블, 퓨지 같은 학자들이 기독교 교회 초기의 이론을 부활시키고자 제창한 19세기 초엽의 종교·사회 운동.

성경 외에 또 다른 작은 성경이 한 권 그녀 곁에 놓여 있었다. 그가 묵상을 하고 있는 동안 그녀는 그 성경 책을 집어 들고는 책장을 뒤적거렸다.

"오빠," 그가 묵상을 끝내고 그녀에게로 얼굴을 돌리자 그녀가 밝은 표정을 지으면서 말했다. "새로운 신약 성서를 한 권 만들어 줄게요. 크라이스트민스터에서 내가 갖기 위해서 만든 것과 똑같은 걸로요."

"그래. 어떻게 만들었는데?"

"옛날에 가지고 있던 신약 성서에서 뜯어내어 「사도행전」과 「복음서」를 독립된 소책자로 만들었어요. 제작된 연대 순위에 따라 「데살로니가서(書)」로부터 시작해 「사도행전」을 그 다음에 넣고 「복음서」는 훨씬 뒤쪽으로 넣어 순서를 재조정했어요. 그러고는 모두를 합쳐 하나로 묶었지요. 내 대학 친구 미스터의 말로는, 그의 이름은 신경 쓰지 마세요, 그것이 아주 훌륭한 생각이라고 했어요. 그 책을 나중에 읽었더니 전보다 두 배나 더 재미가 있었고 이해하는 데도 두 배나 더 도움이 되었어요."

"흥!" 주드가 신성 모독을 느끼면서 말했다.

"이건 어마어마한 문학적 방자함이에요." 그녀가 「아가」의 책장을 들여다보면서 말했다. "각 장의 머리에는 개요가 붙어 있고 그러고는 시적 랩소디의 본질을 설명해 가는 것 말이에요. 그렇게 놀랄 필요는 없어요. 아무도 장(章)의 머리 부분에서 영감을 얻으려고 하지는 않아요. 사실은 많은 신학자들이 그 점에 대해서 경멸의 감정을 표시했어요. 몇 명이든 상관없지만, 스물네 명의 장로와 주교들이 침통한 얼굴을 하고는 둘러앉아 이런 걸 썼을 걸 생각하면 웃음이 나와요."

주드의 얼굴에 고통스러운 표현이 떠올랐다. "아주 볼테르적이구나."[55] 주드가 중얼거렸다.

"그래요? 그럼 성서를 왜곡할 권리가 사람들에게 주어지지 않았다는 점을 밝히고 입을 닫을게요. 그런 위대하고 열정적인 노래 속에 들어 있는 황홀하고 자연스러운 인간의 사랑을 종교적 추상으로 덮어 버리려는 시도는 내가 싫어하는 사기극이지!" 그녀의 연설은 열기로 고양되어 있었고, 그의 힐책에 그녀는 화가 나 있었다. 그녀의 눈은 눈물로 젖어 있었다. "나를 지지할 친구가 한 사람쯤 여기 있었으면 좋겠어요. 아무도 내 편에 서 있질 않네요!"

"사랑하는 수, 나의 사랑하는 수, 나는 수를 반대하는 게 아니야!" 그녀의 손을 잡으면서 그는 이렇게 말했다. 단순한 논쟁에 개인적인 감정을 개입시키는 그녀에 대하여 그는 놀라움을 감추지 못했다.

"오빠는 반대하고 있어요! 반대하고 있어요!" 눈물이 흐르고 있는 눈을 보지 못하게 얼굴을 돌리면서 그녀가 외쳤다. "오빠는 교육 대학 사람들 편이에요. 적어도 거의 그런 눈치예요! 내 주장은 다음과 같은 시를 설명하자는 거예요. '여자 중 극히 어여쁜 자야, 너의 사랑하는 자가 어디로 갔는가?'[56] 같

---

55) 프랑스의 철학자 볼테르(Voltaire, 1694~1778)는 기독교에 대한 합리적인 접근으로 기존 교회에 대하여 비판적 태도를 보였다.

56) 「아가」 6장 1절.

은 시를 '교회 신앙을 말하다' 같은 주석으로 설명한다는 것이 지독히 바보 같다는 말이에요!"

"그럼, 그냥 내버려 둬. 수는 세상만사를 너무 개인적인 것으로만 받아들이고 있어. 난 지금 「아가」의 말씀을 세속적으로 받아들일 수는 없어. 따져 보면 수는 여자 중에서 내게는 가장 아름다운 사람이라는 것을 알고 있지!"

"지금 그런 말 해서는 안 돼요!" 대꾸를 하는 수의 목소리가 엄숙함을 알리는 가장 부드러운 음조로 변했다. 두 사람의 눈이 마주치자 그들은 술집에서 친한 친구들이 하듯이 악수를 했다. 그러자 주드는 가상적인 주제를 두고 두 사람이 말다툼을 한다는 것이 어울리지 않는다는 점을 깨달았다. 수는 수대로 성서 같은 고서에 적혀 있는 글을 두고 운다는 것이 바보 같다는 사실을 알게 되었다.

"오빠의 신념을 못살게 굴지는 않을게요. 정말로 그러지 않을게요!" 그녀가 주드를 위로하듯 말했다. 그의 기분이 그녀보다 더 언짢아 있었기 때문이었다. "난 누군가를 높은 목표로 밀어 올리기를 원했어요. 정말 그러기를 간절히 열망했어요. 오빠를 처음 보았을 때 오빠가 나의 동지가 되기를 바란다는 사실을 알았어요. 고백할까요? 난 그 누군가가 바로 오빠일 거라고 생각했어요. 그러나 오빠는 전통을 너무 믿고 있어 무슨 말을 해야 할지 모르겠어요."

"그런데 사람에게는 믿는 게 있어야 하지 않겠니? 유클리드 기하 문제에서 모든 것을 직접 풀어 그 답을 믿기에는 인생이 너무 짧지. 나는 기독교를 믿어."

"그보다 더 나쁜 것도 믿을 수 있겠지요."

"정말 그럴 수가 있지. 이미 그랬는지도 모르고!" 그는 아라벨라를 떠올렸다.

"그게 무엇인지 물어보지 않을게요. 우리는 서로에게 아주 잘해 줄 거니까요. 안 그래요? 이제는 결코, 결코 서로 기분 나쁘게 하지는 않을 거예요." 그녀가 믿음에 찬 표정으로 얼굴을 들었다. 그녀의 목소리가 그의 가슴으로 파고드는 것 같았다.

"난 항상 수를 사랑할 거야!" 주드가 말했다

"나도요. 오빠는 일편단심이에요. 결점투성이고 성가신, 이 어린 수를 너그럽게 품어 주니까요!"

그는 얼굴을 돌렸다. 수의 양성(兩性)적 사랑이 그의 마음을 아프게 했다. 이 사랑이 그 가엾은 논설 위원의 심장을 부쉈던 것인가? 자신이 이제 그 논설 위원 다음의 희생자인가? 그러나 수는 그에게 너무나 소중한 사람이었다! 그녀가 그의 성(性)을 그렇게 쉽게 극복할 수 있듯이, 그도 그녀의 성만 극복할 수 있다면, 그녀는 그의 훌륭한 동지가 될 수 있을 텐데. 추상적 주제에 관한 두 사람의 의견 차이는 일상적 인간 경험에 관한 문제에 대해서는 오히려 그들을 더 가깝게 밀착시키는 계기가 되지 않았던가. 그녀는 그가 지금까지 만난 사람 중에서 가장 가까운 사람이었다. 시간, 신앙 또는 부재가 그를 그녀로부터 떼어 놓을 수 있다는 것을 결코 믿을 수가 없었다.

그러나 그녀에 대한 불신의 감정이 되살아나 그를 슬프게 했다. 그녀가 다시 잠이 들 때까지 그들은 그냥 자리에 앉아 있었다. 그도 의자에 앉은 채 금세 고개를 꾸벅거리기 시작했다. 잠이 깰 때마다 그는 그녀의 옷을 뒤집어 놓고 불을 다시 살렸다. 아침 6시쯤 그는 잠에서 완전히 깨어났다. 촛불을 켜서 그녀의 옷을 살펴보았다. 옷이 다 말라 있었다. 그의 의자보다 훨씬 더 편안한 안락의자에 누운 수는 그의 외투 속에서 아직 그대로 잠이 들어 있었다. 그녀는 막 구워 나온 롤빵처럼 따뜻해 보이고 가니메데스[57] 같은 소년의 모습을 하고 있었다. 그는 그녀의 마른 옷을 곁에 놓고 어깨를 가볍게 두들긴 다음, 아래층 정원으로 내려가 별빛 아래서 세수를 했다.

57) 그리스 신화에서 신들의 술잔을 들고 다니는 미소년.

5

그가 다시 방으로 돌아오자 그녀는 이미 평상시대로 자신의 옷을 갈아입은 다음이었다

"아무도 보지 못하게 나갈 수 있을까요?" 그녀가 물었다. "아직 시내에는 사람이 없을 거예요."

"아직 아침 식사도 하지 않았는데?"

"아, 안 먹을래요! 학교에서 뛰쳐나오지 말았어야 하는데! 냉정한 아침 빛 아래서는 만사가 아주 달라 보이네요. 필롯슨 선생이 뭐라고 그러겠어요! 내가 그 학교로 간 것도 그 사람의 뜻을 따른 건데. 세상에서 내가 유일하게 존경심이나 두려움을 느끼는 사람이 바로 그 사람이에요. 날 용서해 주길 바라는데, 아마 무섭게 야단을 치겠죠!"

"내가 그 사람에게 가서 설명을 할게." 주드가 입을 열었다.

"아, 아니에요. 하지 마세요. 나 그 사람 신경 안 써요! 좋을 대로 생각하라고 해요. 난 내 마음대로 할 거예요!"

"방금 수 입으로 말하지 않았나……."

"그랬으면, 그렇고요. 그 사람과 상관없이 내 마음대로 할 거예요! 어떻게 할 건지 생각해 두었어요. 교육 대학 친구의 언니를 찾아갈 거예요. 찾아오라고 했어요. 섀스턴 근처에서 학교를 운영하는 분이에요. 여기서 30킬로미터가량 떨어져 있어요. 사건이 해결될 때까지 거기 가 있을래요. 그런 다음에 교육 대학으로 돌아갈 거예요."

그는 마침내 커피를 한 잔 만들어 주겠다고 설득을 하는데 성공했다. 하숙집 식구들이 깨기 전에 그가 일어나 일을 하러 갈 때 방에서 사용하는 휴대용 커피 만드는 기구가 있었던 것이다.

"그리고 먹을 것도 커피와 함께 조금 들고." 그가 말했다. "그런 다음 나가자고. 정식 아침 식사는 거기 도착해서 들 수 있겠지."

두 사람은 하숙집을 조용히 나왔다. 그는 수를 기차역까지 바래다주었다. 그들이 거리를 걸어가는 동안 그의 하숙집 2층 창밖으로 누군가 머리를 내밀었다가 황급히 빼돌렸다. 수는 여전히 성급한 행동에 대하여 후회하고 학교에 반항하지 않았더라면 하는 모습이었다. 헤어지면서 그녀는 다시 대학에 돌아가면 연락을 하겠노라고 말했다. 그들은 플랫폼에서 비참한 기분으로 서 있었다. 주드는 뭔가 더 하고 싶은 이야기가 있는 듯했다.

"말해 주고 싶은 게 있어…… 두 가지를." 기차가 가까이 들어오는 사이 주드가 급하게 말했다. "하나는 따뜻한 이야기이고, 또 하나는 차가운 거야!"

"오빠," 수가 말했다. "둘 중의 하나는 알고 있어요. 그래서는 안 돼요!"

"뭘?"

"날 사랑해서는 안 돼요. 나를 좋아하기만 하세요. 그 이상은 안 돼요!"

주드의 얼굴이 묘한 침통함으로 덮였다. 차창으로 작별을 하는 그녀의 얼굴에도 주드에 대한 연민의 마음으로 긴장이 떠올랐다. 기차가 움직이기 시작했다. 그에게 예쁜 손을 흔들던 그녀가 사라졌다.

그녀가 떠나간 일요일의 멜체스터는 주드에게 황량하기 그지없는 곳이었다. 성당의 경내가 너무 싫어서 그는 그날 단 한 번도 예배에 참석하지 않았다. 다음 날 아침 그녀에게서 편지가 왔다. 그녀 특유의 습관대로 친구의 집에 도착하자 즉시 쓴 것이었다. 무사히 도착했으며 집이 아주 편안하다는 소식과 더불어 다음과 같이 적혀 있었다.

사랑하는 오빠, 편지를 쓰는 진짜 이유는 헤어지면서 내가 오빠에게 한 말 때문이에요. 오빠는 나에게 너무 잘해 주고 친절했어요. 오빠가 시야에서 사라지자 그런 말을 한 내가 너무 잔인하고 감사할 줄 모르는 여자라는 사실을 알게 되었어요.

그 말이 계속 나를 꾸짖고 있어요. 주드 오빠, 나를 사랑하기를 바란다면 오빠 마음대로 하세요. 난 괜찮아요. 그래서는 안 된다는 말은 다시는 안 할게요!

그 문제에 대해서는 더 이상 편지 쓰지 않을게요. 생각 없는 친구의 잔인함을 용서하죠? 용서하지 않는다는 말로 그 친구를 비참하게 만들지는 않을 거죠?

언제나 수

주드의 회답이 무엇이었는지를 여기 적는 것은 쓸데없는 짓이다. 만약 자신이 자유로운 몸이라면 수가 친구의 언니 집에 그렇게 오래 있지 않아도 될 텐데 그런 경우 그가 어떻게 했을지를 생각해 보는 것도 불필요한 일이었다. 주드는 만약 수를 누가 갖느냐는 문제를 두고 필롯슨과 자기 사이에 투쟁이라도 일어난다면 승리는 자신의 것이 확실하리라는 생각을 했다.

그러나 그는 수의 충동적인 편지에 정말로 의도된 것보다 더 많은 의미를 부연하려는 위험에 빠져 있었다.

편지를 받고 며칠이 지나자 그는 수가 다시 편지를 보내리라는 희망을 걸고 있는 자신을 발견했다. 그러나 그녀로부터 연락은 오지 않았다. 그는 간절한 열망을 이기지 못하여 어느 일요일을 택해, 거리도 30킬로미터 정도밖에 안 되니까, 그녀를 찾아가겠노라고 편지를 썼다.

편지를 발송하고 나서 그다음 날 아침에는 회답이 올 것으로 기다렸으나 아무 회신도 없었다. 사흘째 되는 아침에도 우편배달부는 멈추지 않았다. 그날은 토요일이었다. 그녀의 안부에 대한 걱정스러운 마음으로 세 줄의 짧은 글이 담긴 서신을 띄우고 그다음 날 찾아가겠다는 의사를 통보했다. 그는 분명히 그녀에게 무슨 일이 일어났다고 생각했다.

그에게 첫 번째 자연스럽게 떠오른 생각은 물속에 들어갔던 일 때문에 병이 났으리라는 추측이었다. 그러나 그런 경우에는 누군가가 수를 위해 대신 편지를 써 주었으리라는 생각이 금세 떠올랐다. 여러가지 억측은 그가 화창한 일요일 아침 11시와 12시 사이에 섀스턴 근처의 학교 건물에 도착하면서 끝이 났다. 마을 사람 대부분이 교회 안에 모여 있어 교구는 사막처럼 비어 있었다. 교회에서 이따금씩 마을 사람들의 목소리가 들렸다.

작은 소녀가 문을 열어 주었다. "미스 브라이드헤드는 2층에 있어요." 소녀가 말했다. "2층으로 가 보세요."

"어디 아프오?" 주드가 급히 물었다.

"조금요…… 많이는 아니에요."

주드는 집 안으로 들어가 층계를 오르기 시작했다. 층계참에 이르렀을 때 수가 그의 이름을 부르고 어느 쪽으로 오라고 지시를 했다. 한 칸 남짓한 방의 방문을 들어서자 침대에 그녀가 누워 있는 것이 보였다.

"아, 수!" 그가 그녀 곁에 앉아 손을 잡으면서 외쳤다. "어쩌다 이렇게 되었어! 편지를 못 쓸 정도로 아팠니?"

"아니, 그런 게 아니에요!" 그녀가 대답했다. "심한 감기에 걸리긴 했지만 편지를 쓸 수는 있었어요. 단지 쓰지 않은 것뿐이에요!"

"왜? 이렇게 날 놀라게 하려고!"

"네…… 그게 두려웠어요! 오빠한테 이제 편지를 안 쓰기로 했어요. 학교에서 날 받아 주지 않는대요……. 편지를 안 쓴 이유는 그거예요. 사실이 그렇다는 것이 아니고, 이유가 그렇단 말이에요!"

"그래서?"

"날 받아 주지 않을 뿐만 아니라 마지막 충고까지 한 마디 했어요."

"뭐라고?"

그녀는 즉시 대답하지 않았다. "그건 오빠에게 말해 주지 않기로 맹세했어요……. 너무 야비하고 아픈 소리예요!"

"우리에 관한 거야?"

"그래요."

"말해 줘!"

"그럼…… 누가 우리에 관해서 대학 당국에 근거 없는 투서를 보냈어요. 학교는 오빠와 내가 빨리 결혼을 하라는 거예요. 내 체면을 봐서라도요! 거봐요…… 이제 다 말해 버렸네. 말을 하지 말았어야 되는데!"

"아, 가엾은 수!"

"난 오빠를 그런 방법으로는 생각하지 않아요. 그들이 내가 그런다고 생각하는 방법으로 오빠를 바라봐야겠다는 생각이 지금 막 떠올랐어요. 그러나 아직은 그렇게 생각하기 시작하지는 않았어요. 사촌이라는 것은 단지 이름뿐이라는 사실을 깨달았어요. 우리는 완전히 남남으로 만났으니까요. 그러나 사랑하는 오빠, 내가 오빠와 결혼하는 문제는…… 물론 내가 오빠와 결혼할 마음이 있었다면 오빠에게 너무 자주 가지 말았어야 해요. 오빠가 나를 조금 사랑하고 있다는 감을 잡은 요 전날 밤까지는 오빠가 나와 결혼하겠다는 그런 문제를 생각하는 건 전혀 상상도 못 하고 있었어요. 오빠와 너무 가까워지지 말았어야 했어요. 전부가 내 잘못이에요. 항상 모든 것이 내 잘못이에요!"

그녀의 말은 약간 억지스럽고 비현실적으로 들렸다. 그들은 서로 고통스러운 표정으로 상대방을 쳐다보았다.

"처음엔 너무 몰랐어요!" 그녀는 말을 계속했다. "오빠가 뭘 느끼고 있는지를 전혀 보지 못했어요. 아, 오빠는 나에게 친절하지 않았어요. 오빠는요. 한 마디 예고도 없이 나를 연인으로 바라보았어요. 나 혼자 스스로 알아내도록 내버려 두었어요! 나에 대한 오빠의 태도가 밖으로 알려지고, 그래서 사람들은 우리가 불륜을 저지른다고 생각하게 된 거예요. 다시는 오빠를 믿지 않을 거예요!"

"수, 그래." 그가 간단히 말했다. "내가 다 잘못한 거야, 수가 생각하는 것 이상으로. 내가 수에 대하여 느끼는 바를, 최근 한두 번의 만남을 제하고는 수가 전혀 의심하지 않았다는 점을 잘 알고 있어. 남남으로 우리가 만났다는 사실이 인척에 대한 느낌을 배제했고, 또 그런 사실에 편승한 것도 일종의 속임수라는 점을 인정할게. 그러나 나의 잘못된, 대단히 잘못된 감정을 감추려 했던 정황을 조금은 이해해 줄 여지가 없을까? 그 감정은 어쩔 수가 없었거든."

그녀는 의심스러운 눈으로 그를 쳐다보다가, 그를 용서해 주기가 두려운 듯 얼굴을 돌려 버렸다.

자연의 모든 법칙과 성(性)의 법칙에 의하면 이런 기분과 이런 순간에 어울리는 유일한 해답은 키스다. 그러한 법칙의 영향 아래서는 주드에 대한 수의 조용한 태도가 그 열기를 변화시킬 가능성이 없지도 않았다. 수가 선언한 중립적 감정과 아라벨라 교구의 교회 사무실 서류 상자 속에 두 사람이 서명한 서류가 보관된 사실을 잊어버리고, 사람에 따라서는 양식을 벗어던진 채 그 법칙을 과감하게 시도하는 경우가 없지 않을 것이다. 그러나 주드는 그러지 않았다. 그가 찾아온 목적의 일부는 오히려 자신의 치명적 이야기를 사실대로 그녀에게 해주는 것이었다. 이야기가 그의 입술에서 맴돌았으나 결정적인 순간에 고통이 찾아와 그는 결국 그 이야기를 털어놓지 못했다. 대신 그는 두 사람 사이에 인지된 장벽에 대하여 이야기를 늘어놓았다.

"물론, 나는 알고 있어…… 수가 나를 특별한 마음으로 좋아하는 게 아니라는 사실을." 비탄에 젖은 목소리로 그가 말했다. "수는 나를 좋아해서는 안 되며, 수가 선택한 방식이 옳은 길이지. 수는 필롯슨의 사람이니까. 그 사람이 수를 보러 다녀갔겠지?"

"그래요." 그녀가 쌀쌀하게 말했다. "그러나 내가 오라고 청했던 건 아니에요. 오빠는 물론 그가 다녀갔다고 좋아하겠죠! 그러나 난 그 사람이 앞으로 찾아오지 않아도 전혀 관심이 없어요!"

주드는 자신의 사랑의 감정은 배척하면서 연적을 용납하는 그의 정직한 감정 때문에 화를 내는 그녀가 매우 당혹스러웠다. 그는 대화를 다른 방향으로 돌렸다.

"수, 이 일이 가져온 충격은 사라질 거야. 교육 대학이 세상의 전부는 아니야. 다른 방법으로 학생이 될 수 있겠지."

"필롯슨 씨에게 물어볼게요." 그녀가 단호하게 말했다.

수의 친절한 집 주인이 교회에서 돌아와 은밀한 이야기는 거기서 그쳤다. 절망적으로 불행한 감정을 억누르지 못하며 주드는 오후에 수와 헤어졌다. 그러나 적어도 그는 수를 만났고, 그녀와 함께 있었다. 그는 여생 동안 이런 식의 만남에 만족해야 한다. 교구 신부가 된다면 그는 체념의 교훈이 필요하고 그것이 지당하다는 사실을 배워야 하지 않는가.

이튿날 아침 자리에서 깨었을 때 그는 그녀에게 화가 났고, 그녀가 변덕스러울 뿐만 아니라 경우에 맞지 않는다고 느꼈다. 그러나 그가 그녀의 단점을 보상하는 특출한 성격으로 인식하기 시작한 면을 설명이나 하듯, 그녀에게서 편지가 하나 배달되었다. 편지는 그가 전날 떠난 직후에 쓴 것이 틀림없었다.

어제 까탈을 부린 점 용서하세요. 오빠에게 못되게 굴었어요. 그 점을 잘 알고 있어요. 그래서 나는 끝없이 비참했어요. 화를 내지 않은 오빠가 너무 훌륭해요! 오빠, 나의 모든 단점에도 불구하고 나를 친구와 동료로 계속 받아 주세요. 앞으로는 그런 면을 보이지 않도록 노력할게요.

토요일 멜체스터에 가요. 교육 대학에서 내 짐을 정리하기 위해서예요. 오빠가 좋다면 한 삼십 분가량 함께 산책을 할 수 있을 거예요.

후회심에 가득 찬 수

주드는 그녀를 즉시 용서했다. 그리고 멜체스터에 오면 성당으로 자신을 찾아오라고 편지를 썼다.

6

한편으로 한 중년의 사나이가 앞의 편지를 쓴 사람에 대하여 대단히 아름다운 꿈을 꾸고 있었다. 그 사나이는 바로 리처드 필롯슨이었다. 그는 최근 크라이스트민스터 근처에 있는 럼스던의 남녀 공학 마을 학교에서 고향 섀스턴에 있는 큰 남자 학교를 맡아 이사를 했다. 학교는 일직선으로 남서쪽 방향 96킬로미터쯤 떨어진 언덕 위에 있었다.

학교와 그 부속 건물들을 보면 교사가 교회나 문학이 공유하는 공통점과는 무관한 새로운 꿈을 위해 오랫동안 마음속으로 아껴온 계획과 꿈을 파기한 사실을 첫눈에 짐작할 수 있었다. 본질적으로 현실적이지 못한 사람이지만 지금 그는 아내를 맞고, 그 아내가 동의한다면 그의 학교에 붙어 있는 여자 학교의 하나를 맡아 운영하는 실용적인 목적을 위해 돈을 벌고 저금하는 데 몰두하고 있었다. 그 실용적인 목적을 위해 금세 결혼에 동의하지 않을 것 같은 그녀에게 연수를 받으라고 권했던 것이다.

이 무렵은 주드가 메리그린에서 멜체스터로 옮겨 와 수와 그곳에서 만나던 시기였으며 교사가 섀스턴의 새 학교에 정착하던 때이기도 했다. 가구가 모두 제자리에 놓이고, 책이 책장에 정돈되고, 못질이 다 끝나자 교사는 어두운 겨울밤 동안 응접실에 앉아 그전에 하던 연구를 다시 시작했다. 그 연구 중 하나가 로마 통치 시대의 브리타니아 유적 발굴이었다. 그 작업은 빈곤층 학생을 위한 학교 교사에게는 벌이가 되지 않는 노동이었지만, 연구 분야로서는 대학 진학의 계획을 포기한 그에게 비교적 개척이 되지 않은 광맥처럼 관심을 끌었다. 그 자신처럼 이러한 유물들이 많이 흩어져 있는 한적한 곳에 살면서, 그 시기의 문명에 대한 기존의 견해와 놀라울 정도로 다른 학설을 유추해 내는 사람들에게는 매우 유용한 분야이기도 했다.

이 연구를 다시 시작한 것은 현재로서는 필롯슨에게 외형적인 그리고 확실한 취미 생활에 불과했다. 새로 이사 온 사람으로 그와 친하게 지낼 준비가 되어 있는 이웃을 예방하는 대신, 뚝길과 제방과 고분이 많은 들판으로 혼자 나가고, 수집한 몇 점의 항아리와 기와와 모자이크 조각을 가지고 집에 쳐박혀 외부 사람을 만나지 않는 것은 외형적인 이유에 불과했다. 이러한 연구 활동은 결코 참된, 적어도 전적인 이유가 아니었다. 그달의 어느 특정한 저녁에도 밤이 아주 어두워지고 (사실은 거의 자정이 다된 시각에) 그의 방에 켜진 램프가 언덕배기 도시의 철각(凸角)에서 창밖으로 서쪽을 향해 끝없이 뻗은 계곡 위로 비치면서 방 안에서 연구에 몰두하고 있는 사람을 밝혀 주고 있었다. 그러나 그는 책을 읽고 있는 것이 아니었다.

방 안에 널려 있는 책과 가구, 교사의 헐렁한 코트와 탁자에 앉아 있는 그의 자세, 그리고 깜박거리는 난로의 불꽃이 모두 연구에 몰두해 있는 사람의 위엄 있는 모습을 말해 주고 있었다. 특권 없이 자수성가한 사람에게는 아주 잘 어울리는 광경이었다. 그러나 이것은 최근까지의 일이고 지금은 그렇지가 않았다. 지금 그가 읽고 있는 것은 역사가 아니었다. 역사에 관한 서류이기는 했지만, 그것은 몇 달 전에 그가 받아쓰게 한 여자 손에 의하여 굵직굵직하게 쓰인 글이었으며, 한 자 한 자 사무적으로 정리해 놓은 글이 그의 관심을 끌고 있었다.

그는 서랍에서 조심스럽게 묶어 둔 편지 다발을 꺼냈다. 요즘 식으로 따진다면 편지는 몇 통 되지 않았다. 편지는 하나하나 처음 받았을 때 상태대로 봉투 속에 얌전히 들어 있었으며, 편지를 쓴 사람은 위의 역사에 관한 서류를 여성적 글씨로 베껴 쓴 사람이었다. 그는 편지를 하나하나 펼쳐서는 생각에 잠긴 얼굴로 읽었다. 처음 읽었을 때에는 이들 서류 속에 특별히 생각해 볼 여지가 있는 게 아무것도 없었다. '수 B'라고 서명이 붙은 편지는 그냥 직설적이고 솔직한 내용을 담고 있는 것에 불과했다. 이들은 잠시 자리를 뜨면서 쓴 글로, 즉시 없애 버려도 괜찮을 내용 이상의 것은 없었다. 주로 책을 읽으면서 떠오른 생각이나 교육 대학에서 일어난 일에 대한 잡담으로, 글을 쓴 다음 날이면 무엇을 썼는지조차 잊어버릴 성격의 것이었다. 그중 최근에 온 편지 중 하나는 그녀가 그의 사려 깊은 편지를 감사히 받았으며, 그녀가 원하는 횟수 이상으로 더 자주 찾아오지는 않겠다고 말한 점에 대하여 그의 대단히 고상하고 관대한 마음을 느낀다고 적고 있었다. 대학이 방문하기에는 거북한 장소이며, 그와 약혼한 사실이 알려지기를 바라지 않는 것이 그녀의 강한 열망이어서 그가 자주 찾아오는 경우 약혼 사실이 어쩔 수 없이 알려질 염려가 크지 않겠냐는 뜻도 적혀 있었다. 교사는 편지에 적힌 말귀에 대하여 깊이 생각에 잠겼다. 그녀를 사랑하는 남자가 자주 찾아오지 않는 점에 대하여 감사를 표하는 여자에게서 얻을 수 있는 만족의 감정은 어떤 것인가? 이 문제가 그의 마음을 사로잡고 그를 괴롭혔다.

그는 다른 서랍을 열어 봉투를 하나 찾아냈다. 거기서 그는 수의 어렸을 때 사진을 하나 꺼냈다. 그가 수를 알기 훨씬 전의 것으로 그녀는 손에 작은 바구니를 들고는 격자 아래 서 있었다. 또 하나의 사진은 젊은 여성이 된 다음 찍은 수의 모습인데 그녀의 검은 눈과 머리칼이 매우 특별하고 매력적으로 보였다. 그러한 모습은 그녀의 가벼운 기분 뒤에 숨어 있는 사려 깊은 면을 보여 주었다. 그 사진은 주드에게 준 것과 같은 것으로, 특별한 의미가 있는 게 아니고 누구나 달라면 주었을 성질의 사진이었다. 필롯슨은 사진을 반쯤 입술 가까이에 가져갔다가, 그녀의 이해하기 어려운 편지 생각이 떠오르자 멈칫해서 다시 내렸다. 그러나 끝내는 열여덟 살의 젊은이나 쏟을 수 있는 헌신적 열정을 다해 사진에다 키스를 퍼부었다.

교사는 병색으로 보이는 구식 얼굴을 하고 있었는데, 그의 면도하는 스타일이 더 구식으로 보이게 했다. 그러나 그런 모습에 천성적으로 부드러움이 스며 있었으며, 모든 일을 바로 하려는 내면적 의지가 엿보였다. 그의 말투는 좀 느린 편이었지만 어조가 엄숙하여 머뭇거리는 습관이 언어 장애로 보이게 하지는 않았다. 회색으로 변하고 있는 그의 머리칼은 곱슬머리였는데, 정수리 한복판에서 빛이 나는 것 같았다. 그의 이마에는 네 개의 주름살이 나 있었다. 그는 밤에 책을 볼 때에는 안경을 끼었다. 그가 아직 결혼을 하지 않은 이유는 여자에 대한 혐오증 때문이 아니라 학문적 목적에 의하여 강요된 체념 때문이었다.

오늘 밤처럼 조용히 시간을 보내는 경우는 자주 있는 일인데, 주로 학생들이 그의 동정을 살피지 않을 때였다. 학생들의 재빠르고 꿰뚫어 보는 시야는 지금처럼 수에 대한 걱정 때문에 마음이 초조한 때에는 그를 견디기 어렵게 만드는 일이 자주 있었다. 꿰뚫어 보는 그들의 눈이, 새벽 시간에 마주쳤을 때, 그의 마음속의 꿈이 무엇인지를 알아낼까 봐 여간 노심초사하지 않았다.

교육 대학으로 자주 찾아와서는 안 된다는 수의 간절한 부탁을 필롯슨은 명예롭게 지켰다. 그러나 마침내 그의 인내심에 대한 시련이 너무 고통스러워 그는 어느 토요일 오후 예고 없이 그녀를 찾아가기로 했다. 그녀가 학교를 떠났다는 소식은 (퇴교라고 받아들여져야 할 성격에 가깝지만) 그녀의 얼굴을 몇 분 내에 볼 수 있으리라는 기대감으로 기숙사 문 앞에 서 있던 그에게는 예고 없는 청천벽력이었다. 걸음을 되돌렸을 때 그는 눈앞에 있는 길을 제대로 볼 수가 없었다.

사실 수는 사건이 일어난 지 보름이 되었지만 그녀의 구혼자에게 그 문제에 관하여 한 줄도 편지를 쓰지 않았다. 그는 잠시 생각에 잠겼다가 편지를 쓰지 않은 것은 아무 의미도 없는 일이라고 결론을 내렸다. 침묵한 것은 비난을 받을 일이지만 사건의 미묘성에도 이유가 있으리라고 생각했다.

학교 당국은 그녀가 지금 어디에서 살고 있는지를 그에게 알려 주었다. 그녀의 안녕에 대하여 당장 걱정할 필요가 없음을 알게 되자 그의 마음속에는 교육 대학의 이사회에 대한 불타는 분노가 일기 시작했다. 혼란스러운 마음으로 필롯슨은, 보수를 하기 위하여 보기 흉하게 뜯어놓은 근처의 성당으로 들어갔다. 그의 바지에 먼지가 내려앉았으나 그는 사암을 쌓아놓은 돌무더기 위에 앉았다. 그는 별생각 없이 작업하는 인부들의 움직임을 쳐다보다가, 이번 사건의 주범이며 수의 애인인 주드가 그들 중에 있는 사실을 금세 알아보았다.

주드는 예루살렘 모형 전시회 이후 그가 옛날 존경했던 사람과 대화를 나눈 적이 없었다. 골목길에서 필롯슨이 머뭇거리며 수에게 구애하는 광경을 뜻하지 않게 목격한 이후, 젊은이의 가슴속에는 연장자에 대한 생각을 하고 그를 만나고 그와 의사소통을 한다는 것에 이상한 혐오감이 생겼다. 필롯슨이 그녀에게서 결혼하겠다는 약속만이라도 받아 내는 데 성공했다는 사실이 주드에게 알려진 다음부터, 그는 그를 만나거나, 그에 관한 소식을 듣거나, 그가 이루려는 것에 대한 이야기를 알게 되거나, 어떤 훌륭한 면이 그의 인품 속에 있으리라고 상상하거나를 솔직히 원하지 않는다는 사실을 깨닫게 되었다. 교사가 주드를 찾아온 바로 그날도 주드는 자신을 찾아오겠다고 약속한 수를 기다리고 있었다. 따라서 그가 교사를 성당의 본당 회중석에서 보고, 그가 자신에게 이야기를 하러 온다는 사실을 알았을 때 적잖은 당혹감을 느꼈다. 그러나 필롯슨 자신의 당혹감이 주드가 당황해하는 모습을 보지 못하게 만들었다.

주드가 그에게로 갔다. 두 사람은 다른 인부들이 있는 데에서 떨어진 곳을 찾아 필롯슨이 앉아 있던 장소로 갔다. 주드가 그에게 삼베 포대 하나를 주며 깔고 앉으라고 권하면서 맨바닥에 앉는 것은 위험하다고 일러주었다.

"그래, 그래." 처음 앉아 있던 자리에 다시 앉으며 필롯슨이 멍하게 말했다. 그는 자신이 어디 있는지를 확인이나 하려는 듯이 눈을 땅 위로 깔고 있었다. "오래 걸리지는 않을 거야. 단지 자네가 내 친구 수를 최근에 만나 보았다는 소식을 들어서지. 그 문제에 대해서 자네한테 이야기를 하고 싶은 생각이 났어. 그냥 자네한테 물어보고 싶었어…… 그녀에 대해서 말이야."

"뭘 묻고 싶은지 알 것 같네요!" 주드가 황급히 말했다. "교육 대학을 빠져나와 나한테 온 것 말이지요?"

"그래."

"글쎄요." 주드는 어떤 수단을 써서라도 자신의 연적(戀敵)을 제거해 버리고 싶은 파렴치하고 악마 같은 욕구를 잠시 느꼈다. 인생의 다른 관계에서는 가장 존경스러운 사람도 같은 여자에 대한 사랑 때문에 범할 수 있는 술책을 시도함으로써, 스캔들은 사실이며, 수는 되돌릴 수 없도록 인생을 자신에게 맡겼다고 말을 해서, 필롯슨을 고통과 패배 속에서 돌려보낼 수도 있었다. 그러나 주드는 자신의 동물적 충동을 행동으로 옮길 수 없었다. 대신 그는 이렇게 말했다. "그 문제에 대해서 솔직한 대화를 하려고 친절히 여기까지 와 주어서 반가워요. 사람들이 뭐라고 그러는 줄 아세요? 내가 수와 결혼을 해야 한대요."

"뭐라고!"

"그리고 난 진심으로 그럴 수 있었으면 해요!"

필롯슨이 몸을 부르르 떨었다. 그의 창백한 얼굴 언저리에 시체 같은 예리한 빛이 떠올랐다. "이런 정도로 된 줄은 몰랐어! 맙소사!"

"아니에요, 아니에요!" 주드가 놀라서 말했다. "내 말의 뜻을 이해한 줄 알았는데요. 여기저기 하숙을 옮겨 다니는 것보다는 그녀와 결혼을 하고, 아니 누구하고라도 결혼을 하고 정착할 수 있으면 그러겠다는 거지요!"

그가 진심으로 뜻한 바는 단지 그녀를 사랑한다는 것이었다.

"그렇지만 이 고통스러운 일이 일단 외부로 터졌으니 정말 무슨 일이 일어났는지 말을 해 보게." 필롯슨이 말했다. 그는 앞으로 다가올 불확실한 긴 고뇌의 시간보다는 지금 당장 예리한 고통의 충격을 받아들이겠다는 결심에 차 있었다. "관대하지 못한 질문을 해서라도 잘못된 소문을 잘라 버리고 스캔들을 제거해야 하는 경우가 있는데 이번이 그런 경우 같네."

주드는 사건을 주저 없이 다 설명해 주었다. 양치기 집에서 하룻밤을 묵은 일을 포함해서 외출을 했던 이야기 전부와, 옷이 젖은 채 그녀가 하숙집으로 찾아온 이야기, 물에 젖어 감기 증세가 있었던 일, 밤을 새워 이야기를 했던 일, 그리고 다음 날 아침에 정거장까지 배웅했던 이야기를 모두 다 해 주었다.

"그럼 이제," 필롯슨이 결론으로 말을 했다. "이게 전부겠지. 난 자네를 믿을 수 있어. 그녀를 퇴교시킨 소문도 근거없는 것이겠지?"

"그렇습니다." 엄숙한 목소리로 주드가 말했다. "절대로요. 맹세해요!"

교사가 자리에서 일어났다. 두 사람은 그 만남이 각자가 최근에 겪은 일을 친구처럼 다정하게 이야기할 수 있는 계제가 아니라는 사실을 잘 알았다. 주드는 교사를 안내하여 성당에서 행해지고 있는 보수 작업의 일부를 보여 주었다. 필롯슨이 주드에게 작별 인사를 하고는 그 자리를 떠났다.

필롯슨이 주드를 찾아온 것은 아침 11시였다. 그러나 아침 내내 수의 모습은 보이지 않았다. 오후 1시에 주드는 점심 식사를 나가다가 그의 앞에서 노스 게이트 쪽으로 길을 걸어가는 그녀의 모습을 발견했다. 그녀의 걸음걸이가 결코 그를 찾고 있는 것 같지는 않았다. 그는 빠른 걸음으로 그녀를 앞질러 가서 성당으로 찾아와 달라고 했으며, 그렇게 하겠노라고 약속을 하지 않았느냐고 물었다.

"대학에서 내 짐을 찾아가려고 왔어요." 그녀가 이렇게 말했다. 그는 그것이 그에 대한 대답이라고 생각했지만 그가 요구한 대답은 아니었다. 그녀의 기분이 회피적인 것이라고 느끼면서 그는 감추고 있던 소식을 알려 줘야겠다고 마음먹었다.

"오늘 필롯슨 씨 만나 보지 않았어?" 그가 용기를 내어 물었다.

"안 만났어요. 그 사람에 대해서 심문당하고 싶지 않아요. 더 이상 물어보면 대답하지 않을 거예요!"

"거참 이상하네……." 주드는 그녀를 쳐다보면서 말을 멈췄다.

"뭐가요?"

"수는 편지에서보다 실제 만나면 그리 착하지 않아."

"정말 그렇게 보여요?" 퍼뜩 솟아오르는 호기심으로 미소를 지으며 그녀가 말했다. "그것 정말 이상하네요. 난 오빠한테 항상 똑같이 느끼는데 말이에요. 오빠가 간 다음에도 내 마음은 냉랭하니까요."

자신에 대한 그의 감정을 그녀는 잘 알고 있었다. 그들이 위험한 지대를 밟고 있음을 주드는 깨달았다. 이제 정직한 입장에서 그녀에게 말을 해야 할 시기가 왔다고 생각했다.

그러나 그는 여전히 말을 하지 않았다. 그녀가 하던 이야기를 계속했다. "내가 편지에서 말을 하도록 만든 것, 오빠가 원하면 날 아주 많이 사랑해도 괜찮다는 것 말이죠!"

그녀의 말이 뜻한 바, 뜻하는 것처럼 보인 바에서 느낄 수도 있었던 황홀감은, 그가 그녀에게 하려는 말 때문에 사라져 버렸다. 그는 경직된 자세로 잠시 있다가 이렇게 시작했다. "난 아직까지 너한테 말하지 않았는데……."

"아니, 말했어요." 그녀가 나지막이 중얼거렸다.

"내 말은, 아직 내 과거를 수한테 다 말하지 않았다는 뜻이야."

"그러나 짐작은 해요. 거의 다 알아요."

주드가 얼굴을 쳐들었다. 수가 아라벨라와 있었던 그날 아침의 사건을 안다는 것인가? 몇 달 만에 죽음보다 더 완전하게 사라져 버린 결혼에 관한 이야기를 안다는 것인가? 그녀가 모른다는 사실을 그는 깨달았다.

"이런 길거리에서는 이야기를 할 수 없어." 그는 우울한 목소리로 말을 이었다. "내 하숙집으로는 가지 말았으면 좋겠고. 여기로 들어가지."

그들이 서 있는 지점 곁에 시장이 서는 건물이 있었다. 그들이 갈 수 있는 곳은 그 건물밖에 없었다. 그들은 건물 안으로 들어갔다. 장이 끝난 뒤라 점포와 공간이 비어 있었다. 두 사람이 만나기에 좀 더 알맞은 곳을 찾고 싶었으나, 늘 인생이 그렇듯이 그의 역사를 말할 수 있는 낭만적 들판이나 분위기가 엄숙한 복도 대신에, 둘은 썩은 배추 잎사귀가 지저분하게 깔려 있는 시장 건물의 마루를 아래위로 걸으며 이야기했다. 주변에는 썩은 야채와 팔리지 못할 찌꺼기들이 지저분하게 쌓여 있었다. 그는 몇 해 전에 결혼을 하여 아내가 있으며, 그녀는 아직도 살아 있다는 정도로 이야기를 간략하게 했다. 얼굴색이 변할 사이도 없이 그녀가 말을 쏟아 놓았다.

"왜 이런 이야기를 진작 하지 않았어요!"

"그럴 수가 없었어. 그런 이야기를 하기가 너무 잔인한 것 같았어."

"오빠 자신에게는 그렇겠죠. 그래서 나한테 잔인하기로 했군요!"

"아니, 그렇지 않아!" 주드가 열정적으로 외쳤다. 그는 그녀의 손을 잡으려고 했으나, 그녀가 손을 빼어 갔다. 서로를 믿던 전날의 관계가 갑자기 끝나고, 성(性)과 성의 반목이 편애에 대한 치우침을 바로잡는 균형을 이루지 못한 채 남아 있었다. 그녀는 더 이상 그의 동료며, 친구며, 무의식 속의 애인이 아니었다. 그녀의 눈이 소원해진 침묵 속에서 그를 응시했다.

"결혼으로 이른 내 생애의 에피소드에 대해 나는 부끄러운 마음을 금할 수 없어." 그는 이야기를 계속했다. "지금은 그것을 정확히 설명할 수는 없어. 수가 다른 각도에서 그 이야기를 받아들였으면 설명이 가능했을지도 모르지만!"

"그렇지만 어떻게 달리요?" 그녀가 쏘아붙였다. "지금까지 내내 직접 말로도 하고 편지로 쓰기도 했지만, 오빠는 나를 사랑해도 좋다고, 그 비슷한 것을 해도 좋다고 했어요. 그것은 측은한 마음에서 한 소리예요. 어째서 일이 이렇게 되는지 세상이 너무하네요!" 흥분하여 몸을 떨면서 그녀는 발을 동동 굴렀다.

"날 잘못 이해하고 있어, 수! 수가 날 좋아한다고는 생각도 못 하고 있었어. 아주 최근까지 말이야. 그래서 내 문제가 그렇게 중요하다고 생각하지 않았어! 수, 날 좋아하는 거야? 무슨 뜻인지 알지? '측은해서'라는 단서는 아주 싫어!"

그의 질문은 주어진 상황에서 수가 대답하지 않기를 바라는 성질의 것이었다.

"그 여자는…… 오빠의 부인은…… 성질은 못되었지만, 아주 예쁘겠죠?" 그녀가 재빨리 물었다.

"예쁠 만큼 예쁜 편이지."

"나보다 더 예쁘죠!"

"수는 그 여자와는 같지 않아. 나는 그 여자를 본 지 오래되었어……. 그러나 분명히 돌아올 거야, 그런 사람들은 늘 그러거든!"

"이런 식으로 그 여자와 떨어져 사는 게 참 이상해요!" 수가 말했다. 그러나 입술이 떨리고 목이 메는 모습은 그녀의 풍자가 마음속의 뜻이 아님을 감추지 못했다. "오빠는 대단히 종교적인 사람이죠? 오빠의 판테온 안에 모셔놓은 작은 신들, 오빠가 성자라고 부르는 그 많은 전설적 인물들이 이런 일이 있은 다음에는 어떻게 오빠를 위해 도움을 줄 수 있겠어요? 내가 이런 일을 저질렀다면 상황은 달라요. 특별할 게 없지만요. 나는 결혼을 성사(聖事)로 보지 않으니까요. 오빠의 이론은 실천만큼 앞서지 못했네요!"

"수, 이렇게 완전한 볼테르주의자가 되는 순간 너는 무섭게 상대방을 고통스럽게 하는구나! 그러나 나는 괜찮으니 수 좋을 대로 해!"

수는 주드의 비참한 모습을 보자 마음이 누그러졌다. 그녀는 눈을 깜박거려 동정 어린 눈물을 감추려고 애를 쓰며, 상처 받은 여인의 원망을 애교 섞인 말씨에 담아 이렇게 말했다. "아…… 날 사랑할 수 있는 허락을 원한다는 뜻을 전하기 전에 먼저 그 이야기를 했어야 돼요! 기차역에서 있었던 그 순간 이전에는 나에게 전혀 감정이 없었어요, 다만……." 자신의 감정을 감추려는 노력과 그 노력이 마음대로 되지 않아 수도 주드만큼 기분이 비참해졌다.

"울지 마!" 그가 간청하는 목소리로 말했다.

"나는…… 오빠를 사랑해야 하기 때문에…… 우는 건 아니에요. 우는 건 오빠가 나를 신뢰하지 않았기 때문이에요!"

그들은 시장 바깥으로부터 보이지 않게 가려진 지점에 있었다. 그는 팔을 그녀의 허리 쪽으로 뻗었다. 그의 순간적인 충동이 그녀로 하여금 정신을 차리게 했다. "안 돼요, 안 돼요!" 그녀가 엄숙한 얼굴을 하면서 뒤로 물러서고 눈물을 닦았다. "물론 안 돼요! 사촌으로 그런 짓을 했다고 생각하는 건 위선이고요. 다른 뜻으로 그랬다고 생각할 수도 없어요."

그들은 열두어 발짝 걸음을 떼어놓았다. 그녀의 흥분이 진정된 기미를 보였다. 주드에게는 혼란스러운 일이었다. 그녀가 평소대로의 모습을 보였더라면 그의 마음이 덜 아팠을 것이다. 속 좁은 여성적 면을 여성에게 알맞은 충동으로 행동한 적이 전에도 있었지만 그녀는 근본적으로는 통이 크고 마음이 관대한 편이었다.

"자신을 억제할 수 없어 한 짓을 책망하고 싶지는 않아요." 그녀가 미소를 띠며 말했다. "내가 어떻게 그런 바보 노릇을 했을까! 오빠가 진작 이야기를 해 주지 않은 점은 원망스러워요. 그러나 상관없어요. 오빠에게 그런 일이 없었어도 우리 관계는 거리를 두었어야 해요."

"수, 그렇지 않아. 그것만이 우리 둘 사이의 장애물이야!"

"장애물이 하나도 없었더라도 내가 오빠를 사랑하고 오빠의 아내가 되기를 바라는 일은 있지 않았으리라는 사실을 잊고 있어요." 수는 부드러운 그러나 심각한 얼굴로 말했다. 그러나 그런 표정은 그녀의 내면의 참뜻을 밖으로 나타내지는 않았다. "그리고 우리는 사촌 간이에요. 사촌끼리 결혼은 좋지 않아요. 또 나는 지금 다른 사람과 약혼을 한 처지예요. 지금처럼 우리가 계속 만나는 것은, 우리는 친구같이 만날지라도, 우리 주변의 사람들이 그것을 계속되지 못하게 말렸을 거예요. 남자와 여자 사이의 관계를 보는 사람들의 눈은 제한되어 있어요. 날 학교에서 쫓아낸 사실이 증명을 하잖아요! 그들의 철학은 남녀의 관계가 동물적 면에 근거하고 있어야 인정해요. 욕정이 부차적인 역할을 하는 넓은 의미에서의 강렬한 사랑은 그들의 견해 속에는 존재하지 않아요. 그 있잖아요…… 뭐더라…… 비너스 유리너스[58]를 인정하지 않아요."

그녀가 박학하게 이야기를 한다는 사실은 다시 그녀가 자기 자신을 되찾았다는 것을 뜻했다. 그들이 헤어지기 전에는

---

58) 육체적인 사랑과 반대 개념인 지성적 사랑.

그녀의 발랄한 눈길, 어조의 상호성, 명랑한 태도, 동년배와 같은 여성에 대하여 보여 주는 비판적 관대함을 두 번씩 신중하게 생각하는 태도가 모두 전처럼 되돌아와 있었다.

그는 이제 좀 더 자유로운 태도로 이야기할 수 있었다. "내 이야기를 성급히 말하지 못한 이유는 몇 가지 있었어. 그중에 하나는 앞에 말한 대로고, 또 하나는 난 결혼을 하지 말아야 된다는 생각이었어. 난 이상하고 특수한 집안에 태어났는데, 우리 집안 사람들은 결혼을 하지 말아야 하기 때문이야."

"아, 누가 그런 소리를 했어요?"

"우리 할머니가 그랬어. 할머니 이야기는 폴리 집안은 결혼만 하면 끝이 나쁘다고 그랬지."

"그것 정말 이상하네요. 아버지도 똑같은 말씀을 했어요!"

두 사람은 같은 생각에 사로잡힌 채 서 있었다. 두 집안 사람끼리의 결합이란, 혹시 그 결합이 가능한 것이라도, 서로 어울리지 않은 요소를 더 무섭게 부조화하도록 하는 것이며, 한 요리 속에서 두 개의 쓰디쓴 재료를 섞는 것과 같은 것으로, 하나의 가정(假定)으로서도 흉한 생각이었다.

"그런 말에는 별 의미가 없을 거예요!" 그녀가 신경질적인, 가벼운 목소리로 말했다. "우리 집안에는 근년에 배우자를 선택하는 문제에서 운이 따르지 않았을 뿐이에요. 그 이상은 아니에요."

두 사람은 지금까지 있었던 일은 중요하지 않으며, 여전히 사촌이자 친구이며 다정한 편지를 교환하는 사이로 남을 것이며, 전보다 자주는 만나지 못하겠지만 일단 만나면 즐겁고 다정한 시간을 가질 수 있을 것이라고 애써 타일렀다. 그들은 다정한 친구로서 헤어졌다. 그러면서도 수의 눈을 쳐다보는 주드의 눈빛은 의문투성이로 색칠해져 있었다. 그 순간에도 그녀의 마음을 알 수 없다는 느낌이 가득했기 때문이었다.

7

하루나 이틀 뒤에 수에게서 온 소식은 곡물을 시들게 하는 돌풍처럼 주드의 마음 위로 스쳐 지나갔다.

편지를 읽기도 전에 그는 내용이 심각한 것임을 짐작할 수 있었다. 편지에 쓰여 있는 서명이 이름 전부를 다 나열한 것이었기 때문이다. 그런 식의 서명은 처음 편지를 보낸 이후에는 쓰지 않았던 습관이었다.

친애하는 주드 오빠, 알려야 할 소식이 있어요. 갑작스레 속도가 빨라진 느낌을 주겠지만(기차 회사에서 기차를 두고 하는 말처럼), 이 소식 받고 놀라지는 않겠죠. 필롯슨 씨와 나, 곧 결혼할 거예요. 삼사 주일 뒤가 될 거예요. 잘 알고 있겠지만, 원래는 내 교육 과정이 끝나고 자격증을 따서, 필요하다면 가르치는 일을 도울 수 있을 때까지 기다리려고 했어요. 그러나 이제 내가 교육 대학에 다니지 않는 이상 기다릴 이유가 없다고 관대하게 그 사람이 말을 하네요. 이런 거북한 상황이 학교에서 퇴교까지 당한 내 잘못으로 일어났는데도 그 사람이 아주 이해를 잘하네요.

축하해 주세요. 내 부탁이에요. 거절해서는 안 돼요. 오빠의 사랑하는 사촌,

수잔나 플로렌스 메리 브라이드헤드

편지를 읽고 주드는 몸을 비실거렸다. 그는 아침 식사를 할 수가 없었다. 입이 말라 계속 차만 마셨다. 그는 곧 직장으로 갔으며, 그런 상황에 처한 사람이 보통 하는 식으로 쓰라린 웃음을 웃었다. 모든 것이 풍자극으로 변하고 있는 듯했다. 그러나 가엾은 그녀가 달리 할 수 있는 것은 무엇인가? 그는 이렇게 자문했으나, 마음속으로는 눈물을 쏟아 내는 것보다 더 가슴이 아팠다.

"아, 수잔나 플로렌스 메리!" 그는 작업을 하면서 이렇게 중얼거렸다. "넌 결혼이 무엇인지를 모르고 있어!"

술에 취해서 그녀를 찾아갔던 것이 그녀의 약혼을 촉진했듯이, 자신의 결혼 사실을 알려 준 것이 이런 결과를 초래하도록 그녀를 자극했을까? 그녀가 그런 결정을 하기까지에는 물론 실용적이고 사회적인 이유가 충분히 있는 것도 사실이었다. 그러나 수는 실용적이고 계산적인 사람이 못 되었다. 자신의 비밀을 그녀에게 알려주는 자극이 그녀로 하여금, 대학 당

국의 혐의가 얼마나 근거 없는 것인가를 증명하는 최상의 방법은 약혼을 완결하여 즉시 그와 결혼을 하는 것이라는 필롯슨의 설득에 넘어가는 계기가 되었다고 그는 생각하지 않을 수 없었다. 그녀가 거북한 입장에 몰린 것은 사실이었다. 가엾은 수!

그는 스파르타식 자제력과 용기를 발휘해서 주어진 상황을 받아들이고 그녀를 후원하기로 결심했다. 그러나 그녀가 원하는 축하 편지는 하루 이틀 동안 쓸 수가 없었다. 그사이 그의 마음 급한 사촌으로부터 또 한 장의 편지가 왔다.

오빠, 결혼식에서 날 신랑에게 인도하는 역을 맡아 줄래요? 오빠만큼 그 일을 편리하게 해낼 수 있는 사람도 없어요. 이 지방에서 결혼한 친척이라고는 오빠밖에 없어요. 아빠가 있고 나와 사이가 좋다면 다른 문제지만, 그렇지 못해요. 이 부탁을 귀찮다고 생각하지 않겠죠? 기도서에 적혀 있는 결혼식에 관한 글을 읽고 있는데 신부를 인도해 주는 사람이 필요하다는 것 자체가 모욕적이에요. 거기 적힌 식대로 하면 신랑이 스스로, 그리고 기꺼이, 날 선택하는 것으로 되어 있어요. 내가 선택하는 것이 아니에요. 누군가가 나를 그에게 주는 거래요. 마치 암나귀나 암염소나 또는 다른 가축을 다른 사람에게 주듯이 말이에요. 아, 독실한 신자여, 그대의 고매한 여성관에 축복이 있으라! 그러나 이제 오빠를 골려 줄 특권이 나에게는 없다는 사실을 잊고 있었네요. 안녕.

수잔나 플로렌스 메리 브라이드헤드

주드는 영웅적인 용기를 다 짜내어 이렇게 답을 썼다.

사랑하는 수, 물론 축하해. 또 물론 인도해 주는 역도 할게. 지금 집이 없는 처지이니, 내 생각에는 학교 친구의 집에 있으면서 결혼하지 말고 내 집에서 결혼식장으로 가야 할 것 같아. 수 말대로 이 지방에서는 내가 제일 가까운 친척이니까, 그렇게 하는 것이 좀 더 적절한 절차 같아.

편지를 이토록 무섭게 공적으로 서명하는 이유를 이해할 수 없어. 아직도 나를 조금은 사랑하고 있겠지? 안녕.

주드

서명보다 더 그의 기분을 상하게 한 것은, 그가 말을 하지는 않았지만 그를 아프게 한 '결혼한 친척'이라는 구절이었다. 그녀의 연인으로 얼마나 바보스럽게 보였을까! 만약 수가 풍자로써 그런 말을 썼다면 그녀를 용서할 수 없었다. 그러나 고통에서 그 말을 했다면 그것은 또 다른 문제였다.

그가 하숙을 제공한 것은 필롯슨의 마음을 기쁘게 했던 모양이었다. 그런 편의를 제공해 주어서 고맙다는 따뜻한 인사 편지를 그가 보내왔다. 수도 감사의 편지를 써 왔다. 주드는 즉시 공간이 좀 더 넓은 곳으로 옮겨서, 방도 방이지만, 수의 불쾌한 경험의 원인이 되었던 하숙집 주인의 의심스러운 눈을 피하기로 했다.

결혼 날짜가 정해졌다고 수에게서 다시 편지가 왔다. 사정을 알아본 다음 주드가 그녀에게 그다음 토요일에 집으로 오라고 회답을 했다. 결혼식 전 열흘 동안 시내에 있게 되는데, 그것은 형식적인 보름간의 거주 자격을 맞추기에 충분한 기간이 되었다.

수는 앞에 언급한 날 10시 기차로 도착했다. 주드는 그녀의 특별한 부탁에 따라 정거장으로 마중을 나가지 않았다. 그녀의 뜻은 (그것이 참뜻인지는 몰라도) 하루 오전의 일과 노임을 잃지 말아야 한다는 것이었다. 이 시점에서 그는 수를 너무 잘 알게 되어 감정적 위기의 순간에 서로의 민감한 면에 대한 추억이 그녀에게 정신적인 짐이 될 수 있으리라고 생각하게 되었다. 그날 점심 식사를 하러 그가 하숙집에 왔을 때 그녀는 이미 그녀의 방에 짐을 푼 다음이었다.

그녀는 그와 한집에서 살았지만 층이 서로 달라 마주치는 일은 거의 없었다. 어쩌다가 저녁 식사 때 서로 마주치면 수의 태도는 겁에 질린 아이 같았다. 그녀가 무엇을 느끼고 있는지는 알 수 없었다. 그들의 대화는 기계적이었다. 그러나 얼굴이 창백하거나 아픈 것 같지는 않았다. 필롯슨이 자주 방문을 했지만 대부분의 경우 주드가 집에 있지 않을 때였다. 결혼식이 있는 아침에 주드는 직장에서 하루 휴가를 냈다. 그날 수와 그녀의 사촌은 처음으로 아침 식사를 함께했다. 그것은 이 이상한 기간 중에 처음이자 마지막으로 두 사람이 그의 방에서(수가 거주하고 있는 동안 주드가 특별히 빌린 응접실에서)식사를 같이 한 경우가 되었다. 대부분의 여자들이 그러하듯 주드가 방을 편안하게 만드는 데 서툰 것을 보고 수는 공연히 부산을 떨었다.

"오빠, 무슨 일이에요?" 그녀가 갑자기 물었다.

그는 팔꿈치를 식탁 위에 얹고 턱을 손에 고인 채 식탁 보에 그려진 의미 없는 그림을 멍하니 들여다보고 있었다.

"오, 아무것도 아니야!"

"오빠가 '아버지'라는 것, 알고 있죠? 신부를 인도해 주는 사람을 그렇게 부르는 것을요."

'나이로는 필롯슨이 그렇게 불려야지!'라고 말을 할 수도 있었다. 그러나 그는 값싼 대꾸로 그녀의 기분을 상하게 하고 싶지는 않았다.

그녀는 마치 주드가 생각에 잠기는 게 싫은 것처럼 쉬지 않고 지껄였다. 식사가 끝나기 전에 그나 그녀나 양쪽이 모두 그들의 새로운 생각을 털어놓지 말았어야 했으며, 아침 식사도 따로 했어야 되었다고 생각했다. 주드의 마음을 무겁게 만든 것은, 자신이 이런 종류의 잘못된 짓을 했던 경험이 있으면서도, 그가 사랑하는 여자가 비슷하게 잘못된 일을 저지르는 것을 말리고 경고하는 대신, 오히려 그것을 도와주고 부추기고 있다는 생각이었다. '정말 아주 마음을 정했어?'라는 말이 혀 끝에서 뱅뱅 돌았다.

아침 식사를 마치고 함께 외출을 했다. 두 사람 모두 이것이 격식 없이 어울릴 수 있는 마지막 기회라는 생각을 하고 있었다. 운명의 풍자와, 위기의 순간에 신의 섭리를 유혹하는 이상한 수의 천부적 재능에 의하여, 그녀는 진흙 덮인 거리를 걸어가면서 주드의 팔을 잡았다. 이것은 전에 한번도 시도한 적이 없는 짓이었다. 거리의 모퉁이를 돌아서자 지붕을 낮게 세운 잿빛의 수직식 교회[59]가 가까이 서 있는 것을 발견하게 되었다. 바로 성 토마스 교회였다.

"저게 그 교회야." 주드가 말했다.

"내가 결혼식을 올릴 교회요?"

"그래."

"그렇구나!" 그녀가 호기심에 찬 마음으로 외쳤다. "들어가서 곧 무릎을 꿇고 식을 진행할 장소를 보고 싶어요."

다시 그는 혼자 중얼거렸다. '결혼이 무엇인지를 모르고 있어!'

그는 교회 안으로 들어가 보고 싶은 그녀의 뜻을 따르기로 했다. 그들은 서쪽 문으로 들어갔다. 어두운 교회 안에서는 청소부 아주머니가 청소를 하고 있었다. 수는 주드의 팔을 계속 잡고 있었다. 그러는 모습이 마치 그녀가 그를 정말로 사랑하는 것 같아 보였다. 그날 아침 주드에 대한 수의 태도는 잔인하게 상냥했다. 그러나 그녀를 기다리고 있을 회한에 대한 그의 근심은 고통의 감정에 의해 다소 누그러졌다.

> 남자에게 내리는 충격이 어떻게 여자에게 내리며
> 여성에게는 그것이 너무 과도함을 증명할 방법을
> 알지 못하노니.[60]

---

59) 영국 교회 건축의 중세식 양식.

60) 브라우닝의 시 「가장 나쁜 것」 중에서.

그들은 회중석을 지나 제단의 난간으로 조심스럽게 걸어나가, 조용히 난간에 기댄 채 섰다가 다시 몸을 돌려 회중석 쪽으로 내려왔다. 그녀의 손은 막 결혼한 부부처럼 여전히 그의 팔에 놓여 있었다. 그녀가 전적으로 초래한 너무나도 암시적인 이 상황은 주드가 마음속에 감추고 있던 울음을 거의 쏟아 놓게 했다.

"나는 이렇게 하기를 좋아해요." 그녀는 정감의 쾌락을 즐기는 사람처럼 묘한 목소리를 내면서 말했다. 그녀가 진심을 말하고 있는 것이 분명했다.

"그런 줄 알고 있어!" 주드가 말했다.

"이거 재미있어요. 전에 한번도 그런 적이 없으니까요. 두 시간 뒤면 나는 남편하고 이렇게 교회를 걸어 내려가겠죠!"

"분명히 그러겠지!"

"오빠 결혼 때도 이랬어요?"

"이럴 수가! 수, 그토록 무섭게 잔인할 수 있어! …… 저런, 저런, 예쁜 수, 그런 뜻은 아니고!"

"아…… 화났군요!" 눈을 깜박여 눈에 고인 눈물을 감추려고 하면서 그녀가 후회하는 목소리로 말했다. "오빠를 화나게 하지 않기로 약속했는데도! 여기 날 데리고 들어오게 부탁하지 말았어야 했나 봐! 아, 그러지 말았어야 하는데! 이젠 알겠어요. 새로운 감정을 좇고 싶은 내 호기심은 항상 이런 식으로 문제를 일으킨다니까! 용서하세요! 용서할 거죠, 오빠?"

그녀의 애걸하는 모습은 너무나 후회에 차 있어 주드의 눈이 그녀의 눈보다 더 젖어 있었다. 그는 그러겠다는 대답으로 그녀의 손을 꼭 잡아 주었다.

"이제 빨리 나가요. 더 이상 않을래요!" 그녀가 겸손하게 말을 계속했다. 두 사람은 교회 밖으로 나왔다. 수는 필롯슨을 마중하기 위해 역으로 가려고 했다. 그러나 두 사람이 중심가로 들어서면서 맨 먼저 만난 사람은 바로 교사 자신이었다. 그의 기차가 수가 예정했던 것보다 일찍 도착했던 것이다. 그녀가 주드의 팔에 기대는 것을 막을 이유는 없었다. 그러나 그녀는 팔을 뺐다. 주드는 필롯슨이 놀라는 표정을 지었다고 생각했다.

"우리는 아주 이상한 짓을 하고 왔어요!" 솔직한 미소를 띠며 그녀가 말했다. "우린 지금 교회에 가서 예행 연습을 하고 왔거든요. 오빠, 그랬죠?"

"어떻게?" 필롯슨이 호기심에 차서 물었다.

주드는 필요 이상의 솔직함이라고 생각되는 것을 마음속으로 못마땅하게 느꼈다. 그러나 그녀는 전부를 세세하게 설명하지 않았다. 그들이 제단까지 갔던 이야기만 해 주었다.

필롯슨이 황당한 표정을 짓는 것을 보고 주드가 유쾌한 목소리로 말했다. "수에게 선물을 하나 더 사 주려고 해요. 두 사람 나와 함께 가게로 갈래요?"

"아니요." 수가 말했다. "난 저이하고 집으로 갈래요." 그녀는 연인에게 너무 오래 있지 말라고 부탁을 하면서 교사와 함께 그 자리를 떠났다.

주드는 곧 그의 방으로 돌아와 그들과 합류했다. 세 사람은 결혼식 준비를 서둘렀다. 필롯슨은 머리를 고통스러울 정도로 빗어 젖히고 있었으며, 그의 셔츠 칼라는 과거 이십 년 어느 때보다 더 빳빳했다. 이것만 빼고 나면 그는 위엄 있고 사려 깊은 사람으로 보였으며, 친절하고 생각 깊은 남편감이라고 말하기에 손색이 없었다. 그가 수를 몹시 좋아하고 있다는 사실은 분명했으며, 그녀는 그의 흠모를 받아들일 자격이 없는 것처럼 느끼는 인상을 주었다.

교회까지 거리는 멀지 않았지만 주드는 덮개 덮인 전세 마차를 레드 라이언 여관에서 세를 내었다. 그들이 하숙집에서 밖으로 나왔을 때 예닐곱 명의 부녀자와 아이들이 모여 있었다. 교사와 수는 사람들에게 알려지지 않았으나 주드는 동료 시민으로 인식되고 있었다. 신혼부부는 주드의 친척으로 받아들여져 있었다. 아무도 수가 최근까지 교육 대학의 학생이었다고는 생각하지 않았다.

마차 안에서 주드가 별도로 산 작은 결혼 선물을 호주머니에서 꺼냈다. 그것은 2~3미터 길이의 하얀 명주 망사였다. 그는 그것을 베일처럼 그녀의 모자 위로 걸쳤다.

"모자 위에 걸치니까 아주 이상해 보이네요." 그녀가 말했다. "모자를 벗을게요."

"아, 아니, 그냥 둬요." 필롯슨이 말했다. 그러자 그녀는 그가 말한 대로 따랐다.

그들이 교회에 가서 각자의 위치에 서게 되었을 때 주드는 먼저 한번 다녀간 것이 결혼식의 중압감을 확실히 누그러뜨린 것을 알게 되었다. 그러나 식이 반쯤 진행되었을 때 그는 신부를 인도해 주는 일을 맡지 말았어야 했다고 마음 깊이 뉘우치고 있었다. 어떻게 수는 자신에게 그런 일을 부탁할 만큼 무모했던 것인가? 혹시 그녀 자신과 그에게 잔인함을 보여 주자는 것인가? 여자가 남자와 다른 면이 이런 점에서 드러났다. 알려진 만큼 남자보다 더 민감한 대신, 오히려 더 감정이 무디고, 덜 낭만적인가? 아니면 더 용감한 것인가? 또 아니면 그녀가 그냥 지나치게 괴팍스러워, 내면으로 긴 고통을 경험하는 이상하고 슬픈 사치를 즐기고, 그리고 그도 그 고통을 경험하도록 만든 데 대한 애정 어린 연민의 감정에 감동하는 것인가? 이상하고 슬픈 사치를 위해서 그녀 자신과 그에게 고의적으로 아픔을 가하는 것인가? 그는 그녀의 얼굴이 긴장되어 있는 것을 볼 수 있었다. 주드가 필롯슨에게 수를 인계하는 힘든 시련의 순간에는 수가 자신을 거의 가누지 못하고 있는 것도 보았다. 자신에 대한 생각보다는 오히려 그 자리에 끌어들여서는 안 될 사촌이 어떻게 느끼고 있을지를 생각하고 아파하는 것인가? 그녀는 엄청난 모순 속에서 이런 고통을 반복해서 가할 것이고, 또 반복해서 그 고통 받는 사람을 위해서 슬퍼할 것인가?

필롯슨은 다른 사람의 감정을 읽지 못하게 가리는 안개에 둘러싸여 아무것도 눈치 채지 못하는 듯했다. 그들이 서명을 하고 밖으로 나오자 긴장이 사라지고, 주드는 안도감을 느꼈다.

그의 하숙집에서 먹은 식사는 조촐한 것이었다. 2시에 그들은 떠났다. 마차로 가기 위해 보도를 건너다가 그녀가 뒤로 돌아보았다. 그녀의 눈에 두려운 빛이 서려 있었다. 그로부터의 독립을 보여 주기 위하여, 자신의 비밀을 알리지 않은 그에게 보복을 가하기 위하여, 수는 무엇인지도 모르는 곳에다 스스로를 던지는 어리석기 그지없는 짓을 한 것인가? 수는 여자의 마음과 삶을 갉아먹는 남자들의 본성에 대하여 어린아이처럼 무지하기 때문에, 그들과의 관계에서 그런 모험적 시도를 한 것이리라.

발이 마차 발판에 닿았을 때 그녀가 몸을 돌려 무엇인가를 두고 왔다고 말했다. 주드와 하숙집 아주머니가 서로 자기들이 가서 가져오겠노라고 말했다.

"아네요." 그녀가 뛰어가면서 말했다. "내 손수건이에요. 어디에 두었는지 내가 알아요."

주드가 그녀 뒤를 따라갔다. 그녀가 벌써 손수건을 찾아 손에 들고 나오고 있었다. 그녀는 눈물 어린 눈으로 그의 눈을 쳐다보았다. 무엇인가를 맹세하려는 듯이 갑자기 입술이 열렸다. 그러나 그녀는 그냥 걸어갔다. 그녀가 하려고 했던 말이 무엇인지는 끝내 알려지지 않았다.

8

주드는 그녀가 정말로 손수건을 두고 왔던 것인지 궁금했다. 아니면 자신의 사랑을 그에게 말해 주고 싶은 비참한 마음을 마지막 순간에 표현할 수 없었던 것인가?

그들이 떠나고 난 다음 그는 조용한 하숙방에 혼자 남아 있을 수가 없었다. 참담한 마음을 알코올 속에 묻을 유혹을 두려워하여 그는 2층으로 올라가 까만색 정장을 흰옷으로, 얇은 구두를 두꺼운 구두로 바꾸고, 오후 일을 하기 위해 평상시의 직장으로 갔다.

그러나 성당 안에서 그는 목소리가 등 뒤에서 들리는 느낌을 떨칠 수가 없었다. 그리고 머리는 그녀가 돌아오리라는 생각으로 가득했다. 그녀가 필롯슨과 함께 그의 집으로 갈 수는 없다는 생각이 떠나지 않았다. 그 느낌은 점점 더 커져 그를 자극했다. 작업이 끝나는 시계 소리를 듣는 순간 그는 공구를 팽개치고 하숙집으로 달려왔다. "누가 절 찾아오지 않았어요?"라고 물었다.

아무도 온 사람은 없었다.

그날 밤 12시까지 아래층 응접실을 빌렸기 때문에 그는 그 방에서 저녁 내내 앉아 있었다. 시계가 11시를 치고 하숙집 식구들이 모두 자리에 들었으나, 그는 그녀가 돌아와 그의 침실 곁에 있는 작은 방에서 지난 며칠 동안 그랬듯이 잠을 자리라는 느낌을 지울 수가 없었다. 수의 행동은 항상 예측할 수 없었다. 그녀가 돌아오지 않으리라는 법이 있는가? 가장 관계가 먼 동료 하숙생과 친구로라도 함께 살 수만 있다면, 애인과 아내로서 그녀를 기꺼이 포기할 용의가 있었다. 저녁 식사는 여전히 손도 대지 않은 채 남아 있었다. 그는 현관문으로 가서 소리 나지 않게 문을 열어 두고는 방으로 돌아와, 세례 요한 축일의 전야에 애인의 유령이 돌아오기를 기다리는 사람들처럼, 자리에 앉아 그녀를 기다렸다. 그러나 그녀는 오지 않았다.

이룰 수 없는 꿈에 빠져 그는 2층으로 올라갔다. 그리고 창밖을 내다보았다. 그는 그녀가 런던으로 가기 위해 밤 기차를 타고 가는 모습을 상상해 보았다. 그녀는 필롯슨과 런던에서 휴가를 보내기로 되어 있었다. 하늘에는 구름이 이랑져 있고, 그 사이로 달이 제 모습을 드러내지 못한 채 위치만 알리고 있었으며, 커다란 별이 한두 개 희미한 성운처럼 비치고 있었다. 그들이 같은 하늘 아래에서 눅눅한 밤공기를 뚫고 덜컥거리는 자동차를 타고 호텔로 가고 있을 모습을 그는 머릿속으로 그려 보았다. 수에게는 새로운 역사가 시작되고 있었다. 그는 마음의 눈을 미래로 투영해 보았다. 그녀가 자기를 닮은 아이들을 데리고 있는 모습이 보였다. 모든 몽상가가 다 그러하듯 그는 그 아이들을 그녀 자신의 연장이라고 생각할 수 있는 위안을 찾을 수가 없었다. 자연의 의도적 섭리는 후손이 한쪽 부모로부터 태어나는 것을 허락하지 않기 때문이었다. 존재의 모든 계획된 갱신은 반반의 합성에 의하여 퇴화하기 마련이었다. "내가 잃어버린 사랑과의 결별이나 그 사람의 죽음 때문에 그녀의 아이를, 그녀만의 아이를 찾아가 만나볼 수 있다면 거기에는 위안이 수반될 수 있으리라!" 주드가 혼자 중얼거렸다. 그러나 자연이 사람의 고매한 감정을 경멸하고 인간의 염원에 관심이 없는 사실을 그는 불안한 마음으로 지켜보았으며, 그 자연의 경멸과 무관심을 근년에 더 자주 접하게 되었다.

수에 대한 그의 사랑의 힘은 그에게 다음 날과 그다음 날 더 분명히 무겁게 느껴졌다. 그는 멜체스터의 가로등에서 새어 나오는 불빛 자체를 견딜 수가 없었다. 햇빛은 갈색의 물감이었으며 푸른 하늘은 납빛이었다. 그런 순간 메리그린에서 그의 연로한 할머니가 위독하다는 소식이 왔다. 크라이스트민스터의 전 고용주로부터 만약 돌아올 의향이 있다면 아주 좋은 조건으로 영구한 직장을 주겠다는 제안도 동시에 날아왔다. 두 장의 편지는 그에게 거의 구원과 같았다. 그는 드루실라 할머니를 찾아 떠났다. 건축업자의 조건이 어느 만큼 좋은 것인지 알아보기 위해 크라이스트민스터에도 들르기로 결심했다.

할머니의 상태는 에들린 과수댁이 전한 소식보다 더 악화되어 있었다. 가능성은 많지 않았지만 할머니가 몇 주나 몇 달 밖에 살 수 없는 상황에 대비해야 했다. 그는 수에게 편지를 쓰면서 나이 많은 친척을 살아 있을 때 한번 만나 보는 것이 어떠냐고 넌지시 암시했다. 그는 크라이스트민스터에서 돌아오는 길에 다음 날인 월요일 저녁 알프레드스턴 로(路) 정거장에서 그녀를 만날 수 있다고 적었다. 만약 그녀가 상행선 기차로 올 수 있다면 그가 탄 하행선 기차와 그 정거장에서 만난다고 알려 주었다. 그는 다음 날 수와의 약속을 지킬 수 있도록 알프레드스턴에 일찍 돌아올 예정을 하면서 크라이스트민스터로 갔다.

학문의 도시는 낯선 모습을 하고 있었다. 그는 도시와 연관되는 모든 느낌을 다 잊고 있었다. 햇빛이 대학 정면의 창문에 박힌 세로창살 건축 양식에 선명한 빛과 그림자를 만들고, 학교 정원의 막 자란 잔디 위에 이랑진 흉벽(胸壁) 모양을 그렸다. 주드는 그 광경을 보면서 도시가 그토록 아름답게 보인 적이 없다고 생각했다. 그는 수의 모습을 처음 보았던 거리로 나왔다. 교회용 두루마리 위로 몸을 구부리고 손에는 돼지 털로 만든 붓을 든 채 그의 시선을 사로잡았던 그 앳된 모습의 그녀가 앉아 있던 의자는 빈 채로 바로 그전 그 자리에 있었다. 마치 그녀가 죽고, 그 이후 그녀가 하던 예술적 작업을 아무도 승계하지 못한 것 같은 느낌을 주었다. 그녀는 이제 도시의 유령이 되어 있었다. 반면, 한때 그를 무척이나 감동시켰던 지적이며 종교적인 명사들은 그들의 존재를 그곳에서 내세우지 못했다.

그러나 그는 도시로 돌아왔고, 계획대로 세인트 사일러스 의식주의 교회 근처의 비어시바에 있는, 그전의 하숙집을 찾아갔다. 늙은 하숙집 아주머니는 그를 다시 보게 되어서 반가운 모양이었다. 그녀는 가벼운 식사를 가져와 먹기를 권하면서 전에 그를 고용했던 건축업자가 찾아와 그의 주소를 묻더라고 알려 주었다.

주드는 전에 일하던 석재소를 찾아갔다. 그러나 낡은 작업장과 작업대가 그에게 혐오감을 불러일으켰다. 그는 꿈이 사라져 버린 곳으로 돌아와 다시 눌러앉는다는 것이 불가능한 일임을 깨달았다. 그는 알프레드스턴으로 가는 기차 시간이 기다려졌다. 수를 만날 수 있을지도 모르기 때문이었다.

이런 장소에 의해서 촉발된 무서운 우울증이 계속되는 삼십 분 동안 그의 마음속에는 전에도 여러 번 떠올랐던 생각(그는 자기 자신이나 다른 사람에 의하여 돌볼 가치가 없는 인간이라는 느낌)이 다시 솟아났다. 이런 삼십 분 동안의 우울한 순간에 그는 파산한 교회 전속 철물상인 팅커 테일러를 교차로에서 만났다. 그는 둘이 술집으로 가서 한잔하자고 제안했다. 두 사람은 길을 걸어가 크라이스트민스터 생활에서 아주 붐비는 중심부의 한 장소 앞에 멈춰 섰다. 전에 그가 라틴어로 사도 신경을 암송해 보라는 도전을 받아들인 곳이었다. 지금은 인기 있는 술집으로 개조되어, 건물에는 공간이 넓고 사람의 눈을 끄는 입구가 있었다. 입구를 들어가면 금세 바가 나타났는데 주드가 크라이스트민스터를 떠난 이후 모든 것이 새로운 스타일로 개조되어 있었다.

팅커 테일러는 그의 잔을 비운 다음 금세 그곳을 떠났다. 편안하게 느끼기에는 그 집이 너무나 멋을 부렸다고 했다. 술에 취하기 전에는 그곳에 더 있을 수가 없으며, 술에 취하기에는 돈이 모자란다고 말했다. 주드는 천천히 잔을 비우면서 잠시 동안 멍하게 사람이 없는 공간에 혼자 서 있었다. 바는 그동안 불에 타서 실내 전체가 새롭게 단장되어 있었다. 페인트칠을 했던 옛날의 가구는 마호가니 제품으로 대치되어 있고, 사람들이 서서 마시는 뒤쪽 공간에는 소파 의자들이 놓여 있었다. 실내는 허가된 방식에 의하여 여러 개의 작은 방으로 나뉘어 있었는데, 한 방에 있는 주정꾼들을 옆방에 있는 술꾼들이 알아보는 황당한 일을 피하기 위하여, 방과 방 사이에 마호가니 테를 두른 뿌연 유리가 칸막이로 세워져 있었다. 카운터 안쪽으로 여자 종업원 두 사람이 하얀 손잡이가 달린 맥주 기계 위에 몸을 기댄 채, 그 안쪽으로 나란히 꽂혀 있는 작은 은색 맥주 꼭지에서 맥주가 백랍 통으로 떨어지는 것을 지켜보고 있었다.

피곤했을 뿐만 아니라 기차가 떠날 때까지 별로 할 일이 없어 그는 소파에 앉았다. 여종업원들 뒤로는 모서리가 사각(斜角)으로 된 거울이 솟아 있고 그들 앞에는 유리 선반이 매달려 있었다. 그리고 그 유리 선반 위에 주드는 이름도 모르는 여러 가지 값비싼 술이 토파즈, 사파이어, 루비 그리고 자수정 빛 병 속에 담겨 있었다. 손님 몇 사람이 그의 옆방으로 들어오자 분위기가 활기를 띠었다. 돈이 금전 등록기 안으로 들어가면서 동전이 떨어질 때마다 쨍그랑거리는 소리가 났다.

그 칸에서 시중을 들고 있는 종업원은 주드의 시야에는 보이지 않았다. 그러나 뒤에 있는 거울에 비친 그녀의 등허리가 가끔씩 그의 눈으로 들어왔다. 그는 그 광경을 별로 관심 없이 쳐다보고 있었다. 그녀는 머리칼을 다듬기 위해 잠시 얼굴을 돌려 거울을 들여다보았다. 그는 그 얼굴이 아라벨라의 것임을 알고 깜짝 놀랐다.

그녀가 그가 있는 방으로 왔다면 그를 금세 알아보았을 것이다. 그러나 그녀는 그의 방으로 오지 않았다. 그의 방은 반대쪽에 있는 종업원이 담당하고 있었다. 아라벨라는 하얀 리넨 소매와 넓고 하얀 목깃을 단 까만 가운을 입고 있었다. 몸이 전보다 더 풍만해진 그녀의 모습은 왼쪽 가슴에 꽂은 수선화 송이에 의해 더욱 시선을 끌었다. 그녀가 시중을 들고 있는 방에는 전기로 도금한 분수대가 알코올램프 위에 세워져 있고, 알코올램프에서 나오는 푸른 불꽃이 수증기를 꼭대기에서 뿜어내도록 되어 있었다. 그는 이 광경을 그녀 뒤에 있는 거울을 통해서만 볼 수 있었다. 거울 속에는 그녀가 술심부름을 하는 남자들의 얼굴도 비쳐 있었다. 그중 한 사람은 잘생기고 바람기 많은 청년으로 대학생처럼 보였다. 그는 우스꽝스러운 경험담을 그녀에게 열심히 이야기해 주고 있었다.

"아, 코크먼 씨, 이봐요! 그런 이야기를 어떻게 나같이 순진한 사람에게 할 수 있어요!" 그녀가 명랑한 목소리로 떠들었다. "코크먼 씨 콧수염을 그렇게 예쁘게 땋아 올리기 위해서는 뭘 쓰죠?" 상대방 젊은이가 면도를 말끔하게 한 사람이어서 그녀의 한 마디는 그를 당황스럽게 하며 방 안의 웃음을 자아냈다.

"이보세요!"라고 그가 대꾸를 했다. "나는 큐라소를 한 잔 할래요. 그리고 불 좀 주세요."

그녀는 리큐어를 진열된 예쁜 병에서 따라 주었다. 그러고는 성냥을 그어 그가 담배를 빠는 동안에 불을 붙여 주면서 교태를 부렸다.

"당신 남편 소식 들었소?" 그가 물었다.

"무소식이에요." 그녀가 대답했다.

"어디 있는데?"

"오스트레일리아에 두고 왔어요. 아직 거기 있겠죠."

주드의 눈이 둥그레졌다.

"왜 헤어졌는데?"

"자꾸 묻지 마세요. 거짓말하고 싶지 않아요."

"좋아요. 십오 분 동안 내내 나한테 안 주고 쥐고 있는 그 잔돈이나 돌려주시오. 그럼 난 이 그림 같은 도시의 거리로 낭만에 젖어 사라질 테니까."

그녀는 잔돈을 카운터 위에 놓았다. 그가 돈을 집으면서 그녀의 손가락을 꼭 잡고는 놓아주지 않았다. 가벼운 실랑이가 일어나고 킬킬거리는 웃음소리가 뒤따랐다. 잠시 뒤 그는 작별 인사를 하고 자리를 떴다.

주드는 멍한 철학자의 눈으로 그 광경을 지켜보고 있었다. 그의 인생과 아라벨라가 얼마나 멀리 떨어져 갔는지를 목격하는 것이 놀라울 뿐이었다. 두 사람 사이의 외형상 관계가 얼마나 가까운 것인지를 그는 알 수 없었다. 이런 상황에서 그는 아라벨라가 자신의 아내라는 사실에 무감각한 것을 깨달았다.

그녀가 담당한 방에 손님이 비자 그는 잠시 생각 끝에 그 방으로 들어가 카운터 앞으로 걸어갔다. 아라벨라는 잠시 동안 그를 알아보지 못했다. 그들의 시선이 마주치고 조금 뒤에 그녀가 놀란 표정을 지었다. 그녀의 눈에 뻔뻔스러운 장난기가 번뜩이고 있었다. 그녀가 말했다.

"이럴 수가! 오래전에 죽은 줄 알았어요!"

"오!"

"당신 소식이 끊어졌어요. 그러지 않았으면 내가 이곳으로 왔겠어요? 그런 건 상관없어요! 이런 오후에는 무엇을 대접하죠? 스카치와 소다? 아니, 옛정을 생각해서 이 집에서 제일 비싼 걸로요!"

"아라벨라, 고맙소." 주드가 싸늘하게 말했다. "내가 지금 마신 것 이상은 마시고 싶지 않소." 생각지도 않았던 그녀의 출현은, 마치 우유를 마시던 유년 시절로 그를 데리고 간 것처럼, 독한 술에 대한 그의 욕구를 즉시 죽여 버렸다.

"그것참 안됐네요. 공짜인데."

"여기 온 지 얼마나 되었소?"

"약 육 주일쯤요. 시드니에서 석 달 전에 돌아왔어요. 알겠지만, 난 이 장사를 좋아했어요."

"왜 이 집인가!"

"글쎄, 이미 말한 대로 당신이 저세상으로 떠났을 거라고 생각했어요. 런던에 있다가 이 자리가 광고에 난 것을 보았어요. 어렸을 때 크라이스트민스터에서 자란 적이 없기 때문에 여기서는 날 알아보는 사람이 없을 거라고 생각했어요. 그런 건 특별히 신경 쓸 문제도 아니지만."

"왜 오스트레일리아에서 돌아왔소?"

"아, 이유가 많죠…… 아직 교수님이 아니에요?"

"아니오."

"성직자 자리도 하나 얻지 못하고?"

"난 옛날 그대로요."

"정말, 그렇게 보이네요." 그녀는 주드를 자세히 뜯어 보면서 맥주 펌프 손잡이에 자신의 손가락을 한가롭게 얹었다. 그녀의 손이 그와 함께 살던 시절보다 훨씬 작고 희어졌으며, 맥주 펌프 위에 놓인 손에 진짜처럼 보이는 사파이어가 장식된 반지 한 쌍이 끼워져 있는 것을 주드는 눈여겨보았다. 사파이어는 진짜였으며, 그것은 술집을 찾아오는 젊은층 손님의 시선을 끌었다.

"그래 남편이 살아 있는 것으로 하고 다니오?" 그가 계속해서 물었다.

"그래요. 과수댁이라고 불렀다가는 거북살스러울 것 같았어요. 마음으로는 그러고 싶었지만요."

"그건 사실이오. 나는 이 지방에서 조금은 알려진 편이니까요."

"그것 때문에 그런 건 아니고. 앞에서 말했듯이 난 당신을 만나리라고는 기대하지 않았으니까요. 과수댁이라고 할 이유가 달리 있어요."

"그게 뭔데요?"

"그런 것 설명하고 싶지 않아요." 그녀의 대답은 회피적이었다. "여기서 난 짭짤한 수입을 올려요. 당신하고 만나고 싶지도 않아요."

그때 손님 하나가 들어왔다. 그는 턱이 없고 콧수염이 여자의 눈썹처럼 달려 있었다. 그는 이상하게 복잡한 술을 한 잔 타 달라고 청했다. 아라벨라가 가서 그의 시중을 들어야 했다. "여기서 이야기를 다 할 수는 없어요." 잠시 뒤로 물러서며 그녀가 말했다. "9시까지 기다려 줄래요? 그러겠다고 말해요, 바보처럼 굴지 말고. 보통보다 두 시간은 먼저 퇴근할 수 있어요, 부탁을 하면요. 지금 나는 이 건물에 살고 있지 않아요."

그는 잠시 생각에 잠겼다가 우울한 마음으로 대답을 했다. "돌아오리다. 우리는 뭔가 정리를 해야 하니까."

"아, 그놈의 정리! 난 정리 같은 것 안 해요!"

"그렇지만 난 한두 가지 알아둘 게 있소. 당신 말대로 여기서는 이야기를 할 수 없고. 좋소. 당신을 찾아오리다."

다 마시지 않은 잔을 내려놓고 그는 밖으로 나가 거리를 위아래로 걸었다. 수에 대한 그의 슬픈 연정의 투명한 감정에 조잡한 찌꺼기가 끼어든 것이다. 아라벨라의 말은 절대로 믿을 수 없는 것이 사실이지만, 그를 그냥 내버려 두기를 원했으며, 정말로 그가 죽었으리라고 생각했다는 말에는 일말의 진리가 들어 있는 것으로 생각되었다. 이제 한 가지 일만 남아 있었다. 그것은 솔직하게 상황에 대처하는 것이었다. 법은 법이며,

교회의 눈에는 그와 그녀의 결합이란 동양과 서양 사이의 관계만큼 먼 것이었다.

아라벨라를 만나는 것은 약속한 장소에서 수를 만나는 것이 불가능하다는 사실을 의미했다. 이것은 그의 가슴을 몹시 아프게 했다. 그러나 어쩔 도리가 없었다. 아라벨라의 출현은 수에 대한 그의 허락받지 못한 사랑을 제재하는 의도일 수도 있으리라. 종작없는 기다림 속에 저녁 시간을 보내면서 그는 시내를 배회했다. 그는 대학의 회랑과 기숙사가 있는 곳은 피했다. 그는 그들을 차마 바로 쳐다볼 수가 없었기 때문이었다. 그는 카디널 대학의 대종(大鍾)에서 백한 번의 종이 울릴 때 술집으로 다시 돌아왔다. 그것은 그에게 우연이기는 했으나 무료로 제공된 비아냥처럼 보였다. 이제 술집 안은 눈부시게 조명이 되어 있고 분위기는 보다 활기차고 즐거워 보였다. 여자 종업원들의 얼굴에는 분홍빛이 떠올라 있었다. 그들의 태도도 아까보다 훨씬 활달했다. 그들은 보다 거리낌 없고, 보다 흥분되어 있었으며, 보다 감각적이었다. 그들은 감정과 욕구를 완곡하지 않은 말로 표현하면서 노골적이고 나태한 목소리로 웃었다.

술집은 온갖 계층의 사나이들로 북적거렸으며, 술집 밖에서도 그들의 떠드는 소리가 들려왔다. 그러다가 손님의 수가 마침내 줄어들었다. 그가 아라벨라에게 고개를 끄덕거리고는 문 밖에서 기다리고 있겠다고 일러 주었다.

"먼저 나하고 뭘 좀 마셔요." 그녀가 아주 기분이 좋아서 권했다. "취침 전에 마시는 한 잔요. 좀 시간을 당겨 마신 걸로 하고요. 난 항상 한 잔 하는걸요. 그러고는 밖으로 나가서 잠깐만 기다리세요. 함께 나가는 걸 보이는 건 별로 좋은 게 아니니까요." 그녀는 커다란 브랜디 잔 두 개를 꺼냈다. 얼굴 색깔로 보아 그녀는 벌써 충분한 알코올을 마신 것이 분명했다. 실제 술을 마신 것인지는 확실하지 않았지만, 여러 시간 동안 들이마신 방 안의 술 마시는 분위기 때문이기가 쉬웠다. 그녀는 자신의 잔을 금세 비웠다. 그도 잔을 비우고 건물 밖으로 나갔다.

얼마 지나지 않아 그녀가 나왔다. 두꺼운 재킷을 입고 까만 깃털이 달린 모자를 쓰고 있었다. "나, 아주 가까운데 살고 있어요." 그의 팔을 잡으면서 그녀가 말했다. "간단한 열쇠로 언제든지 들어갈 수 있어요. 그래 당신이 원하는 정리가 뭐예요?"

"아, 특별한 건 아니고." 그는 몹시 불쾌하고 지친 기분으로 이렇게 말했다. 그의 생각은 알프레드스턴으로 달려갔다. 그가 타지 않은 기차와 수가 도착했을 때 그가 거기서 기다리고 있지 않다는 실망과 별빛이 총총한 밤 메리그린으로 가는 길고 외로운 산길을 함께 걸으면서 맛볼 수 있었을 즐거움과 그 즐거움을 놓쳐 버린 아쉬움에 생각이 미쳤다. "정말 나는 집으로 갔어야 하는데! 할머니가 사경에 빠져 있는데."

"내일 아침 당신과 함께 갈게요. 하루 휴가를 받을 수 있을 거예요." 자신의 친척들이나 자기 자신과의 관계에서 호랑이보다 더 동정심을 느끼지 못하는 아라벨라가 죽어 가는 할머니를 찾아간다거나 거기서 수를 만난다는 생각은 어불성설이었다. 그러나 그는 이렇게 대답했다. "물론, 가고 싶으면 갈 수도 있겠지."

"그럼 그건 생각해 보기로 하고…… 그럼 정리를 할 때 하더라도 여기 같이 있는 건 보기 좋지 않아요. 여기서 이미 당신은 알려진 사람이고, 나는 조금씩 알려지기 시작하고 있는데. 물론 내가 당신하고 무슨 특별한 관계가 있다고 믿는 사람은 아무도 없을 테지만. 우리는 이미 기차역으로 가고 있던 중이었으니까 9시 45분 기차로 올드브리컴으로 가는 게 어때요? 삼십 분 정도면 도착할 것이고, 하룻밤을 지내는 데 우리를 알아볼 사람은 아무도 없을 거고요. 우리 관계를 공적으로 알릴지 않을지를 결정할 때까지 우리는 자유롭게 행동할 수 있을 거예요."

"좋을 대로 하시오."

"그럼 두서너 가지 물건을 가져올 테니 그때까지 기다리세요. 여기가 내 하숙집이에요. 늦을 때는 일하는 호텔에서 자곤 하기 때문에, 외박하는 데 대해서 아무도 이상하게 생각하지 않아요."

그녀는 금세 돌아왔다. 그들은 역으로 가서 올드브리컴까지 가는 삼십 분짜리 여행을 했다. 그들은 역 근처에 있는 삼등급짜리 여인숙으로 들어가 늦은 저녁 식사를 했다.

9

다음 날 아침 그들은 9시와 9시 30분 사이에 크라이스트민스터로 돌아가는 기차를 탔다. 삼등칸에 손님이라고는 두 사람뿐이었다. 주드도 그랬지만 아라벨라는 기차 시간에 맞추느라 급하게 화장을 하는 바람에 얼굴이 단정치 못했으며, 전날 술집에서 보여 주었던 활기도 빠져 있었다. 두 사람이 역에서 나왔을 때 아라벨라는 술집을 열 시간이 시작되기까지는 아직도 반 시간이나 더 남아 있는 사실을 알게 되었다. 그들은 아무 말 없이 시내와 약간 떨어진 알프레드스턴 쪽을 향해 걸었다. 주드는 멀리 있는 대로(大路)를 쳐다보았다.

"아, 나약한 나!" 그는 마침내 이렇게 중얼거렸다.

"뭐요?" 그녀가 물었다.

"여러 해 전에 내가 크라이스트민스터로 들어온 길이 바로 저 길이오. 잔뜩 계획을 세워서 말이오."

"길이야 어쨌든 내 시간이 끝났네요. 11시에는 술집에 가 있어야 하니까요. 당신 할머니를 만나러 함께 가기 위해 하루 휴가 받는 것도 없던 걸로 할게요. 여기서 헤어지는 것이 좋겠어요. 우린 어떤 결론도 내리지 못했으니 중앙로(路)로 함께 가는 건 그만두는 게 좋을 것 같네요."

"좋소. 그런데 오늘 아침 자리에서 일어나면서 떠나기 전에 나한테 뭔가 할 말이 있다고 하지 않았소?"

"그래요. 두 가지요. 그중 특히 하나는 꼭 해야 해요. 그러나 당신 그것을 비밀로 지키겠다고 약속하지 않겠죠? 정직한 여자로서 당신에게 꼭 알려 주고 싶어요……. 지난밤에 당신에게 하던 이야기, 시드니에서 호텔을 운영하던 남자 이야기 말이에요." 아라벨라가 평소 때보다 말을 급히 했다. "비밀로 하겠죠?"

"그래, 그래요. 약속할게!" 주드가 조급하게 약속을 했다. "물론 당신 비밀을 누구에게도 말하지 않을게."

"만나서 같이 걸을 때마다 그 사람은 내 미모에 빠졌다고 말했어요. 그러고는 결혼을 해 달라고 졸랐어요. 난 그때 영국으로 다시 돌아오리라고는 생각지도 않았어요. 오스트레일리아로 가서 아버지를 떠나 내 집도 없을 때라, 마침내 난 동의를 하고 결혼을 했어요."

"뭐, 그와 결혼을 했다고?"

"그래요."

"정식으로, 합법적으로 교회에서?"

"그래요. 그러고는 오스트레일리아를 떠나기 직전까지 함께 살았어요. 바보 같은 짓인 줄 알고 있어요. 그러나 결혼을 했어요. 자, 이제 다 털어놓았네요. 야단치지 마세요. 그 사람 영국으로 돌아온다는 소리를 하고 있어요. 가엾은 친구! 그러나 오더라도 날 찾지는 못할 거예요."

주드는 얼굴이 핼쑥해져 그 자리에 멈춰 섰다.

"왜 어젯밤에 말하지 않았소?"

"그래요, 말을 하지 않았어요……. 그럼 나하고 화해하지 않을 거예요?"

"'당신 남편'이라고 술집에서 그 남자가 말했던 사람은 그 사람이었소? 내가 아니고!"

"물론이요……. 자 그만 해요."

"더 이상 할 말이 없소!" 주드가 말했다. "당신이 고백한 그 범죄적 행위에 대해 난 더 이상 할 말이 없어요!"

"범죄적 행위! 흥. 거기서는 이런 문제를 중요하게 생각하지 않아요! 많은 사람들이 그런 짓을 하고요……. 그럼 당신 생각이 그렇다면 그 사람에게로 돌아갈게요! 그 사람은 날 무척 좋아하거든요. 우린 식민지에서 결혼한 부부로, 존경받는 부부로 부끄럽지 않게 살았어요. 당신이 어디 있는지 어떻게 알아요?"

"당신을 비난하지 않겠소. 할 말은 많소, 그러나 소용없는 짓일 것 같소. 내가 어쨌으면 좋겠소?"

"아무것도 할 것 없어요. 꼭 해야 할 이야기가 하나 더 있는데, 오늘은 서로 실컷 보았으니 이만 해 두기로 해요. 당신이 처한 상황이라고 한 문제에 대해 생각해 보고 내 생각을 알려 줄게요."

그들은 거기서 헤어졌다. 주드는 그녀가 호텔 쪽으로 사라지는 모습을 지켜보다가 가까이 있는 기차역으로 들어갔다. 알프레드스턴으로 가는 기차를 타려면 아직 사십오 분은 남아 있다는 사실을 깨닫고는 거의 기계적으로 시내를 향해 걸어갔다. 네거리에 도달하여 전에 하던 대로 우뚝 멈춰 서서 눈앞에 뻗어 있는 중앙로를 쳐다보았다. 대학이 꼬리를 물고 서 있는 모습이 그림처럼 아름다워 제노바의 왕궁의 거리 조망에 버금가는 것 같았다. 건물들의 윤곽이 아침 공기 속에서 건축물을 그린 그림만큼 뚜렷하게 나타났다. 그러나 주드는 이 건축물의 아름다움을 보거나 비판하고 있는 것이 아니었다. 건물들은 한밤중 아라벨라와의 육체적 접촉에 대한 무어라고 형언할 수 없는 느낌에 의해 가려져 있었다. 그녀와의 육체적 경험을 되살린 것은 타락이었다는 느낌이 그를 압도했다. 새벽에 그녀가 잠들어 있는 모습이 그의 조용한 얼굴 위에 저주의 얼굴로 떠올라 압박했다. 그녀에 대하여 분노의 감정을 느낄 수만 있다면 그의 기분은 훨씬 덜 비참했을 것이다. 그러나 그는 그녀를 경멸했으며 그래서 그녀에게 연민의 정을 느꼈다.

주드는 몸을 돌려 가던 길을 되돌아갔다. 역 쪽으로 돌아가고 있는데 누군가가 자신의 이름을 부르는 소리를 듣고 깜짝 놀랐다. 그러나 그를 정말 놀라게 한 것은, 누가 자신의 이름을 불렀다는 사실이 아니고, 그 이름을 부른 목소리였다. 놀랍게도 그의 앞에 환영처럼 바로 수가 서 있는 것이 아닌가. 꿈 속에서처럼 그녀의 표정은 어둡고 근심스러웠다. 그녀의 작은 입은 떨고 있었으며, 긴장된 눈에는 원망스러운 힐책이 담겨 있었다.

"아, 주드 오빠, 정말 반가워요. 이렇게 만나게 되어서요!" 그녀의 목소리는 흐느낌과 별로 다를 것이 없는 빠르고 고르지 못한 억양으로 압도되어 있었다. 그러다가 그녀는 결혼 이후 두 사람이 처음 만난다는 생각을 주드가 하고 있다는 사실을 읽고는 얼굴을 붉혔다.

그들은 서로의 감정을 감추기 위해 얼굴을 돌렸다. 아무 말도 하지 않고 두 사람은 손을 잡은 채 잠시 걸어갔다. 그러다가 그녀가 근심에 찬 눈으로 그를 가만히 쳐다보았다. "오빠가 하라는 대로 어젯밤 알프레드스턴 정거장에 도착했어요. 그런데 마중 나온 사람은 아무도 없었어요! 혼자 메리그린으로 갔지요. 할머니는 조금 낫다고 그랬어요. 할머니 곁에 앉아 밤을 새웠어요. 오빠가 오지 않아, 밤새 오빠 걱정만 했어요. 오빠가 그 옛날 도시로 다시 돌아갔다가 마음이 몹시 상해 울적한 마음을 술 속에 빠트렸다고 생각했어요! 내가 결혼을 했기 때문에, 옛날과 달리 내가 거기 없어서, 말동무를 할 사람이 없어서요. 학생으로 입학을 하려다가 실패했을 때 오빠가 했던 것처럼요. 다시는 그러지 않겠다고 나에게 약속했던 것을 다 잊어버렸다고, 그래서 나를 만나러 오지 않았다고 생각했어요!"

"그래서 착한 천사처럼 나를 찾아 구원하러 왔구나!"

"아침 기차로 와서 오빠를 찾아보려고요. 혹시, 혹시……."

"약속은 계속해서 잊지 않고 있었지! 그러나 전처럼 부서지는 일은 없을 거야. 그 점은 확실해. 특별히 나아진 것은 없지만, 적어도 그런 짓은 안 해. 그건 생각조차 하고 싶지 않은 일이야."

"간밤의 외박이 그 일과 아무 상관이 없다니 기뻐요. 그렇지만," 그녀의 목소리에는 희미하게나마 샐쭉거리는 어조가 깔려 있었다. "지난밤에는 약속을 했는데도 돌아와 날 마중하지 않았어요!"

"약속을 못 지켰어. 정말 미안해. 9시에 약속이 있었어. 수가 탄 기차를 타기에는 너무 늦었어. 집으로 오기도 늦고."

사랑하는 사람을 바라보면서 그는 그녀가 주로 선명한 상상력 속에 살고 있으며, 지금까지 만난 사람 중에서 가장 상냥하고 가장 사심이 없는 동료라고 생각했다. 그녀는 너무나 투명해 손발 속에서 영혼이 떨고 있는 것을 볼 수 있는 듯했다. 그는 아라벨라와 함께 보낸 육욕의 시간이 너무 부끄러웠다. 때로는 평범한 사나이의 인간적 아내가 되기에는 너무나 탈세속적인 그녀에게 그의 인생에 일어난 최근의 사실을 불쑥 알려 준다는 것은 어딘가 조잡하고 부도덕한 면이 있었다. 그러나 그녀는 필롯슨의 아내였다. 어쩌다가 그렇게 되었으며, 어떻게 그녀가 그런 생활을 견디고 있는지는, 오늘 그녀를 바라보고 있는 그의 눈에 전혀 이해가 되지 않았다.

"오늘 나와 함께 다시 돌아갈 거지?" 그가 물었다. "지금 기차가 하나 떠나거든. 할머니의 병세가 지금쯤은 어떤지 모르겠네……. 그래 수는 정말 나 때문에 이 먼 길을 온 거군! 이른 새벽에 떠났을 텐데, 가엾은 수!"

"그래요. 혼자 병자를 지켜보면서 밤을 새우다 보니 오빠 때문에 걱정으로 견딜 수가 없었어요. 그래서 날이 밝자 잠자리에 드는 대신 그냥 출발했어요. 다시는 아무 이유 없이 오빠의 품행 때문에 날 놀라게 하지는 않을 거죠?"

그녀가 아무 이유 없이 자신의 품행 때문에 놀랐다는 점에 대해서는 확신이 서지 않았다. 기차를 타면서 그는 그녀의 손을 잠시 놓았다. 그들이 탄 기차간은 전날 또 다른 사람과 탔다가 내렸던 칸이었다. 그들은 의자에 나란히 앉았다. 수가 창가 쪽으로 자리를 했다. 그는 그녀의 옆모습에 나타난 섬세한 윤곽의 선과, 겉저고리의 작고 꽉 끼인 사과 같은 볼록 부분을 바라보았다. 그녀의 모습은 아라벨라의 풍만한 몸집과 너무나 달랐다. 그가 그녀를 쳐다보고 있다는 사실을 알면서도 그녀는 고개를 그가 있는 방향으로 돌리지 않았다. 마치 눈이 서로 마주치면 소란스러운 언쟁이 시작되지나 않을까 걱정을 하는 것처럼 그녀는 눈을 정면으로 향하고 있었다.

"수, 이젠 나처럼 결혼한 몸이야. 그런데 우리는 무엇에 쫓기듯 바빠 결혼 생활에 대해서는 한 마디도 이야기를 나누지 않았어!"

"그럴 필요가 없어요." 그녀가 재빨리 그의 말을 받았다.

"글쎄, 필요가 없을지도 모르지. 그러나 난……."

"오빠, 나에 관한 이야기는 하지 마세요. 부탁이에요!" 그녀가 애원하는 투로 말했다. "그 이야기는 날 슬프게 만들어요.

이렇게 말하는 날 용서하세요! ……오빠는 어젯밤에 어디서 잤어요?"

그녀는 화제를 돌리기 위해 아무 사심 없이 질문을 던졌다. 그도 그녀 질문의 의도가 순수함을 알고 있었다. 뜻밖에 아라벨라를 만났던 이야기를 다 털어놓으면 가슴이 후련할 것 같았으나 그는 단지 이렇게 말했다. "여관에서." 그러나 아라벨라가 오스트레일리아에서 결혼을 했다는 이야기는 그가 무슨 말을 했다가 배우지 못한 그의 아내에게 해를 끼치는 결과를 가져올지도 모른다는 생각이 일어 그를 당혹스럽게 했다.

그들의 이야기는 두 사람이 알프레드스턴에 도착할 때까지 부자연스러운 분위기 속에서 계속되었다. 옛날의 수가 아니고 '필롯슨'이라는 새 이름이 붙은 다른 사람이라는 사실 때문에 그녀를 하나의 개체로 만나 의사소통을 할 때마다 주드는 전신이 마비되는 기분을 경험했다. 그러나 그녀는 변하지 않았다. 어째서 그런지를 그는 설명할 수 없었다. 고향으로 가는 길은 아직 8킬로미터를 더 가야 했다. 그 길의 대부분은 언덕길이어서 걸어가는 것이 차를 타는 것과 별로 다를 게 없었다. 주드는 이 길을 아라벨라와 함께 걸어간 적은 있지만 수와는 한 번도 같이 걸어간 적이 없었다. 수와 함께 가는 것은 전날의 어두운 과거를 잠시나마 잊게 하는 밝은 횃불을 든 것 같았다.

수는 계속 이야기를 했다. 그러나 주드는 그녀가 자신에 관한 대화를 계속 피하고 있는 점을 눈치 챘다. 그는 그녀의 남편이 잘 있는지 안부를 물었다.

"네, 잘 있어요." 그녀가 말했다. "그 사람은 오늘 하루 종일 학교에 있어야 돼요. 아니면 나하고 같이 왔을 거예요. 그는 너무 착하고 친절해요. 그 사람은 아무렇게나 휴가를 쓰는 걸 대단히 싫어하는데, 나하고 같이 오기 위해서는 한 번쯤은 자신의 원칙을 깨고 학교를 쉬었을 수도 있었어요. 그러나 내가 그러지 말라고 시켰어요. 나 혼자 오는 것이 좋겠다고 생각했거든요. 드루실라 할머니는 성격이 매우 괴벽하잖아요! 그 사람의 존재가 할머니에게는 남이니까. 둘이 만나는 것은 양쪽에서 다 좋아할 일이 못 되지요. 할머니는 의식조차 없는 상태니까 오늘 같이 오자고 하지 않은 것은 잘한 일이에요."

필롯슨에 대한 칭찬이 이렇게 쏟아지고 있는 동안 주드는 울적한 기분으로 걸었다. "응당 그래야 되겠지만 필롯슨 씨는 만사에 수의 뜻을 따르겠지?"라고 물었다.

"물론이요."

"그럼 행복한 아내이겠네?"

"물론이죠."

"아직은 행복한 신부라고 해야겠네. 그 사람에게 수를 인도한 지가 몇 주 되지 않았으니까. 그리고……."

"그래요. 알아요! 알고 있어요!" 그녀가 그렇다고 한 말이 거짓임을 드러내는 무엇이 그녀 얼굴에 나타났다. 그녀의 대답이 너무 엄밀하게 정확하면서도 너무 무력하게 표현되어, '주부의 행동 지침서'에 나오는 모범 연설문 일람표에서 인용한 것 같았다. 주드는 수의 목소리에 배어 있는 온갖 진동의 질과 폭을 알았으며, 거기서 그녀의 정신적 상태를 알리는 징후의 모든 것을 읽을 수가 있었다. 그는 수가 결혼한 지 한 달이 채 되지 않았지만 불행하다는 것을 확신했다. 그러나 그녀가 이런 식으로 집에서 달려 나와, 잘 알지도 못하는 친척의 마지막을 보겠다는 것은 아무 의미도 없는 짓이었다. 수는 그런 일을 자연스럽게 해냈기 때문이었다.

"필롯슨 부인, 항상 그랬듯이 지금도 축하해요."

그녀가 비난하는 시선을 보냈다.

"아냐, 너는 필롯슨 부인이 아냐." 주드가 웅얼거렸다. "너는 소중하고, 자유의 몸인 수 브라이드헤드야. 단지 그런 사실을 모르고 있을 뿐이지! 아내의 도리라는 규범이 널 으깨어서, 거대한 위 속에 놓고는 그 이상 개성이 없는 하나의 작은 원자로 아직 만들지 않았을 뿐이지."

수는 마음이 상한 표정을 했다. 그녀가 말했다. "내가 보기에는 남편의 도리가 아직 오빠를 으깨어서 원자를 만들지 않은 것과 다를 게 없네요!"

"아니야, 난 부서졌어." 주드가 머리를 슬프게 흔들면서 대답했다.

갈색 집과 메리그린 사이에 위치한, 전나무 아래 서 있는 한 외딴집을 지나가면서 주드는 얼굴을 돌려 그 집을 살펴보았다. 그 집은 자신과 아라벨라가 살면서 다투었던 곳이었다. 지금은 지저분한 가족이 세들어 살고 있었다. 그는 수에게 이런 말을 하지 않을 수가 없었다. "저 집은 집사람과 내가 결혼한 동안 함께 살았던 곳이야. 저 집에서 가정을 꾸민 셈이지."

그녀가 그 집을 한 번 쳐다보았다. "저 집은 나에게 새스턴의 학교 사택과 같은 곳이네요."

"그래. 그런데 난 저기서 행복하지 않았어. 수는 행복하겠지만."

그녀는 입술을 꼭 다물고 아무 말도 하지 않았다. 둘은 잠시 말없이 걸어갔다. 자신의 말을 어떻게 받아들이고 있는지를 보기 위해 수가 주드 쪽으로 고개를 돌렸다. "물론 내가 수의 행복을 과대평가했을 수도 있겠지. 그런 문제는 알 수가 없는 거지." 그가 온화한 말씨로 말했다.

"주드 오빠, 날 괴롭히려고 그런 말을 했는지 모르지만, 잠시라도 그렇게 생각하지는 마세요! 그 사람은 나에게 아주 착하게 대해 줘요. 그리고 완전한 자유를 줘요. 대부분 나이 많은 남편이 그러지 않는 편이잖아요? 그 사람이 나이가 많아 내가 행복하지 않다고 생각한다면 오빠가 틀린 거예요."

"난 그 사람에게 아무 나쁜 감정이 없어. 수에게도 마찬가지고."

"날 슬프게 하는 말은 하지 않을 거죠?"

"안 할게."

그는 더 이상 아무 말도 하지 않았다. 그러나 수는 필롯슨을 남편으로 택하면서 하지 말았어야 될 일을 했다고 느끼고 있음을 주드는 감지할 수 있었다.

그들은 오목하게 파인 들판으로 들어섰다. 메리그린 마을은 그 들판 저쪽에 있었다. 여러 해 전에 농부 트라우담에게 매를 맞은 곳이 바로 그 들판이었다. 그들이 마을로 들어가는 언덕길을 올라가서 할머니의 집으로 들어서자 에들린 부인이 문 앞에서 기다리고 있었다. 그들을 보자 그녀는 안타깝다는 표정으로 손을 흔들었다. "아래층에 있어. 믿을 수 없지?" 과수댁이 큰 소리로 말했다. "자리에서 일어났는데 아무도 못 말려. 어떻게 될지는 아무도 모르지!"

집 안으로 들어서자 할머니는 담요를 몸에 두른 채 난롯가에 앉아 있었다. 그녀는 세바스티아노의 라자루스 같은 얼굴로 그들을 쳐다보았다. 두 사람의 놀란 표정을 읽고는 가라앉은 목소리로 말했다.

"아, 놀랐구먼, 그랬지! 아무한테도 좋은 일이 아닌데, 2층에서 그냥 누워만 있지는 않기로 했다! 육신을 쓰고 피가 도는데 나보다 반도 모르는 사람이 이래라 저래라 하는 꼴은 더 이상 참을 수가 없더라! 아, 이번 결혼은 그 사람만큼 너도 뼈아프게 후회할 거다!" 그녀가 수 쪽으로 고개를 돌리면서 말을 이었다. "우리 집안에서는 모두가 다 결혼을 후회하는 팔자를 타고났어. 하기야 세상 사람들이 다 그런 거지만. 이 바보, 너도 나처럼 했어야지! 그 많은 남자 중에서 하필 필롯슨 같은 교사냐! 왜 그 사람하고 결혼을 했냐고!"

"할머니, 여자들이 결혼하는 이유가 뭐죠?"

"아! 그 남자를 사랑한다는 뜻이냐!"

"무슨 분명한 것을 의미하는 건 아니고요."

"그 남자 사랑하냐?"

"할머니, 자꾸 그런 식으로 묻지 마세요."

"난 그 사람 이해가 안 돼. 대단히 겸손하고 존경스러운 사람이지. 그렇지만 맙소사! 네 감정을 뒤집어 줄 생각은 아니다만, 가끔씩 어떤 착한 여자도 참을 수 없는 사내들이 여기저기 눈에 뜨인다니까! 진작 그 친구가 그런 사람이라는 것을 알려 주었어야 하는데. 지금은 그런 소리를 할 필요가 없고. 나보다 네가 더 잘 알 테니까. 그러나 그 전에 말을 해 줄 걸 그랬어!"

수가 자리에서 일어나 밖으로 나갔다. 주드가 그녀를 따라 나갔다. 그녀가 헛간에서 울고 있었다.

"울지 마!" 주드가 비탄스러운 마음으로 위로했다. "할머니는 나쁜 뜻으로 말한 건 아니잖아! 요즘은 화를 잘 내고 이상해졌어."

"아, 아니에요. 그게 문제가 아니에요!" 수가 눈물을 닦으면서 말했다. "할머니가 그런 건 괜찮아요."

"그럼 뭐가 문제인데?"

"문제는 할머니 말이…… 사실이라는 거예요."

"맙소사…… 뭐라고? 그 사람을 좋아하지 않는 거야?" 주드가 물었다.

"그런 뜻도 아니에요!" 그녀가 급히 설명했다. "문제는 내가…… 결혼을 하지 말았어야 하지 않았나 하고 생각하고 있는 거죠!"

그녀가 이 말을 처음부터 하려고 했던 것이 아니었나 하는 생각이 언뜻 들었다. 둘은 다시 집 안으로 들어갔다. 대화도 부드러워지고, 할머니도 수에게 친절하게 굴었다. 그 많은 신혼부부 중에서 먼 시골로 쭈그렁 할멈 같은 자신을 누가 찾아오겠느냐고, 그런 사람이 몇이나 되겠느냐고 수를 칭찬했다. 오후가 되자 수는 떠날 채비를 했다. 주드는 이웃 사람 하나를 고용해 마차로 그녀를 알프레드스턴에 데려다 달라고 부탁했다.

"정거장까지 함께 갈까?" 그가 물었다.

그녀는 그러지 말라고 했다. 부탁한 이웃이 이륜마차를 몰고 왔다. 주드는 수가 마차에 오르는 일을 도왔다. 그러나 수는 그의 친절이 지나친 듯 못마땅한 눈으로 그를 쳐다보았다.

"언제 한번 찾아가도 괜찮겠지? 내가 다시 멜체스터로 돌아가면 말이야." 그가 반쯤 삐친 투로 말을 건넸다.

그녀가 마차에서 몸을 구부려 부드러운 목소리로 말했다. "안 돼, 오빠. 아직 찾아와서는 안 돼요. 오빠는 지금 기분이 좋지 않아요."

"좋아," 주드가 말했다. "잘 가!"

"안녕!" 그녀가 손을 흔들었고 마차는 떠났다.

"수가 옳아! 찾아가지 말아야지!" 그가 중얼거렸다.

그는 그날 저녁과 그다음 여러 날 동안 그녀를 보고 싶은 마음을 억제하느라 온갖 노력을 다했다. 그녀에 대한 열정적인 사랑을 억누르는 방편으로 식사까지 걸렀다. 그는 욕정에 대한 수훈을 읽고, 기원 2세기의 수행자들을 다루는 구절을 찾아 교회사를 뒤적였다. 메리그린에서 멜체스터로 돌아오기 전에 아라벨라에게서 편지 한 통이 배달되었다. 편지를 보자 수에 대한 자신의 사랑을 꾸짖는 감정보다, 잠시나마 아라벨라에게로 돌아갔던 자신의 행동에 대해 강한 자책감이 솟아났다.

편지에 크라이스트민스터의 일부인 대신 런던의 소인이 찍혀 있음을 주드는 주의하게 되었다. 그날 아침 크라이스트민스터에서 헤어지고 며칠 뒤, 전에 시드니에서 호텔 지배인으로 일하던 오스트레일리아 남편이 애정에 넘치는 편지를 보내와 놀랐다고 아라벨라는 편지에서 적고 있었다. 그는 지금 그녀를 찾기 위해 일부러 영국으로 왔으며, 램버스 지역에 있는 한 퍼브를 인수했는데 그 술집은 아무 제한이 없는 완전한 개방식 허가를 받은 것이라고 했으며, 그녀에게 함께 운영하자는 제안을 했다고 했다. 술집 사업은 대단히 번창하고 있는데, 그것은 위치가 썩 좋아, 인구가 밀집한 곳이며 진을 많이 마시는 사람들이 이웃을 하고 있기 때문이라고 했다. 벌써 한 달에 200파운드를 올리고 있는데, 그런 수입을 두 배로 올리기는 아주 쉬운 일이라고도 부연하고 있었다.

오스트레일리아의 남편이 그녀를 아직 매우 많이 사랑하고 있으며, 지금 어디 있는지 알려 줄 것을 애걸하노라고 쓰고 있었다. 그들이 헤어진 동기는 하찮은 일 때문에 다툰 것이었으며, 그녀가 크라이스트민스터에서 일하고 있는 직장이 임시직이기 때문에, 그녀는 그의 간청을 받아들여 그에게로 돌아갔다고도 밝혔다. 그녀는 주드에게보다 그에게 속한다는 생각을 떨쳐 버릴 수 없다고 썼다. 그것은 그녀가 그와 좀 더 격식에 맞게 결혼을 올렸으며, 그와 함께 산 기간이 첫 남편과 함께 산 기간보다 더 길기 때문이라고도 했다. 주드에게 작별 인사를 하면서 그에게 아무런 나쁜 감정이 없노라는 말을했다.

그가 장차 연약한 부녀자에 불과한 그녀를 찾아오거나 그녀를 고발하여, 이제 겨우 사정이 나아지고 생활도 품위를 유지하게 되는 마당에, 인생을 망치는 일이 없도록 부탁한다고 간청했다.

10

주드는 멜체스터로 돌아왔다. 그러나 멜체스터는 수가 지금 자리 잡은 곳과 불과 20킬로미터밖에 떨어지지 않은 지점에 위치하여 문제를 안고 있었다. 처음에는 남쪽으로 옮겨 가지 않은 이유가 바로 그녀가 가까이 있기 때문이라고 생각했다. 크라이스트민스터로 가기에는 극복하기 어려운 슬픈 추억들이 너무 많이 남아 있었다. 이와 대조적으로 멜체스터와 가까이 위치한 섀스턴은 백병전으로 적을 무찌르는 영광을 그에게 제공할 기회를 줄 수도 있다고 생각되었다. 이러한 백병전은 초기 기독교의 성직자들과 처녀들에 의하여 의도적으로 활용되었는데, 그들은 유혹으로부터의 탈주를 수치스럽다고 경멸하며 한 방에서 유혹의 상대와 아무 일 없이 지내기도 했다. 한 역사가는 간략한 표현으로 이런 상황에서는 "모욕받은 자연이 때때로 자신의 권리를 옹호했다."[61]라고 말했음을 주드는 기억하지 못했다.

주드는 목사가 되기 위한 공부에 다시 필사적 열성으로 매달렸다. 목적을 향해 쏟아 부어야 하는 성의와 원인을 위해 바쳐야 하는 충실함이 최근 문제가 되어 있었음을 그는 깨달았다. 수를 향한 열정이 그의 영혼을 괴롭혔다. 그러나 법적인 남편으로 아라벨라에게 열두 시간 동안 자신을 내맡겼던 일이 (비록 시드니에 남편이 또 하나 있다는 사실은 그녀가 나중에 알려주기는 했지만) 본능적으로 그를 더 고민스럽게 만들었다. 그는 일이 있을 때마다 즉각 술병으로 달려가던 습성을 이제 완전히 치유했다고 진심으로 믿었다. 그가 술을 마신 것은 그 맛을 즐겼기 때문이 아니라 참을 수 없이 비참한 기분에서 잠시나마 빠져나오기 위해서였던 것이 사실이었다. 그러나 이것저것 여러모로 따져보면 자신은 훌륭한 신부가 되기엔 너무나 많은 정열을 사방으로 쏟는 사람이라는 사실을 깨닫고 의기소침해졌다. 이제 그가 바랄 수 있는 최상의 희망은 자신 속에서 끊임없이 일어나고 있는 육체와 정신 사이의 싸움에서 가끔씩은 전자가 승자가 되지 않기를 바라는 것뿐이었다.

그는 신학에 관한 책을 읽는 일 외에 하나의 취미로 교회 음악과 통주(通奏) 저음법에 관한 기술을 약간 익혔다. 그는 꽤 정확하게 기보법을 배워 교회 합창단에 들어가게 되었다. 멜체스터에서 2~3킬로미터 떨어진 곳에 새로 보수를 한 마을 교회

61) 에드워드 기번의 저서 『로마 제국의 쇠퇴와 멸망』 중에서.

가 하나 있었다. 그는 그곳에 새로 기둥을 세우고 주두(柱頭)를 붙이는 공사를 하기 위해 갔었다. 작업을 하는 동안 그는 교회의 오르간 연주자를 알게 되고, 그러다가 교회 합창단의 베이스로도 합류하게 되었다.

그는 이 교회에 일요일이면 두 번씩이나 가야 했으며, 어떤 때는 주 중에도 찾아가는 일이 생겼다. 부활절 무렵 어느 날 저녁에 합창단은 합창 연습을 하기 위해 모였다. 그다음 주 예배 시간에 부를 곡을 연습하기 위해서였는데, 그 성가는 웨섹스 지방의 어느 작곡가가 작곡한 것으로 알려져 있었다. 성가는 이상하게 감정을 흔드는 곡이었다. 합창단이 그 성가를 부르고 다시 반복해서 부를수록 노래의 화음은 주드의 마음을 강하게 감동시켰다.

연습이 끝나자 주드는 오르간 연주자에게로 가서 몇 가지 질문을 했다. 성가는 필사본 형태로 되어 있었고, 작곡가의 이름이 성가의 제목과 함께 그 필사본의 꼭대기에 적혀 있었다. 제목은 「십자가의 발치」였다.

"그래요." 오르간 주자의 대답이었다. "작곡가는 이 지방 사람이지요. 여기와 크라이스트민스터 사이에 있는 케네트브리지에 거주하는 직업 음악인이지요. 주임 신부님이 그를 잘 알아요. 그는 크라이스트민스터에서 태어나 크라이스트민스터식 교육을 받았지요. 그 교육이 그 성가의 질을 보장하고 있어요. 그 사람은 크라이스트민스터에 있는 큰 교회에서 연주를 하는데, 중백의 합창단도 갖고 있다고 들었어요. 그는 가끔씩 멜체스터에도 오지요. 자리가 비었을 때 이곳 멜체스터 성당의 오르간 주자 자리도 욕심을 내었지요. 그 성가는 이번 부활절에 사방에서 연주되는 모양이에요."

집으로 돌아가는 길에 그는 그 성가를 내내 흥얼거렸다. 자연히 작곡가에 대해 생각을 하게 되고, 그 사람이 그 성가를 왜 작곡하게 되었는지에 대하여 궁금증을 느꼈다. 그런 곡을 작곡한 사람이면 얼마나 넓은 이해심을 가졌을까! 수와 아라벨라 때문에 황당해하고 괴로워하는 자신, 상황이 복잡하게 얽혀 양심의 가책에 짓눌린 자신! 그는 그 작곡가를 만나보고 싶은 마음이 간절해졌다. "그 사람이라면 내가 겪는 어려움을 이해해 주겠지." 충동적인 주드가 중얼거렸다. 세상 사람들 중에서 내 속을 다 털어놓을 사람이 있다면, 이 작곡가가 바로 그 사람이야. 그도 고통 받고 괴로워하고 그리워했으리라.

여행을 할 수 있는 시간과 돈에 전혀 여유가 없었지만 어린애처럼 바로 그다음 일요일에 케네트브리지를 찾아가기로 주드는 마음을 정했다. 그는 예정대로 이른 아침에 집을 출발했다. 케네트브리지로 가는 기찻길은 꾸불꾸불한 노선으로 연결되어 있었기 때문이다. 정오쯤 그는 도시에 도착했다. 다리를 건너자, 이상하게 생긴 그러나 유서 깊은 도시가 나타났다. 그는 행인들에게 작곡가의 집을 문의했다.

사람들은 그의 집이 붉은 벽돌로 지은 건물이며 좀 더 걸어가야 있다고 일러 주었다. 그들은 자신이 문의하고 있는 그 사람이 약 오 분 전에 바로 그 길을 지나갔다고까지 말해 주었다.

"어느 길을요?" 주드가 재빨리 물었다.

"교회에서 나와 똑바로 집으로 가는가 보던데."

주드는 걸음을 빨리 놀렸다. 금세 그리 멀지 않은 거리를 두고 까만 양복에 까만 챙이 길게 드리운 펠트 모자를 쓴 신사 한 사람이 걸어가는 모습을 볼 수 있었다. 그는 보폭을 넓혀서 그의 뒤를 따랐다. "배고픈 영혼이 충만한 영혼을 찾아가는 것이지!" 그는 혼자 중얼거렸다. "저 사람과 꼭 이야기를 해봐야지!"

그러나 주드가 그를 따라잡기 전에 작곡가는 집으로 들어가고 말았다. 그러자 지금 그를 찾아가는 것이 그에게 편리한 시간인지 아닌지 하는 의문이 떠올랐다. 그는 이왕 이곳까지 왔으며, 집으로 돌아가는 길이 먼 데다 오후까지 기다린다는 것이 쉬운 일이 아니라 판단하고, 그에게 편리한 시간이건 아니건 상관없이 그냥 그를 만나 보기로 했다. 그가 정말 영혼의 사나이라면 예의를 갖추지 못한 방문을 이해해 주리라. 종교를 향해 열려 있던 가슴속으로 교활하게 들어온 세속적이며 불륜적인 열정에 대한 훌륭한 조언자도 되어 줄 수 있겠지.

주드는 초인종을 눌렀다. 그리고 집 안으로 안내되었다.

작곡가가 금세 나타났다. 그는 점잖게 옷을 입고 있었으며, 얼굴은 잘생긴 편이었다. 그의 태도도 솔직했다. 주드는 그로부터 정중한 대접을 받았다.

주드는 자신이 찾아온 이유를 설명하기에는 어디인가 어색한 면이 있음을 깨달았다.

"멜체스터 근처에 있는 작은 교회 합창단에서 합창을 하고 있습니다." 그가 말했다. "이번 주에는 「십자가의 발치」를 연습

했습니다. 그 곡은 선생님이 작곡하신 거지요?"

"네, 내가 작곡한 것이지요. 한 일 년쯤 전에요."

"저는, 그 곡을 아주 좋아하게 되었습니다. 아주 아름다운 곡이라고 생각합니다!"

"아, 그래요? 다른 사람들도 그렇게 생각하더군요. 그 곡에는 돈이 붙어 있지요. 그 곡을 출판만 잘하면 말이에요. 출판을 하게 되면 다른 곡도 함께 줄 수 있어요. 출판을 했으면 좋겠는데. 아직 나는 내 작곡으로 5파운드를 벌어 본 적이 없어요. 출판업자들이 나 같은 이름 없는 작곡가에게 주는 판권료는 그 음악을 악보에 옮겨 적는 사람에게 내가 쳐주는 수고비보다 적다니까. 지금 선생이 말하고 있는 그 곡도 이 도시와 멜체스터에 있는 여러 친구들에게 돌렸지요. 그래서 조금은 알려지고, 사람들이 부르기도 하게 되었지요. 그러나 음악은 내 인생을 의지하기에는 너무 초라해요. 난 음악을 완전히 포기하려는 참이지요. 요즘 같은 때에 돈을 벌려면 장사를 해야 해요. 내가 생각하고 있는 장사는 와인 판매업이죠. 이게 내 작품을 망라한 리스트입니다. 아직 출판되지는 않았지만, 한 장 가져가시죠."

그는 주드에게 여러 페이지로 된 광고 소책자 한 권을 건네주었다. 페이지 여백은 빨간 줄을 쳐서 장식을 했으며 그 안에는 여러 종류의 클라레, 샴페인, 포트, 셰리 및 그 밖의 와인 이름이 열거되어 있었다. 그것은 그가 새로 시작하려는 사업을 광고하는 것이었다. 주드에게는 영혼의 사나이가 그런 정도라는 사실을 알게 되는 것이 너무나 놀라운 일이었다. 그에게 자신의 고민을 털어놓는다는 것은 불가능한 일로 느껴졌다.

두 사람은 이야기를 조금 더 계속 했으나, 대화는 긴장되어 있었다. 주드가 가난한 사람이라는 사실을 알게 되자 그의 태도가 바뀌었는데, 주드의 모습과 말씨가 자신의 사회적 위치와 인생의 목표를 알아보지 못하도록 했다는 태도였다. 주드는 그렇게 훌륭한 곡을 작곡한 것에 대하여 축하한다는 뜻을 무어라고 더듬거려 얼버무리고는, 급히 작별을 하고 그 집을 나왔다.

느리디느린 기차를 타고 집으로 돌아가는 동안, 불기 없는 봄날의 역 대합실에서 하염없이 기차를 기다리는 동안, 주드는 그렇게 먼 길을 떠난 자신이 얼마나 단순한지를 깨닫고 우울한 기분에 압도되었다. 멜체스터의 하숙집으로 돌아오자 그날 아침 그가 집을 떠난 몇 분 뒤에 도착한 편지가 한 통 기다리고 있었다. 수가 쓴 짧은 편지는 후회스럽고 겸허한 어조였으며, 자신을 찾아와서는 안 된다고 말을 한 것은 너무 끔찍한 소리였노라고, 또 자신이 너무 인습적인 데 대하여 스스로를 경멸한다고 적고 있었다. 바로 그 일요일 아침 11시 45분 기차로 반드시 와서 1시 30분에 점심을 함께 하자고 그녀는 말하고 있었다.

주드는 편지를 놓쳐 그 내용대로 하기에는 너무나 늦은 사실을 생각하고 거의 머리칼을 뜯고 싶었다. 그러나 그는 최근 자신을 자제하는 힘을 익히고 있었으며, 케네트브리지로 갔던 그의 망상에 찬 여행도 자신을 유혹에서 구하기 위한 섭리의 특별한 배려로 돌렸다. 그러면서도 또 한편으로 그는 자신의 신념에 대한 인내심이 점점 무너지는 경우를 최근 몇 차례 경험했다. 결과로, 사람이 헛수고를 하는 것이 신의 뜻이라는 생각을 그는 무시하고 우습게 보는 습성을 길렀다. 그는 수를 보고 싶은 마음을 억제할 수 없었다. 그녀를 만날 기회를 놓친 데 화가 났다. 그는 곧 그녀에게 편지를 썼고, 어째서 일요일에 찾아가지 못했는지를 설명했다. 그는 다음 일요일까지 기다릴 만큼 인내심이 충분히 남지 않기 때문에 주 중 어느 날이라도 그녀가 정하는 날에 가겠노라고 썼다.

그의 편지가 다소 열정에 치우친 감이 없지 않은 탓에 수는 그녀 특유의 방법으로 회신을 성금요일 전날인 목요일까지 늦추었다. 그녀는 그날 오후에 오고 싶으면 와도 좋다고 적었다. 지금은 남편 학교에서 보조 교사로 일을 하기 때문에 그를 환영할 수 있는 가장 빠른 날짜가 그날이라고 설명을 덧붙였다. 주드는 임금에서 적은 일부를 희생하는 조건으로 성당의 석공 일에서 조퇴했다. 그리고 수에게로 갔다.

(2권에 계속)

세계문학전집 145

이름 없는 주드 1

1판 1쇄 펴냄 2007년 5월 4일
1판 20쇄 펴냄 2022년 6월 14일

지은이 토머스 하디
옮긴이 정종화
발행인 박근섭, 박상준
펴낸곳 (주)민음사

출판등록 1966. 5. 19. (제 16-490호)
서울특별시 강남구 도산대로1길 62(신사동) 강남출판문화센터 5층 (우편번호 06027)
대표전화 02-515-2000 팩시밀리 02-515-2007
www.minumsa.com

© 최옥영, 2007. Printed in Seoul, Korea

ISBN 978-89-374-6145-3 04800
ISBN 978-89-374-6000-5 (세트)

* 잘못 만들어진 책은 구입처에서 교환해 드립니다.

민음사 세계문학전집

세계문학전집 목록

45 **젊은 예술가의 초상** 조이스 · 이상옥 옮김 서울대 권장도서 100선
46 **카탈로니아 찬가** 오웰 · 정영목 옮김
47 **호밀밭의 파수꾼** 샐린저 · 공경희 옮김 《타임》 선정 현대 100대 영문소설 | 미국대학위원회 선정 SAT 추천도서 | 《뉴스위크》 선정 100대 명저 | BBC 선정 꼭 읽어야 할 책
48·49 **파르마의 수도원** 스탕달 · 원윤수, 임미경 옮김
50 **수레바퀴 아래서** 헤세 · 김이섭 옮김 노벨 문학상 수상 작가 | 국립중앙도서관 선정 청소년 권장도서
51·52 **내 이름은 빨강** 파묵 · 이난아 옮김 노벨 문학상 수상 작가
53 **오셀로** 셰익스피어 · 최종철 옮김 서울대 권장도서 100선
54 **조서** 르 클레지오 · 김윤진 옮김 노벨 문학상 수상 작가
55 **모래의 여자** 아베 코보 · 김난주 옮김
56·57 **부덴브로크 가의 사람들** 토마스 만 · 홍성광 옮김 노벨 문학상 수상 작가
58 **싯다르타** 헤세 · 박병덕 옮김 노벨 문학상 수상 작가
59·60 **아들과 연인** 로렌스 · 정상준 옮김 《뉴스위크》 선정 100대 명저
61 **설국** 가와바타 야스나리 · 유숙자 옮김 노벨 문학상 수상 작가 | 서울대 권장도서 100선
62 **벨킨 이야기 · 스페이드 여왕** 푸슈킨 · 최선 옮김
63·64 **넙치** 그라스 · 김재혁 옮김 노벨 문학상 수상 작가
65 **소망 없는 불행** 한트케 · 윤용호 옮김 노벨 문학상 수상 작가
66 **나르치스와 골드문트** 헤세 · 임홍배 옮김 노벨 문학상 수상 작가
67 **황야의 이리** 헤세 · 김누리 옮김 노벨 문학상 수상 작가
68 **뻬쩨르부르그 이야기** 고골 · 조주관 옮김
69 **밤으로의 긴 여로** 오닐 · 민승남 옮김 노벨 문학상 수상 작가 | 미국대학위원회 선정 SAT 추천도서
70 **체호프 단편선** 체호프 · 박현섭 옮김
71 **버스 정류장** 가오싱젠 · 오수경 옮김 노벨 문학상 수상 작가
72 **구운몽** 김만중 · 송성욱 옮김 서울대 권장도서 100선 | 국립중앙도서관 선정 청소년 권장도서
73 **대머리 여가수** 이오네스코 · 오세곤 옮김
74 **이솝 우화집** 이솝 · 유종호 옮김 논술 및 수능에 출제된 책(1998~2005)
75 **위대한 개츠비** 피츠제럴드 · 김욱동 옮김 《타임》 선정 현대 100대 영문소설
76 **푸른 꽃** 노발리스 · 김재혁 옮김
77 **1984** 오웰 · 정회성 옮김 《타임》 선정 현대 100대 영문소설 | 《뉴스위크》 선정 100대 명저
78·79 **영혼의 집** 아옌데 · 권미선 옮김
80 **첫사랑** 투르게네프 · 이항재 옮김
81 **내가 죽어 누워 있을 때** 포크너 · 김명주 옮김 노벨 문학상 수상 작가
82 **런던 스케치** 레싱 · 서숙 옮김 노벨 문학상 수상 작가
83 **팡세** 파스칼 · 이환 옮김
84 **질투** 로브그리예 · 박이문, 박희원 옮김
85·86 **채털리 부인의 연인** 로렌스 · 이인규 옮김
87 **그 후** 나쓰메 소세키 · 윤상인 옮김
88 **오만과 편견** 오스틴 · 윤지관, 전승희 옮김 미국대학위원회 선정 SAT 추천도서
89·90 **부활** 톨스토이 · 연진희 옮김 논술 및 수능에 출제된 책(1998~2005)
91 **방드르디, 태평양의 끝** 투르니에 · 김화영 옮김
92 **미겔 스트리트** 나이폴 · 이상옥 옮김 노벨 문학상 수상 작가
93 **뻬드로 빠라모** 룰포 · 정창 옮김

94 **차라투스트라는 이렇게 말했다** 니체 · 장희창 옮김 국립중앙도서관 선정 청소년 권장도서
95·96 **적과 흑** 스탕달 · 이동렬 옮김 국립중앙도서관 선정 청소년 권장도서
97·98 **콜레라 시대의 사랑** 마르케스 · 송병선 옮김 노벨 문학상 수상 작가 | BBC 선정 꼭 읽어야 할 책
99 **맥베스** 셰익스피어 · 최종철 옮김 서울대 권장도서 100선 | 미국대학위원회 선정 SAT 추천도서
100 **춘향전** 작자 미상 · 송성욱 풀어 옮김 서울대 권장도서 100선
101 **페르디두르케** 곰브로비치 · 윤진 옮김
102 **포르노그라피아** 곰브로비치 · 임미경 옮김
103 **인간 실격** 다자이 오사무 · 김춘미 옮김
104 **네루다의 우편배달부** 스카르메타 · 우석균 옮김
105·106 **이탈리아 기행** 괴테 · 박찬기 외 옮김
107 **나무 위의 남작** 칼비노 · 이현경 옮김
108 **달콤 쌉싸름한 초콜릿** 에스키벨 · 권미선 옮김
109·110 **제인 에어** C. 브론테 · 유종호 옮김 BBC 선정 꼭 읽어야 할 책
111 **크눌프** 헤세 · 이노은 옮김 노벨 문학상 수상 작가
112 **시계태엽 오렌지** 버지스 · 박시영 옮김 《타임》 선정 현대 100대 영문소설 | 《뉴스위크》 선정 100대 명저
113·114 **파리의 노트르담** 위고 · 정기수 옮김 미국대학위원회 선정 SAT 추천도서
115 **새로운 인생** 단테 · 박우수 옮김
116·117 **로드 짐** 콘래드 · 이상옥 옮김 《뉴스위크》 선정 100대 명저
118 **폭풍의 언덕** E. 브론테 · 김종길 옮김 미국대학위원회 선정 SAT 추천도서
119 **텔크테에서의 만남** 그라스 · 안삼환 옮김 노벨 문학상 수상 작가
120 **검찰관** 고골 · 조주관 옮김
121 **안개** 우나무노 · 조민현 옮김
122 **나사의 회전** 제임스 · 최경도 옮김 미국대학위원회 선정 SAT 추천도서
123 **피츠제럴드 단편선 1** 피츠제럴드 · 김욱동 옮김
124 **목화밭의 고독 속에서** 콜테스 · 임수현 옮김
125 **돼지꿈** 황석영
126 **라셀라스** 존슨 · 이인규 옮김
127 **리어 왕** 셰익스피어 · 최종철 옮김 서울대 권장도서 100선 | 《뉴스위크》 선정 100대 명저
128·129 **쿠오 바디스** 시엔키에비츠 · 최성은 옮김 노벨 문학상 수상 작가
130 **자기만의 방** 울프 · 이미애 옮김
131 **시르트의 바닷가** 그라크 · 송진석 옮김
132 **이성과 감성** 오스틴 · 윤지관 옮김
133 **바덴바덴에서의 여름** 치프킨 · 이장욱 옮김
134 **새로운 인생** 파묵 · 이난아 옮김 노벨 문학상 수상 작가
135·136 **무지개** 로렌스 · 김정매 옮김
137 **인생의 베일** 서머싯 몸 · 황소연 옮김
138 **보이지 않는 도시들** 칼비노 · 이현경 옮김
139·140·141 **연초 도매상** 바스 · 이운경 옮김 《타임》 선정 현대 100대 영문소설
142·143 **플로스 강의 물방앗간** 엘리엇 · 한애경, 이봉지 옮김 미국대학위원회 선정 SAT 추천도서
144 **연인** 뒤라스 · 김인환 옮김
145·146 **이름 없는 주드** 하디 · 정종화 옮김
147 **제49호 품목의 경매** 핀천 · 김성곤 옮김 《타임》 선정 현대 100대 영문소설

148 성역 포크너 · 이진준 옮김 노벨 문학상 수상 작가 | 퓰리처상 수상 작가

149 무진기행 김승옥

150·151·152 신곡(지옥편 · 연옥편 · 천국편) 단테 · 박상진 옮김 서울대 권장도서 100선 | 미국대학위원회 선정 SAT 추천도서 | 국립중앙도서관 선정 청소년 권장도서 | 《뉴스위크》 선정 100대 명저

153 구덩이 플라토노프 · 정보라 옮김

154·155·156 카라마조프가의 형제들 도스토옙스키 · 김연경 옮김 서울대 권장도서 100선 | 국립중앙도서관 선정 청소년 권장도서

157 지상의 양식 지드 · 김화영 옮김 노벨 문학상 수상 작가

158 밤의 군대들 메일러 · 권택영 옮김 퓰리처상 수상 작가

159 주홍 글자 호손 · 김욱동 옮김 서울대 권장도서 100선 | 미국대학위원회 선정 SAT 추천도서

160 깊은 강 엔도 슈사쿠 · 유숙자 옮김

161 욕망이라는 이름의 전차 윌리엄스 · 김소임 옮김

162 마사 퀘스트 레싱 · 나영균 옮김 노벨 문학상 수상 작가

163·164 운명의 딸 아옌데 · 권미선 옮김

165 모렐의 발명 비오이 카사레스 · 송병선 옮김

166 삼국유사 일연 · 김원중 옮김 서울대 권장도서 100선

167 풀잎은 노래한다 레싱 · 이태동 옮김 노벨 문학상 수상 작가

168 파리의 우울 보들레르 · 윤영애 옮김

169 포스트맨은 벨을 두 번 울린다 케인 · 이만식 옮김

170 썩은 잎 마르케스 · 송병선 옮김 노벨 문학상 수상 작가

171 모든 것이 산산이 부서지다 아체베 · 조규형 옮김 《타임》 선정 현대 100대 영문소설 | 《뉴스위크》 선정 100대 명저

172 한여름 밤의 꿈 셰익스피어 · 최종철 옮김 미국대학위원회 선정 SAT 추천도서

173 로미오와 줄리엣 셰익스피어 · 최종철 옮김 미국대학위원회 선정 SAT 추천도서

174·175 분노의 포도 스타인벡 · 김승욱 옮김 노벨 문학상 수상 작가 | 《타임》 선정 현대 100대 영문소설

176·177 괴테와의 대화 에커만 · 장희창 옮김

178 그물을 헤치고 머독 · 유종호 옮김 《타임》 선정 현대 100대 영문소설

179 브람스를 좋아하세요... 사강 · 김남주 옮김

180 카타리나 블룸의 잃어버린 명예 하인리히 뵐 · 김연수 옮김 노벨 문학상 수상 작가

181·182 에덴의 동쪽 스타인벡 · 정회성 옮김 노벨 문학상 수상 작가

183 순수의 시대 워튼 · 송은주 옮김 《뉴스위크》 선정 100대 명저 | 퓰리처상 수상작

184 도둑 일기 주네 · 박형섭 옮김

185 나자 브르통 · 오생근 옮김

186·187 캐치-22 헬러 · 안정효 옮김 《타임》 선정 현대 100대 영문소설 | 《뉴스위크》 선정 100대 명저 | BBC 선정 꼭 읽어야 할 책

188 숄로호프 단편선 숄로호프 · 이항재 옮김 노벨 문학상 수상 작가

189 말 사르트르 · 정명환 옮김

190·191 보이지 않는 인간 엘리슨 · 조영환 옮김 《타임》 선정 현대 100대 영문소설 | 미국대학위원회 선정 SAT 추천도서 | 《뉴스위크》 선정 100대 명저

192 왑샷 가문 연대기 치버 · 김승욱 옮김 퓰리처상 수상 작가

193 왑샷 가문 몰락기 치버 · 김승욱 옮김 퓰리처상 수상 작가

194 필립과 다른 사람들 노터봄 · 지명숙 옮김

195·196 하드리아누스 황제의 회상록 유르스나르 · 곽광수 옮김
197·198 소피의 선택 스타이런 · 한정아 옮김 퓰리처상 수상 작가
199 피츠제럴드 단편선 2 피츠제럴드 · 한은경 옮김
200 홍길동전 허균 · 김탁환 옮김
201 요술 부지깽이 쿠버 · 양윤희 옮김
202 북호텔 다비 · 원윤수 옮김
203 톰 소여의 모험 트웨인 · 김욱동 옮김
204 금오신화 김시습 · 이지하 옮김
205·206 테스 하디 · 정종화 옮김 미국대학위원회 선정 SAT 추천도서 | BBC 선정 꼭 읽어야 할 책
207 브루스터플레이스의 여자들 네일러 · 이소영 옮김
208 더 이상 평안은 없다 아체베 · 이소영 옮김
209 그레인지 코플랜드의 세 번째 인생 워커 · 김시현 옮김 퓰리처상 수상 작가
210 어느 시골 신부의 일기 베르나노스 · 정영란 옮김
211 타라스 불바 고골 · 조주관 옮김
212·213 위대한 유산 디킨스 · 이인규 옮김 서울대 권장도서 100선 | BBC 선정 꼭 읽어야 할 책
214 면도날 서머싯 몸 · 안진환 옮김
215·216 성채 크로닌 · 이은정 옮김
217 오이디푸스 왕 소포클레스 · 강대진 옮김 서울대 권장도서 100선
218 세일즈맨의 죽음 밀러 · 강유나 옮김
219·220·221 안나 카레니나 톨스토이 · 연진희 옮김 서울대 권장도서 100선
222 오스카 와일드 작품선 와일드 · 정영목 옮김
223 벨아미 모파상 · 송덕호 옮김
224 파스쿠알 두아르테 가족 호세 셀라 · 정동섭 옮김 노벨 문학상 수상 작가
225 시칠리아에서의 대화 비토리니 · 김운찬 옮김
226·227 길 위에서 케루악 · 이만식 옮김 《타임》 선정 현대 100대 영문소설 | 《뉴스위크》 선정 100대 명저
228 우리 시대의 영웅 레르몬토프 · 오정미 옮김
229 아우라 푸엔테스 · 송상기 옮김
230 클링조어의 마지막 여름 헤세 · 황승환 옮김 노벨 문학상 수상 작가
231 리스본의 겨울 무뇨스 몰리나 · 나송주 옮김
232 뻐꾸기 둥지 위로 날아간 새 키지 · 정회성 옮김 《타임》 선정 현대 100대 영문소설 | 《뉴스위크》 선정 100대 명저
233 페널티킥 앞에 선 골키퍼의 불안 한트케 · 윤용호 옮김 노벨 문학상 수상 작가
234 참을 수 없는 존재의 가벼움 쿤데라 · 이재룡 옮김
235·236 바다여, 바다여 머독 · 최옥영 옮김
237 한 줌의 먼지 에벌린 워 · 안진환 옮김 《타임》 선정 현대 100대 영문소설
238 뜨거운 양철 지붕 위의 고양이 · 유리 동물원 윌리엄스 · 김소임 옮김 퓰리처상 수상작
239 지하로부터의 수기 도스토옙스키 · 김연경 옮김
240 키메라 바스 · 이운경 옮김
241 반쪼가리 자작 칼비노 · 이현경 옮김
242 벌집 호세 셀라 · 남진희 옮김 노벨 문학상 수상 작가
243 불멸 쿤데라 · 김병욱 옮김
244·245 파우스트 박사 토마스 만 · 임홍배, 박병덕 옮김 노벨 문학상 수상 작가

246 사랑할 때와 죽을 때 레마르크 · 장희창 옮김

247 누가 버지니아 울프를 두려워하랴? 올비 · 강유나 옮김

248 인형의 집 입센 · 안미란 옮김

249 위폐범들 지드 · 원윤수 옮김 노벨 문학상 수상 작가

250 무정 이광수 · 정영훈 책임 편집 서울대 권장도서 100선

251·252 의지와 운명 푸엔테스 · 김현철 옮김

253 폭력적인 삶 파솔리니 · 이승수 옮김

254 거장과 마르가리타 불가코프 · 정보라 옮김

255·256 경이로운 도시 멘도사 · 김현철 옮김

257 야콥을 둘러싼 추측들 욘존 · 손대영 옮김

258 왕자와 거지 트웨인 · 김욱동 옮김

259 존재하지 않는 기사 칼비노 · 이현경 옮김

260·261 눈먼 암살자 애트우드 · 차은정 옮김 《타임》 선정 현대 100대 영문소설

262 베니스의 상인 셰익스피어 · 최종철 옮김

263 말리나 바흐만 · 남정애 옮김

264 사볼타 사건의 진실 멘도사 · 권미선 옮김

265 뒤렌마트 희곡선 뒤렌마트 · 김혜숙 옮김

266 이방인 카뮈 · 김화영 옮김 노벨 문학상 수상 작가 | 미국대학위원회 선정 SAT 추천도서

267 페스트 카뮈 · 김화영 옮김 노벨 문학상 수상 작가 | 국립중앙도서관 선정 청소년 권장도서

268 검은 튤립 뒤마 · 송진석 옮김

269·270 베를린 알렉산더 광장 되블린 · 김재혁 옮김

271 하얀 성 파묵 · 이난아 옮김 노벨 문학상 수상 작가

272 푸슈킨 선집 푸슈킨 · 최선 옮김

273·274 유리알 유희 헤세 · 이영임 옮김 노벨 문학상 수상 작가

275 픽션들 보르헤스 · 송병선 옮김 서울대 권장도서 100선

276 신의 화살 아체베 · 이소영 옮김

277 빌헬름 텔 · 간계와 사랑 실러 · 홍성광 옮김

278 노인과 바다 헤밍웨이 · 김욱동 옮김 노벨 문학상 수상 작가 | 퓰리처상 수상작

279 무기여 잘 있어라 헤밍웨이 · 김욱동 옮김 미국대학위원회 선정 SAT 추천도서

280 태양은 다시 떠오른다 헤밍웨이 · 김욱동 옮김 《타임》 선정 현대 100대 영문 소설

281 알레프 보르헤스 · 송병선 옮김

282 일곱 박공의 집 호손 · 정소영 옮김

283 에마 오스틴 · 윤지관, 김영희 옮김

284·285 죄와 벌 도스토옙스키 · 김연경 옮김 미국대학위원회 선정 SAT 추천도서

286 시련 밀러 · 최영 옮김

287 모두가 나의 아들 밀러 · 최영 옮김

288·289 누구를 위하여 종은 울리나 헤밍웨이 · 김욱동 옮김 노벨 문학상 수상 작가 | 《뉴스위크》 선정 100대 명저

290 구르브 연락 없다 멘도사 · 정창 옮김

291·292·293 데카메론 보카치오 · 박상진 옮김

294 나누어진 하늘 볼프 · 전영애 옮김

295·296 제브데트 씨와 아들들 파묵 · 이난아 옮김 노벨 문학상 수상 작가

297·298 **여인의 초상** 제임스·최경도 옮김 미국대학위원회 선정 SAT 추천도서
299 **압살롬, 압살롬!** 포크너·이태동 옮김 노벨 문학상 수상 작가
300 **이상 소설 전집** 이상·권영민 책임 편집
301·302·303·304·305 **레 미제라블** 위고·정기수 옮김
306 **관객모독** 한트케·윤용호 옮김 노벨 문학상 수상 작가
307 **더블린 사람들** 조이스·이종일 옮김
308 **에드거 앨런 포 단편선** 앨런 포·전승희 옮김 미국대학위원회 선정 SAT 추천도서
309 **보이체크·당통의 죽음** 뷔히너·홍성광 옮김
310 **노르웨이의 숲** 무라카미 하루키·양억관 옮김
311 **운명론자 자크와 그의 주인** 디드로·김희영 옮김
312·313 **헤밍웨이 단편선** 헤밍웨이·김욱동 옮김 노벨 문학상 수상 작가
314 **피라미드** 골딩·안지현 옮김 노벨 문학상 수상 작가
315 **닫힌 방·악마와 선한 신** 사르트르·지영래 옮김
316 **등대로** 울프·이미애 옮김 《타임》 선정 현대 100대 영문소설 | 《뉴스위크》 선정 100대 명저
317·318 **한국 희곡선** 송영 외·양승국 엮음
319 **여자의 일생** 모파상·이동렬 옮김
320 **의식** 노터봄·김영중 옮김
321 **육체의 악마** 라디게·원윤수 옮김
322·323 **감정 교육** 플로베르·지영화 옮김
324 **불타는 평원** 룰포·정창 옮김
325 **위대한 몬느** 알랭푸르니에·박영근 옮김
326 **라쇼몬** 아쿠타가와 류노스케·서은혜 옮김
327 **반바지 당나귀** 보스코·정영란 옮김
328 **정복자들** 말로·최윤주 옮김
329·330 **우리 동네 아이들** 마흐푸즈·배혜경 옮김 노벨 문학상 수상 작가
331·332 **개선문** 레마르크·장희창 옮김
333 **사바나의 개미 언덕** 아체베·이소영 옮김
334 **게걸음으로** 그라스·장희창 옮김 노벨 문학상 수상 작가
335 **코스모스** 곰브로비치·최성은 옮김
336 **좁은 문·전원교향곡·배덕자** 지드·동성식 옮김 노벨 문학상 수상 작가
337·338 **암 병동** 솔제니친·이영의 옮김 노벨 문학상 수상 작가
339 **피의 꽃잎들** 응구기 와 시옹오·왕은철 옮김
340 **운명** 케르테스·유진일 옮김 노벨 문학상 수상 작가
341·342 **벌거벗은 자와 죽은 자** 메일러·이운경 옮김 퓰리처상 수상 작가
343 **시지프 신화** 카뮈·김화영 옮김 노벨 문학상 수상 작가
344 **뇌우** 차오위·오수경 옮김
345 **모옌 중단편선** 모옌·심규호, 유소영 옮김 노벨 문학상 수상 작가
346 **일야서** 한사오궁·심규호, 유소영 옮김
347 **상속자들** 골딩·안지현 옮김 노벨 문학상 수상 작가
348 **설득** 오스틴·전승희 옮김
349 **히로시마 내 사랑** 뒤라스·방미경 옮김
350 **오 헨리 단편선** 오 헨리·김희용 옮김

351·352 **올리버 트위스트** 디킨스 · 이인규 옮김

353·354·355·356 **전쟁과 평화** 톨스토이 · 연진희 옮김

357 **다시 찾은 브라이즈헤드** 에벌린 워 · 백지민 옮김

358 **아무도 대령에게 편지하지 않다** 마르케스 · 송병선 옮김

359 **사양** 다자이 오사무 · 유숙자 옮김

360 **좌절** 케르테스 · 한경민 옮김 노벨 문학상 수상 작가

361·362 **닥터 지바고** 파스테르나크 · 김연경 옮김 노벨 문학상 수상 작가

363 **노생거 사원** 오스틴 · 윤지관 옮김

364 **개구리** 모옌 · 심규호, 유소영 옮김 노벨 문학상 수상 작가

365 **마왕** 투르니에 · 이원복 옮김 공쿠르상 수상 작가

366 **맨스필드 파크** 오스틴 · 김영희 옮김

367 **이선 프롬** 이디스 워튼 · 김욱동 옮김 퓰리처상 수상 작가

368 **여름** 이디스 워튼 · 김욱동 옮김 퓰리처상 수상 작가

369·370·371 **나는 고백한다** 자우메 카브레 · 권가람 옮김

372·373·374 **태엽 감는 새 연대기** 무라카미 하루키 · 김연경 옮김

375·376 **대사들** 제임스 · 정소영 옮김

377 **족장의 가을** 마르케스 · 송병선 옮김 노벨 문학상 수상 작가

378 **핏빛 자오선** 매카시 · 김시현 옮김

379 **모두 다 예쁜 말들** 매카시 · 김시현 옮김

380 **국경을 넘어** 매카시 · 김시현 옮김

381 **평원의 도시들** 매카시 · 김시현 옮김

382 **만년** 다자이 오사무 · 유숙자 옮김

383 **반항하는 인간** 카뮈 · 김화영 옮김 노벨 문학상 수상 작가

384·385·386 **악령** 도스토옙스키 · 김연경 옮김

387 **태평양을 막는 제방** 뒤라스 · 윤진 옮김

388 **남아 있는 나날** 가즈오 이시구로 · 송은경 옮김

389 **앙리 브륄라르의 생애** 스탕달 · 원윤수 옮김

390 **찻집** 라오서 · 오수경 옮김

391 **태어나지 않은 아이를 위한 기도** 케르테스 · 이상동 옮김 노벨 문학상 수상 작가

392·393 **서머싯 몸 단편선** 서머싯 몸 · 황소연 옮김

394 **케이크와 맥주** 서머싯 몸 · 황소연 옮김

395 **월든** 소로 · 정회성 옮김

396 **모래 사나이** E. T. A. 호프만 · 신동화 옮김

397·398 **검은 책** 오르한 파묵 · 이난아 옮김 노벨 문학상 수상 작가

399 **방랑자들** 올가 토카르추크 · 최성은 옮김 노벨 문학상 수상 작가

400 **시여, 침을 뱉어라** 김수영 · 이영준 엮음

401·402 **환락의 집** 이디스 워튼 · 전승희 옮김

403 **달려라 메로스** 다자이 오사무 · 유숙자 옮김

404 **아버지와 자식** 투르게네프 · 연진희 옮김

405 **청부 살인자의 성모** 바예호 · 송병선 옮김

세계문학전집은 계속 간행됩니다.